理尴尬人生，求左右逢源

生怕情多

人物·人性·人文 **散文丛书**

□ 诸荣会／著

百花文艺出版社
BAIHUA LITERATURE AND ART PUBLISHING HOUSE

图书在版编目（CIP）数据

生怕情多 / 诸荣会著．—天津：百花文艺出版社，2011.5

ISBN 978 - 7 - 5306 - 5778 - 2

Ⅰ．①生… Ⅱ．①诸… Ⅲ．①散文集—中国—当代 Ⅳ．①I267

中国版本图书馆 CIP 数据核字（2011）第 063054 号

百花文艺出版社出版发行

地址：天津市和平区西康路 35 号

邮编：300051

e - mail：bhpubl@ public.tpt.tj.cn

http://www.bhpubl.com.cn

发行部电话：(022)23332651　邮购部电话：(022)23332478

全国新华书店经销

河北省三河市宏达印刷有限公司印刷

*

开本 787 × 1092 毫米　1/16　印张 20.25　插页 2

2011 年 5 月第 1 版　2011 年 5 月第 1 次印刷

印数：1 - 4000 册　　定价：37.00 元

序

孙绍振

作者不是史家，但本书创作资源都来自历史文献；本书并非为历史人物立传，升华人物传记倒是本书最大的全部精彩。也许，文化修养较高的读者，对书中的某些故事曾经有所涉猎，甚至不无见解，但是，只要静心翻阅，不难从熟悉中发现陌生，从已知进入未知，从史实中感受到精神的滋润，甚至震撼。这种震撼来自作者出奇制胜的思路，对当今文化散文，这种震撼，很值得珍惜。

从上世纪九十年代开始，中国散文界告别了抒情散文历史停滞期，掀起了一波蔚为壮观的文化散文新潮：文化历史的视野代替了个人的怀旧，冷峻的智慧驾驭着单纯的抒情，从美学上，用我的话来说，就是审智超越了审美。文化成为散文最鲜艳的旗号。旗号下聚集着中国散文界最有朝气的探索者。从余秋雨到南帆，从林贤治到龙应台，从刘亮程到周晓枫，莫不以特有的文化关怀进入散文的前沿序列。但是，大潮之下，鱼龙混杂，泥沙俱下，难免有追随而才力不足的，批量炮制文化赝品，借文化之名而作主流意识形态之图解的而陷于廉价歌颂者，满足于罗列文化历史景观而湮没自我者，一时滔滔皆是。这一切如果归咎于作者的修养之缺失，固然也不无道理，但是，作为一种潮流，文化散文本身的局限，也难辞其咎。从根本上讲，散文以文化为旗号之时，只是一种感性的聚合，并无严格流派的自觉，当然也未能对文化作具体分析。在举国兴奋之际，只看到文化与艺术之间的统一，忽略了文化与艺术的矛盾，可能是历史的必然。问题在于在蓬勃发展之时，应该以自觉代替自发。

文化所指为一种心理的普遍性的、群体的特征，或为地域，或为民族，文化的普遍性甚至达到超越历史的程度。以文化为旗号，从普遍性这一点上，与艺术的个性化是矛盾的，这种矛盾性甚至比之艺术与阶级性的矛盾更甚。对于这一点，从八十年代以来，中国文学理论界，很不清醒。因而，以文化价值代替文学价值的现象比比皆是，连小说界也未能免俗，以文化价值掩盖低劣艺术的叫嚣此起彼落。文化大散文、大文化散文这样的旗号的轻率树立，使散文更加混乱。如许多人都知道的那位初写“杨朔式”散文后又改写文化散文的著名散文家，则常常用普遍的政治的民族的观念去同化辛弃疾和李清照等，抹杀了李清照那样独特的不可重复的女性情结，竟然得到廉价的鼓吹。

对文化的执著变成了对个性的遮蔽，在当代散文中成为一种顽症。

当然，物极必反，走向反面，可能是历史规律，但，历史的发展又是曲折的，甚至是板块式的，非进化的。从这种思绪笼罩下，打开这本文化气息扑面的散文集的时候，既为作者捏一把汗，也对作者有所期待。但是，阅读之后，忧虑很快就为欣慰代替了。

令我感到安慰的是，一个个历史人物，并不是某种文化价值的符号，而一个个特殊的人，作者不是从整个人生上看他的主人翁，而是从特别的角度，揭示其在严峻历史关头的特殊选择。全书聚焦于历史人物的“尴尬”，这个视角，这个观念，是有些刁钻的，刁钻得有点出格。但这刁钻中恰恰显示了诸氏多年的苦心中迸发出来的智慧。

和文化观念的套路相反，作者笔下的历史人物都是独特的、不可重复的文化景观。不是历史（时势）造英雄，更不是英雄造时势，屡屡出现的倒是历史一味和英雄作对，历史刁难英雄，而刁难的方式，又是层出不穷的。看来作者对自己的这一洞察，颇为得意，因而，反反复复地把人物放到尴尬的境地。妙在每个人的尴尬，又是不可重复的。

不管民间传说对伍子胥有延续千年的同情，但是，诸氏提出，他整个生命就是一个“悖论”。他越是睿智，吴国就越强大；而吴国越强大，越是把他推向身首异处的结局。如果说，这样的悖论，在伍子胥，还是某种宏观的因果，而商鞅的“作法自毙”，其因果则更为直接。作者这样点题：“根据商鞅当初制定的法令，任何人不经国君同意便擅自发兵，便以‘私斗’和‘谋反’论处，而‘私斗’和‘谋反’一律处以极刑。”但是，商鞅在走投无路之时，发兵反抗，就成了“罪行”。“至此，商鞅终于再也逃不脱他自己制定的法令的惩罚。就这样，中国历史上第一位伟大的改革家，于公元前339年在秦都咸阳闹市被处以‘车裂’，即俗称之‘五马分尸’，这实在不能不说这是商鞅人生最大的尴尬。”

这样的尴尬虽然严酷，但是，其史料，毕竟尽人皆知。比这更为惊心动魄的是张自忠的命运。读者已知的是张自忠是抗日名将，民族英雄，而作者所展示的史料，张自忠一度恰恰是万人唾弃的“卖国贼”“身上长有千万张嘴也说不清的”“汉奸”，是个背着汉奸恶名的英雄。作者刻意强调的是，这个英雄竟然被后来因逃跑而被蒋介石枪毙的韩复榘“解往南京”。有了这样的铺垫，对张自忠最后的壮烈殉国的大加渲染就顺理成章了。此时，就无需冷峻，而是诉诸大笔浓墨，用了近年散文中很少见的高亢的抒情，且又正面表现殉国的场面——为了这个场面，又作了多方面的铺垫，先是交代张自忠，每战必留遗嘱，再写他下跪和冯玉祥的告别。最后的壮烈牺牲，其用笔之浓，用情之烈，颇具震撼力：

> 5月15日，张自忠所领1500余人被近6000名日寇包围在南瓜店以北的沟沿里村。当日上午，日军发动进攻。敌我力量极其悬殊，战斗异常惨烈。至下午三时，张自忠身边士兵已大部阵亡，他本人也被炮弹炸伤右腿。此时，他已撤至杏仁山，与剩下的十几名卫士奋勇抵抗着，竟将蜂拥而至的日军阻于山下达两个多小时。激战到16日拂晓，张自忠部被迫退入南瓜店十里长山。日军在飞机大炮的掩护下，继续发起猛攻，一昼夜竟发动9次，但都被张自忠等打退，可伤亡也非常惨重。到下午2时，张自忠手下只剩下百名士兵，他毅然将他们悉数调去前方增援，身边只剩下高级参谋张敬和副官马孝堂等8人。下午3时多，张自忠再次受伤倒地，此时他让身边的人快走，留下最后遗言：“我这样死得好，求仁得仁，对国家、对民族、对长官，良

心很平安。你们快走！”4时许，大群日军冲上阵地，张自忠提起一支冲锋枪冲向敌群……

将军生命的最后情形无人知道，因为当时留在阵地上的英雄都全部牺牲了。后来从日军公开的战史资料中，我们看到了这样一段文字：

第四分队的藤冈元一等兵，是冲锋队伍中的一把尖刀，他端着刺刀向敌方最高指挥官模样的大身材军官冲去，此人从血泊中猛然站起，眼睛死死盯住藤冈。当冲到距这个大身材军官只有不到三米的距离时，藤冈一等兵从他射来的眼光中，感到有一种说不出来的威严，竟不由自主地愣在了原地。这时，背后响起了枪声，第三中队长堂野君射出了一颗子弹，命中了这个军官的头部。他的脸上微微地出现了难受的表情。与此同时，藤冈一等兵像是被枪声惊醒，也狠起心来，倾全身之力，举起刺刀，向高大的身躯深深扎去。在这一刺之下，这个高大的身躯再也支持不住，像山体倒塌似的轰然倒地。

这样雄辩，这样淋漓的话语在近年的文化散文中实在是久违了！文化决定论，使得散文家们小心翼翼地对抒情保持着绅士式的距离，一切悲剧，都是文化的必然的，个人只是文化谱系中的一个音符，散文家们，不知不觉之间变得淡定了，甚至不敢激动，一激动，就可能被目为滥情。诸氏这样的激昂，对某些对于一些故作前卫，对抒情保持过度偏见的评论家可能是一种提醒。

读者不会忘记，这种在尴尬中的壮烈，是张自忠的自我选择，他本可以不这样以死证明自己的清白，但是，他既然选择了“代长官受过”，就只能选择牺牲，不但殉国，而且是殉名。

诸氏笔下的人物常常有这样的尴尬，不过尴尬的性质有所不同。

梁武帝曾经叱咤风云，开疆拓土，但又是刚愎自用，沉迷佛学，导致饿死台城。赵孟頫，作为宋室皇裔，选择投降异族，含羞忍辱，却留下了不朽的书画艺术。从某种意义上说，所有这些人，都是不是自食其恶果，就是作茧自缚。但是，这些毕竟是古代人物，与现代人物最大的不同，就是他们不具备超越历史语境的自觉理念，因而，他们的选择，只能是被动的。一旦他笔下的人物，不是古典的，而是现代的，而且是现代的思想先驱，情况如何呢？诸氏的回答是，尴尬仍然不变。他笔下的胡适，可以作为雄辩的证明。虽然是新文化的前驱，主张婚姻自主，但是，他却接受了包办婚姻。虽然，他也有过不止一次的真正的爱情，也提出过离婚。但是，遭到悲惨的失败以后，就和包办婚姻相安无事，和一个文盲安度一生。诸氏如此揭示出胡适独特的尴尬：

有时候他会大谈婚姻自由，高歌妇女解放，宣扬个性独立；但有时候却又在真正汹涌而来的婚姻自由浪潮面前叶公好龙，道貌岸然地摆出了一副卫道的架势，发出类似于“情愿不自由，便是自由了”的奇谈怪论。有时候看到友人们纷纷抛弃元配，另觅新欢，如郁达夫、徐志摩、郭沫若、任叔永、陈独秀以及接踵而至的鲁迅等，一个个都奋起“革命”时，也蠢蠢欲动，也想做一把陈世美；有时候却又“死要面子，活受罪”地宣称：“我把心收拾起来，定把门关了，叫爱情生生地饿死，也许不再和我为难了。”

其心理深层的原因何在呢？

吾之就此婚事，全为吾母起见，故从不曾挑剔为难……今既婚矣，吾力求迁就，以博吾母欢心。吾之所以极力表示闺房之爱者，亦正欲令吾母欢喜耳。

这好像有点和鲁迅同调，但是，鲁迅在母亲在世时，就和许广平同居了，而胡适的母亲不久就去世了。诸氏这样分析胡适的心态：

若将母亲当年的这个“礼物”扔了，她在另一个世界也不会知道了，自然也不会生气和伤心了。此时不扔，更待何时！

于是他终于与江冬秀明确说出了要离婚的话。

然而，胡适又想错了！

当江冬秀手拿菜刀要将两个儿子当着他的面杀掉并自杀时，他的母亲其实又复活了，复活在眼前的这个叫做江冬秀的名义上是他妻子的女人身上……此时作为妻子的江冬秀便成了他又一个母亲，再加上她还有一个他母亲没有的能耐，这就是撒泼。

堂堂一个文化革命的前驱，居然为这个粗野的文盲的野蛮威胁所制伏，胡适为什么不选择报警呢，为什么不选择像鲁迅那样干脆远走高飞呢？可是在鲁迅、徐志摩看来了断尴尬的事，可能在胡适看来，却更尴尬了。文章写到这种地方，就显出诸氏刁钻中的深邃了。值得注意的是，这时的笔调，和写张自忠有很大的不同，不是悲剧性的慷慨，而是喜剧性的调侃。可以说，把尴尬的属性，分化得如此悬殊，正是诸氏的才气到了充分的发挥的证明。

2010年9月6日星期一

目 录

伍子胥：悖论人生

壹

在我故乡，从刚刚启蒙的黄口小儿，到大字不识的耄耋老妪，都知道两千多年前有一个叫伍子胥的人。因为一个故事。

不是那个“伍子胥过昭关，一夜白了头”的故事；尽管京剧中的一出《文昭关》把这个故事演绎得惊心动魄，以至于在中国可谓是家喻户晓妇孺皆知。

是伍子胥过了昭关已逃出楚国进入吴境后发生的一个故事。这个故事除了我故乡人，别处的人知道的或许并不多：

伍子胥拖着沉重的脚步走在溧水岸上，此时他事实上已完全摆脱了楚兵的追踪，吴都姑苏越来越近，几乎就在眼前了，但饥渴让他再无力挪动那两只沉重的脚，他觉得自己快要倒下了，且一旦倒下或许便再也起不来了。

溧水是连接石臼湖与太湖间的一条河流。

伍子胥看到溧水边有一女子正在浆洗衣裳，便走了过去用乞求的口气说：“我是过路人，能给我一口吃的吗？”

浣衣女看了看眼前这个向自己乞讨的男子：虽然满头白发，却是一张年轻的脸；脸上虽写满了疲倦，但掩不住刚毅；一双深邃的眼睛中，虽充满了忧郁，但又闪烁着智慧的灵光，于是恻隐之心顿生。“我这儿哪有什么吃的啊，你看，只有这浆，如不嫌弃，喝下几口倒也能抵上一阵。”她不无无奈地说。

所谓“浆”，是用来浆衣物而使其挺括的一种浆水，是用开水稀释面粉而成。

伍子胥一听此言，说了声谢过，就抱起盛满浆水的盆子，一口气便将所有浆水喝了下去。

浣衣女看到他这样不禁莞尔，伍子胥似乎也有点不好意思，便一再致谢，最后说：“救命之恩，定当回报；只是今日我沿此水向下游走后，如有人随后来问，你千万不能这样相告，你要说我向上游去了！”

浣衣女答应了，但此时她觉得这人不但长得奇怪，言行也很奇怪，不禁久久地望着这个男人远去的背影。

就在她的凝望中，伍子胥又转身走了回来，再次对她强调说：“我刚才与你说的话你可一定要记好啊，千万不能说我是向溧水下游去的啊！”

浣衣女虽很奇怪，但她并没多问，只是又满口答应了。

伍子胥又走了，但走出去一会儿竟然又折了回来，第三次跟浣纱女说：“我与你说的话请你千万要记好啊……”这时浣纱女忍无可忍了，她对伍子胥说：“我既然答应了你，一定会记得的。你如此不相信人，看来我只有这样才能让你相信我不会出说你的行踪了！”话音未落，竟一纵身跳进了身边的溧水中。伍子胥还没反应过来，便见河面上没了浣衣女的影子……

今天的溧水，不仅是一条已更了名的古老河流的名称，也是一个古老的县邑的名字，此县位于江苏省西南部，隶属于省会南京市，与安徽省当涂县接壤，古之

今日古溧水边伍子胥与浣纱女的雕像，形象再现了当年的一幕。

所谓“吴头楚尾”即指这一带。

作为溧水人的我，很小的时候便从老人的“讲古”中听得了这个“史贞义女”的故事，但对于这个故事的真实性，说实话，我一直很怀疑，因为我既不能相信我邻家那些现实生活中稍不如意就抱怨自己“瞎了眼”嫁错了老公，或一不高兴便大骂公婆“老不死”的小姑大嫂们的前辈会如此之“义”，也不能相信她们会如此“犯傻”；但是，后来我从《吴越春秋》、《越绝书》中也看到了这个故事；再后来我又看到唐代大诗人李白亲笔撰写的《史贞义女碑记》；尤其是上世纪七十年代，故乡百姓疏浚古溧水河道，竟然疏出了许多大小如豆的“金豆子”——故乡人都说，那就是伍子胥后来为祭奠溧水女而撒在溧水中的——这一切似乎总在努力向我证明着这一故事的真实性。

虽然这一切仍并不能让我完全相信这一故事是真的，不过我却常常因此而忍不住想：

如果这个故事是真的，那么，当伍子胥真的眼睁睁看着一个鲜活的生命转瞬间消失在河水中时，他呆立在岸上究竟会怎么想呢？

如果这个故事并不是真人实事，而只是人们附会出的，那么人们附会出这么一个故事，其背后又有着怎样的深意呢？

民间故事和民间传说毕竟是历史文化的化石！

贰

我们先权当上面的这个故事是真实的吧！

看着一个鲜活的生命消失在溧水中，我想伍子胥一定会呆立河岸，心头滴着血对自己说：这都是我的罪过啊，我又连累了一条活生生的性命！此仇不报，我不要说对不起包括父、兄在内的一家三十多口人的在天之灵，就是这些被我所连累的人的在天之灵我也对不起啊！

的确，伍子胥一路走来的这条逃亡之路，实际上是许多人用生命为他铺就的。

当初，伍子胥知道父亲伍奢和哥哥伍尚被楚平王招入宫中一定是凶多吉少，

今日昭关

于是他先安排并掩护妻儿悄悄逃走，最后点着庄园，准备逃往宋国。

袁越、武成黑率兵拦住了他的去路，伍子胥想杀出血路、突出重围，但终因寡不敌众，难以逃脱。危急时刻，是好友张弓的率兵挺身相助，伍子胥才得以脱身。

望着伍子胥已经逃脱，张弓对袁越与成武黑说："如果二位将军答应我一个条件，我这就随二位将军前去面君，并谢放跑伍子胥之罪；如果不答应，本将军将率本部人马拼死一战，最终胜负或未可知！"

而张弓的这个条件就是要其保证不加罪于他的士卒。

当袁越、成武黑答应了张弓的条件后，张弓拔剑自刎，而士卒也有多人自毙其身。

这一切，当然此时伍子胥是没有看到，但是我想他并非是完全不能想象得到吧！

当伍子胥到达昭关下望关兴叹时，看到自己的巨幅画像就贴在关卡的城墙上，守关的正是老冤家袁越，他对要过关的每一个行人，先仔细比对画像确认无误后才放行。然而，昭关是由楚入吴的必经之路，是与他素昧平生的东皋公给了伍子胥以帮助，他才过得此关：东皋公先将他引进家中藏了起来，然而找来自己的好友皇甫纳，让长相与伍子胥有几分相像的他穿上伍子胥的衣服，故意在关前让袁越当他就是伍子胥被抓住，同时让伍子胥暗度陈仓趁机过关。

尽管京剧《文昭关》中的结局是皆大欢喜：伍子胥过了关，皇甫纳最终也在东皋公的帮助下被验明正身释放了，而真实的情况究竟如何？我没作过考证，但是我可以想象——那种皆大欢喜很可能只会是舞台上演出的戏吧？

过了昭关，天堑长江又横在伍子胥面前，是一个无名的渔翁冒着惊涛骇浪葬身鱼腹的危险，也冒着被楚军追杀的危险，将他送过了大江……

就这样，许多与伍子胥相识和不相识的人，用自己的生命为他铺就了一条逃亡的路。

我想，如果上面的这个故事是真的，那么这个溧水岸边的浣衣女，则是伍子胥逃亡之路上最后的一块铺路石，因为伍子胥已经到了吴国，楚国的追兵一般来说已不能追到这里了，实际上是伍子胥的草木皆兵，才使得她的生命成了一块他事实上并不一定需要的铺路石。但也正是因此，这块铺路石的分量也显得更重——会使得伍子胥在复仇的道路上越走越坚决！如果上面的这个故事只是人们附会出来的，那么人们附会出这么一个故事，其背后的深意恐怕也在此，即，伍子胥一旦踏上这条逃亡复仇之路，便是走上了一条永远的不归路，他只能坚决地走下去，绝回不得头！

京剧《文昭关》中之伍子胥（杨宝森饰）

叁

当楚王欲杀伍子胥及其父、兄时，伍子胥似乎面临着一种选择，而这种选择实际上又是一种别无选择，因为对于他来说，面对楚王的加害，不逃便是死，这当然“不好”；但是逃也存在太大的“不好”，且这种“不好”不仅仅指逃不掉而被抓回来仍然被杀（这种可能性也是很大的），而更多的是存在于逃脱掉了以后。

其实伍子胥的父亲伍奢是并不希望儿子伍子胥（包括伍尚）逃走的，相反，他希望儿子们全与他一起死，那样虽然残酷，但未尝不也是一种人生的解脱。

伍家父子的被杀原因当然可用一句话概括，这就是奸臣的挑拨和楚平王的昏庸。

伍氏家族为楚国一世代军功之家，用楚平王自己曾经的话说：“伍氏家族向来忠勇”，但是由于伍奢当时为太子建手下的大将，楚平王由于惑于妃子孟嬴，想改立孟嬴的儿子为太子，但内心又怕太子不服而与伍奢联手兵变，所以设计将伍氏父子削去兵权，再骗至郢都加以残害。

当楚平王将伍氏父子进行了一番非正常的调动后，再下旨要伍奢回郢都复命，此时伍氏父子实际上也有所察觉到了其中一定有阴谋。

伍奢临行时，其长子伍尚、次子伍员（子胥）都向父亲表示了担忧，伍尚说："我以为此次回京，深奥难测，恐非吉兆。"

当伍奢呵斥伍尚"我儿不可胡言，为父奉召面圣，何凶之有"时，伍子胥则说得更为明白："不知为父是装糊涂呢，还是真的不知情？朝廷先令子常接替儿的襄阳防务，实削去了儿的兵权，又遣袁越、武成黑和却宛来方城；而后召父回京，难道这一切仅仅只是巧合吗？"

其实老谋深算的伍奢，对于儿子所说的这一切岂能一点也没看出其中的玄机呢？他是不愿想象，或者说不敢想象呵！他说："休得猜疑，对君猜疑便是不忠。想我伍氏世代忠臣，岂可因我而止！事已至此，前面就是火坑，为父也得跳！"

就这样，伍奢走进了早已为他准备好的大狱。

伍奢当然知道等待他的最后结果是什么。

随后，楚平王又要伍奢写信将他两个儿子也骗来，伍奢竟然也照写不误：

书示尚、员二子：

父因戍边有功，主上隆恩，官拜令尹之职。吾王亦不忘你二人之功，分别封侯，不久圣旨将至矣。吾儿接书后，当星夜赴京都，以谢王恩。

父：奢

伍奢为什么会写这么一封家书？这让人不禁会想起后来的岳飞在临死前将自己的儿子岳云等也召来一起送死；还有《水浒》中的宋江，在喝了毒酒后还要将李逵等召来也喝下毒酒。其实岳飞、宋江和伍奢等在这里的想法是一样的，即怕自己死后，岳云与李逵们会为了给自己报仇而闹事，遂坏了自己"忠良"一世的英名。

伍尚与伍员（子胥）面对父亲的这么一封家书，该怎么办？

去，便是去送死，但是能保住"忠"的英名，因为这"死"是君所赐的。伍尚或许便是这样想的，所以他选择去送死。

而伍员（子胥）却作出了不同的选择：他要逃走。

伍尚在与伍子胥告别时说："我以殉父为孝，你以报仇为孝，彼各行其志！"

伍尚竟然说自己的行为只是为了"孝"——因为他看到的明明是一封家书，是父亲写来的，也就是说，这"死"也是父亲的意思，父亲为了"忠"而选择了死；他也去死，只是为了顺了父亲的心意，只是为了"孝"——百孝不如一顺嘛！

伍尚说伍子胥的报仇也是"孝"——因为他心里也知道，父亲其实本意是并不希望他们兄弟都死的，父亲这样做也充满了无限的仇和恨，从这一点来说，弟弟伍子胥的逃跑和报仇，倒不能不说也是顺了父亲的另一意愿，不能不也是一种"孝"，而且它在"忠"之上——这样实际上已放弃了"忠"。

我们看到过太多太多的人在"忠孝不能两全"时的选择，那几乎都是牺牲"孝"而成全"忠"，但是伍子胥却反之，他将"孝"放到了"忠"之上。

我常常想，那些成了伍子胥复仇之路上的铺路石的人们，他们当初为什么会不约而同地作出如此的选择呢？历来的一般性答案是，他们多出于一种"道义"，出于对伍家遭遇的同情。

这样的答案当然也不错。但"道义"的说法过于抽象而空洞，而同情只说在了表面。他们为什么同情呢？我以为只能是出于对伍子胥"孝"而不"忠"的行为的一种不自觉的认可，出于他们也不自觉地在封建伦理序列中将"孝"放在了"忠"之上，因为那毕竟是要牺牲自己生命的啊！至于为什么会这样？鲁迅曾论说女人"母性是天生的，而妻性是被逼出来的"，这里我不能不也套用一下鲁迅的这句话来回答：因为人类的"孝心是天生的，而忠心是被逼出来的"！

然而，那个时代的人伦顺序是"天、地、君、亲、师"，而这一顺序恰与人性本身所认可的人伦顺序相反。伍子胥遵循的是人性本身的伦理顺序，不能不与那个时代与社会认可的顺序相冲突，这便注定了他的人生不能不陷入一种两难中，即陷入一种悖论中。

肆

伍子胥逃出楚国后可以说他的生命便是只为报仇而活着了，因此他当然不能放弃他的报仇计划，但是事实上，他在实施复仇计划时又无时无刻不被一种强大的压力阻止着,他一直生活在一种报也“不好”,不报也“不好”的两难中。其原因很简单,这就是他要报仇的对象不是一般人,而是楚王。

这倒并非全是因为楚王力量强大,让伍子胥害怕。伍子胥有着过人的谋略与力量,尤其是当他一旦逃离了楚国,向吴国“借兵”成功后,若真的战场上相见,他是一点也不怕楚王的,甚至可以肯定,楚王一定不是他的对手。那种对伍子胥的复仇造成阻止的力量,正是来自于伍子胥自己的内心。

许多时候,人们在处理所谓的“国恨”与“家仇”时,往往都是“家仇”服从于“国恨”,或者是努力将“家仇”统一到“国恨”上去;在汉语词汇中,“国家”一词,是“国”在前“家”在后;在当今社会,我们也常常说“无国哪有家?”,“没有小家哪有大家”等类似的话。但是这一切都应该是基于人民当家做主,真正是国家主人的提前下说的,而对于伍子胥来说并非如此简单。

伍子胥虽然主观上只是为了报“家仇”,可他要报这一“家仇”却不得不与“国家”为敌,且是他自己的“祖国”。因为在那“溥天之下莫非王土,率土之滨莫非王臣”的时代里,所谓“国家”,其实“国”就是“家”,“家”就是“国”;当然,那 “家”,是国君的,而不是一般人的;相反,一般人若不忠于国君,便是不忠于国家。因此,楚国是楚王的“国”,或者说楚国就是楚王的“家”,伍子胥要找楚王报仇,某种程度上便是对楚国的背叛,便是与祖国为难。而这是无论如何也是一个人所难以去做的。从这一点来说,楚王实际上绑架了整个楚国。

但是,再从另一方面来说,也正是因为本质上楚国只是楚王的,所以它并非是百姓的,更不是伍子胥的;对于楚国与楚王之间实际上只是一种绑架与被绑架的关系,伍子胥当然不可能不明白,尤其是在他父、兄等全家三十多口人说被杀就被杀了的时候,他对此更是非常明白;而越是明白了这一点,他就越是不能不去为全家报仇,他甚至完全可以说:我“家”都没了,还有什么“国”!

如此两种心理,不能不同时存在于伍子胥的内心,也折磨着他的内心,让他之于自己的仇恨是,报也不是,不报也不是,亦即他的复仇人生本身也一直深陷在一种悖论之中。

然而伍子胥最终还是选择了报仇。

伍子胥终于向吴王阖闾“借”得了八千精兵,在精心准备多年之后大举伐楚，先是于豫章一带大败楚军，后终于攻破楚都郢城，不但烧了楚王的宗庙，而且还“掘楚平王墓，出其尸，鞭之三百”，如此一报杀家之仇、一解一己之恨。

我常常想，至此，当初那些为帮助伍子胥逃跑而成了他复仇之路上的铺路石的人，此时此刻他们难道一点也不后悔自己当初的举动吗？他们真愿意看到伍子胥只是为了报一家之仇而亡了一个国家吗？

我想答案应该是否定的。

当初，那渔夫冒着生命危险将伍子胥送过长江时，伍子胥将自己堪为国宝的宝剑相赠，渔夫毅然拒绝，只提出有一事相求，这就是：“将军他日得志，挥师入楚惩恶扬善之时，请千万别祸及无辜！”由此看来，人们虽然同情伍子胥的遭遇，但同时又希望他的报仇还是能将楚王与楚国（无辜百姓）分开。

伍子胥昔日的友人申包胥更是直截了当地表达了他对伍子胥如此行径的不屑和不满：

> 子之报仇，其以甚乎！吾闻之，人众者胜天，天定亦能破人。今子故平王之臣，亲北面而事之，今至于僇死人，此岂其无天道之极乎！

面对申包胥的指责，伍子胥的回答极其悲壮与无奈：

> 吾日莫途远，吾故倒行而逆施之。

至此不难看出，伍子胥的大仇虽然算是报了，但他竟然自己又否定了自己的行径，认为自己的这种行为是“倒行而逆施之”（汉语中“倒行逆施”这一成语便典出于此），因此，并没一丝的高兴和欣慰。

这一情节是司马迁在《史记》中记载的，透过字里行间，我们不难看出司马迁的观点——他也并不赞同伍子胥的如此报仇行径。开明如司马迁者尚且如此，伍子胥如何能逃脱“不报也不好，报也不好”的命运呢！

伍

伍子胥报仇成功了，这也意味着他彻底背叛了自己的祖国——楚国，亦即他事实上成了一个没有祖国的人。而一个没有祖国的人是痛苦的，所以他便自然而然地将吴国当作了他的祖国；事实上也确实这样，他不但把自己的智慧、勇敢，甚至还有忠诚都献给了吴国，最后还将自己的生命也献给了吴国——实际上是献给了吴王。

在伍子胥的辅佐下，吴国蒸蒸日上，不仅击败楚国，而且灭了越国，成了春秋霸主。然而随着吴国的日益强大，伍子胥与吴王夫差却矛盾越来越多越来越深：

会稽山大战，吴王夫差击败了越王勾践，勾践派大夫文种贿赂吴国太宰伯嚭，通过他请求与吴国讲和，并答应从此做吴王的奴隶。伍子胥极力劝阻吴王夫差答应这一条件，但夫差最终听信了伯嚭的蛊惑，竟答应了越王勾践的请求。

此事过了五年后，吴王夫差兴师伐齐，伍子胥又劝谏说："勾践和他的越国才是吴国的心腹之患，您应该先杀了勾践彻底灭了越国，再去伐齐。"但夫差不但置之不理，还令人难以置信地在不久后将勾践放归了越国，而对于忠心耿耿的伍子胥却从此越来越疏远。

今天电视剧中吴王夫差形象（胡军饰）

吴王夫差准备再次伐齐，越王勾践采用了子贡的计谋，率领他的军队协助吴国作战。伍子胥看出了越王勾践的真实意图，极力劝谏夫差，要他认识到这是一场阴谋，但吴王夫差不但不听，还故意派伍子胥出使作为敌国的齐国，本意是让他去送死。

伍子胥与吴王夫差产生矛盾是一种必然。伍子胥爱吴国，他把吴国当作了自己的祖国，但说到底，吴国是吴王的，不是任何人的，更不是你伍子胥的——伍子胥如果能看破这一点，他大可不必与吴王较真下去，他或许可以自己劝自己：你不急我急个啥啊！反正吴国是你的，它好也好，不好也好，甚至灭亡也好，说到底又关我什么事呢？——然而深爱着吴国的伍子胥怎么可能看破这一层呢？

因此，伍子胥与吴王夫差的矛盾注定只会越来越严重下去。吴王夫差也越来越不能容忍了，终于有一天，他派人给伍子胥送去一把名叫“属镂”的宝剑，要他用此剑自裁。

伍子胥仰天长叹！

伍子胥此时的心情，千年之后的我们自然是难以想象，但从他临死前留下的那份特别的遗言，我们可以明显地感受到他此时的绝望与悲哀。他告诉他的舍人说：“我死了以后，一定要把我的眼珠摘下来悬挂在吴国都城的东门之上，我要亲眼看到越国人如何地入侵和如何地灭了吴国！”

越王勾践卧薪尝胆图

至此，我们不妨也推测一下，伍子胥虽然留下了这一预言，但是他希望自己的预言应验吗？

当然！只有这一预言应验，才能证明他在世时的所有主张的正确，也才能证明他对吴王与吴国的忠诚；但是，他曾为吴国付出过心血，他在吴国身上寄托了所有的希望，他将吴国完全当作是祖国一样的热爱着，因此，他又不希望他的预言应验，因为这应验的代价是吴国的灭亡，这又是他万万不愿看到的——完全可以说，伍子胥是带着一个巨大的人生悖论死去的。

那么伍子胥为什么前两次都能以一种毅然决然的选择，两次从人生的悖论中挣脱，而这一次他却没有逃跑，而是听从吴王的命令，乖乖地用他送过来的那把“属镂”剑自刎了呢？

其实他这一次完全可以再逃跑，而且机会比他当年逃楚奔吴要好得多，如吴王派他出使齐国时，他实际上已完全看出了吴王的用意，对于自己的前途也了如指掌了，他完全可以在将自己的儿子托付给了齐国的鲍氏时，自己也留在齐国要求“政治避难”，但他毅然回到吴国来“送死”。他为何要这样？唯一的解释是，他这一次无论如何最终也挣不脱那个悖论了。

试想，伍子胥若再次逃跑，就算他能逃脱一死的命运，但是作为一个一次次背叛“祖国”的人，他能逃脱历史对他的苛责吗？两千多年后“冲冠一怒为红颜”的吴三桂，背叛明朝、背叛民族，将清军引进入了关内，但后来他又叛清发动兵变，尽管他的叛清行为中多少有一点民族尊严复活的因素，也尽管朱家的“大明”和李自成的“大顺”并不一定比爱新觉罗家的“大清”好，但历史终究不能原谅他。伍子胥若再次逃跑，他的历史命运一定不会比吴三桂好多少！伍子胥唯有一死，历史或许还能对他有所原谅，原谅他以前的挣扎与“背叛”。就这样，一次次挣脱人生悖论的伍子胥，终究也不能挣脱只要是陷入了这一悖论后其实是必然的命运。

伍子胥的整个人生本身就是一个大的悖论！

至此，我们也可以对开头的那个故事再做一次解释：如果伍子胥在奔吴途中发生在溧水边的那个故事只是人们附会出的，那么人们附会出这个故事的原因或许也正是人们看到了伍子胥的人生本质上是一个悖论。

陆

伍子胥死后，吴王夫差听说了他的临终遗言，不但不想到“鸟之将死其鸣也哀，人之将死其言亦善”，反而大为愤怒，下令让人将伍子胥的尸体装在一只用皮革做的袋子里抛入江中，意在使他浮在水面示众，并最后喂鱼。

粽子

吴国的百姓，出于对伍子胥的同情和敬重，悄悄地将其捞上并葬于江边一小山之上，并从此将此山叫做胥山，还在山上立祠纪念。时至今日，两千多年过去了，吴地的百姓仍然没有今日，每到端午，吴地百姓总会赛龙舟，若问他们到底是为了纪念伍子胥还是屈原，恐怕谁也说不清。

忘记这位为吴国和吴地作出过贡献的楚国人。

每到端午节，江南人家，家家都要包粽子，人人都要吃粽子，若问何以如此，那儿的人们大多不会说是纪念屈原，而是说这是为了纪念伍子胥，因为当年吴王夫差将伍子胥的尸体抛入江中，吴地百姓怕江中的鱼儿会吃了他的灵魂，便划着龙舟去驱赶，同时用芦叶包成粽子，投入江中喂鱼，并代代相传，成为习俗。

如今，端午节吃粽子、划龙舟早已成为了整个中华民族的一个习俗，在我看来，它究竟是为了纪念屈原，还是为了纪念伍子胥，并不重要，重要的是我们应该看到，这两位以不同方式对待楚国的楚人，他们其实都是爱国者，只是表达的方式不同罢了。不看到这一点，就难以理解为什么以死来效忠楚国的屈原，最终连它的敌国的人民也纪念他；而背叛楚国并攻打过楚国的伍子胥，最终为什么连楚国的人也事实上原谅了他！如果不理解这一点，我们对历史的认识也会陷入一种悖论。

呵，又快到端午节了，我似乎又闻到了粽叶和粽子的清香。

2009年5月26日

商鞅：作法自毙

在《史记·商君列传》中，司马迁将公元前338年函谷关前的一个傍晚不但描写得惊心动魄，而且别有意味：

一辆用黑色帏幔包裹得严严实实的马车急速地从秦都咸阳直驶函谷关而来。

车抵关前，随着车夫"吁"的一声喝令终于停了下来。车上走下一个气宇轩昂的中年人，他看了看眼前这座重兵把守的关隘，又眺望了一阵远方群山之巅将要落入山间的夕阳，吩咐车夫和随从，就近找家旅店住下，明天一早出关。

函谷关是秦国东方的一个最重要关隘，它依着山势而建于肴山屿口，是关中（所谓"关中"，即"函谷关中"的简称）通往东方六国的唯一通道，从秦国出了函谷关便出了关中，也便出了秦国。函谷关形势之险、位置之要，正所谓"一夫当关万夫莫开"。

今日函谷关

然而，任凭车上下来的一行人与店家好说歹说，店家就是不肯让他们住店，原因只有一个，那就是他们没有出关的通行证。

函谷关位置太重要了！所以秦

国向来对之把守严密，不但常年驻有重兵，而且还为关隘及其周边设施的管理制定了严格的法令，其中有一条：无论任何人，若没有国家签发的过关通行证，不但不能通关，而且在关隘附近的旅店住宿也不行；店家若有违反，将治以重罪。这伙人没有通关证，店家自然不敢留宿。

然而天色将晚，他们能往哪儿去呢？随从模样的人不得不一次次向店家求情，最终不得不报出了自己主人的名字，并说秦国的所有法令就是由他制定的。但是店家还是怎么也不能相信眼前这个中年人会真就是他们大秦帝国的大良造（相当于后世宰相）商鞅，因为在他们想来，若眼前的这个中年人真是大良造，他为什么事先不为自己签发一张出关通行证呢？

然而店家哪里知道，眼前的这个中年人确确实实正是商鞅，不过他此时已不是秦国的大良造，而是头上顶着“谋反”之罪的逃犯，他此行并不是为国事而欲出关，而是为了逃命——当初逃出咸阳时，或许是他根本就来不及签发，或许是他压根儿就没想到，自己竟然也需要一张小小的通行证！

然而，没有通行证，店家决不肯让他们留宿，商鞅不禁仰天长叹：“没想到我商鞅立法无数，到头来竟然落得个作茧自缚、作法自毙的下场……”

此时的商鞅，不但陷入了人生的大尴尬，而且陷入了生死存亡之秋。

司马迁是史笔，即使他不在文末的“太史公曰”中明确发表“商君，其天资刻薄人也……卒受恶名于秦，有以也夫！”的评价，仅凭他用春秋笔法记叙的商鞅逃离秦国过程中的这个故事本身，我们也不难看出他对于商鞅所遭遇的尴尬并无多少同情，相反字里行间似乎倒有点说他是活该。

“通古今之变”如司马迁者，为什么会对商鞅少有同情心呢？

壹

其实，商鞅函谷关前的遭遇已不是他人生的第一次尴尬了，在他的一生中，尴尬似乎是他的宿命。

稍有历史知识的人都知道，商鞅并不姓“商”，只是因为后来秦孝公将一个叫“商於”的地方封给了他，于是人们才称他“商君鞅”，简称“商鞅”。他原是卫

秦孝公画像

国人，姬是他的本姓，亦即他与周天子同姓，但春秋时男子是不称姓而称氏的，所以他并不叫“姬鞅”；由于他与周天子虽为同姓，但血统有些远，所以是“庶公子”，而非“公子”，“庶公子”又称“公孙”，所以“公孙”便是他的氏，所以早先他又被人们称作“公孙鞅”。

当年叫公孙鞅的商鞅是卫国人，而卫国是魏国的附属国，所以他长大即来到魏国便成了十分自然的事。他投于魏相国公叔痤的门下做了一门客，职为中庶子，相当于相国的私人秘书，也兼着为相府打理一些日常事务。当时魏国是魏文侯执政，他任用当时著名的军事家和政治家吴起进行变法，使魏国迅速成为当时列国中最强大的一个诸侯国。正是在那个阶段，商鞅不但眼见了变法对于强盛一个国家的巨大作用，而且对“刑名之学”颇有心得，治国的知识和能力皆大进，为此很快就赢得了相国公叔痤的赏识。此时魏国执政者已是年轻的魏惠王了，公叔痤不但当面向商鞅承诺，而且从内心出发，极力欲将商鞅引荐给魏惠王。

眼看着商鞅的前程将要一片锦绣，谁知就在此时，公叔痤却一病不起。

魏惠王来看望病重的相国公叔痤，公叔痤也真是“鸟之将死其鸣亦哀，人之将死其言亦善”，他没有食言，极力向魏惠王推荐商鞅说：“我府中的中庶子公孙鞅，人虽然还年轻，但是个了不起的奇才，我死了以后他完全可以替代我，大王您如果能够委他以治国重任，对他言听计从，国势就一定可以强大起来！”

商鞅画像

然而遗憾的是，年轻的魏惠王却对这位将死的老相国的最后遗言不以为然。在他想来，一个中庶子这样的小小门客家官，又这样年轻，能有多大本领啊？再则又还是个属国人，他即使有些本领，但能对魏国忠心耿耿吗？真将治国大权交给他，怎能令人放心！

公叔痤眼看着年轻的魏惠王对于自己的话不置可否，便知道他不会听信，思考再三后，他让在场的所有人都退了出去，然后才悄悄对魏惠王说："公孙鞅真的是个人才，您如果实在不想用他，那您就杀了他，千万别让他离开魏国跑到别国去啊！"

此话无疑将商鞅推至了一个要他命的尴尬境地。

好在年轻的魏惠王一时并没能理解过来老相国此话的意思，也好在老相国终于因爱惜人才而将自己的话又很快告诉了商鞅，终使他有机会离开魏国，摆脱了他人生的第一次大尴尬。

去哪里呢？一心想着要有一番作为的商鞅自然而然想到了秦国，因为此时的秦国虽不是最强大，但却是最有生气的一个诸侯国：刚即位的秦孝公很想有一番作为，正发布文告，意欲广纳天下精英贤才。

于是商鞅来到了秦国。

然而，此时的商鞅，一不曾有军功，二不曾有显位，三不曾有大名，四不曾有重资，只是一个十足的小人物，不要说得到秦孝公的重用了，就是如何见到秦孝公，也是一个很大的问题。好在天无绝人之路。商鞅很快结识了一个很特殊的小人物——此人叫景监，并非贵族出身，官职也不高，但是秦孝公莫名其妙地宠信他，所以景监在孝公面前很能说得上话。但也因此，在许多人的眼里，景监无疑是个弄臣，名声并不好。商鞅正是通过景监的推荐而最终得到的秦孝公的召见，正有点儿"鱼有鱼路，虾有虾路"的意味。这也为日后商鞅虽贵为一人之下万人之上，但仍为许多人所不齿而埋下了伏笔。

好在商鞅总算得到了秦孝公的召见。

为了证明自己就是秦孝公所要招纳的精英贤才，有着一肚子学识和满身本领，商鞅唯一的办法便只有大使他那三寸不烂之舌。据有关史料记载，商鞅第一次见到秦孝公，竟然讲得唾沫横飞，几乎溅到秦孝公脸上。然而这还并不是让他最尴尬的，令他最尴尬的是，秦孝公竟然听着听着打起了瞌睡。

这样的相见，双方自然是都不满意。秦孝公很快就将景监召去，责备他说："这就是你给我引荐的英才啊？他与我见面自始至终都只会讲些没用的大道理，这样的人有什么用呢?”景监受了秦孝公的责备,自然回去责备商鞅:“好不容易将你引荐给孝公,你为什么不给大王讲一些有用的东西而取信于他呢?”商鞅叹息一声说:“看来他不可能成为尧舜那样的帝喾人君!”

过了几天,商鞅请景监帮忙再引荐一次。商鞅又是一番游说,虽然这一次秦孝公没打瞌睡,但是明显看出对他的话仍没多大兴趣。秦孝公自然再次责备景监,景监也再次责备商鞅。商鞅说:“我终于知道他能听进去什么了!您再给我引见一次吧!”

事已至此,景监倒也帮人帮到底,干脆一不做二不休,又为商鞅作了一次引荐。这一次商鞅的游说果然让秦孝公兴致盎然。事后秦孝公立即将景监召来对他说:“你推荐的人这次说得很有道理,我准备重用他,你可以让他再来,与我谈得深入一点!”景监有些不解地跑去问商鞅:“你到底这次都讲了些什么,让大王如此开心?”商鞅说:“我第一次所说的,其实也不是什么没用的大道理,而是帝道,他听不进去;而第二次我说的是王道,他仍然听不进去。我便由此知道,他感兴趣的只是霸道。第三次我便与他说称霸之道,果然不出所料,他大感兴趣。看来我也只能帮助他成就一番霸业了!”

再一次去见秦孝公,商鞅完整而系统地阐述了“称霸之道”的理论依据与实践措施,直听得秦孝公不知不觉向商鞅越靠越近。至此秦孝公完全相信,眼前的这个年轻人就是他梦寐以求的人才,而他重用商鞅也便成了顺理成章的一件事了。

然而,这并不等于商鞅从此便在秦国如鱼得水了,相反,一个又一个令他意想不到的尴尬和难堪在等着他。

贰

众所周知,商鞅“称霸之道”的核心便是他的“法制”思想,于是在秦孝公的支持下,一场史称“商鞅变法”的运动,很快便在秦国展开了。

然而试想一下,在秦国贵族看来,一个外国人,竟然撺掇着自己的国君推行起一套损害自己利益的法令来,这无疑是大逆不道。国君面前他们自然是不敢放肆，因为秦孝公坚持“商鞅变法”的决心是那么的坚定，他们只能将所有的不满全冲着商鞅来，甚至恨不得发动一场“清君侧”暴动，将商鞅碎尸万段，因此，他们一次次当着秦孝公的面，对商鞅进行种种谩骂和攻击。但对于商鞅来说这并算不得尴尬事，因为每一次他都能从容面对，一一驳斥。大臣甘龙在朝廷之上当着秦孝公的面说：“贤君不应该变更自己的法令，因为官吏百姓都已经对旧法习惯了，很难再接受新的！”此言的厉害之处有二，一是它的确说出了一个事实，人们对于旧的事物习惯后，要改一套新的，总会产生不习惯；二是它实际上将秦孝公逼到了一个绝境，即你如果听信这个外国人的“蛊惑”而真的变法，那你就不是一个贤君了。商鞅反驳说：“这种说法过于世俗。不错，一般人是不愿意改变旧法，甚至学者也难以接受新事物，然而这正是治国者应该去教化他们的地方，而不是等他们来参与制定国家的大政方针。夏、商、周三代以礼治国，但三代的礼也不是相同的，而是各代都有所变化；春秋以法定邦，但五霸之法也各有不同。可见变法是很正常的事。”大臣杜挚也反对说：“没有十倍的功效不应该变更器物；没有百倍的利益，不应该变更法令。”商鞅反驳说：“只要对国家有利，不管利大利小，只要有利，就应该变法！”杜挚又说：“只要遵循旧法，就不会出岔子。”商鞅又反驳说：“商汤、周武王并不遵循旧法，而终称王天下；夏桀、商纣倒是遵循古法，但是最终都灭亡了。怎么能说只要不改旧法就不会出岔子呢？”

“南门立木”连环画之一页。

“商鞅变法”的内容，以我们今天的眼光归结一下主要有四条：一是鼓励生育；二是“废井田，开阡陌”，即，发展生产；三是实行“伍什制”，严明法令；四是奖励军功，即实行以军功晋爵的制度，取消爵位世袭。

这样的一套法令，遭到既得利益的旧贵族反对实在是很正常。然而新法给普通百姓带来的好处是十分明显的，如，“废井田，开阡陌”，实际上将农民从奴隶解放成了自耕农（后来的历史学家正是主要以此而认为，是商鞅变法完成了秦国在春秋列国中率先由奴隶社会向封建社会的转化）；而以军功晋爵的制度，则

商鞅尊

为广大下层百姓提供了一个出人头地的可能。但是让商鞅没有想到的是,普通老百姓竟然不领情,他们对于新法似乎毫无兴趣,这不但让商鞅万分尴尬,更几乎让贵族以此作为反对新法的又一借口,而使新法夭折。

为了打破这一尴尬局面,商鞅留下的一个故事,并成为美谈被传至今。这就是我们今天一般人都知道的"南门立木"的故事。

商鞅派人在秦都雍城的南门竖起了一根不大的木头,并许诺说,谁将他扛到北门,就赏他"十金"。一时间,看热闹的人越来越多,但就是没人去扛。众人议论纷纷:"这么一根小木头,扛一下并不费吹灰之力,竟能得到十金!哪有这样的好事?"

整整一天过去了,还是没有一个人去扛。商鞅又让人放出话来:"谁扛,赏他五十金。"此时真可谓重赏之下必有勇夫,终于人群中走出了一个汉子,他扛起木头就向北门走去。众人自然也跟着他一起拥向北门——大家倒要看看,他是否真能得到"五十金"。

雍城虽是都城,但是并不大,壮汉几乎三步两脚,一会儿就到了北门。商鞅早已在那"恭候多时",汉子放下木头,商鞅二话没说,便当众将"五十金"送给了汉子,并且对众人说:"我商鞅说出的话,发出去的号令,都是绝对算数的!"至此众人才相信"商鞅变法"的所有内容都是真的。随之新法在百姓中的推行便水到渠成。

新法就这样被推行了下去,但商鞅面临的尴尬远远没有结束。

叁

你商鞅不是要严明法令吗?现在太子犯法了,你怎么办——两位与国君有血缘关系的贵族,同时也是太子的两位现任老师公子虔和公孙贾,竟然唆使年轻的太子故意触犯法令。这让商鞅一下子陷入了大尴尬——真的按律对太子进行处罚吗?秦孝公自然不会同意;秦孝公不同意,商鞅怎么处罚?就算商鞅真敢不顾秦孝公而处罚太子,那还不将秦孝公得罪了!而得罪了秦孝公,这变法还怎么进行得下去?

商鞅当然知道这是旧贵族联手给他制造的一个悖论。于是魔高一尺,道高一丈。商鞅对秦孝公说:“新法的权威一定要维护,但太子是未来的国君,当然不能随便处罚,且太子毕竟年幼,他的犯法责任在于他的老师没有教育好。”于是下令,将公子虔和公孙贾按律处罚,将前者杖一百大板,后者施以“黥刑”,即在脸上刺上字迹,永世抹去不得。

就这样,一个天大的尴尬和悖论似乎又被商鞅轻而易举地化解了。

然而,新的更大的尴尬和悖论又来了——

你商鞅不是立法说要以军功晋爵吗?那么你自己并没有军功,你凭什么大权在握啊?

于是商鞅不得不也去建立军功。可建功立业的对象选谁呢?自然是秦国的邻国魏国,可魏国可算是商鞅的“祖国”啊,要拿自己的祖国开刀,这又是个很让人尴尬的难题。

好在商鞅自己想得开,大义灭“亲”并不在话下。商鞅领兵伐魏,魏王派大将公子卯领兵与之对峙。商鞅传信给公子卯说:“我当初在魏时,与您素来关系不差,现在我们虽各为其主,阵前对峙,但我实在不忍心与您交战。我们不如见面好好谈谈,找一个各自都能接受的办法,互相退兵,使秦、魏两国都能安稳,岂不更好?”

公子卯于是信以为真,欣然去见商鞅,没想到此实为商鞅所设一计。公子卯一到,商鞅命伏兵四出,一下子将公子卯生擒。公子卯自知上当,但已经晚了,一切都无法挽回。魏军失去主帅,自然不战自乱,被秦军轻而易举就击溃了。

商鞅终于取得了军功,又一次成功化解了自己的尴尬。

商鞅铜方升（容积 202 毫升）

表面上这一个个尴尬和悖论,虽然都被商鞅凭着自己的智慧与勇敢一一化解了,但是,太子驷、公子虔和公孙贾们心中由此而滋生出的仇恨，却比公孙贾脸上的刺字还要牢固；还有魏国，虽然从此一蹶不振了，但商鞅却因此而成了魏国人心目中最大的叛徒和仇敌……这一切，实际上正意味着商鞅最终必然又将陷入一个更大的人生尴尬和悖论中，甚至是生命悲剧中。

肆

公元前338年，秦孝公突然死去，王位自然由太子驷后继，当年的太子驷成为秦惠文王后，立即应了"一朝天子一朝臣"的俗话。八年躲在家中不见天日也不见人的公子虔（他后来再次违法，被依法判处"劓刑"，即割去鼻子，他为此而躲在家里不再见人）终于出山，他拉拢公孙贾们一起，怂恿秦惠文王向商鞅发起了全面报复，诬以"谋反罪"捉拿商鞅。

商鞅预先得到了消息，仓皇出逃，于是出现了本文开头所叙一幕。逃到了函谷关的商鞅，进亦不得，留亦不成，一时陷入了自己制定的法律的难题中。

不过据史料记载，商鞅最终还是过了函谷关的，到底他是怎么过的，不得而知。逃出函谷关的商鞅往哪里去呢？他自然首先想起了自己曾经的"祖国"魏国。但是魏国人岂能容留他这个早已背叛了祖国的叛徒啊？再则，即使魏国人有心留他，而此时亦已不敢，因为正如魏国的一位大臣向魏王所言："商君现在是秦国的罪犯，而秦国现在国势胜过魏国，魏国如果留下商君，秦国势必会为此而对魏国兴兵，如此魏国不是引火烧身吗？"而当初使魏军大败、魏国一蹶不振的人不是别人，正是商鞅！商鞅当初在用诡计生擒公子卯大败魏军时，实际上已为自己的今天掘好了一个坟墓。

今日陕西省商洛市商鞅广场上的商鞅雕像

魏国竟然将商鞅无情地赶回了秦国。

商鞅只好又回到他的封地商於，能做的也只能是作一次垂死的挣扎。

他召集部众、家兵，率领他们一起去攻打郑国。他此举究竟是想取道郑国另逃他处，还是想借地自立呢？一切还没来得及见分晓，秦国的追兵已及——根据商鞅当初制定的法令，任何人不经国君同意便擅自发兵，便以“私斗”和“谋反”论处，而“私斗”和“谋反”一律处以极刑。至此，商鞅终于再也逃不脱他自己制定的法令的惩罚。就这样，中国历史上第一位伟大的改革家，于公元前339年在秦都咸阳闹市被处以“车裂”，即俗称之“五马分尸”，实在不能不说这是商鞅人生最大的尴尬。

然而，商鞅这最大的尴尬还并非他人生最终的尴尬。

商鞅变法后，中国历史上还曾出现过许多次变法，多数都会随着当初支持变法的国君的死去、改革派失势、反对派得势，而将新法一一废止，如一般人都很熟悉的王安石变法等即是；然而，商鞅死后，他当初制定的各项法令，秦惠文王并没有废止，相反还一如既往地大力推行。这在中国历史上不说是绝无仅有，也是极其罕见，似乎秦国上下反对的就是他商鞅这个人，而非他的新法。不仅如此，当秦国在战国七雄中最终崛起而统一天下时，秦人似乎也并不感谢商鞅，因为我们没有见任何史料上有关于秦国人为商鞅“谋反”一案平反的记载；而事实上，说商鞅“谋反”实在有违事理，因为他最终也既没有背叛秦国，也没有割据自立，也没有对秦国的一城一池有过任何攻击的行为。然而，说商鞅“谋反”似乎也一点没错，因为有“法”为据，更何况这“法”正是他商鞅自己制定的，因此，自古以来，人们似乎一直都认为商鞅的结局实在都是他作法自毙、作茧自缚，甚至可以说是活该。包括司马迁，恐怕也是这个意思。

有人说这都是因为他当初执法心慈手软，没有将公子虔、公孙贾们这些反对新法的旧贵族斩草除根，以致为自己留下了后患。此话初听似有道理，然而细想一想，反对者是商鞅能斩尽杀绝的吗？因为别忘了反对派的最实际后台是谁啊？是太子驷，是未来的国君，能将他也杀了吗？于是又有人说得恰恰相反，说都是因为商鞅当初执法太苛、太严，所以才让太子驷和一些旧贵族心生怨恨。此话似也不错，但是一项法令及其推行，何谓苛、严，何谓宽、缓，这更多的时候要看人站在什么立场、地位和角度来看，真要做到恰到好处，各方满意，不说不可能，至少也是很难的事情。当然，作为商鞅，其立身行事，果能做到如诸子百家中道家代表庄子说过的那样“才与不才之间”，那当然可处于不败之地；然而庄子所说的只是种最佳的人生理想状态，事实上这世界之上有几人能够做到啊？后来，又有人根据事实上秦惠文王在杀了商鞅后却并没废止新法来推测，觉得他似乎真正反对的只是商鞅此人，并非他变法的一系列措施，便说商鞅的悲剧是他为人个性和品格上有问题，说他当初受秦孝公信任时太张扬，太得意忘形。但是没有张扬的个性和执著精神能充当改革家吗？历史上有哪一位真正的改革家不是张扬的个性和执著的品格的人？还有人说，商鞅变法虽的确为秦国起到了富国强兵的作用，但是也有愚民的副作用——它将老百姓事实上只固定在了“耕”和“战”两个字上，以至于他们好歹不识，是非不分（因为他们不用识，不用分），对商鞅的最终遭遇也自然没有任何同情心。但是试想，即使秦国的百姓对于商鞅的遭遇有同情心又能怎样？在那样一种由奴隶制刚刚完成封建化的社会里，百姓能为商鞅打抱不平，以致帮上大忙吗？还有人说，这都是因为商鞅对“祖国”的背叛所造成的。但是别忘了，实际上是“祖国”逼着他背叛的；更何况那时周天子还在，各诸侯国其实都是周的天下，要说“祖国”，那“周”似乎才算得上；当时的人们在各诸侯国之间纵横驰骋，事实上也谈不上背叛，大有如今天大学生找工作，“此处不留爷，自有留爷处”，原本也是很正常的事情。

因此，说到底，商鞅的尴尬和悲剧结局是注定了的，实际上并不仅仅是他个人的人生尴尬，而是作为一个改革家所必然遭遇到的悖论，也是历史本身在艰难前进的过程中所必须付出的代价。而改革者的伟大之处便是敢于走进这种悖论。

商鞅的死是一种必然——司马迁看到了这一点。

商鞅的死是另一种形式的永生——司马迁没能看到这一点。

2010年1月27日

梁武帝：台城悲歌

生活在这座世称六朝古都的城市里，自然会时常想起六朝——英雄与小人同朝共舞的政治的六朝，征伐与杀戮难分难解的军事的六朝，雕龙与画虫平行并重的艺术的六朝……每当想起，那一幕幕早已褪色的史剧常常会浮现在眼前，如梦幻烟云、流水落花，其主角们或衣冠飘忽、放浪形骸，或酗酒吃药、醉生梦死，他们崛起又毁灭、大喜又大悲、杀人又被杀的人生和命运，常常让人感慨系之，而其中尤以那位史称梁武帝的萧衍最令人欷歔难禁。

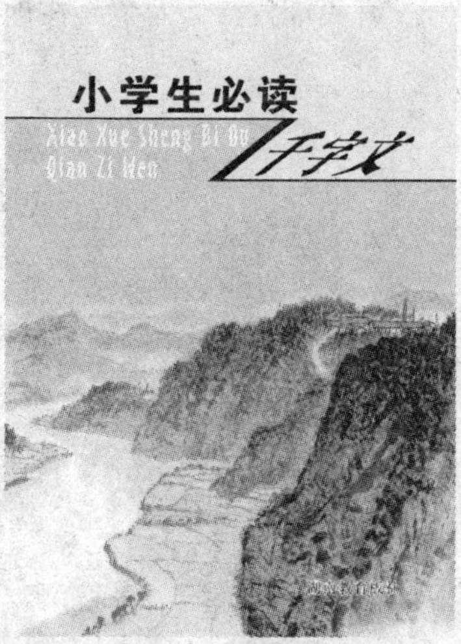

《千字文》——世界教育史上使用时间最长、影响最广的启蒙课本

这并非因为他的文武全才，也并非他在六朝列代皇帝中活得最长（86 岁），在位最久（48 年），更并非他下令编撰了世界教育史上使用时间最长、影响最广的启蒙课本《千字文》，而是因为：他作为一个人，曾尽享人世之尊又饱尝世间之苦；作为一个生命，曾尽显剽悍奋发又终归荒唐颓废；作为一个帝王，既是开国圣主又是亡国之君……总之，在封建社会里常常是几代人才能完成的历史过程竟在他一人的生命里高度浓缩。另外还因为我每日上班的单位离台城

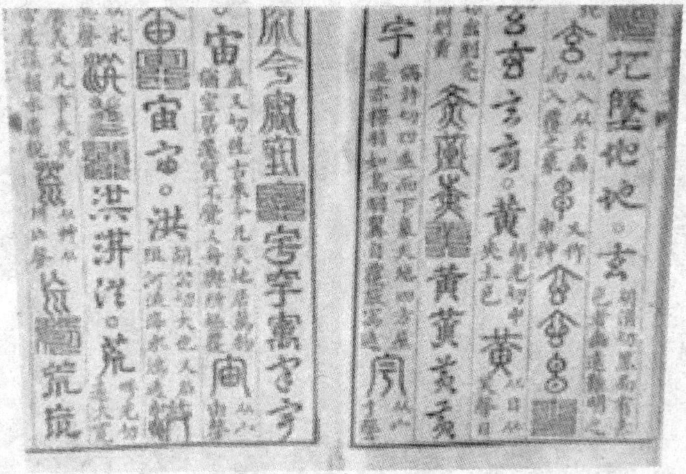
古版《千字文》内页

仅一箭之地，坐在办公室里，一抬头便可透过窗户看见台城的飞檐斗拱与宝塔宫墙……

壹

梁武帝独特的人生是在他被侯景的叛军围于台城、问计吴均时最终完成的。

梁武帝像

其实，当时他比谁心里都明白，这种时候，这位只会说大话、空议论、好作慷慨之调的江南文士是不可能想出任何妙计的。想当初，他偶然读到吴均的一首题曰《剑诗》的诗，其中“何当见天子，画地取关山”的诗句真是掷地有声，他一下子被这种强烈的渴望建功立业的激情所打动。此时他初登大宝，心怀大志，心想，如此英雄，正可一用！于是他将吴均召至殿下。既是英雄相见，自然不必闲话，于是他开门见山地问吴均：“天子今见，关西安在焉？”没想到吴均支吾半天，终无言以对，这令他非常失望，唯一的收获便是从此知道了吴均一介书生的本质。是的，吴均只是一介书生，且是位文才相当不错的书生，他给朋友朱元思偶尔写下的一封书信，千年之后竟能进入中学语文教材，但在眼下这种兵临城下之机，要让他来想出个破敌妙计，实在是太为难他了。果然，吴均面对梁武帝的发问，惶恐万分，不知所措，犹豫半天，踌躇半晌，扭扭捏捏，畏畏葸葸地说，还是投降为好。这样的回答自然遭到了痛斥，倒是这一阵痛斥声中依稀可见梁武帝尚存的一丝英雄气。

是的，尽管如此，我们也不能否认梁武帝萧衍的确算得上是一位英雄。

萧衍也算是皇家出身，其父萧顺之因是齐高帝萧道成的族弟而被封为侯。出生在这样的家族中，若是在别的时代，或许是幸运而令人羡慕的，但在南北朝这样的乱世，却并非一定是什么幸事。宋齐时民间有一首歌谣："遥望建康城，小江逆流萦。前见子杀父，后见弟杀兄。"纵观六朝列代，围绕皇权的争斗，强权的统治者似乎总爱拿自家人开刀，"骨肉相残"是那时最常见的皇家闹剧。因此，刘宋后主刘准在萧道成屠刀下留下的最后遗言竟是"愿后身勿复生王家"。天性聪慧而又敏感的萧衍深深地知道，父亲虽贵为王侯，但并不能保证自家不发生突然某一天被满门抄斩的事情，从这一点来说，自己的身家性命甚至并不如普通百姓牢靠。貌似平静的深宫大院实际上是风霜的迷宫血腥的漩涡，豪华奢侈的冠盖金舆背后，潜藏着最为血腥的杀戮。萧衍便是怀着这样的心态度过了他的童年时代与青少年时代。这样的人生机遇，使他较早就懂得了韬光养晦、审时度势，也懂得了丰满羽翼、积聚力量，更懂得了抓住机遇，当机立断。而这一切又正是一个政治家所必须具备的基本素质。

年轻的萧衍给世人的印象只是一个爱好文学的世家翩翩公子，而实际上，他无时无刻不在观望，不在等待，他冷静而沉着，不急又不躁，自己的心迹决不露出半点，哪怕在自己最亲的人面前。

机会终于来了，萧衍 26 岁那年，他以竟陵王萧子良西邸从事的身份被萧子良推荐为襄阳太守，出镇边城襄阳，从此萧衍弃文从武，开始了他的别样人生。

齐魏两朝，隔江对峙，荆襄之地自然成了边防重地，镇守之责自然十分重大。萧衍初出茅庐即镇守襄阳，这是历史和命运赐给他的一次机遇，他当然紧紧抓住不放。初到襄阳，本是一介书生的他，在强敌面前，入兵戎之间，不仅无所畏惧，而且多次以谋略出奇制胜。据史载，萧衍每遇战争，总身先士卒，一马当先，有时，当齐军将士在强敌面前望风而逃时，他所率部队，则砥柱中流，岿然不动。边城襄阳正因由萧衍的长期坐镇，南齐才获得了长江上游边防的安全，都城建康才获得了长期的安宁。不仅如此，更为难能可贵的是，萧衍在襄阳守任上不仅充分显示了卓越的军事才能，更充分显示了他出众的政治才干。在他到襄阳之前，这座边防重镇由于长期兵灾，经济萧条，民生凋敝，百姓困苦，真可谓哀鸿遍野。他到任后，一面招兵买马、整顿军务，一面轻徭薄赋，鼓励生产，安抚百姓。在他的努力下，作为边防前哨的襄阳，竟出现了社会安定，经济发展的大好局面。他本人也因此而获得了襄阳百姓的尊敬和爱戴。这一切都为萧衍以后的起事奠定了物质和人事的基础。

公元 483 年初，齐高帝临终之前一下子委任了六名托孤大臣。凭借自己高度敏感的政治嗅觉，萧衍断定“齐将大乱”。看来，此时在风雨中飘摇的南齐王朝亟需要一位政治强人出来或收拾残局，或另起炉灶了——这个人除了要有过人的才干和胆识外，最好要有一点皇族的背景，如此他就比较熟悉和了解其中争斗的种种人事和机关；最要紧的是他决不要在明处，最好在政治中心之外，藏在暗处，要不，一旦进入齐明帝萧鸾和东昏侯萧宝卷这两个杀人不眨眼的屠夫皇帝的视线，他会早早的人头落地了——此时的萧衍，正是这样一位政治强人。这是历史对他的选择，也是命运为他作的安排。

萧衍一面急告远在建康的哥哥萧懿，千万不要“赴阙朝觐，静待事变”；一面在襄阳城里整军经武，厉兵秣马，静待时机，一举成事。不久，他的哥哥萧懿，因不听他的劝告果然被杀，他便乘机兵起襄阳，并联合各路反东昏侯的义军，顺江东下，矛头直指建康。由于他为这次行动作了充分的准备（据史书记载，他出兵之日，便有“铁马五千、甲士三万”），因兵力之强，他理所当然地在反东昏侯的联军中被推为盟主。

然而，萧衍发动的这一场暴动式的战争，并没能取得速胜，相反竟一打就是三年，在这三年的战争中，他出众的军事才能理所当然地得到了充分的发挥。《梁书》上是这样描写萧衍挥师东下时的雄壮军容的：“江陵湘中之兵连旗继至，粮食既足，士众稍多，围守两城，不攻自拔。”何以如此？萧衍总结说，“用兵之道，攻心为上，攻城次之；心战为上，兵战次之”，如果达到了如此之境，“天下之事，可以卧取之耳”！有着这样的气概的人难道还不是英雄吗？当然是，而且不是一般的英雄，而是大大的英雄！

至此，萧衍已成功地在历史的天空中完成了他的英雄造型。

贰

公元501年，萧衍率军攻入建康、兵围台城，随即位居宰相——实际上齐和帝萧宝荣已在他掌股之间。

就在这年深秋，萧衍襄阳旧府又传来喜讯，留在家里的丁氏为他生下一男孩。得到这一喜讯，相府上下自然少不了庆贺一番，一时间，门人故吏填塞其门，有奉承者说：“这一下相爷的事业后继有人了。”“不，应该说国家社稷后继有人了！”又有奉承者说。这话让萧衍忽然想起丁氏要他这个做爸爸的为新生的儿子起个名字，这时，他的脑海中突然浮现出一个字：“统”——他既要一统军政，也要一统南北，更要一统天下。于是他提笔在一张红纸上写下了这个“统”字，并封好遣人急送襄阳，给儿子作名字。

此时此刻，萧衍的野心已昭然若揭，但人们似乎一点也不因此而感到奇怪，

今日鸡鸣寺似与台城融为了一体

相反，倒觉得像他这样的英雄，面南称帝是再顺理成章不过的事。

不久，台城中便又一次演出了一幕“禅代”的活剧，皇帝仅仅做了两年，人却杀了不少的齐和帝萧宝融，将还没坐热的皇位让给了萧衍。萧衍称帝，改国号梁，史称梁武帝。

此时摆在梁武帝面前的南朝可以说是一个烂摊子。由于东晋以来过于频繁的政权更迭，使得整个社会动荡不安，经济衰退，民生凋敝 。而与之相比，一江之隔的北朝，在魏孝文帝太和十九年，即公元 495 年，曾进行了一场几乎是史无前例的改革——史称北魏孝文帝改革。改革的结果是，在北方不但出现了一个规划空前的民族大融合的局面，而且也为北方的经济带来了很大的发展。在这样的形势之下，萧衍执政的梁，如果不能够迅速改变自身的社会、政治、经济局面，其后果不要说北伐恢复一统天下了，即使维持对峙也会因失去本钱而不能。这无疑是十分危险的。历史要求此时的梁武帝不但只是一个英雄，还要是一位理想远大、心胸开阔、爱民如子的仁主圣君。

开国之初有一个阶段，梁武帝的确没有令他的国家、百姓失望，也没有令历史失望。

据《梁书》记载，梁武帝称帝以后，他“夕惕思治”。例如，他曾公开贴出告示，征求朝野各方对朝政的意见，并在公车府设了两个函（用今天的话说就是两个意见箱），一个叫“谤木函”，一个叫“肺石函”。“欲有横议，投谤木函；……冤沉莫达，投肺石函。”（《资治通鉴》卷一百四十五）凡“不便于民”的政策，只要“具条与闻”，达帝聪，经过斟酌，觉得有可取之处的，便一定施行。在自身生活方面，梁武帝还十分注意约束自己，他十分的勤于工作，不讲享受，几近到了苦行僧的地步。在经济方面，梁武帝实行劝农商政策。有时作为皇帝的梁武帝，还亲自“藉田耕作”。在用人方面，梁武帝设立五经博士，专司“吊有忧，贺有喜，送往者，迎来者，去民之所恶，补民之不足”，意在发现和培养有用之才，实行任人唯贤的政策。这一点在十分讲究门第出身的南朝着实是难能可贵之举。这一系列的政策的实施，使梁朝开国不几年，就一变齐末政治动荡、经济凋敝、人民流离的局面，使国家很快出现了国富民强的盛况。此时的梁武帝萧衍，作为一个人，其人生获得了大成功；作为一个生命，其价值获得了大实现；作为一个帝王，其形象获得了大光辉。

这样的成功领袖，倘若再有一点艺术天分那更是一种锦上添花，无可挑剔，而对此梁武帝萧衍是一点也不缺乏。萧衍的父亲是齐高帝萧道成的族弟，因军功封侯。生于侯府的萧衍，在南朝这样一个文风盛行的时代，自然和许多士家少年一样，在文学艺术上都曾下过相当的工夫，有着相当的造诣。的确，年少时的萧衍性喜文学，且表现出很高的天分，他曾与沈约等人以文学才能而同为齐宗室竟陵王萧子良的西邸从事。尽管他后来位登至尊更多靠的是他的武功，但他最初在宗室士子中知名靠的却是文学。

多才多艺，对于一个统治者来说，也许并不必苛求，也没有必要，但这对于其个人魅力的增加自然是大有裨益。于是梁武帝称帝后，自以为将江山收拾得差不多了，便重操起了文学的旧业，且一旦玩将起来，绝对是专业水平。

另外，作为开国皇帝，梁武帝还拥有一个黄金般的年龄，他即位时 38 岁。在他之前，刘宋的开国皇帝刘裕登基时已 58 岁，至于南齐的开国皇帝萧道成，登基时已年逾花甲。他们二位都只做了两年的皇帝便命归西天了，“皇祚”是那么的短，短得不仅连自己纵有万般宏图也来不及展开，而且连继承人也未来得及选好，为日后的“骨肉相残”种下了祸根，也为觊觎皇位的政治强人和野心家们留下了可乘之机。相比之下，以梁武帝萧衍的年龄，足可以使他非常从容地为自己的王朝开一个好头，为自己的子孙做一个榜样，至少可以有足够的时间为自己选择和调教一个好的接班人，将自己王朝的王祚尽量延续得长一些吧！

由此看来，梁武帝作为一个帝王或政治领袖，该有的似乎都有了，剩下的就看他的大有作为了。此时，历史是很看好这位皇帝的，尽管只是一位割据王朝的皇帝。

然而，事实上这实在只是人们和历史的一种一相情愿。

叁

不知不觉之间，梁武帝变了，变得前后判若两人。

纵观中国封建社会的历代帝王，大凡开国的一代多少总有些文治武功和雄才大略的，他们多数在夺得政权之后，一般也都能励精图治、轻徭薄赋、安土保民、有所作为，昏庸和荒淫一般都出现在他们身后的子孙身上，相隔短者也有一两代，长者竟有十数代甚至数十代，而在同一个人身上出现先后嬗变的现象似乎并不多见，梁武帝萧衍可算是一个。而在封建时代，皇帝思想行为的前后突变、生命形态的先后蜕化、人格追求的前后反差，往往便注定了这个王朝的必然命运。

终于，冥冥之中注定了的事情发生了。同泰寺的袅袅香火还不曾散去，梁武帝还没想明白，听惯了的晨钟暮鼓忽然之间乱了平时的节奏，台城的紫气就突然之间被无情的烽烟笼罩了。侯景率领叛军将台城团团围住，一场浩劫就这么开始了。

昨天还是晨钟暮鼓、经幡飘飘，今天便是血肉横飞、刀光剑影；昨天还是锦衣玉食、美女盈怀，今天便是饥不择食、四面楚歌；昨天还是万人之尊、天之骄子，今天便是我为鱼肉、人为刀俎；昨天的归降客，便是今天的夺命鬼；昨天的金銮殿，便是今天的望乡台。

一切变化仿佛都发生在瞬间。

然而一切变化真的都是在瞬间发生的吗？

当初，侯景以东魏将领的身份拥兵十万、以河南十三州请求降梁，梁臣谢举等人曾激烈反对，但梁武帝以为这是统一中国的绝好机会，理由是侯景求降与他刚做过的一个梦相合。于是梁武帝下令收纳侯景。殊不知，此举不只是一次地地道道的引狼入室，而且立即引起了本是友国东魏与梁的反目，是一次“双赔”的买卖。侯景降梁后，总担心南北和好会使他成为牺牲品，一面竭力破坏和反对，一面准备再次反叛。侯景的行为使他的部将都看不下去了，有人偷偷逃到建康报告梁武帝，武帝竟不加过问。鄱阳王、合州刺史萧范密告侯景谋反，梁武帝仍认为不可能。侯景邀羊鸦仁合谋反叛，鸦仁被部将抓住送到建康，梁武帝仅将他关了几天便一放了事。而对于侯景本人，梁武帝不但没作任何追究，还主动向他作了“道歉”。梁武帝如此一次次莫名其妙的“大度”，终于使自己成了一个十足的东郭先生。

太清二年（548年），侯景据寿县起兵，以讨朱异、周石珍为名，袭取谯州（今安徽省含山县），攻下历阳（今安徽省和县），引兵直驱建康台城。这时梁武帝才相信侯景叛乱是真的了，但一切已经太晚了，他只能在被围的台城中等待活活饿死。

被围在台城中的人除了梁武帝当然远不止吴均，其中还有一个叫柳津的人。当时此人有一个儿子叫柳仲礼，正在台城外做统帅，手握重兵，但就是按兵不动。无独有偶的是，梁武帝有个儿子邵陵王萧伦，此时也手握重兵驻扎在城外一步之遥的地方，但也拥兵自重，见死不救。柳津悲哀地对梁武帝说："您有邵陵，我有仲礼，不忠不孝，贼何由平！"

柳津一语道破了的岂止是他自己的悲哀与无奈，更道出了梁武帝的悲哀与无奈。那么曾经在荆襄大地纵横驰骋的他，曾于战火硝烟中纵论攻战的他，曾于枕席之间夺人社稷的他，一个有才能、有自信、有手腕的英雄，一个有胸怀、有爱心、有韬略的仁主，怎么会变得如此悲哀又如此无奈呢？

答案在哪儿？

答案正在于他的才能、自信和手腕上，也在于他的胸怀、韬略与仁慈上。

如果梁武帝当初对侯景的降纳，多少还有一点道理可说，那么后来一次又一次的纵容简直就是不可理喻。那么他何以如此呢？他的自信在其中起了决定性的作用。他相信自己的判断绝不会出错，他相信自己看上的人绝不会背叛他，他更相信小小的侯景，即使反毛也绝不是自己的对手。实际上，到了这地步，英雄萧衍、圣主梁武帝，已走到了自己的反面，因为自信与武断，与专横，与顽固不化，与刚愎自用，有时仅相距一步之遥。如果梁武帝只要"民主"一次，小小的侯景的确哪是他的对手！

梁武帝算得上是位"仁主"，尤其是与南朝其他的皇帝相比，更可以这样说。他在建国登基初，就不想对前朝后主格杀勿论，尽管这是南朝每次改朝换代的"惯例"，较之于他的"仁慈"之心，以文风绮靡、诗风柔媚而著称于世的文人沈约倒成了铁石心肠——是他竭力主张剪灭废帝，说："古今殊事。魏武所云'不可慕虚名而受实祸'。"也许梁武帝见过了太多的杀戮、太多的鲜血、太多的人头、太多的"骨肉相残"，因此，他在位期间一直奉行"骨肉相恩"的政策。事实上，与南朝皇帝的嗜杀相比，他的确不曾"拿自家人开刀"过。然而，仁慈与纵容，与昏庸，与为虎作伥，与养虎为患，与无法无天有时也仅相距一步之遥。

举两个例子，让我们来看看梁武帝是怎样仁慈地实行“骨肉相恩”的。梁武帝早年无子时，将萧宏的儿子萧正德收做嗣子，后来有了太子萧统，萧正德自然而然还本。梁武帝自然也不会亏待他，封他为西丰侯。谁知萧正德却从此不满，不久竟自称是被废太子外逃投魏。谁知魏待他很薄，他竟又逃了回来。照道理说，对于这么个忘恩负义、外逃投敌的侄子应该就此严惩，谁知他不但没有如此，反而还恢复了其西丰侯的爵位。梁武帝有一个儿子萧综，在前线指挥作战，竟临阵投降了魏国，还谎称自己是东昏侯萧宝卷的儿子，与梁武帝有杀父之仇。就是这样一个将忠孝二字丢至脑后的逆子，梁武帝对他的处罚只是自欺欺人地将他的名字从萧氏家谱中除去。但不久又饶恕了他。他死后，梁武帝还把他埋葬在祖坟旁边。

梁武帝对自己喜欢的官吏也是一味“相恩”。有个叫鱼弘的人，做了几任太守，公然对人说，我做太守，郡中有“四尽”：水中鱼鳖尽，山中獐鹿尽，田中米谷尽，村中民庶尽。但就是这样一个贪污腐败、鱼肉百姓的太守，有人把他告到梁武帝那儿，他竟以自己的省吃俭用做挡箭牌而不加惩处。

梁武帝的“仁慈”，最直接结果便是培养出了一大批萧邵陵、柳仲礼之类的掘墓人。

大概也是他的那颗“仁慈”之心的作用，梁武帝宝座坐稳后不久竟成了虔诚的佛教徒。唐朝诗人的江南春：“千里莺啼绿映红，水村山郭酒旗风；南朝四百八十寺，多少楼台烟雨中。”而这南朝的四百八十寺，其中大多数都是梁武帝时代由他下令修建的。一个割据的王朝，修这么多的寺庙，本身就不是个好现象，可梁武帝竟还要身体力行于各种佛事之中，他对佛教的迷信可以说达到了愚蠢、疯狂的程度。

由于佞佛，梁武帝不惜荒于政事而亲制了《舍道事精文》、《断酒肉文》、《发般若经题论文并问答》之类佛教文书数以百卷；

由于佞佛，梁武帝还演出了一出出活脱脱的闹剧。他于普通八年（527 年）、大通三年（546 年）、中大同二年（547 年）三次到同泰寺舍身，要出家当和尚。每次都让群臣出钱数亿将他“赎”回宫去，最长的一次竟长达三十七天后才回宫。

由于佞佛，梁武帝大力动用国家财政支持佛门。梁朝时期，佛门之地成了名利场，许多游手好闲之徒摇身一变成了佛门弟子。据史书记载，仅建康城内就有僧尼十数万人。不难想象，那是有梁朝一道怎样独特的风景！

由于佞佛，梁武帝吃斋、诵经、不杀生。只要一有犯人被宣判处决，他就会整日愁眉苦脸。为此，南宋一位历史学家斥责他说：你在洛口战败，死了多少人？你筑浮山堰又是死了多少人？你争城以战，杀人盈城！争地以战杀人盈野！多少无辜百姓死于战火、饥荒，你并不在意，几个罪犯死有余辜，罪有应得，你反而愁眉苦脸，你这是一种天大的自欺欺人，不但是儒、道的罪人，也是佛教的罪人！

鸡鸣寺——当年梁武帝曾三次于此出家的同泰寺

的确，梁武帝的疯狂佞佛的最严重的恶果，便是毒化了人们的灵魂，麻醉了人们的斗志，扰乱了社会的风气，加剧了社会矛盾的激化。因此，梁武帝被围台城，虽似乎是在一瞬间完成的，但也是一种必然，一种报应。

我们无法将那个在台城之中因得到侍者的一个鸡蛋而泪流满面的老人，与荆襄大地纵横驰骋、汉水岸边纵论攻战、枕席之间夺人社稷的英雄形象重叠在一起，但他们确确实实是同一个人。他在临饿死时留下的最后一句话是：“梁之江山，自我得之，自我失之，亦复何恨！”既是如此，那么他最后的流泪意味着什么呢，恐惧，留恋，后悔，抑或自悼？只有他自己知道。

肆

这样一位梁武帝，让我想起了唐明皇李隆基和每一个中国人都很熟悉的一位伟人，他们与他有着许多的相同之处：作为一个人，都称得上是一代英雄豪杰；

江雨霏霏江草齐，六朝如梦鸟空啼。无情最是台城柳，依旧烟笼十里堤。

作为领袖、政治家，都有一番宏图大志与文治武功，都有不凡的艺术修养与文学才华和出众的个人魅力；更令我们吃惊的是，他们的人生也都十分明显的分为前后两截。虽然他们的嬗变并没有酿成“身死国灭为天下笑”的结果，但同样使国家元气大伤，使百姓遭受劫难。这一切难道还不值得我们去好好研究吗？

梁武帝还让我想起了现今许许多多官场折戟的真真假假政治家。他们的折戟都是他们的罪有应得，但有时候，我们回望一下他们人生的来路，往往就会发现有许多人是本不应该如此的啊！但活生生的事实摆在面前，让我们又不能不想：一个人，一个正常的生命，如何才能避免这种悲剧的发生？

我每天上班的单位离台城仅一箭之地，我只要愿意，向窗口一抬眼就能看见台城的宫墙、塔影与柳色。唐朝诗人韦庄的诗：“江雨霏霏江草齐，六朝如梦鸟空啼；无情最是台城柳，依旧烟笼十里堤。”这曾让台城的柳色和南京这座城市背负上了不少的骂名。是的，在南京建都的王朝，其寿命总是那么的短，以至于改朝换代这样惊天动地的大事，在这儿似乎成了一个保留剧目，而对此这座城市似乎表现得也过于冷静，过于“无情”。其中究竟有着怎样的原因？从古至今，许多的史家、学者都把研究的目光投给了南京，此结果便是让南京背上了太多的骂名。然而他们似乎都忽略了一个事实：如果把一个个王朝的兴盛至灭亡比作一幕幕大戏的话，南京充其量只是这一幕幕大戏的一个演出舞台，要研究这一幕幕大戏的过门关节，最好还是研究演出这一幕幕大戏的主角们，是他们的演出心态和演出表现决定了这一幕幕大戏的风格和走向。从这一意义上来说，梁武帝倒是一个“不朽”的角色，因为他给我们的启示似乎一时很难穷尽。

2004年4月6日

薛涛：九眼桥边女校书

壹

成都的九眼桥边有一座望江楼公园，那是一座地地道道的竹园，里面栽种的竹子品种之多为亚洲之最。

爱竹，是中国文人雅士的一种“集体无意识”，苏东坡一句“宁可食无肉，不可居无竹”，成了后世许多文人的口头禅。据说中国的文人雅士们之所以爱竹，其原因是竹子有“节”。薛涛很爱竹，据说她晚年隐居浣花溪旁，住处曾遍种枇杷和翠竹，然而她的身份却是一名妓（伎）。为妓（伎）者似乎是最无“节”可言的，但薛涛就是喜欢竹子，而且千百年来，人们似乎竟也容忍了她的喜欢，以至于今天的望江楼

望江楼

望江楼公园内的薛涛雕像，以翠竹作背景，十分醒目

公园在“简介”上竟公然写着这样的话：辟这座公园，是为了纪念薛涛；公园内之所以种那么多竹子，是因为薛涛爱竹。这样的大度在中国不能不说是一个奇迹。因此说实话，我去望江楼公园并非为了观竹，而是为了怀念薛涛——一个千年之前在那儿住过的爱竹的女子。

走进公园大门，再走过一条百米长的“竹”荫大道，便见“薛涛井”和“浣笺亭”。井是古井，亭似乎是新筑。据说当年薛涛便是用此井之水造纸，再用所造之纸制成著名的“薛涛笺”，井和亭便因此而得名。所谓“薛涛笺”，只是一种比当时通行的纸笺更为窄小的松花彩笺。因为薛涛善写小诗，而这些小诗多要与人酬答，写在自己的特制小笺上，雅致而富有个性。薛涛特制这种小笺本为自己专用，没想到竟流行了起来，且还获得了“冠名权”和“专利权”。不过其中的原因恐怕很难说得清是因为人们对薛涛“笺”的珍爱，还是对薛涛诗的珍爱。

薛涛是一名妓（伎），但同时也是一位诗人，准确地说是一位“妓（伎）女诗人”，或“诗人妓（伎）女”。这称呼听起来有点奇怪，但再往深处想一想，并无何大惊小怪的，因为中国古时的诗人与“妓（伎）”本来就存在着许多牵扯不清的关系，特别是在唐宋时期。甚至有时候，有些诗人的诗只有被妓（伎）女承认了，才能够广为传播、流传后世。元丰年间，王昌龄、高适和王之涣初中进士，但尚未入仕，三人便常一起在长安城内悠游。此时他们仨人都已有诗名。有一次，他们游

薛涛井

至一歌楼前，其中一位说：我们仨人都有诗名，但平时总分不出高下，今天有一个办法可见分晓，我们进去在一旁听着，里面的歌妓（伎）唱谁的诗最多谁就是赢家。大家都觉得此法颇好。于是进去听歌妓（伎）任意歌唱。先是一歌妓（伎）唱："寒雨连江夜入吴，平明送客楚山孤。洛阳亲友如相问，一片冰心在玉壶。"此时只见王昌龄高兴地记下："一绝句！"一曲歌罢，另一歌妓（伎）唱："开箧泪沾臆，见君前日书。夜台何寂寞，犹是子云归。"是高适的《哭单父梁九少府》，于是高适也得意地记下"一绝句！"这时第三个歌妓（伎）出场唱："奉帚平明金殿开，且将团扇共徘徊。玉颜不及寒鸦色，犹带昭阳日影来。"竟又是王昌龄的作品《长信秋词》，此时王昌龄更加得意，于是更高声地说道："一绝句！"同时再一次记下。此时王之涣有点坐不住了，但他急中生智地说："这算不得什么！唱你们诗的歌妓（伎）都不漂亮，你们看后面那个歌妓（伎）最漂亮吧，她一定会唱我的诗！"这时正好轮到那个漂亮的歌妓（伎）出场，她张口一唱，果然是王之涣的"黄河远上白云间，一片孤城万仞山；羌笛何须怨杨柳，春风不度玉门关"。至此大家皆大欢喜。

宋时苏东坡任杭州知府，属下有一个叫毛泽民的，此人也是一词人，但一直没被苏东坡赏识，直到离任时，他填《惜分飞》一词赠杭州城内一名妓（伎）琼芳。一日，东坡在一歌楼上听到此词，大为赞赏，询问起来方知为毛泽民所填，不禁感叹："郡有词人而不知，某之罪也。"并令人急召回毛泽民一谈，并从此对毛泽民刮目相看。如果毛泽民不将自己的大作交于琼芳"发表"，他自然也永远不会得到苏东坡的注意。

类似故事，唐宋两代代不乏见，它们至少告诉我们，歌楼妓（伎）院是诗人们

“发表”作品的重要场所，而妓（伎）女的演唱则是诗人们发表作品的重要途径，诗人与妓（伎）女的关系，似乎有点儿与今天诗人与传媒之间的关系差不多，而名妓（伎）更是“强势媒体”。那些如同蜂蝶般在诗歌王国中飞舞传粉的妓（伎）女，久而久之身上竟也沾上一些诗的花粉，便是十分自然的事情，于是她们懂得诗歌，怜爱诗人，怀有诗心。

薛涛或许正是一名这样的妓（伎）女。

贰

据《唐才子传》和《全唐诗·薛涛小传》载，薛涛字洪度，本为长安城里的良家女，而且还属于“高干子女”。

据说薛涛从小就有诗才。有一次，父亲在庭院里吟诗：“庭除一古桐，耸干入云中。”一时未寻得下句，正在那儿念念有词，不想 8 岁的薛涛在一旁竟脱口而出：“枝迎南北鸟，叶送往来风。”此句一出让她父亲大为吃惊，一是惊于薛涛小小年纪就有如此敏捷的诗才，二是惊于薛涛对出的诗句中暗含了“迎来送往”的意思，这对于她将来的人生是否是一道神谕？

现代画家张大千笔下的薛涛

果然，薛涛 15 岁时，随父宦游，流落蜀中，遂入乐籍，成了一名注册登记了的妓（伎）女，并被大将军剑南西川节度使韦皋召令诗酒赋诗。唐宪宗元和八年（公元 813 年），武元衡由蜀入京拜相，欲以“校书郎”奏请，但终因“护军未及应”而罢，但“薛校书”之名就此流传开来了。诗人胡曾写《赠薛涛》诗云：“万里桥边女校书，枇杷花下闭门居。扫眉才子知多少，管领春风总不和。”自韦皋镇蜀至李德裕入川，凡历十一镇，薛涛皆出入幕府，并以诗受知于时。许多著名的文人士大夫都乐于和她来往唱和，他们中的一些人的大名，不要说在当时，就是在历史上也是赫赫又熠熠的，如元稹、白居易、令狐楚、张祜、刘禹锡、裴度、牛僧儒和严绶等。他们与薛涛唱和的诗作，仅留存至今的就不在少数。只是在这里没必要开出一部“诗文钞”。

一个妓（伎）女，身后竟跟随着如此众多的优秀男人，这在中国人文史上可谓是蔚为壮观的一页风景了。完全用诗人与“传媒”的关系来解释这一现象，显然是不能令人信服的，而完全用男女间肉欲的作用来解释，更是不能让人接受。

与薛涛交往最多、交情最深的要算是元稹了。

这个元稹可是个情场高手，就是他当年与崔莺莺一段“始乱终弃”的经历，千年之后还被人们演绎成一部《西厢记》的杂剧，为人们喜闻乐见。因此元稹出现在薛涛的生活中，注定了将为这个孤苦无依的弱女子带来一场刻骨铭心的爱情。

元稹与薛涛初识在元和四年（公元 809 年）的阳春三月。当时是在一次歌筵上，元稹时任东川监察御史。薛涛的才华与风韵令元御史一见即为之倾倒，此后两人唱酬赠答，互吐情愫。其中不能完全排除也曾有肉欲的因素在起作用，但最主要的恐怕并不在此。那是什么在起作用呢？只能是文人与女人之间的那种同是

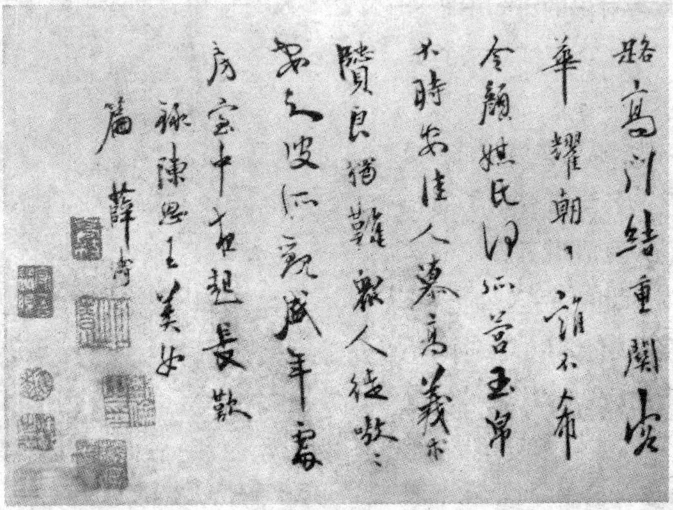

薛涛墨迹

天涯沦落人的身世，那种同病相怜、惺惺惜惺惺的情愫，那种文人的怜香惜玉和女人的仰慕士子一拍即合的和谐。

元稹画像

的确，女人与文人有着太多的相似。人们从来都将才子与佳人并列相提便是对此最好的说明。

佳人有貌，士子怀才，但在封建时代，“才”和“貌”往往必须得到别人的赏识才能实现其价值，所以有“士为知己者死，女为悦己者容”一说。然而士人仕途险恶，女人身世如萍，尘世漂浮、沦落天涯是最常见不过的事实了。于是二者一旦萍水相逢，“同是天涯沦落人，相逢何必曾相识”便成了他们相识时最好的借口，于是，他们风采萍漂的身后便往往会留下一串串意味深长的佳话，而且这种佳话往往是与肉欲无关的。

宋代名臣赵抃，在担任益州路转运使加龙图阁大学士衔而知成都时，有一次，他在大街上偶然看到一漂亮妓（伎）女，头上插着一枝杏花，十分可爱，不禁脱口吟道：“髻上杏花真有幸。”没想到那个妓（伎）女听了回头嫣然一笑，并且脱口对道：“枝头梅子岂无媒？”对仗如此工整，遣词如此熨帖，情致如此蕴藉。这样的妓（伎）女怎能不令人怦然心动？林语堂的《苏东坡传》中记载了这样一个故事：一个夏天的午后，东坡敞怀躺在一张竹椅上，一手摸着自己已发福了的肚皮问朝云：“其中何物？”作为侍妾的朝云，她最容易的回答恐怕是“一肚子的诗书”之类，然而她当时脱口而答：“一肚子的不合时宜。”这一回答让苏东坡一时无语，但过了一会儿便哈哈大笑起来，于是朝云也笑了。这笑是一种会心，所谓高山流水般的知音想来也莫过于此吧！

元稹等士人对薛涛爱慕的密码恐怕也在此吧！

让我们来读一首元稹的《寄赠薛涛》：

> 锦江滑腻峨眉秀，幻出文君与薛涛；
> 言语巧偷鹦鹉舌，文章分得凤凰毛。
> 纷纷词客多停笔，个个君侯欲梦刀。

别后相思隔烟水，菖蒲花发五云高。

元稹所爱慕的，除了薛涛的美貌，更是其外的那一份诗才，那一份内蕴，那一份善解人意。而女人又爱慕士人的什么呢？尝读白居易《与元稹书》，见其中有这么一段“……及再来长安，又闻有军使高霞寓者欲聘娼妓（伎），妓（伎）大夸曰：‘我诵得白学士《长恨歌》，岂同他妓（伎）哉？’……又昨过汉南日，适遇主人集众娱乐，娱他宾，诸妓（伎）见仆来，指而相顾曰：‘此是《秦中吟》、《长恨歌》主耳！’……此诚雕虫之技，不足为多，然今时俗所重，正在此耳。”佳人爱慕士子，因其拥有一份不同寻常的才情。

薛涛与元稹相爱以后的两情相悦，令这个多年孤苦无依的女子第一次如春花一样怒放。元稹是幸运的，只有他领略到了这个罕见女子盛开时的那份美丽。但是令人遗憾的是他终究也没有明白（或许他压根儿就不想明白），这个女人的恋爱是以命相许的，是瀑布跳崖一般义无反顾地扑向自己的爱情的。因此，对于元稹来说，即使确曾有爱，可他不能娶一个乐籍女人，不能与一个苦寒出身的贫家女相伴终生。爱情对于时刻惦念着自己“政治前途”的元稹来说也就是个锦上添花而已！

因此，元薛之爱也便注定了其悲剧结局的必然性。

仅仅与薛涛厮守了一年，元稹便走了，且走了之后再也没有回来。事业，出身，舆论，家庭……他可以为此举出一千种理由，但说到底，还是他要娶出身名门或位居显要的人家的女儿，这是社会的“潮流”，也是自己“事业”发展的需要。他之所以“始乱终弃”，背叛崔莺莺而娶太子少保韦夏卿之女韦丛，是这样。他背叛薛涛，再娶高官裴土自之女裴淑，也是这样。其实，就在他离开薛涛之后不久，便又纳安仙嫔为妾，还与刘采春相好。难怪一千多年后的陈寅恪要说他：“综其一生行迹，巧宦固不待言，而巧婚尤为可恶也。岂其多情，实多诈而已。”

而薛涛仍一直痴痴地守着，任如花似玉的年华在寂寞中消磨，一年，两年，十年……她最精彩的诗章就是在这种等待中为爱情的煎熬而写，“风花日将老，佳期犹渺渺。不结同心人，空结同心草”（《望春词》）。一首一首地写在自制的粉红色松花小笺上，再细心地装帧，寄向远方，连同锦江水一样没有穷尽的思念——这时的薛涛有点可悲，但谁又能说元稹们不更可悲吗？因为在这个庞大而又炫目的唐朝，只一个薛涛只身站在那儿，就比出了那些个男人的小来。

叁

望江楼公园内的五云仙馆上有一副对联，将薛涛与诗圣杜甫并举：

古井冷斜阳问几树枇杷何处是校书门基；

大江横曲槛占一楼烟月要平分工部草堂。

此联对于薛涛的诗歌成就抬举得虽有失太过之处，但据此可见薛涛诗歌在人们心中崇高地位之一斑。

对中国古代文学稍有了解的人都会发现一个事实，中国文学几乎是男人文学，连唐诗宋词中许多的闺怨诗竟也出自王昌龄、欧阳修等大男人之手，虽然他们模拟得也惟妙惟肖，但读来总让人不是滋味。倒是一些妓（伎）女的诗作读来不乏情真意切的内蕴。是她们在中国女子文学灰暗的背景上抹上了几分难得的亮色，同时也使得她们所处的时代显得那么耐人寻味。她们不仅琴棋书画不让须眉，而且诗词文赋往往细腻奇崛。不必说大家闺秀如蔡文姬、李清照、朱淑真等，哪怕是沦落风尘的薛涛、关盼盼、柳如是、李香君之流，若在今日，有哪一个不能加入书法家协会、美术家协会和作家协会的。

锦江之滨的崇丽阁

的确，古代诗词中的红粉佳人，除了秋瞳剪水、红袖温馥，更都有着很高的艺术修养。

宋代时妓（伎）女聂胜琼爱上了书生李之问，但李早有妻室，聂以一首《鹧鸪天》赠李，词曰："玉惨花愁出凤城，莲花楼下柳青青。尊前一唱阳关后，别个人人第五程。寻好梦，梦难成，况谁知我此时情。枕前泪共帘前雨，隔个窗儿滴到明。"李之问将这首词揣在身上，一次不小心被其妻看见了，令人意想不到的是，他的妻子竟"喜其语句清健"，被这首情真意切的小词给深深打动了，更令人不可思议的是，她竟要求李之问将聂迎娶回家。两颗女人的心因文学这一脉纽带而拉近了，文学的力量竟奇迹般地扑灭了爱情的妒火。

还有这样一个故事：一次，有人唱秦观的《满庭芳》，将其中的"画角声断谯门"误唱为"画角声断斜阳"，被一名叫琴操的妓（伎）女听出。她向歌者指出，歌者难为她说，你既然对词韵如此精通，你能将这首词全部改成江阳韵吗？琴操说了声"这有何难"，便立即吟道："山抹微云，天连衰草，画角声断斜阳（谯门）。暂停征辔，聊共引离觞（樽）。多少蓬莱旧侣，频回首，烟雾茫茫（烟霭纷纷）。孤村里（斜阳外），寒鸦万点，流水绕红墙（孤村），魂伤（销魂）。当此际，轻分罗带，暗解香囊（香囊暗解，罗带轻分）。谩赢得，青楼薄幸狂（存）。此去何时见也，襟袖上，空留余香（啼痕）。伤心（情）处，长（高）城望断，灯火已昏黄（黄昏）。"如此改动的不光是词韵，连原词的意境也一同改动了。如此敏捷的诗才，非读破万卷、退笔如山者不能具，至于其中的雅趣和乐趣，个中的甜味和苦况，非受过文化熏陶和诗书浸润者而不能领略。

薛涛在与元稹的这场爱情赌博中，可谓是彻底地输了，输得一无所有，好在她还有诗歌。

挣脱了节度府灯红酒绿的繁华，再收拾起那段不堪回首的爱情，薛涛于公元810年脱离了乐籍，于浣花溪畔买地建房，过起了自己的平静日子，并把这些日子都吟成诗歌，记录了下来。只是记录这些诗歌的纸笺在她看来太过粗劣，且尺幅过大，不便书写，于是她决定造一种雅致的彩笺。

她更换了造纸原料，改进了造纸工艺，首创涂刷加工色纸的方法，造出了深红、粉红、杏红、明黄、鹅黄、深青、浅青、深绿、铜绿、浅云等十种颜色彩底，最后又改变了成纸的尺幅形制，终于造出了一种经济、实用而又美丽、雅致的纸笺。至此，美的情感，美的诗歌，美的书法，再加上美的诗笺，共同创造了一种美的生活，这种生活让薛涛沉醉其中。

薛涛的心灵手巧，再加上浣花溪的流水，使得薛涛笺源源不断地被生产了出来。或许那个时候，薛涛最感谢的就是这浣花溪的流水吧，是它不但洗濯了薛涛曾经留在心灵深处的所有污垢与伤痛，而且经它漂洗过的纸笺，不但纸质轻柔，而且滋润笔墨。薛涛笺很快风靡天下。人们无论是题写诗词，还是书写一般书信，甚至印制官方文书，都以用薛涛笺为首选，为时尚。为此，那白花花的银子也如同浣花溪中的水一样源源不断地向薛涛流来……如果说诗歌是薛涛的一只翅膀，那么这小小的薛涛笺竟是她的另一只翅膀，有了这一对翅膀，薛涛在理想和现实的境界中都飞翔得那么自由。

薛涛纪念馆内一角

这让我想起了唐朝的另一位与她命运相同而又不同的女人鱼玄机。鱼玄机出身于书香门第，后在无奈之中堕入风尘。但素有诗才，“春去秋来相思在，秋去春来信息无”便是她留下的名句。一个偶尔的机会她与名士李子安相爱，但终无结果，于是她遁入空门，入观为尼，然而终挣不脱尘世孽缘，二十四岁时被官衙收捕，最终被活活打死。

与鱼玄机们相比，薛涛无疑是幸运的，但她的幸运来自于自己对自己的拯救，她凭借着自己的智慧、勇敢和坚强走出了一条别样的道路：既不与统治者瓦全，又不自身玉碎；既能于污泥中洁身，又能在生活中自好。因此可以说，薛涛是中国封建专制社会这座老树桩上出其不意地开出的一朵凌寒腊梅，抑或是阴错阳差地长出的一支迎风劲竹。她在经历了人生所有的历练后，终于也获得了一种人生的自由。

不是吗?薛涛以一个妓(伎)女的身份,周旋于官场这个男人世界里,却活得比许多男人更要光彩照人;同时,她又以一个诗人的身份,跻身于唐朝这个诗人空前时代,竟也能让自己的声音不同凡响超越时空!今天,虽然已过去了一千多年的时光,但只要我们用心灵去体察她的生命、披阅她的诗歌,依然会感到岷山雪的晶莹、纯净和锦江水的丰沛、清澈。

据说,薛涛晚年好着素装。我很难想象,这个曾经那么喜欢红妆,就连纸笺也要造成红色为基调的女子,为什么最终要一身素洁道服裹体!她是借此既表示对这个肮脏男人世界的蔑视,又表示自己的出污泥而不染,更表示对这个不合理社会的诅咒吧!

肆

我写这篇文章时离游望江楼公园已过去有些年头了,这些年来我一直想写这篇文章,但又迟迟没写,其中原因并不是我对望江楼公园——这座中国不多见的以妓(伎)女为主人的公园——有什么难以启齿之处,当然也不是对作为妓(伎)女的薛涛有什么难以启齿之处,而是我对今天男女间的一些现象难以把握,无法言论。

如今,女人对男人的慰藉是"挺好",是"不能被男人一手掌握",是"皮肤滑滑的,柔柔的",总之是性;而男人对女人的呵护是给她金银珠宝、香车别墅。女人对男人的成功要求是房子、车子、票子,是时装、护照、绿卡;男人对女人的要求则是三围、身高、体重、肤色。男女之间的一切仿佛都物化到了极致,甚至连男女之间的感情似乎也变得能明码标价了。因此男人们不得不日日忙着学外语、搞电脑、炒股票、倒外汇,因为"有大把大把的钞票就有大把大把的爱情";而女人们不得不忙着做面膜、拉皮、丰胸、瘦身,甚至还要忙着一次次地去修补处女膜,似乎今天的女人,只剩下"拿青春赌明天"的份儿了。总之,无论是对于男人来说,还是对于女人来说,自由的爱和爱的自由都成了一句空话、一种奢望,更不要说人生的大自由了。

从前说“女人是水男人是缸”，现如今又说“女人是男人的学校”。当今的男人竟成了这副德性，女人竟成了这副模样，到底是女人“教育”的结果呢，还是男人“塑造”的结果？谁能告诉我！谁能告诉我！

薛涛墓

我在望江楼公园里盘桓时，面对着一对对既无兴趣品味竹子也无能力遥想薛涛的红男绿女，我恨不得对他们大喝一声：你们到这儿来是干什么的呢，是来完成一个爱的仪式吗？如果仅仅是这样的话，还不如回去多读几首薛涛的诗哩，其中不仅藏着星星点点的文化香火，或许也藏着爱情的古老密码，更藏着人生自由的不二真谛——没有人格的独立，爱情的自由终究是一个注定破碎的美梦；而一个将吃喝拉撒都系在别人——哪怕是你爱的人和爱你的人——身上的人，而欲人格的独立，也纯粹是一句空话和笑话！

2003年4月13日

包拯：
一死即永生

壹

包拯，一个让中国人一提起便肃然起敬的名字。

包公，一个在中国人词典中堪为清明、廉洁、无私、正义的代名词。

“包龙图打坐在开封府，尊一声驸马爷细听端详……”每听京剧舞台上的包公如此慷慨激昂地高唱，我的思绪常常会因之而飘得很远很远……

宋仁宗嘉祐七年（公元1062年）五月十一日的开封府衙，一切都像往常一样，卯时一到，漆黑的大门准时被轰隆隆地打开。府尹包拯似乎已端坐大堂之上多时，随着他轻轻的一声“升堂”，堂下衙役齐声高呼“威武”……一场审判就此开始。

古籍中的包拯画像

然而，诉讼双方已跪于堂下好一阵了，却迟迟不见包大人拍下惊堂木问案。

衙役们有点奇怪，不由得朝大堂之上的包大人看去，这一看便看出了异常——平时总正襟危坐的包大人，此时竟然歪靠在椅子上，而且头也耷拉了下来。

不好！包大人病了！

衙役们不顾一切地蜂拥而上，一面惊呼着“包大人！包大人！”一面从椅子上抱起已昏迷了的包拯；幕僚们也顾不得规矩，从幕后冲到了幕前，连忙招呼“退堂，退堂”，并高声呼叫：“快去叫大夫！”……

今日“开封府”

仅仅13天后，也就是5月24日，中国历史上的一代名臣、清官——包拯与世长辞，终年63岁。

开封府衙的门楣上披上了黑纱，门旁“回避”、“肃静”的灯笼里的红烛被换成了白蜡，且灯罩也被罩上了白纱，那惨白的烛光连同死亡的气息一下子弥漫了全城，让全城每一个人都感到悲伤与压抑。

百姓们悲伤异常，因为他们知道，包拯死了，便意味着从此以后，秦香莲们若再被陈世美们抛弃，不会再有人给她们做主了；杂货店老板们再遇到赖大臣敲诈勒索，再也无处喊冤了；还有，再遇冷青们冒充皇子，与金大道们招摇撞骗，也不会再有人能将他们识破而绳之以法了……总之，皇皇神州少了一方青天。

当然，悲伤的岂止百姓！

一代名臣、翰林编修欧阳修，得到包拯去世的噩耗十分悲伤，尽管他三年前还曾上折公开弹劾过包拯。

那是嘉祐四年（1059年）春，包拯弹劾三司使张方平利用职权贱价吞并他人田产，张方平因此而被免职，但取而代之的竟也是包拯自己。随即欧阳修上《论包拯除三司使上书》的奏章，其中指责包拯：“猛手探物，口云不欲，虽欲自信，人谁信之?! 此所谓嫌疑之不可不避也。”这样的批评，不可谓不严厉。因此，欧阳修的这份奏章，可谓是在包拯春风得意时，给他迎面浇上的一盆冷水。然而，人们怎能忘，仅仅在这三年以前，还是这个欧阳修，曾上折向宋仁宗竭力褒扬和举荐远在池州当太守的包拯："清节美行，著自贫贱，谠言正论，闻于朝廷，自列侍从，良多补益。方今天灾人事，非贤网义之时，拯以小故，弃之遐远，此议者之所惜也！"因此，明眼人不难看出，欧阳修之所以要在包拯春风得意之时给他浇上一盆冷水，实在是希望包拯能"不利于苟得，不利于苟随，知廉耻，修礼让"，能始终保持在朝"执节守义"的形象啊！在包拯身上，欧阳修寄托着很多很高的期望啊！可现在包拯死了，欧阳修怎么能不陷入无限的悲痛中呢！

悲伤的还有杨畟、王鼎和王绰等。

想当初，杨畟为江南东路转运使、按察使，王鼎为提点江东刑狱，王绰为判官，三人任上严于律己，工作雷厉风行，对贪官污吏严惩不贷，被当时百姓誉为"江东三杰"，但是，由于他们也同时触犯了当时官僚地主的利益，被其污为"江东三虎"，而遭受打击迫害，职位一降再降。是包拯仗义执言，上《请录用杨畟等疏》后，他们的行为才得到了肯定，名誉才得到了恢复，职位才得到了提升。现在包拯死了，他们能不感到悲伤吗？

当然也有人暗暗松了一口气，甚至窃喜，如张尧佐等。

张尧佐本是当朝红人，想当初他一手养大的亲侄女得宠于仁宗皇帝，被封贵妃，在张贵妃枕边风的作用下，张尧佐自然是春风得意，竟然于一年之内连升四次，官至三司使。而就在张尧佐相位在望时，包拯竟然以一个普通言官的身份，向这个朝中红人斗胆弹劾起来，且一发而不可收，一连上奏七次，一次比一次言辞犀利，终于将张尧佐不但从三司使的位置上硬生生的拉下，而且还将他外放宣徽使。张尧佐在宣徽使的任上得知包拯去世的消息，不禁长吁了一口气，心想这一下好了！回朝有望了！因为如今虽然张贵妃已死，但仁宗给予她的丧葬礼仪规格之高可谓是史无先例，并追封了"温皇后"——可想而知仁宗一定是很念旧情的；想当初自己之所以被贬宣徽使，实在不是仁宗本意，完全是那个包黑子捣鬼。现在好了，包黑子死了，仁宗皇帝只要一念旧情，自己官复原职也说不定，至少回京复命是大有希望的吧！想到这些，他能不松一口气吗？

松一口气的还有宋庠等。

想当初，宋庠可是堂堂宰相，位居一人之下万人之上，然而就是这个包拯，不但硬是敢于鸡蛋碰石头，而且竟然还将他这样一块巨大无比的石头碰破了，搬开了，最终让宋庠不得不打了辞职报告，交了相印，灰溜溜地去“知河南府”。现在包拯死了，宋庠心头的这口恶气总算出了，能不感觉心胸一阵宽松吗？

当然，感到一阵轻松和窃喜的远远不止他们，还有曾任三司使的张方平，曾任翰林学士兼端明殿学士、侍读学士的李淑，曾任江南西路转运使、著名酷吏王逵，大宦官阎文应及其子陶士良，明德皇后的侄子李昭亮，仁宗皇帝叔父的女婿郭承佑等等。想当初，他们都是因为这个包拯而纷纷落马，现在这个包拯死了，他们能不一阵轻松吗？

深处大内之中的仁宗皇帝，得到包拯去世的噩耗后，心情异常复杂。他首先想到，从此以后不会再有人在朝廷之上公开“诤谏”，将唾沫喷得他一脸了。

那还是在包拯要求对张尧佐降职的“廷辩”中，包拯的发言，不但长篇大论，言辞激烈，将矛头直指仁宗和张贵妃，“今亿兆之众谓三司使张尧佐凡庸之人，徒缘宠私，骤阶显列，是非倒置，职业都忘”，而且陈述时情绪激动，陈述过程中竟然不断移动脚步，最后越过了君臣规定要保持的距离，几乎与仁宗皇帝真正面顶着面，以至于说话的唾沫星飞溅得仁宗一脸，仁宗不得不用龙袍掩面。然后尽管如此，也尽管仁宗上朝前张贵妃一再叮嘱“别忘了宣徽使”，同时他也知道张贵妃一定在宫里等着“好消息”，更尽管最终仁宗皇帝实在忍无可忍而龙颜大怒，罢朝回宫，但是当仁宗面对张贵妃时，他仍只好无奈地对她说：“唉！你总是要我袒护你那位伯父，可是你就不想想，朝廷之上站着一个包拯啊！”现在包拯死了，这样的事再也不会发生了，这让仁宗皇帝难免有点轻松。

但是同时，仁宗皇帝似乎又轻松不起来，因为他深深地知道，包拯之所以这样不顾生死的犯颜直谏，并不是为了他自己，而实在是为了社稷大业；而现在包拯死了，朝中上下再也找不出第二个这样的诤臣了，这又让他不免悲哀。

仁宗皇帝随即宣布“辍朝一日”，以示哀悼，并亲自赴包家吊唁。当他看到包家满室清贫的情景，感叹地说：“包拯一生，公而忘私，从来没有给自己的子孙后代谋求福禄啊！”当场赏赐包家钱物，并授予包拯5岁的幼子包绶太常太祝的官衔。

总之，包拯死了，生者有人悲伤，有人轻松，有人窃喜——所有这一切都证明了一点，那就是死者的强悍与伟大，高尚与清廉，无私与无畏！这一切也注定了包拯将成为中国“第一清官”实在是一种必然。

贰

在中国百姓的心目中，包拯不只是一个清官，更是一个英雄。

包拯生活的时代，是一个在危机中挣扎自强的时代，一个于纷争中与狼共舞的时代，一个注定要成就真心英雄悲情人生的时代。

包拯就是时代造就的一位特殊的英雄。

北宋开国皇帝赵匡胤是通过“黄袍加身”取得政权的，所以他深深地知道掌握兵权对于巩固其统治的重要，于是他一面通过“杯酒释兵权”取得了对于军队的绝对统治权，一面提倡“恭谨慎为贤”，也即提倡谦恭、谨慎、听话等。这样的统治方针，固然使得宋代没有出现唐朝时藩镇割据的现象，对巩固封建统治起到了有效的作用，但其负面效应不久便显现出来了——经过太祖、太宗、真宗三代九十多年后，朝野上下循默苟且成自然，颓唐懒惰成习惯，纪纲不修，贪污腐败之风成蔓延之势，随之而起的是盗贼并起、边关告急，看似风光无限的大宋王朝，实际上危机四伏——它像一位百岁老人，虽然看上去面色红润，但实际上已多种富贵病缠身，它需要健身活血，需要振作醒脑，而要完成这一切，甚至需要一点强迫与强制，因此，大宋王朝呼唤有人能给它一记猛拳，一剂猛药，甚至一剂强心针。总之，这时的大宋朝野上下不能不形成共识：必须来一番革新图治，否则灭亡之日几可期！

京剧舞台上的包公形象

1024年，赵祯即位，史称宋仁宗。三年后，包拯考中进士。时代造就的这一代“明君”与“诤臣”注定将会在同一历史舞台上演绎一段历史，也完成他们的人生。

然而，包拯虽然中了进士，但是似乎在很长一段时间里都无意于走上仕途，他好像既没有“致君尧舜上”的雄心，也缺乏实现自己人生价值的欲望。

包拯进士及第后，朝廷授予他大理评事衔知建昌县（今江西修水）。建昌是一个大县，朝廷的这项任命说明对他还是很看重的。然而包拯竟然以“父母在，不远游”为理由，拒绝前去上任。包拯的这种后退姿态肯定是惊动了朝廷，甚至是皇帝，因为不久朝廷便重新任命他为和州税监——与一个县级市的市长相比，地级市的税务局长级别上大体相当，更主要的是和州与包拯故乡庐州相邻，可以边当官边照顾父母啊。朝廷这样做也可谓是善解人意、仁至义尽了。但是没想到，包拯仍然以同样的理由拒绝了。这不但让一般人大惑不解，连司马光这样的大儒也表示惊奇和不解，正是因为这份不解，司马光才把这一切记载在了他的《涑水纪闻》中。

或许有人会以为包拯这样做，是为了以退为进、放长线钓大鱼，为自己攒足了资本才出山谋得更高的职位和更大的权力，但是事实证明这只是一种以小人之心度君子之腹，因为一是包拯在家为父母守孝一守就是十年——若说放长线钓大鱼，这线放得也未免太长了一些吧？二是当他后来出山时，上任的官职竟是一个比建昌县小了许多的县令——若说他是放长线钓大鱼，那么他为什么只是将线放得这么长，却并没等大鱼上钩，而只是在一条更小的鱼上钩时便收线了呢？更何况他是完全有机会等到更大的鱼上钩的。

宋仁宗景祐四年（公元 1037 年），在家守孝整整十年，已年届不惑的包拯终于接受了朝廷的招呼来到了开封，准备出山为官。

此时的当朝宰相是吕夷简。吕是寿州（今安徽凤台县）人，寿州与庐州相邻，因此吕宰相也算是包拯的同乡；更主要的是吕夷简早就听说包拯守孝十年的行为，很想见见这个淡泊功名的小老乡。所以他听说包拯来到开封后，便开始注意他的行迹，当他听说包拯就住在靠相府很近的一个旅店时，心想那一定是包拯为了方便来府上拜访自己认乡亲。当时，许多八竿子都打不上的人，也总千方百计来拉关系，那包拯不可能放着这样一个现成的关系不拉吧！然而吕夷简左等右等也没等到包拯来府上，再一打听，得知包拯只是到吏部报了个到，吏部按规定公事公办，只给他派了个天长县（天长县原本比当年的建昌县还小许多）令的职位，而他便早已悄然离京上任去了。这一故事记载在宋朝理学家朱熹的《五朝名臣言行录》中，确确实实。

司马光和朱熹记载下来的这两个故事，当然可以让我们解读出包拯刚正磊落的性格，然而，我们是不是还可以通过它们解读出包拯原本就是个不太在乎官位，不太在乎乌纱帽的人呢！

或许在包拯的眼里，这乌纱原本就一钱不值，它的分量还不如乡情、亲情重，为了它而放弃乡情、亲情，放弃天伦之乐、孝悌之爱，实在不值；或许在他看来，自己三十岁时博取到的那个进士的功名，也只是对自己读书质量的一次检验而已，自己博取它原本就不是为了追逐那一顶乌纱。

然而，读孔孟之书长大的包拯，又自然不会不知道儒家“学而优则仕”的致学原则，也自然不会不知道孔子曾说过“不仕无义”的名言。男子汉大丈夫，谁不想干出一番事业，成就一份英名！秦始皇东巡时，看到那威武的仪仗，虽然刘邦说出的是“大丈夫当如是”，项羽说的则是“彼可取而代之”，但他们流露出的羡慕是一样的，还有他们在权力面前所表现出的那份躁动不安也是一样的。因为只要手中有了权力，就能做成事情；也只有有了权力，才能做成事情；多大的权力做多大的事情，权力与成事成正比。一介书生的包拯，能换得权力的资本唯有知识，他像千千万万的书生一样，通过科举，将拥有的知识兑换到了一顶乌纱——这是拥有一定权力的标志。但是这样的权力是有限的，它究竟能成就多大的事情，还很难说。有的人只能用它为自己挣得一份荣华富贵——包拯要的远远不是这个，包拯有着更大的目标。所以，我们似乎可以说，包拯守孝的十年，实际上是他犹豫的十年，他或许一直都在想，且一直没有想好：究竟要不要当这个官？要不要去蹚这个浑水？

他用了整整十年时间，终于想好了，终于还是别无选择地与许多读书人一样走上了“修身齐家治国平天下”的那条老路，所不同的是，他或许想通了一点，这“国”，这“天下”，只是皇帝一个人的，其他所有人的所谓“治国”、“平天下”，只不过是帮着他老人家打工而已，你让我打，我就尽心尽责；你不让我打，我立马走人；至于头上的那顶乌纱，只不过是打工所获得的报酬而已，因此绝不为头上的那顶乌纱所累，也绝不为了它而留下历史的骂名。

包拯出山离家前写下了这样一首自勉的诗：

清心为治本，直道是身谋。
秀干终成栋，精钢不作钩。
仓充鼠雀喜，草尽狐兔愁。
史册有遗训，无贻来者羞。

纵观包拯的一生，这一首诗似乎是他一生官宦生涯的写照——他是真正的“精钢”，任何时候也决不委曲成“钩”。

今天的京剧舞台上，包拯每于艰难决断之时，常常将乌纱捧在手上，随时挂墙而去。在我看来，这实在是编导们为包拯设计的最好的一个官场姿态了，其虽有艺术夸张，但也未必尽是夸张。据史料记载，皇祐三年（1051年）六到十一月不足半年的时间里，包拯曾连续七次向皇帝递上辞呈，要求辞职。尽管最终皇帝并没有同意他的辞职请求，让人们不禁猜测这是他为了堵住仁宗皇帝的嘴，是他一种以退为进的手段，但是这样的高频率的辞职毕竟是古往今来的官场历史上所罕见的。我想，如果皇帝真的批准他的请求，他一定会义无反顾地挂冠回乡的。这更印证了我前面对他的猜测，即包拯为自己设计的官场姿态是：你让我当这官，我就这样当；你若不让，我立马走人，绝不留恋！不就是一顶乌纱吗？还给你就是了！而这一切又正应了一句话：“无欲则刚。”

这或许就是包拯敢于将唾沫星溅得皇帝一脸的原因！

不过话说回来，这一切的前提是包拯遇到了宋仁宗，若他遇到的是杨广、朱元璋之流，我想包拯若也将唾沫星溅他们一脸，其结果恐怕只交出头上的乌纱是绝对不行的，至少还要连同那颗顶着乌纱的脑袋。

至此我们又不能不再次想到包拯的守孝十年——那十年或许他一直都在观望着，观望着那总是很年轻的赵家的天子到底值不值得效忠，能不能效忠！事实证明，仁宗皇帝虽然具有所有封建帝王都具有的毛病，但是好在有一点，他总算还有有所作为的渴望,正因为这一渴望,他能容忍包拯将唾沫溅得自己一脸。有这一点也就够了,这便是对包拯最大的成全了。大概正是因此,九百多年后连胡适也曾说:“包拯是个有福的人!”

叁

包拯能成为中国历史上少有的几个善终的诤臣、清官,我们自然不能不感谢宋仁宗,但是这里面其实也有包拯自己的努力。

我们今天从京剧舞台上所看到的包公,总是一副黑脸形象,言行总是刚正不阿,宁折不弯,似乎是个心眼儿粗疏、作风简单的莽撞之辈。但是试想一下,如果包拯真是这样一个人,它能在险恶的官场屡战屡胜始终立于不败之地吗?其实,京剧舞台上的包公与历史上真正的包拯相去甚远。

包拯胸怀如海,但有时又心细如发;他心肠坚如铁石,但同时又柔软如绵。

正史上记载了这么一件事情:嘉祐三年(1058年),包拯向仁宗建议应该立太子。没想到仁宗竟然反问包拯道:“那你看立哪位皇子为太子好呢?”包拯立即敏感地回答说:“陛下,您一定是对我有什么猜疑了吧?立太子这样的事情,是国家大事,我只是提出建议;至于立哪一个,这是皇帝自己的事情,怎么能问臣下呢?”仅从这一件事情我们就不难看出,此时的包拯虽已晚年,但头脑仍是非常清醒的。在这一事件中,仁宗一方,他最初在听到包拯的建议后,似乎只是不经意间的顺水推舟似的一个反问,但是仁宗一定心想,包拯准会顺着自己的话回答的,这便既可以套出包拯与哪个皇子关系密切,又可检验一下包拯是否有私心;然而包拯并没顺着仁宗的问题问答,这表面上看来好像是顶撞了仁宗,让仁宗没有得到他表面上想要的答案,但是仁宗一定不会有任何的不悦,相反,还会对包拯更加的信任和器重,因为他知道了包拯是那么的坦诚和无私。而这对于包拯来说,无疑是为自己作了一次化险为夷,因为在封建社会,像立太子这样的事情,总是最敏感的,也是最危险的事情,稍不留神便是脑袋搬家血流成河。这样的事情,若是有一丝一毫的参与进去,都无异于自己找死。包拯在人们的心目中,似乎是管天管地管得宽,但实际上他始终都清楚地知道,自己什么事该管,什么事不该管，一切都非常“拎得清”。而这一点也是仁宗皇帝能容忍包拯的前提。

即使是在这一前提下，包拯也从来不莽撞行事，他在向对手发动进攻的同时也很懂得保护自己。

首先是，没有充分的证据和必胜的把握，决不轻易出手攻击对手。仍以包拯参张尧佐为例。实际上在包拯之前已有许多官吏弹劾过张尧佐了，有的也是很有分量的人物，如宋祁，这位因写出“绿杨烟外晓寒轻，红杏枝头春意闹”的词句而有“红杏尚书”美誉的翰林学士，无论是在历史上还是在当时，都很有名，但是就是他，就是因为弹劾张尧佐而被贬官。而包拯之所以在宋祁等人碰了一鼻子灰之后还敢上书弹劾，除了勇敢之外，更是建立在做了充分准备的前提之上。包拯不是像前面的一些人那样，只是对张尧佐一味指责，而是重在列举张尧佐的一桩桩危害朝廷的事实，他专门写了一个《请选内外计臣》的疏，专门指出了张尧佐直接导致了国家财政困难的事实、外戚弄权的现状和朝风腐败的趋势等，在其基础上力阐其对于社稷和国家的危害，尽量让事实说话。正是如此，包拯的弹劾就比以往宋祁等人的弹劾显得有力，为最终弹劾成功奠定了基础。

宋仁宗画像

其次，包拯向敌手发起攻击，往往是一旦出手，便不获胜利决不收兵。尽管包拯对张尧佐的弹劾可谓是有理有据，但是因为有张贵妃在仁宗那儿的枕边风的力量，张尧佐不但不倒，还反而不断升迁。面对这样的局面，包拯百折不挠，一不做二不休，一连上折七次，最后又通过与仁宗展开“廷辩”，将唾沫贱得仁宗一脸，才终于将其拉下了马。如此表现出的执著精神可谓感天动地。然而换一个角度看，包拯的执著也是对自己的一种保护——对自己最好的保护，莫过于将对手置于死地。

然而,尽管如此,并不是说包公就是个一条道走到黑的人,事实上他也很懂得变通,很懂得给对方台阶,很善解人意。总之,很讲究工作手段和方法。还是在对张尧佐弹劾一事上,包拯的指责是严厉而无情的,甚至这种无情不但是对张尧佐,甚至在对张贵妃和仁宗也一样,但是在关键时刻他又很善于设身处地为仁宗考虑,从实际出发寻到多方都可以接受的方案,一个不行,两个;两个不行,三个……总之给仁宗留足了回旋的余地和下台的台阶。如对张尧佐的弹劾结果是,仁宗罢了张的三司使,但同时调任宣徽使。

俗话说:“打铁还需自身硬。”包拯在对贪官污吏决不留情的同时,他对自己要求极严。就在他从发病到去世的这最后13天时间里,他留下的唯一遗嘱是:

> 后世子孙仕宦有犯赃滥者,不得放归本家;亡殁之后,不得葬于大茔之中。不从吾志,非吾子孙。仰珙刊石,竖立于堂屋东壁以诏后世。

古语说“鸟之将死,其鸣亦哀;人之将死,其言亦善。”临终的包拯还留下如此“恶言”,不难想见他一生是怎样的严于律己的!

这就是包拯——一个身正心更正的人,一个无畏更无我的人,一个苛人更苛己的人!

这也注定了包拯是个孤独的人。

《宋史·包拯传》载:“(包拯)与人不苟合,不伪辞色悦人,平居无私书,故人亲党皆绝之。”

包拯是北宋政坛上的一个独行侠!

不要说贪官污吏他自然是无法与之为伍,就是一些与他有过恩泽的先辈同仁,也常常因种种原因弄得无法为伍。

“庆历新政”,朝野出现了一些新的气象,包拯对此虽然赞赏,但并没有与范仲淹等革新派走得太近,因为他不想让人们觉得他是一个因人成事者,一个拉帮结党者;但是王拱辰、吕夷简们,包拯也不愿与他们为伍,尽管他们曾提携过自己,算是有恩于己,但只因为他们是“庆历新政”的反对者,包拯要维护自己的政治人格和政治操守,因此在他们得势之时,更毅然七次提出辞呈。

欧阳修这位曾向皇帝多次力荐过包拯的名臣，也曾弹劾过包拯，尽管他的弹劾多出于提醒和保护，但从此两人也很难过从，因为即使是君子与君子间，有时也会如同两只刺猬，靠得太近也会刺了对方。

欧阳修当然也是孤独的人，但是他可以写诗作文，可以寄情山水，可以寻僧访仙，所以他留下了《醉翁亭记》，留下了"醉翁之意不在酒，而在山水之间也"的名句；而包拯很少写诗作文，除了那些判词与奏折外。

或许他从老家临行时写完了那首自勉的诗以后便决定不再写诗作文了。这当然不是他拙于诗文，他的入仕靠的就是诗文，他科举的成绩是甲科一等，在1077名进士中名列前30位。他或许从那时起便已看清，官场人格与文学人格是格格不入的；自己既已投身官场，就要彻底地放弃自己的文学人格。事实上，以文学人格切入官场的人，没有几个人是有好下场的，温文尔雅的欧阳夫子，不是竟也被贬三次吗？这连王安石也为此深深感叹。还有后来的苏东坡，如果不是大宋朝立国时有一块"不杀士大夫"的暗碑，他在"乌台诗案"中很有可能就会因诗而丢了性命。因此，包拯对自己文学人格的放弃，不能不说也是对自己的一种保护。只是这样，一是增加了他自己的孤独，二是使得中国文学史上少了几首名诗。不过想来这也没什么，多少几首名诗对于中国文化和中国历史来说并没什么太大影响，但中国历史上若少了个包公则会逊色很多。

肆

说句实话，在我的心目中，合肥在中国的省会里算不得文化特色鲜明和历史底蕴丰厚，所以它虽然离我居住的城市南京不远，但我多年来一直没去过。好在它有一座包公祠。

我去合肥就是专门为了去拜谒包公祠。

包公祠坐落在合肥城南一个叫香花墩的地方，门前有一条河，人称包河，如今是一条美丽的景观河：河中荷叶田田，两岸杨柳依依。就在河边，导游告诉我们，这包河里的莲藕是无丝的，原因只是包拯心底无私，连河中的莲藕也跟着无丝（私）了。

包公祠坐落在合肥城南一个叫香花墩的地方,门前有一条河,人称包河,如今是一条美丽的景观河

我们在包公祠参观，发现许多景观背后都连着这样一个类似的故事。

祠内有一座别致的八角亭，亭下有一口千年古井,人称“廉泉”。传说昔日曾有一位太守来游览，渴了便小饮了几口此井中之水,只因为这个太守为官不廉,随即便头痛不止，此井便因此而得名。

只是不知道,当年李鸿章在重修包公祠时有没有喝过廉泉井中之水,如果喝了,他们头又有没有痛!

李鸿章的确重修过包公祠,这让我有点惊奇。或许是因为我的孤陋寡闻吧,对于包拯与李鸿章这两个历史人物，我从来就不曾想到过他们除了都是合肥人外还会扯上点儿什么关系,到了合肥并游过包公祠后,才知道李鸿章真的重修过包公祠,这样一来二人还真有了关系。

清光绪八年(1882年),时任直隶总督兼北洋大臣的李鸿章,因母丧回乡丁忧,此时的包公祠因太平天国运动而成了一片瓦砾,曾经的庄严与堂皇早已在战火中化为灰烬。这一切让李鸿章一时感慨万千,于是独自捐出白银2800两,进行重建;祠成后,还亲笔撰写了一篇《重修包孝肃祠记》的文字,令人镌刻成碑,竖于祠内,保存至今。

在世人的眼中,包拯是忠良,而李鸿章是弄臣;包拯是清官,而李鸿章是污吏。

那么李鸿章为什么会重修包公祠呢?这实在是一个很有意味的问题。我不禁在李鸿章书写的碑前驻足,并细读碑文,其中的这么一段文字似乎让我找到了一点答案:

嗟呼!人臣峭直刚劲,不肯屈折苟命,与时俯仰,必不为浊世所喜。而其忠诚悫款，所以为宗社万世虑深远者，又无赫赫之功，亦焉得尽人而喻之也。公故有祠在郡城外香花墩，相传为公读书处。粤寇之乱，荡然焦土……古称乡先生殁而祀于社，若公清风亮节，并世已奉之如神明，其精神气象，至今尚仿佛于村夫野老妇人孺子之口，是固无所往而不在，而岂有待于祠欤！鸿章顾眷眷于兹者，将使我邦人士瞻拜公祠皆有"高山仰止，景行行之"之思。且念大臣遭际之难，后先相望，不自知其何心而嘘唏不自禁也。

说句实话，李鸿章的这段文字，本身写得不可谓不情真意切，他由于自己处境的艰难，而想起包拯当时的艰难，所以他对包拯深表同情，并进而为他重修祠宇。但李鸿章这实在是自攀高枝、自洗清白。即使李鸿章或许真的与当年的包拯一样处境艰难，但他们艰难的原因和目的能同日而语吗？

不错，做官原本都不容易，做诤臣、清官不容易，做弄臣、贪官也不容易！但是同样的不容易，其性质是一样的吗？

做弄臣、贪官要讨好上司、皇上，像李鸿章还要讨好西太后，这自然不容易；要欺骗下属，欺骗百姓，欺骗天下人，自然更不容易；如何贪得更多的钱财，要动许许多多的脑筋，有时甚至要挖空心思，自然又不容易；即使是贪得了钱财又要神不知鬼不觉，又要不能东窗事发，鸡飞蛋打，自然又是更不容易……

真不知道这位"二先生"在写下上面这段文字时有没有脸红！

包公祠的东院，竖立着一块巨大的青石碑，碑上刻着一幅包拯的全身画像。

关于此画像的来历，此碑上的铭文写得很清楚：清道光十七年（1891 年）十月，有一位叫徐琪的人，自京赴粤东上任督学使者时途经合肥，在包拯一后裔家中发现一幅包拯画像，且知其画像是包拯生前友人给他画的一幅写真像，且是按一比一的比例。徐琪不胜激动，由于他素慕包拯的高风亮节，于是决定捐资将画像镌刻成碑，碑成后还做诗以记：

岩岩我公，铁中之钢；
危言鲠论，烈如秋霜；
我持笏节，式公梓乡；

淝水汩汩，蜀山苍苍；
间气盘礴，浩如方长；
有开必先，羽仪栋梁。

其碑铭文之所以写得如此详细，而我在此也转述得如此不厌其烦，目的只有一个，这就是希望世人和读者能够相信此碑上包拯画像的真实性。

画上的包拯，身着官服，手持牙笏，五官端庄，神情自然，仪表堂堂，即使用现代的审美标准来衡量，除了身高略矮了一点外，可以说包拯是个十足的美男子，这与我们在京剧舞台上看到的包公形象相去实在太远。正是为此，许多人在碑前站立议论。

为什么美男子的包拯，却在后世的戏剧小说中复活成了一个一张黑脸、奇丑无比的包公了呢？而这样一个丑陋的包公，人们又为什么会如此的喜欢呢？

我想，围绕这个问题应该可以做一篇博士论文混一个博士文凭的，但这还是交给那些需要文凭和学位的人去做吧！我这里只用一句话来回答——因为人们心中的包拯、包公、包大人、包龙图、包青天……就应该是这个样子！

无论是《七侠五义》中，还是在所有的“包公戏”中，包公身上的美好品质当然有许多，但是有两点最为重要也最为突出，这就是明察秋毫与铁面无私。或者换言之，在中国文化中包公就是明察秋毫与铁面无私这两种美好品质的象征与化身。

尽管真正的包拯并没有真铡过驸马陈世美，甚至这世上根本就没有过陈世美这个人，但并不影响《铡美案》经久不衰地演了一年又一年、一代又一代。

尽管真正的包拯从来就不曾真的打过龙袍，宋代历史上也不曾有过“狸猫换太子”的事情发生，但舞台上下令“打龙袍”的包公还是总赢得人们不住的喝彩。

尽管真正的包拯只是个凡人，但并不影响《包待制智赚生金阁》、《神奴儿大闹开封府》、《叮叮当当盆儿鬼》和《包待制知勘后庭花》等元杂剧中的包公“日审阳，夜审阴”。

……

既然包公总能为民做主、解民于倒悬，那么他也就应该与被他解救的这些如牟县王老汉一样的黑脸、粗手、泥腿子，而不应该是一个读过许多书的白面书生。

既然包公铁面无私，那么他的这张脸一定是喜怒而不形于色，因此他的脸还不只是一般的黑，而是“相当”的黑，最好是黑得让人见不出任何表情。

既然包公能明察秋毫，那么他的这双眼睛就不会与我们一般人的眼睛相同，它应该能洞穿人心，穿越阴阳，应该又大又亮又奇异；甚至在眉宇间应该比我们一般人多长出一只眼睛。

既然包公能让恶人害怕、厉鬼哭泣，那么也就应该长着一副比恶人更恶、比厉鬼更厉的面貌。

……

就这样，包拯成了包公，人成了神，历史人物的包拯，也便半人半神化了！

作为一个历史人物的包拯早就死了，但被神化了的包公却是永生的。

时至今日，一部电视连续剧《包青天》竟然一拍就是236集，我真不知道世界上还有比这集数更多的电视连续剧吗？生活中，我们也常常听到人们在评价某个领导干部清正廉洁、为民做主时，一不小心便称之为“某青天”。因此，有人据此断言，中国是一个有着清官情结的国度。

然而包拯终究是人不是神，他最终还是死了。

1998年，中国科学院高能物理研究所与安徽省博物馆等单位合作，对包拯墓中的包拯尸骨用现代科技手段进行检测，证明包拯确系病死。虽然这再一次证明包拯的确算是获得了善终，然而为什么近千年来，人们一直对他的死抱怀疑态度呢？这种怀疑本身不就最好的说明包拯的结局充满了悲剧色彩吗？

这种悲剧性并不仅仅在于他从得病到死去仅仅只有13天，让人总觉得蹊跷，而更在于他的明察秋毫、光明磊落，他的铁面无私、刚正不阿，他的忠君爱民、为民请命、青天一方……他所有的努力和奋斗都没能使大宋王朝振作起来，甚至丝毫也没能阻止它向灭亡的那天越走越快的脚步。

包拯死后两年，宋仁宗也死了，又过了仅仅五十年，徽、钦二宗被金人掳去，北宋灭亡……

站在今天来看这一切，我们不能不深思：清官当然好，像包拯这样的清官当

台湾拍摄的电视连续剧《包青天》中的包拯形象

然更好，我们应该尊敬；明君当然也好，像宋仁宗这样的明君的确难得，也很值得我们尊敬；但是明君加清官的政治，虽然令人神往，但终究也不能从根本上改变历史的进程，最多只能为历史增加一点戏剧效果，但这种戏剧效果终究只属于戏剧而不属于历史，因为历史更看重的是政治效应和社会意义。

游过包公祠，我又来到了包河畔，登上了另一处为纪念包公而建造的清风阁。举目远眺，合肥城尽收眼前，包河水蜿蜒远去。八面来风中，我仿佛看到包河岸边，一个打柴少年，正肩背着一捆柴禾从远处向我走来；一眨眼，又一峨冠大吏，乘绿呢大轿，由“回避”、“肃静”的令牌开道正离我们而远去……我知道，这两个形象都是我心目中的包公，也是许多中国人心目中的包公，他既属于历史，又属于戏剧，属于艺术，属于传说。换句话说，由包拯到包公，到“包龙图打坐在开封府，尊一声驸马爷细听端详”，他已一半真实，一半虚构了。

为了那一半的真实，我们怀念他但终究该远离他。

为了那一半的虚构，我们远离了他又总爱亲近他。

半真半假之间，远离亲近之余，“包公”便成了一个文化符号，在中国文化和中国百姓心中获得了永生。

王安石：独守千秋

壹

宋神宗熙宁七年（公元1074年）七月的一天，一队人马簇拥着几顶官轿从北宋都城东京的宰相府里走了出来，走过了一条条热闹的大街，也走过了一条条僻静的小巷，最后走出了城门。

队伍走得很慢，似乎带着无限的留恋。出了城门后，队伍先向东行进，后又折向南，向着有六朝古都之称的江宁（今南京）走去……

王安石画像

阳光异常的炽烈，大地似乎是一张将要被烤焦的荷叶，随时都会着火燃烧起来；田野里的庄稼早已枯死，也仿佛只需一个火星就可点着燃烧；树上的知了一个劲儿地叫着“热死了——热死了——”，叫得人心里仿佛也要起火；但尽管天这么热，可官轿四周的帷幔一律严严实实，所以沿途的百姓并不知道轿子里面坐着的是什么人。

此时，一场旱灾正笼罩着北中国的大地，其持续时间之长，影响范围之广皆为罕见，为此，大宋朝野上下一片惊恐：老天啊，你为什么会如此的惩罚我们啊？

一定是有人得罪了老天，老天才会发如此淫威！

这得罪老天的人是谁，他又究竟做了什么大逆不道之事呢？

除了是王安石的“新法”惹的祸，还能是什么？！

面对这场史所罕见的大旱，也面对不断地像潮水一样袭来的指责与攻击，一向支持王安石变法的宋神宗也开始怀疑了：

> 熙宁七年复四月己巳，……上以久旱，忧见容色，每辅臣进见，未尝不叹息恳恻，欲尽罢保甲方田等事。
>
> 王安石曰：“水旱常数，尧汤所不免。陛下即位以来，累年丰稔，今旱忧虽逢，但当益修人事，以应天灾。”
>
> 上曰：此岂细故，朕今所以恐惧如此者，正为人事有所未修也。”
>
> ——《续通鉴长编》（卷二五二）

就在这个时候，有一个叫郑侠的官员，可谓是挖空心思，他向神宗献上了一幅“流民图”，图中所绘尽是百姓流离失所、卖儿鬻女的情景，惨不忍睹。神宗看了此图，终于扛不住了，他想，自己之所以支持王安石变法，是为了百姓能安居乐业，现在看来适得其反了，于是，他顾不得调查核实，便于第二天下令“暂罢青苗、免役、方田、保甲”中部分法令十八项。

此时，王安石唯一能做的只有辞职！

宋神宗照准了王安石的辞职请求，同时任命他为江宁知府。于是王安石冒着夏日的骄阳踏上了从东京去江宁的官道。

其实在此以前，早就有许多人以“天变”为枪弹来攻击王安石和他的变法了，只是他们递上来的折子，在王安石大义凛然的“天意不足惧”的反击下，也在宋神宗的朱笔御批下都纷纷凋零了：

第一个以“天命论”为武器站出来向王安石发难的，是被司马光称为有“先见之明”的殿中侍御史吕诲。他在递给皇帝的折子《论王安石疏》中说：“方今天灾屡见，人情未和，惟在澄清，不宜挠浊。如安石久居庙堂，必无安静之理。”将

“天灾” 的原因和责任一股脑儿地扣在了王安石头上。宋神宗没有听信吕诲的话，毫不客气地将他贬出了京城。

第二个是富弼。这个富弼，是当朝宰相，二十多年前曾是范仲淹发动的那次“庆历新政”的积极参与者与支持者，按常理他应该是变法革新的支持者，应该支持王安石变法的啊，然而此一时彼一时矣！当时发生了一场地震，富弼便趁机指责说，这都是王安石变法“以致天降责罚，诸处异动”，“宜且安静”，意思是要立即废除新法，并以辞去宰相一职向年轻的宋神宗进行要挟。宋神宗仍然没听，毅然批准了富弼的辞职。

第三个是司天监灵台郎亢瑛。他利用所谓“天久阴、星度失”的“天象”，公开叫嚷着“政失民心，强臣专国”。不但将矛头直指王安石，而且还别有用心地妄想挑拨王安石与宋神宗之间的君臣关系，好在宋神宗不受他挑拨，将他刺配英州。

然而尽管如此，保守派对王安石及其新法的攻击仍然前仆后继，宋神宗顶不住了，他知道，“天命” 只是反对派的一个借口，背后的真正原因极其复杂，力量也极其强大。

宋神宗让王安石去江宁，实在也算是出于对他的照顾了。

王安石虽然籍贯是江西临川（今江西抚州），但从小就跟着一直做州县小官的父亲四处迁居，17 岁时来到江宁，直到 22 岁考中进士才离开，后来由于为母丁忧，他又居江宁五年；任参知政事前又做过一任江宁知府，所以加起来他在江宁居住过十多年，是他平生居住时间最长的地方了，也正因此，江宁可谓是王安石的第二故乡，那里有他的家园故宅，有他的亲朋旧友，他对那里的山山水水，一草一木都有着很深的感情，他也十分喜欢那里有着六朝烟水气息的民风。因此，即使是在他的变法进行得如火如荼时，他也时时记起那一方让他魂牵梦绕的土地：

覆舟山下龙光寺，玄武湖畔五龙堂。
想见旧时游历处，烟云渺渺水茫茫。

烟云渺渺水茫茫，缭绕芜城一带长。
蒿目黄尘忧世事，追思尘迹故难忘。

追思尘迹故难忘，翠木苍藤水一方。
闻说精庐念更好，好随残汴埋归艎。

——《忆金陵三首》

现在，王安石真的向江宁这块让他魂牵梦萦的土地走来了，他的心情却极其复杂。官轿行进在中原的大地上，王安石掀开了轿子四周的帷幔，看到的是一派令人揪心的场面，大旱灾让本该是丰收在望的庄稼地一片焦黄，沿途的村庄不见炊烟，路上不时见到逃荒的饥民。这一切倒真有点儿像郑侠"流民图"中所绘。但这一切怎么是新法所造成的呢？之所以要推行新法，正是为了消除这样的景象啊！王安石坚信，只要新法能坚持推行，一定能消除眼前所见到的一切，一定能改变大宋国穷兵弱的现状，最终达到"富国强兵"的目的！

王安石一路走一路想，此次自己虽然辞去了相职，但在他的推荐下，一向支持变法被朝野上下称为"护法善神"的吕惠卿已接任了自己的参知政事一职，变法大业也算是后继有人了；而那些新法的反对派人物，多数已被神宗贬出了京城，新法的推行实际上已没有太大的阻力了；虽然宋神宗废除了新法中的一些条款，但主体还在施行；因此，王安石此次罢相南归，并没有太多的悲伤和忧虑，甚至他还想到，说不定哪一天自己还会东山再起，回来重掌相印！

然而这一切，都建立在宋神宗必须一如既往地支持新法这一前提之上。而神宗能这样吗？想到这里，他心中又难免一阵失落。

贰

那年秋天，王安石回到了自己阔别七年的"半山园"。那些日子里，紫金山下的百姓，常常看到一个"布衣杖履"的老者在山林地头徘徊。

离"半山园"不到一箭之地有一个不大的土墩，王安石很喜欢去那里游憩，

今日南京半山寺

那里芳草萋萋，秋虫唧唧。原来这个土墩人称“谢公墩”，里面沉睡着东晋名相谢安。每当想起谢安当年的东山再起，王安石总感慨万千。他在谢公墩前沐春风秋雨，观斜阳草树，听断鸿声声，望大江浩浩，有诗道：

谢公陈迹自难追，山月淮云只往时。
一去可怜终不返，暮年垂泪对桓伊。

——《谢公墩·其一》

这哪里是在说谢安啊，分明是在说他自己！难道自己真的就这样向轰轰烈烈的政治生涯告别了吗？曾经的热血沸腾，曾经的纵横驰骋，曾经的以天下为己任，曾经的“天命不足惧，人言不足恤，祖宗之法不足守”胆识与魄力，还会再次充盈自己的生命吗？

秋去冬来，山上梅花开了，王安石又有诗道：

独山梅花何所似，半开半谢荆棘中。
美人零落依草木，志士憔悴守蒿蓬。
亭亭孤艳带寒日，漠漠远香随野风。

移栽不得根欲老，回首上林颜色空。

——《独山梅花》

这又哪里是在吟梅花啊！细细吟咏，不难体味出诗中除了失望，更多的是抱怨和不满。这不分明是在说自己与宋神宗的关系吗？

尽管反对派对新法发动的一次次攻击可谓是前所未有，但王安石对于反对派从无抱怨，因为在他看来，所有的反对和攻击都是意料之中的，也是正常的，只要变法能实行下去，总有一天，变法的成果会胜于任何雄辩地证明他们的攻击都是错误的，那时，那些攻击变法的人就会自动闭上他们的臭嘴！他唯一抱怨和担心的是宋神宗的反反复复、不时动摇。

其实，神宗的反复与动摇几乎是与变法的全过程相始终的。从熙宁二年（1069年）宋神宗任命王安石为参知政事正式实行变法开始，到熙宁七年（1074年）王安石罢相回江宁，王安石就已曾先后六次辞职：第一次是变法的当年，因吕诲上疏指责王安石所谓“十大罪状”，王安石愤而辞职。这一次因神宗对王安石非常信任，所以并没听吕诲之言，结果自然是以吕诲受黜王安石留职而终。但后面几次则有所不同了，第二次是熙宁三年，因河北安抚使韩琦上疏历数青苗法的危害，神宗因之动摇欲罢青苗法；第三次是熙宁四年五月，因一些不明真相的民众在一些别有用心的官员的唆使和怂恿下，聚众包围开封府，并闯入王安石家闹事；第四次和第五次都发生在熙宁五年，因为在处理李评事件上意见相左，王安石两次请求辞职；第六次发生在熙宁六年正月，因宣德门侍卫仗势阻拦王安石专车入内且挝伤他的马。这几次实际上都是有人利用了神宗的犹豫与动摇向王安石发难，王安石不得不以辞职来抗争。虽然最终神宗都没准王安石的辞职，王安石看上去都胜利了，但是神宗所表现出的犹豫和动摇王安石都是看在眼里、清清楚楚的。

然而，他对神宗有再多的抱怨和天大的不满，又怎么能明说啊！好在中国古代诗歌中常常有借香草美人来喻指君臣，这让他也可以借别人的酒来浇自己心中的块垒。但也仅仅只是如此而已，不要说自己现在已身在江宁，就是还执掌着相印，也不能不把实施新法的最大希望还是寄托在宋神宗身上啊！

冬去春来,似乎不知不觉间一年便过去了,身处半山园的王安石,无时无刻不在关注着来自京城的任何消息和动静,随着夏天的来临,眼望着百草丰茂的钟山,感受着大自然呈现出的一派生机,王安石在心中似乎也隐隐地萌生出了一种莫名的希望。

果然,宋神宗再次召王安石进京,并再次以相印委他。

随着召王安石入京的圣旨从宫中传出,反对派们几乎一时陷入了绝望。王安石接旨后自然是仰天长叹。此时此刻,他除了想到了长眠于离半山园不远处的谢安,想到了他留下的"东山再起"的典故外,什么也没多想,"苟利国家生死以,岂因祸福避趋之!"

王安石以最快的速度进京了。

在进京途中,王安石或许会想,自己这次能重掌相印,或许是因为宋神宗真的是下定决心要将变法进行到底了,或许是吕惠卿没有忘了他的举荐之恩,说动了神宗,或许是这朝堂之上真的还离不开自己,或许是……他万万想不到,事实上一切并不是这样!

王安石罢相后,吕惠卿在王安石的力举下出任参知政事,成了变法的接班人,此时新法推行也已有几年了,成果也开始有所显现,但是吕惠卿自己心里明白,变法的领导人是王安石,所以当后来宋神宗在王安石罢相后又不时表示出对他的怀念时,吕惠卿更打起了自己的小算盘,他怕宋神宗再度起用王安石——那样的话,他将不但失去已坐上的参知政事的位置,而且变法一旦成功,最大的功劳也不再属于自己。所以他要设法阻止王安石东山再起,甚至不惜将其置之于死地。正在此时,吕惠卿接到了一个皇室宗亲叛乱的案子,而这个案子牵涉到王安石的一个早年的朋友——道士李士宁。吕惠卿便借此机会向王安石下手了。

或许是宋神宗看在眼里,或许他不能相信或不愿相信自己看重的新执政的宰相竟是这样一个恩将仇报的小人,于是试探着问吕惠卿道:"李士宁案如何?"

吕惠卿回答:"如系叛国大罪,臣自当依法论断。"

神宗又问:"安石如何?"

吕惠卿冷冷地说:"臣知,安石最为重法!"

神宗默然不语。

宋神宗画像

然而不久，宋神宗召王安石回朝，并复其相位。此时，我们再来看神宗的默然不语，此中的深味不难想象：他一定在心中想，你吕惠卿作为与王安石一起变法的战友，明知道王安石在此案中并无瓜葛，却不讲一点义气，不但不替王安石开脱，反而一副秉公执法、大义灭亲的架势。神宗的默然中有着太多对这位新任宰相的深深失望——正是因为对吕惠卿的失望，才让神宗又想起了王安石。

王安石对这一切并不知道，也就是说，他对于“变法派”内部已出现的严重分化一点也不知道，对于自己此番进京不但将要面对“反对派”的明枪还要面对“变法派”内部的暗箭这样一个残酷的现实并不知道。

果然，吕惠卿仅放出了一支暗箭，便将王安石再次置于死地。

有一天，吕惠卿将王安石曾经给他的一封私人信件拿给神宗看，因为其中王安石黑纸白字写着“无使上知”四个字——这不是天大的欺君之罪吗？

就这样，王安石复相后仅仅半年，便冒着纷飞的大雪再次回到了江宁，回到了他的“半山园”。虽然神宗也给了他一个“判江宁”的官职，但他并没去过府衙，而是将自己彻底地交给了这曾经养育过他的一方山水，交给了他原本并不想全身投入的文章、诗词，甚至佛老之说。

叁

元丰八年（1078年）三月，事无巨细一概亲历亲为的宋神宗，以年仅38岁的英年在忧虑和劳累中去世。得到噩耗，王安石一病不起，抱病做诗哀悼：

将圣由天纵，成能与鬼谋。
聪明初四达，隽乂尽旁求。
一变前无古，三登岁有秋。

讴歌归子启，钦念禹功修。

诗中竭力称颂了宋神宗的圣明，也竭力称颂了变法的意义，但诗所流露的感情极其复杂，既表达了对新法的担忧，但也希望后来者能念其新法推行毕竟已取得了一定的成效，能善待新法。我想，此时的王安石甚至想到过反对派当初反对新法时的一个理由，这就是“祖宗之法不可变”——现在宋神宗死了，也成了“祖宗”了，那么由他已颁行了十几年的新法，现在不是也成了“祖宗之法”了吗？既已这样，眼前也应该“不可变”了啊！

然而王安石哪里想到，道高一尺魔高一丈。

“反对派”领袖司马光，在宋神宗死后立即借吊丧为名从洛阳出发向东京赶来，带着他花了十数年心血编成的《资治通鉴》回到京城，将它献给太皇太后和刚登基的新皇，同时递上的还有一份措辞急切但又不失巧妙的奏折，其在控诉了新法的种种罪过后末尾写道：

司马光像

当此之际，解兆民倒垂之急，救国家累卵之危，岂暇必俟三年然后改之哉？况今军国之事，太皇太后陛下下权同处分，是乃母改子之政，非子改父之道也，何惮而不成哉？

是的，太皇太后是神宗的母亲，母亲要改儿子的政策，有什么不可以的？这一招不但为太皇太后消除了“祖宗之法不可变”的顾虑，也为哲宗有可能背上的改变父亲成法的罪名提前作了开脱，这一切不但正中太皇太后的下怀，同时也堵住了天下人说他们废除新法是自己打自己嘴巴的口。

司马光主持编撰的《资治通鉴》

司马光果然很快当上了宰相，上任第一要紧的事便是全面废除新法。就在司马光为废除新法忙得不亦乐乎时，他得到了一个确切消息——元祐元年(1086年)四月六日，王安石在江宁死了！

司马光发出一声轻轻叹息后是一阵轻松——

从此以后，他再也不必担心这个老对手会突然在某一天里卷土重来，以排山倒海之势推行他的新法，将自己的亲朋故旧、门生僚属贬得四散边地、溃不成军。于是司马光怀着一种复杂的感情给也是宰相的吕公著写了一封信，信中写道：

> 介甫文章节义过人处甚多，但性不晓事，而喜遂非，致忠直疏远，谗佞辐辏，败坏百度，以至于此。今方矫其失，革其弊，不幸介甫谢世。反复之徒必诋毁百端。光意以谓，朝廷宜优加厚礼，以振起浮薄之风。苟有所得，辄以上闻。不识晦叔以为如何？更不烦答以笔札，扆前力言则全仗晦叔也。

这封信写得虽然很短，但很有意味：首先是对王安石的道德文章进行了肯定，但这肯定与下文的否定比较起来实在显得轻描淡写。司马光对王安石的否定归纳起来看有以下两个方面：一是不晓世事、不通情理——常言道“世事洞明皆学问，人情练达即文章”，如此一个不晓世事、不通情理的王安石，文章自然能好到哪儿去呢？这一条实际上司马光又把他开头对王安石的一句肯定也否定了；二是其门生故旧不是“谗佞”就是“反复之徒”，总之全是小人——俗话说，看一个人是什么人，不妨看一看他的朋友是些什么人——既然王安石的朋友全是小人，他是个什么人就可想而知了；就凭这两点，司马光对王安石的否定是全面的。但紧接着，司马光又显示出一种大人不记小人过、宰相肚里能撑船的气概，建议“朝廷宜优加厚礼”——这显然是司马光要做给天下人看的。另外，这封信里，我们也不难从字里行间读出，作为一位政治家的司马光，因对手的消失而产生了一种失落。司马光的叹息一定正是由此而发吧！

苏东坡也一声叹息、一阵轻松——

苏东坡叹息的是，从此永远失去了一位与自己真正惺惺相惜的知音。想当初，苏东坡新中进士，官授大理评事，此时王安石是皇帝的机要秘书，正是他为苏东坡的新职作了这样的制辞：

尔方尚少，已能博考群书，而深言当世之务，才能之异，志力之强，亦足以观矣。其使序于大理，吾将试尔从政之才。夫士之强学赡辞，必知要然后不违于道，择尔所闻而守之以要，则将无施而不称矣，可不勉哉！

苏东坡画像

此虽公事公办的文字，但其中几多肯定，几多鼓励，几多期望，都不难看出。苏东坡为此曾心存感激。然后，虽然苏东坡对于北宋的积贫积弱现状也有改革的愿望，但他只主张小改小革，与王安石的大刀阔斧产生了矛盾，并最终沦为了新法“反对派”中的重要人物，他不但几乎每一新法出台都要递折反对，而且还发挥自己的文学特长，做诗作文对新法竭尽了讽刺和挖苦。但等到苏东坡因“乌台诗案”下狱几乎已置死地后，站出来为苏东坡营求的不是别人，正是王安石。王安石在给神宗的奏疏中，先坦言自己与苏东坡的过节，以消去皇帝疑虑；又说诗词书画毕竟只是小技，大可不必较真，以宽慰皇帝；最后又提出了解决欲置苏东坡死地的“变法派”们纠缠的建议。这样以后皇帝才决定宽恕苏东坡，为此后人都说苏东坡乌台诗案只因“王安石一句话而解”。现在王安石死了，苏东坡算是永远欠下了他这一份又一份的情了，他怎么能不“一声叹息”呢！

眼见着新法被司马光全盘废除，苏东坡觉得此也太过，因为有的新法的确在实践中收到了显著的效果，完全可以保留，有什么必要“倒洗澡水连同澡盆里的

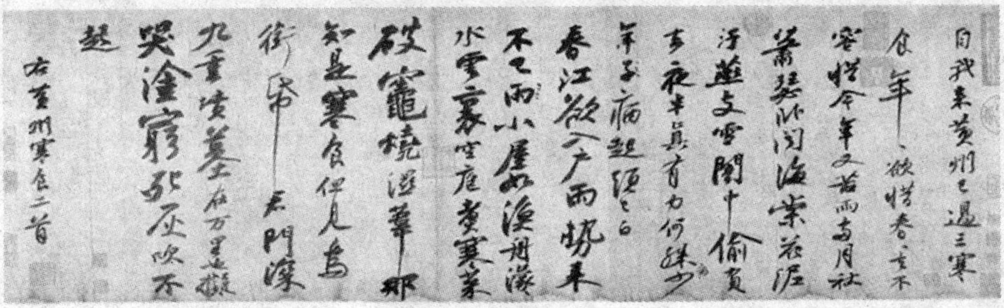

苏东坡书《寒食诗帖》

孩子一起倒掉呢”？为此，当初与司马光处于同一战壕中的苏东坡，又反对起司马光来了。为此，许多人不解，甚至更有人说他是被王安石拉拢了，因为他在黄州移官汝州时确曾借道金陵拜见过王安石，并二人同游钟山数日。现在王安石死了，他不必为当初对新法的反对而对王安石心存歉疚了，也不再怕人们说他被王安石拉拢、利用了。他能不一阵轻松吗？

吕惠卿没有叹息，唯有轻松——

元丰初年，吕惠卿“除母丧，过金陵，以启与安石求和”，王安石回信拒绝了；并且吕惠卿还听说，闲居金陵的王安石，常常一个人在纸上一遍一遍地写“福建子”三字，心中的仇恨可想而知。现在王安石死了，吕惠卿不但不再怕王安石突然会有一天东山再起与他争功争官了，更重要的是不怕他有一天会突然对他报复——小人永远都只会以小人之心度君子之腹——所以他唯有一阵轻松。

西夏王与契丹王更是一阵轻松——

王安石变法的目的很明确，即“富国强兵”，而富国强兵又是为了什么？还不是对付辽与西夏吗？现在王安石死了，宋人的富国强兵永远只能是一句梦话了。他们能不一阵轻松吗？而且轻松过后，他们便开始盘算着，再过几年就可将徽、钦二宗掳去了！

……

王安石死了，几乎所有的人都一阵轻松，沉重的只有中国的一段历史，还有我们这个民族前进的脚步。

肆

王安石变法最终失败了，其失败原因，我在上中学时历史老师就为我们归纳了许多条，我曾经逐条背诵过它们以对付高考，所以至今还能大体记得。但是说实话，随着自己历史知识的丰富和人生阅历的增加，我又常常想，真的就是那些“原因”导致了王安石变法的失败吗？

历来都将王安石变法失败的第一原因或最大原因归结为，因变法触动了官僚地主的利益而遭到他们的强烈反对。

但是纵观世界上其他各国的变法维新，那些取得成功的，难道就没有遇到反对吗？可它们为什么就能成功呢？

众所周知，只要有变法，总会有人反对，这并不奇怪；但是奇怪的是，为什么王安石变法会引起这么多人的反对，且这些反对者的名字，有的竟也是中国历史上熠熠生辉的，如司马光、苏东坡、欧阳修等，他们无论如何也算得上是我们这个民族历史上的精英了，他们为什么也不能理解新法，也竭力反对新法呢？难道仅仅是他们为了维护自己的利益吗？似乎并非如此简单，因为这些反对者中，有的人似乎并非是出于为自己争得利益，相反他们几乎一直过着苦行僧式的生活，如司马光。

那么司马光们为什么要反对新法，或者说他们反对的又是些什么内容呢?我们不妨举一个例子来一说。

王安石的变法中的“青苗法”的意思是，国家在春天青黄不接之际，给农民发放贷款，帮助其生产，到秋后收成后归还贷款，并缴纳一定的利息。这一政策在今天的我们看来可以说是十足的好事，对于国家和农民，是一件双赢的事情，我们今天对“三农”的扶持，大体上也还是这样做的。然而司马光、欧阳修等人对此却竭力反对，其反对的理由是，国家收受利息不是君子所为，因为孔子曾言“君子喻于义，小人喻于利”。他们攻击王安石是“言利之人”，是“不义之人”。这在今天的我们看来着实可笑，但在当时他们的这一逻辑却不乏真诚。

我再抄一段苏东坡《上神宗皇帝书》中的话：

> 惟商鞅变法，不顾人言，虽能骤至富强，亦召怨天下……虽得天下，旋踵而亡……夫国家之所以存亡者，在道德 之浅深，而不在乎强与弱；历数之所以长短者，在风俗之厚薄，而不在乎富与贫。道德诚深，风俗诚厚，虽贫且弱，不害于长而存；道德诚浅，风俗诚薄，虽强且富，不救于短而亡。

这段话的意思是，一个国家越富强，它便越容易灭亡；越是积贫积弱，倒越是能生存下去。我们或许真难以相信，这样逻辑荒唐的文字竟是出于大文豪苏东坡的笔下！但是它确确实实是苏东坡写下的。

还有当时那个名叫富弼的宰相，他曾力劝宋神宗“愿陛下二十年口不言兵”。在他看来，如何对付契丹人、西夏人的侵略呢？这就是自己主动将一切战备全部废弃，自己主动放下武器，“以释辽人之疑”。

正是按照这样的逻辑，你王安石不是说变法是为了“富国强兵”吗？但在苏东坡们看来，干吗要“富国”？“富国”反而会让国家快点灭亡；而在富弼们看来，干吗要“强兵”啊？“强兵”也只会让“辽人生疑”，最强大的“兵”，便是主动地、彻底地放弃“兵”。总之根本用不着“富国强兵”，亦即根本用不着变法。

当时反对者就是以这样的荒唐逻辑来对王安石的变法进行着殊死反对。这在我们今天看来实在可笑，但我们笑过之余有没想过，司马光、苏东坡等这些也可谓是民族的精英，何以会如此荒唐？

有人说，这都是因为王安石变法的思想和内容太过超前了，超前得连当时的文化精英也不能理解，这才导致了他们的反对。

我以为，此话实在对王安石太过神化了，因为这无异是说王安石是个先知先觉的神，而这个世上全是凡人，全不能理解他。然而真是这样的吗？

的确，王安石变法无论是思想还是内容都显得特别超前。稍稍细心研究一下“王安石变法”所包括的青苗法、均输法、保甲法、市易法、农田水利法、方田均税法等等，再将其与世界上其他一些民族曾有过的变法维新的内容相比较，便不难发现其中包含着许多“国家资本主义”的因素。为此，历史学家黄仁宇先生说过，王安石原本可以一下子将我们这个民族的历史提前一千年。但是这真的就是人们不理解并反对王安石变法的根本原因吗？

再则，如果说王安石变法太过超前了，那么，我们不妨设想一下：将这一变法挪后几百年，挪到明朝的万历年间，甚至挪到 1898 戊戌年，就一定能被人理解并取得成功了吗？显然也不一定吧！因为张居正的“万历新政”和戊戌变法不是一样全失败了吗？这一切让我不能不想，中国历史上虽然杰出的改革家并不缺乏，可为什么就缺乏成功的改革呢？我们的传统文化是不是在这方面多少有些问题？

今天，我们再看司马光、苏东坡们攻击新法的那些言论，的确让我们感到荒唐、可笑和悲哀，但是，难道我们不能从他们类似这些荒唐的言论中多少看到孔孟的“仁义”思想和墨家的“非攻”思想的影子吗？因此，我以为，我们在总结王安石变法失败的原因时，是不是不该忽视一点，这就是我们的传统文化中，所谓的“经典”之中，确实存在着太书生气、太不切实际的东西，思维方式上又存在着非此即彼、不是“革命”就是“反革命”的单向思维的集体无意识，最终行为上又缺乏一种预先自我完善的能力——总要待到“中华民族到了最危急的时候”，才“被迫发出最后的吼声”，才置之死地而后生；新的秩序的建立，总一定要以将原来的秩序完全破坏为前提；只愿接受那种重新洗牌式的“革命”——事实上也是到了那时的一种不得不接受。

有人说，是宋神宗的软弱和早逝最终导致了王安石变法的失败。

的确，对于宋神宗来说，如果他能毫不动摇地、一如既往地支持王安石；如果他能将反对派赶尽杀绝，为新法的推行彻底扫清道路；如果他不将王安石罢相；如果他不英年早逝……或许历史就该是另一种写法了。

但这仅仅是一种假设而已。

宋神宗对于王安石变法是支持的，这是无须证明的事实，甚至完全可以说，如果没有宋神宗，历史上压根儿就不会有“王安石变法”这一章节；但是，宋神宗在支持王安石及其变法的同时，又时时动摇、犹豫甚至怀疑，这也是事实。

想当初，王安石还不是朝中重臣时，宋神宗便给他“可越议事”的特权。很快宋神宗便任命王安石为参知政事进行变法。参知政事一职虽只是副宰相，而宋神宗给予王安石的实权比之宰相是有过之而无不及。且在平常君臣二人几乎形影不离，以致朝中多有议论“上与安石似一人”；对于有关变法的大小事务，宋神宗更是几乎对王安石言听计从。正是因为这一点，历来的人们大多认为，宋神宗对王安石只是到了后期才产生不信任、怀疑和动摇。然而真的是这样的吗？

也许王安石的确有“以天下为己任”的主人翁思想，但对于宋神宗来说，其实从一开始起，在他心目中——你王安石终究是“臣”，我才是“君”，天下终究不是你的，而是我的，我不能与你一样冒险。否则我们便难以解释宋神宗为什么在一面重用王安石的同时，又总在朝廷保持一定数量的保守派势力；又为什么在一面支持王安石推行新法的同时又无论司马光多么反对新法，却又一直尊重他，始终给他留有相当大的政治空间。这其中的道理，或许与乾隆为什么既要用纪晓岚与刘墉，却又总将和珅留在身边一样。此正是一种“御人术”。因此，说宋神宗在变法的态度上的动摇仅仅只是一种软弱，显然是低估了这位年轻的皇帝了。

宋神宗将王安石罢相后，的确废除了新法中的有些条款，但并没有全废。或许这正是宋神宗要的变法——北宋积贫积弱的现状必须有所改变，但又不能真像王安石那样大刀阔斧，以致威胁到自己的江山。这或许也正可以解释宋神宗既罢了王安石的相，但并没有完全废除新法的原因。因此，宋神宗与王安石之间的一切都是注定了的——宋神宗一面依赖王安石，信任王安石，也成全王安石，但一面又阻碍王安石，牵制王安石，甚至葬送王安石；王安石在人生中遇到宋神宗是他的幸运，但也是他的不幸；而宋神宗发现了王安石，既是他的一项历史功绩，也是一项历史罪过——也注定了"王安石变法"失败的原因不可能全来自宋神宗。

还有人说，王安石变法之所以失败，是因为王安石太不识人，以至于败在了小人之手。

此话也有道理。这里所指的小人，或许主要就是指吕惠卿吧。的确是他在王安石第二次复相后，以卑劣的手段彻底终止了王安石的政治生命，也正是因此，说吕惠卿是个地地道道的小人是一点也不为过的。但是官场之上，自古以来又有多少真正的君子呢？这样的小人并非只有王安石才遇到。因此，将王安石变法的失败全归因于这一点显然也并不全面。

还有人说，王安石变法失败在王安石自己手上：一是他动不动就辞相，相比之反对派的前仆后继，显得不够执著，不够义无反顾；二是他的改革也过于大刀阔斧，风风火火。

然而，王安石已经在历史上获得了"拗相公"的美名了，还要他再执著，再义无反顾，这未免有点站着说话不腰痛；至于说他太大刀阔斧才导致失败，那也不全对，因为在"王安石变法"前后都曾不乏比王安石变法和风细雨的改革，如范仲淹的"庆历新政"，明代张居正的"万历新政"，怎么样！不是一样都以失败而告终吗！

王安石变法失败了，但失败的原因一定是多方面的，也是很值得我们探讨的——或许对其探讨本身也正是"王安石变法"留给历史、留给今天的意义之一。

伍

对于王安石一生，最早作出评价的是前面已提到的司马光写给吕公著的那封短信。在那封信中，王安石几乎一无是处，但对此，连与司马光一样是王安石政敌的苏东坡都不能同意，他在不久后为朝廷起草的《王安石赠太傅制》中写道：

将有非常之大事，必生希世之异人，使其名高一时，学贯千载。智足以达其道，辩足以行其言；瑰玮之文，足以藻饰万物；卓绝之行，足以风动四方。用能于期岁之间，靡然变天下之俗。具官王安石，少学孔孟，晚师瞿聃。罔罗六艺之遗文，断以己意；糠秕百家之陈迹，作新斯人。属熙宁之有为，冠群贤而首用。信任之笃，古今所无。方需功业之成，遽起山林之兴。浮云何有，脱屣如遗。屡争席于渔樵，不乱群于麋鹿。进退之美，雍容可观。

苏东坡在此对于王安石在立德、立功、立言三方面所取得的不朽功业都给予了充分的肯定。这一点也历来为那些拉帮结派、结党营私的小人所难以理解。

或许王安石并没料到，自己死后，同为政敌的评价差别会如此之大，但是他似乎又早就料到了对于自己身后人们必然会有太多的议论与纷争，他晚年有一首题为《读史》的诗，是这样写的：

自古功名亦苦辛，行藏终欲付何人。
当时黮闇犹承误，末俗纷纭更乱真。
糟粕所传非粹美，丹青难写是精神。
区区岂尽高贤意，独守千秋纸上尘。

是的，任凭人们千百年来是是非非的评价不断，但王安石还是王安石。尽管王安石死后，没有人前去吊唁，为他作最后送行的只有自己的两个弟弟；尽管他的墓前石碑上没有碑文，墓中也没有墓志铭，但历史一直就不曾忘记过他。不忘对他竭尽赞扬者有之——陆九渊称赞他“英迈特往，不屑流俗，洁白之操，寒于冰霜。”梁启超则称赞他为“三代以下，中国唯一完人”，他的牌位一度曾配享神宗庙，和皇帝一起受供，继而配享孔庙，成为孔子、孟子之后中国历史上的第三位圣人；但又几乎与其同时，历史上也从来不乏他的诅咒者——南宋理学家们不但斥责王安石的“荆公新学”为“于学不正”、“杂糅佛道”，无异于异端邪说，而且还将北宋灭亡的责任全加在他的身上，他的牌位也因之几度被逐出庙堂。

俗话说“盖棺定论”，但是王安石却成了中国历史上少有的几个虽“盖棺”却不得“定论”的人。之所以如此，全在于他所从事的那一场轰轰烈烈的变法运动半途而废了，一切全没有最后见底，一切便只能全待人们评说、假说，甚至胡说了。

陆

王安石在江宁（今南京）的住处，因为离城东门七里，距紫金山主峰亦七里，即位于所谓“去山半途中”，所以当初筑园时王安石便将它命名为“半山园”。

只是后来，因为朱元璋在南京“高筑墙”时，将城墙向东大大地作了扩展，便将本在城外的半山园围至了城内，甚至围进了宫城。好在这并没有使得半山园从这个世界上完全消失，直至今天，它仍作为南京的一处胜迹，让无数像我一样的人，一直用敬仰的目光遥望它——我在南京已居住十多年了，工作地和居住地几经变化，但都离“半山园”不远，但就是一直没有走近他的机会，只能远远地遥望，因为它位于一“军事禁区”内，我等小百姓属于“闲人”，自然只能“莫入”。

今天的“半山园”位于一“军事禁区”内，我等小百姓属于“闲人”，自然只能“莫入”。

但为此我反而常常想，这“半山园”究竟是一座怎样的园子，王安石为自己家园所起的这个名字，是否是他人生的一道谶谕，注定他的事业只能半途而废呢？

总有一天我会走进这座“半山园”的，但愿那“军事禁区”能早日解禁！

2009 年 11 月 2 日

赵孟頫：成全的是艺术

赵孟頫是中国书法史无论如何也绕不过去的一个人物，他与唐代的颜真卿、柳公权、欧阳询并称“楷书四大家”，所谓“颜、柳、欧、赵”是也，其书法人称“赵体”。

赵孟頫又是历来遭人非议最多的一位书法家，其人常被斥之为“贰臣”，其书则被斥之为“奴书”。

赵孟頫“赵体”书法。其为代表作之一——《湖州妙岩寺记》

数百年来，赵孟頫一直是中国文化中的一个尴尬存在。

壹

听说湖州的“赵孟頫故居”重修后开放了，双休无事，特地驱车前去参观。

一座粉墙黛瓦的园林式建筑依河傍桥——河叫孙衙河，桥名甘棠桥。

有关史料记载，南宋理宗宝祐二年（1254年），赵孟頫诞生于这里。据说赵家为数十人聚居的大户，赵府规模很大，皆临河廊屋式建筑，共三进六开，每进之间，院落、天井、游廊一应俱全，且河沿砌有码头、立有廊柱，跨街搭有飞檐、盖有层楼。为此有诗云："溪上玉楼楼上玉，清光合作水晶宫。"

眼前的"赵孟頫故居"就是在当年的赵氏故居原址上重修的，只是规模较之原来小了许多；又唯其是重修的，所以看上去还有些"新"，有些"火气"；但总体上古色古香，尤其是宋代江南水乡民居风格体现得十分鲜明，看来修建者还是花了许多心思的。

湖州古称吴兴，是典型的江南水乡，更是闻名于世的"丝绸之府，鱼米之乡，文化之邦"。谚语"苏湖熟，天下足"中的"湖"，便是指湖州；唐宋以后"湖州丝绸遍天下"不只是一句谚语，更是一个事实；还有这里出产的毛笔世称"湖笔"，代表了中国毛笔的最好品质；这里书画文风历代繁盛，世有"一部书画史，半部在湖州"的说法……因此古人有诗云："行遍江南清丽地，人生只合住湖州。"

我立在甘棠桥上，凭栏望着孙衙河里一条条悠悠过往的各式船只，又看着停靠在河畔小码头边的小船，装货、卸货，上人、下人……想象着生长在这样一个城市中的赵孟頫会是个什么样子呢？我愣愣的目光中，似乎一个白衣书生正从时光的深处向我走来又走去，我知道，那一定就是我心中的赵孟頫。

由于我喜欢书法，所以经常临习赵孟頫的字帖，对于他的生平我也并不陌生。他是宋太祖第十一世孙、秦王赵德芳之后，正宗宋室后裔。他天生聪明，五岁时就能诵诗习字了；他的第一位老师是他的母亲邱氏，十多岁时，父亲病逝，随之很快家道中落；不难想象，赵孟頫早年的记忆中，一定也不乏孤独与凄凉吧！因为那年月，一个失去了父亲的孩子就等于是孤儿了，哪怕他贵为"金枝玉叶"。也不难想象，有多少个夜晚，就在一支蜡烛或一盏油灯下，一个孤儿，一位寡母，一个学生，一位老师，一面读书习字，一面执著守望，守望着一个心中不灭的希望。盛夏时节，年轻的母亲一只手捧着线装古籍，一只手轻摇着蒲扇，为儿子一面驱散着炎热和蚊蝇，一面不时地指点一二；隆冬季节，母亲总将脚下的火钵让给儿子，但又要求儿子写字时不得缩手缩脚，必须端坐笔正。母亲虽然总是微笑着，很温柔的样子，但也很严厉，她总在儿子写字的书桌上放着一把戒尺，时时提醒着儿子……她是一个名副其实的寡妇，但是在她身上，绝没有一丝穷愁潦倒的影子，甚至连一丝苦涩也没有，眼角眉梢有的只是一种高贵。她所做的一切，都是为了恪守着一个母亲的信念,履行着一个母亲的职责。赵孟頫便是这样在母亲的教诲中长大的。而在母爱中长大的人,往往人格上有一种共同的特征,这就是他们常常在人生中表现得自卑而又自尊,敏感而又执著,软弱而又坚强。如果我们稍稍留意一下中国文化史,就会发现这似乎是一个有趣"规律",远的暂不去说,近的如胡适及鲁迅、周作人兄弟等,他们便似乎都是这样的人。因此我以为,赵孟頫后来之所以成就了那样一种尴尬人生,或许也与这一"规律"的作用有关。

当然,赵孟頫毕竟还是与一般的孤儿寡母不同,他毕竟属于宋室的"金枝玉叶",14 岁时他便凭着"祖荫"而入了国子监,良好的教育很快使他在诸生中脱颖而出,他 16 岁时已能在宋朝名画家赵大年的《江村秋晓图》上题识,弱冠之年便创作了《吴兴赋》、《松溪图卷》等。至此,他和母亲心头的那个曾经的希望,似乎就要实现了,至少是从此以后,赵孟頫在一种优越、安逸和高贵的环境中过上一种诗意人生,一定是不会有什么问题的吧!

然而,在赵孟頫 26 岁那年,人生正当最美好的年岁,前程将展开一片锦绣之时,宋室覆亡了,他的人生一下子成了问题,而且是成了大问题!

随着元朝的一统江山,是选择做一名前朝遗老隐逸山林,还是顺应世事潮流出仕新朝,这一个严峻的问题别无选择地摆在了赵孟頫的面前,且只能是向左,或是向右,没有第三条道路可走。

中国历史上朝代更替频繁,其实这样的问题是经常出现的,它也便经常拷问着士大夫的灵魂,但只是这一次的拷问尤其厉害,因为这元朝的统治者是被称为"胡"的蒙古人。

在此之前,中国多数朝代的更替大多数只在汉人之间进行,所以士大夫是选择做前朝遗老还是入仕新朝,实际上只是在"新"与"旧"之间进行选择,而这一次则大为不同。元朝统治政权是一个被称为"胡"的蒙古人建立的空前的全国性的政权,它的建立实际上意味着汉民族统治第一次全面失败,这对于汉人来说无疑已经是一个很大的打击了,与此同时,是做前朝遗老还是入仕新朝的选择,不但是一种只在"新"与"旧"之间的选择,更是牵涉到民族高度和文化层面上的一种选择,因此,不能不更加的艰难和痛苦。赵孟頫是汉人,这种艰难和痛苦当然不可避免;但对于他来说还要多一层,因为他毕竟又是宋室的后裔,宋朝的灭亡和元朝的建立，对于他来说，不但是“国破”，还是“家亡”。因此，如果说一般士大夫的痛苦是双重的，那么赵孟頫则应该是三重的。

但是，再国破家亡，可人还得活下去啊，总不能真的都去为一个亡朝而自杀殉节吧？

可怎么活啊？

当一名遗老，去过一种隐逸山林的日子，这是当时许多文人、士大夫、艺术家所首选的应付办法。如画家马远，他从此只用水墨画江南的残山剩水，把自己深深地隐藏在自己的笔墨深处，在他的笔下，山石多峻峭崚嶒，且总是上不见天下不着地；水草树木总沉于画面一角，凄凉之气氤氲，人称“马一角”。还有一位叫郑所兰的画兰高手，从此画兰皆裸根须，人问其故，他说，只因土地已全被番人夺去，已无寸土；现实生活中，他直至老死，也不再面北而坐，只因为面南者已是番人。还有“元四家”之一的吴镇，在生活的极其艰难中誓不入仕，只以笔墨吟咏为娱，他画墨竹自明其守“节”之志，并题诗曰：“依云傍石太纵横，霜节浑无用世情；若有时人问谁笔，橡林一个老书生。”傲然之气跃然纸上。

赵孟頫当然也最先想到要这样，并且也努力实践了，因为这样至少可以在三重痛苦中减少两重。因此，在元朝建立后的最初六七年间，他一直在湖州过着一种“隐于市”的生活，日日以书画为娱为乐，日子过得清贫恬淡。其间，据史料记载，元吏部郎中夹谷之奇欲荐赵孟頫出任翰林国史院编修官，但被他拒绝了。因此，说赵孟頫的仕元是“完全厚颜无耻的变节”似乎也太过。

然而赵孟頫毕竟不是一般文人士大夫，虽然他只十多岁时父亲就已死去，对于父亲和父亲的父亲的父亲等等，他并没有太深刻的印象，但多少还是有一点记忆的，而且曾几何时，他们一直都是母亲嘴里永远也念不完的一本大书，赵孟頫听着念着这样一本大书长大，为此而深知自己毕竟是“金枝玉叶”，他需要出人头地，需要封妻荫子，需要出有车食有鱼，至少是不能落魄得因衣食之忧而废了自己所立志献身的艺术！——这一切，如果还在宋朝，自然都不成问题，可眼下宋室已亡，且已过去多年，眼看着“恢复”实质上已成了一句痴人的梦话，眼看着自己已 33 岁，已过了古人所说的“而立”之年还仍一事无成——

怎么办？

赵孟頫除了痛苦，一定更多时候在观望，在寻觅。

他观望的结果是，许多在宋时比他位高权重者，竟然都一个跟一个出仕新朝了。这些人中给他影响最大的人是留梦炎，他是赵孟頫父亲的老朋友，赵孟頫很早就认识这位“世伯”，他曾任宋朝的宰相，自己与他相比，无职无权，实际上只不过是顶着个“皇孙”的空名的老百姓一个。看到像留梦炎这样的人都纷纷入仕新朝了，赵孟頫一定不止一次地想过，自己操翰弄墨的手，从不曾握过兵符，入仕新朝岂可以“降”字来论；就算是“降”，那么多曾有职有权的人“降”得，我为什么“降”不得啊！

另外还有一点，赵孟頫并不像陶渊明那样讨厌公文案牍，他不以处理它们为累，甚至对经济管理之类还很感兴趣，因此他似乎也想一展这方面的才能，甚至他也曾想，如果弄点这方面的公务办办，或许也能像调弄丹青笔墨一样的得心应手。

至元二十三年（1287 年），江南名士、时已任行台侍御史的程钜夫，“奉诏搜访遗逸于江南”，赵孟頫被“列为首选”，程钜夫找到赵孟頫，力邀他“登朝”。

这一次赵孟頫没再拒绝。

贰

忽必烈像

赵孟頫来到了京城，忽必烈呼之为“神仙中人”，将他比喻唐时的李白，宋时的苏东坡，随即封他以官职自然是不在话下，而且一再礼遇、优待有加。史料记载的两件事情很值得一提：

忽必烈初见赵孟頫，便要他坐在右丞相叶李的上方，几乎与自己“促膝并坐”。这可非同小可！一是与礼制大为不合，二是也有碍于安全。当场就有蒙古大臣向忽必烈指出此举大为不当，但忽必烈一笑置之，仍一如既往。

赵孟頫骑马上朝的途中，要经过宫墙边与护

城河平行的一段小路。赵孟頫眼睛或许是有点儿近视,有一次,竟然不小心落入河中。忽必烈得知此事后,竟然下令将宫墙后移两丈,将道路放宽。

类似这样的事情,无论忽必烈真正出于什么目的,但是他将一个"礼贤下士"的成语在现实中演绎得如此淋漓尽致,一定是不能不让赵孟頫大为感动。再联想到我们现实生活中,许多人口口声声痛骂官本位,但一旦某个什么"长"、什么"书记",说了他一句好听的话,便禁不住心花怒放、喜形于色,若是再请他去"共进午餐",他跑得比兔子还快。而赵孟頫面对的是比"长"和"书记"大多了的皇帝啊!至此,我们设身处地地想一想赵孟頫将如何应对呢?或许他会想,若不真替人家办些实事,世人一定会骂我不识抬举、尸位素餐了吧!

好在做官其实说难也不难,无非是在保持平衡、经营关系和揣摩话外之音、言外之意方面能拎得清、摆得平、玩得转,而这一切其实与书、画、诗、文之道有着太多的相通,正所谓"世事洞明皆学问,人情练达即文章"嘛!而作为"名满天下"的丹青和诗文皆称"圣手"的赵孟頫,官场上的那点事儿自然也难不倒他。

中国画最讲究构图的平衡,讲究景物人物在图画中的关系,而这种平衡关系,又讲究平中见奇,出奇制胜。在这方面,无论是在纸上还是在官场上,赵孟頫都表现得好生了得。作为一个"南人",虽然有忽必烈罩着,但赵孟頫入朝之初自然很受蒙古贵族的排挤,处境并不好,但是不久他便以自己的智慧使自己的处境得到了很大的改善。当时朝廷为惩治官员腐败有一条法律,贪污二百贯就要判死刑。对此群臣都明知其太苛,但一是心怀畏惧,二是怕人说"心里有鬼",所以不敢非议。赵孟頫吃透了群臣的这种心理,上奏说,二百贯处死刑是二十多年前定的了,如今随着物价上涨,二百贯的实际价值已大不如前了,所以应该对这条法律进行修改。还有,元官吏必须天不亮上朝,稍有迟到便在朝廷之上被脱去裤子当众棒打屁股。赵孟頫对此也上奏大声疾呼:"是辱朝廷也!"。赵孟頫不但因说出了朝中许多大臣想说而不敢说和不便说的"心里话",很是取得了他们的好感,与之关系随之得到了很大改善,而且忽必烈也因此从心里认定他不但敢于"犯上直谏",而且还很懂经济。赵孟頫类似此事的处理,犹如创作一幅画时的点睛之笔,轻轻一点,满篇皆活,尽得风流。

在我们一般人的印象中,赵孟頫似乎是个好好先生,且他的身份和尴尬地位也决定了他只能如此。然而令人难以想象的是，就是他竟然领头参倒了当时朝中贵为宰相的权臣桑哥。其中的秘密实际上全在他善于“听话听音”，能听出皇帝有意无意间的一句话的话外之意，并及时把握住。而这实在与经营诗文时力求“言有尽而意无穷”，讲究字里行间“不着一字，尽得风流”等等，并无本质的不同。

有一次，忽必烈让赵孟頫对宋朝的两位旧臣叶李和留梦炎进行评价，在这一过程中，忽必烈以两人面对权臣贾似道的胡作非为表现不同，指责留梦炎装聋作哑、不置一词，意思是要自己的群臣不要学留梦炎。然而赵孟頫除听出了这一层意思外，更听到了更深一层的意味，即忽必烈已不自觉的将当朝宰相桑哥比作了贾似道。于是他便当场与奉御大臣撤里咬耳朵，及时提醒他；后再撺掇撤里领头，群臣众口一词弹劾桑哥。就这样，忽必烈便很容易地来了个顺水推舟，将桑哥罢职处死了。

赵孟頫入朝之初得到的第一个官是兵部郎中，具体职责是总管全国的驿置，相当于全国兵站的总监，虽然官不太大，但是一个实职。后来他又外放为官。在元朝，汉人外放一般只能做副职，但赵孟頫多数时候都是任正职，即使是任副职，也多是那种有职有权的副职。可见忽必烈将赵孟頫召入朝中并不是只想用他装点门面。这固然有忽必烈对他的信任，但也不能不说与他的确“会当官”有关。

然而尽管如此，并不能改变赵孟頫在朝中的尴尬地位。

元朝实行的是民族歧视的等级制度，其将全国人口分成四等，最高等自然是蒙古人，其次是色目人（北方各少数民族），第三等为汉人（即北方的汉族人），第四等即最低一等是南人（即南方的汉族人）。

赵孟頫是标准的“南人”。虽然忽必烈对他礼遇有加，但这并不能改变他的“南人”身份。虽然有皇帝的赏识和看重，但这并不能改变元朝的国策啊，也就并不能得到朝廷实力派蒙古贵族的认同，相反只能得到他们的排挤和妒忌。甚至每当他表现出才干，皇帝有意重用的时候，就会有人出来反对。所以，赵孟頫在“被荐登朝”之初的数年内，不但官一直做不大，甚至连家庭生活也一直很拮据，以至于“帝闻孟頫素贫，赐钞五十锭”（《元史·赵孟頫传》），英明果断如忽必烈也只能以这种方式对赵孟頫予以照顾，赵孟頫在朝中的尴尬地位可想而知。到了武宗时，有一次皇帝要赏赐赵孟頫"五百锭"，竟然担心"中书每称国用不足，必持而不与，其以普庆寺别贮钞给之"，也就是怕有关部门找借口不给，特意吩咐身边人员，从皇帝的小金库里拿钱。这样的事情说来似乎令人难以置信，但却是事实被记录在有关史料中，由此可见，赵孟頫虽然在朝中兢兢业业，夹着尾巴做人、做事，但仍然处境尴尬，并不像人们想象的那样风光。

然而，赵孟頫仕元后，职位的高低，生活拮据等还在其次，他内心其实无时无刻不在遭受着道德的谴责，这才更是让他内心矛盾与痛苦的；而且这种矛盾与痛苦，还一点也不能流露出来，其平常生活如履薄冰战战兢兢之状态自是不难想象。前面提到的忽必烈让赵孟頫评论叶李和留梦炎两个人的那件事情，《元史》中也有较详细记录。面对忽必烈的提问，他回答说："梦炎，臣之父执，其人厚重，笃于自信，好谋而能断，有大臣器；叶李所读之书，臣皆读之，其所知所能，臣皆知之能之。" 显然，如此评价纯粹只局限在两人的才能比较上。忽必烈对此自然不满，他以为这是因为赵孟頫有碍于留梦炎是他父亲的朋友才不便责备，于是说："梦炎在宋为状元，位至宰相，当贾似道误国罔上，梦炎依阿取容；李布衣，乃伏阙上书，是贤于梦炎也。"进而要赵孟頫做诗讽刺梦炎。赵孟頫明知这种应命的诗歌是很难做的，但也不能违抗，于是他写道：

状元曾受宋家恩，国困臣强不尽言；
往事已非那可说，且将忠直报皇元。

赵孟頫仍然有意避开对前朝人物的道德评判，据说忽必烈对这首诗的后两句尤为赏叹。这里表面上看起来，赵孟頫的滑头只是为了在当朝皇帝面前有意避免是非，而实际上如果设身处地地替他想一想，你让他如何评价呢！自己已做了"贰臣"，还配对前朝人物做品德的评价吗？赵孟頫内心的所有尴尬、无奈和自知之明，在这短短的四句诗里可见出一斑。

不过赵孟頫在朝中不受足够的重用，甚至有时候也竟处于可有可无的边缘化状态，这对于他来说未必不也是一件好事，因为他还有艺术。况且种种迹象证明，他的所谓"降元"入仕，很大程度上正是为了艺术。

《秋郊饮马图》为赵孟頫人物鞍马画代表作。

然而，赵孟頫内心的凄风苦雨岂止只是这些啊！

自从他入仕后，一些朋友，甚至家人也都纷纷疏远他，他的亲侄儿也给他寄来了绝交书，他的族兄做得更绝：赵孟頫离朝回乡探亲时，听说族兄赵孟坚已隐居海盐，他当然要去拜访，但孟坚竟闭门不见，让赵孟頫吃了闭门羹，后来孟坚在夫人的力劝下终于同意一见，但才一坐定，孟坚便问："家乡的弁山和笠泽近来还好吧？"赵孟頫回答说："还好。"没想到孟坚紧接着又问赵孟頫说："你有什么办法让人们不再喜欢这美丽的山水呢？"一语便让赵孟頫无言以对、难堪之极，只好知趣地退出。赵孟頫刚一离去，赵孟坚立即让人将赵孟頫刚坐过的椅子用水冲洗，故意让赵孟頫羞愧难当。

朝中的尴尬，家人的遗弃，众叛亲离的他唯有孤独和寂寞相伴。而孤独、寂寞有时正是艺术的催化剂。赵孟頫唯有将艺术进行到底，他的人生才有可能寻得出路，更何况他少时，母亲邱氏曾明确地对他说："汝幼孤，不能自强于学问，终无以覬成人，吾世则亦已矣。"

此话很易让人想起"岳母教子"的故事，虽然对于儿子的要求和其身份，一个是从艺，一个是尚武；一个是百姓，一个是皇孙，但其语境是如此一致。或许这也便从人生的源头注定了赵孟頫的一生不能不将艺术进行到底，正如同岳飞也不能不将精忠报国进行到底一样。

面对各种各样的误会、不解和咒骂，赵孟頫万分尴尬，但尴尬之余他总是一转身走进书房，走到书桌前画案旁……

叁

现实生活中，我们常见到这样一些人，对艺术似乎表现得无上的喜欢和尊重，甚至也曾身体力行地去参与某种艺术实践和艺术活动，但是只要工作一忙，事情一多，他们就会全然忘了。对于这样的人，你不能说他们对艺术的喜欢全然是假的，但是至少他的喜欢一定不是出于生命的需要灵魂的皈依。

赵孟頫似乎就是为艺术而生。想当初，元军在临安兵临城下，此时他人正巧也在临安城内，满城都惶惶不可终日，但他竟然仍沉浸在自己对诗情画意的营造中——既然自己既不能像岳飞那样建功于疆场，也不能像文天祥那样宁为玉碎不为瓦全，那还不如做一点自己力所能及的事情呢！最后他竟然在元兵攻城的隆隆炮声中，令人难以置信地创作了诗意满纸的《松溪图卷》（绢本）。这看起来有点儿不可思议，不可理喻，不近人情，但足可见出艺术之于赵孟頫生命的重要。

前面已曾说到，初入元廷，赵孟頫也可谓是走进了一片地雷阵，一切他都得

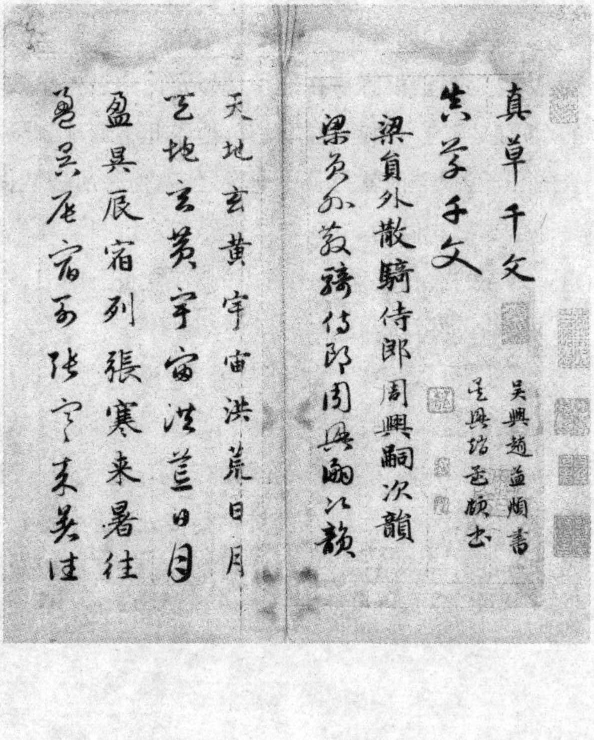

赵孟頫书《真草千字文》（局部）。像这样的作品，今天有案可查的赵孟頫留下的就十七部之多。

小心应对，劳心劳力自是不必说，但就是在那样的艰难中，他还是完成了草书《千字文》长卷，和《羲之换鹅图》等堪为他代表作的书画精品。赵孟頫就是这样，再忙，再累，再危急，他都不能忘情于笔墨，忘情于艺术，因为对此，他是真喜欢，真热爱，是出于生命本身的需要，甚至可以说，这本身就是他生命的一部分。

纵观中国书画史，像赵孟頫这样的艺术家其实并不多，中国书画艺术很多时候被士大夫当作是为官、为政、为学的“余事”，更有甚者只当作是一种“墨戏”，当然还有人只将它当作是一块敲门砖，研习它的目的只是想有朝一日用它去敲自己想敲开的门。但赵孟頫从来不把它看作是余事，也不太像是将它完全当作敲门砖，哪怕在他在朝为官最为春风得意之时。

忽必烈虽然对赵孟頫信任有加，但授给他的官职虽有实权但终不高不大，倒是后来的仁宗皇帝给了他无上的光荣和极高的品位，但那又多有职无权，实际上只是个文笔侍臣的角色，让他办的差事大多只是为秘书监里的书画珍品写目录标签之类，这样的差事当然不是什么人都有资格做和都能做得了的，可谓也是无上光荣，但说到底只是写写标签。另外就是为皇室书写《千字文》之类。每一卷写成，皇帝都亲自招呼精工装裱，高格收藏，其可享受的光荣感也是可想而知的。但是，此时此境，如果是一个只将书画丹青视为“余事”而志却在经天纬地的政治痴儿或狂徒，是很容易在这种貌似宠优中滋生出政治野心，以致弄出人生和生命的双重悲剧的。而赵孟頫没有，他乐此不疲地沉浸在自己的笔墨中，光是有案可查的《千字文》他就写了十七卷之多。他之所以能做到如此，只能有两个原因，一是他是真喜欢做这一切；二是他知道自己只能靠笔墨，靠艺术，靠文化，在元王朝这个别人的舞台的边缘唱自己的戏，立自己的名，吃自己的饭。

这话虽然说得有点悲凉，但却是事实。

其实，自从宋室灭亡后，赵孟頫一家吃饭一直是个问题。做遗老的六年多自不必说，就是入仕后也一直是个问题。原因是元朝初年，统治者一直没能拿出一个好办法解决全社会的经济困难，对于这一点，前面说到的那两个事例可以证明：一是朝廷大员贪污二百贯就要被处死刑，此虽一方面说明元朝刑法太苛，但同时也见出元朝正因为没钱所以才将钱看得如此之重；二是皇帝要赏赐“五十锭”“五百锭”竟然要从小金库中拿钱，这固然是中书找借口，但这样的借口中书既敢找，也同时说明库府实在太空虚了。

赵孟頫的《红衣罗汉图》为元代人物画名作

因此，我们也不能说赵孟頫绝对不曾将笔墨丹青当作敲门砖，但“敲门”本身似乎还不是最终目的，最终目的虽不能说完全是为稻粱谋，但稻粱谋至少也在其中，因为说到底，饿着肚子还怎么去搞艺术啊！

综观赵孟頫的一生，他的入仕也好，得意也罢，甚至是他的位极人臣，并非是凭借他的权谋和钻营，也并非依傍对政治势力的主动奉迎，他进入政治舞台靠的是他的艺术和文化影响，且在政治角逐的游戏中，最终也只是做了一个“循吏”，既无多少政治功绩，但也没什么劣迹。总之，无论是主观上还是客观上，政治都没有成为他的主要人生。从这一意义上来说，是艺术成全了他别样的政治人生，同时别样的政治人生最终又塑造和成全了他别样的艺术人格。

肆

我是一名书法爱好者，但是说句实话，我一直都不喜欢赵孟頫的书法，这倒绝不是因为人说其是“奴书”，也绝不是因为他作为宋室后裔而确实去做了元朝的高官而被人们斥之为“贰臣”。“书如其人”的话虽说有一定道理，但我一直不太相信一个人的忠、奸、善、恶真的都可以从他写的字上看出来。王铎也是一个“贰臣”，但我从不因此而隐瞒自己对他书法的喜欢。

我对赵孟頫书法的不喜欢是自发于内心的。赵孟頫书法确实很精到，而我恰恰不喜欢他的这种精到；赵孟頫书法确实很典雅，但我恰恰不喜欢他的这种典雅；赵孟頫书法确实很唯美，而我恰恰不喜欢他的这种唯美；赵孟頫在书法上表现得很全能，而我恰恰不喜欢他的如此全能。但是我又常想，作为一座艺术高峰，能在那么多人的不喜欢中一直傲然挺立，一定自有它的原因、道理和秘密，因此我虽然不喜欢，但又从不曾小看他，亦不曾绕过他，更不敢冷落他，他的《洛神

赵孟頫书《洛神赋》(局部)

赋》,他的《胆巴碑》等等,我曾花过许多时间和精力去临习,随着我对他这些作品的临习越多越深,我越不得不承认,他的确是中国书法史上的一位书法大师。他那传世的大量书作为我们今天从明清浪漫主义走向晋唐古典主义示范性地架起了一座桥梁,他“用笔千古不易”的名言的确道出了书法创作中的至理,他“学书在玩味古人法帖”的主张的确为学书者指出了一条捷径……

数百年来,许多人对待赵孟頫,无论是态度上还是行为上都与我相似!一个艺术家,其艺术被人们如此对待,不能不说是很尴尬的事情。

我常将赵孟頫与两个人相比较,一个是朱耷,一个是王铎。

赵孟頫与朱耷有许多相同,一是二人本都是“金枝玉叶”,赵孟頫是宋太祖赵匡胤十一世孙、秦王德芳之后;朱耷为明太祖朱元璋第十世孙、宁献王朱权之后;二是他们都在二十多岁时就遇上了国破家亡,且都亡于外族,面临的人生尴尬完全一样。然而后来两人的人生选择却完全不一样,赵孟頫选择了仕元,朱耷选择了将明遗老做到底。这样一来,朱耷现实生活中虽然贫困不堪,但他的艺术反倒因此而得到了成全,其人格也因此而得到了升华。从此在他的笔下,那些或缩成一团,或伸长脖子,或白眼朝天,或眼睑闭成一线的飞禽游鱼,成了他在这个世界生存方式的最形象表达,那些逸笔草草勾成了残山剩水、枯枝败荷成了他心目中江山故国的最真切写照；那用秃笔写成了的“八大体”书法，成了他那颗孤寂清冷的心灵中抽出的无头愁丝，总之他在现实生活中虽然因贫困而不免尴尬，但是他在历史的天空中艺术与人格却得到了完美的统一。这是赵孟頫所永远也无法企及的，与朱耷相比，赵孟頫所有的艺术尴尬都是活该。

王铎与赵孟頫相比，他虽非王孙，但在明朝时曾官至尚书，身份之珍贵比之赵孟頫实际上有过之而无不及；更有一点与赵孟頫相同，这就是都入仕新朝了。然而王铎与赵孟頫又有不同之处：一是他的入仕新朝不但可以实实在在地用一个“降”字，而且他似乎降得干干脆脆、大大方方、完完全全。1645 年春，当多尔衮率领清军在南京兵临城下时，此时王铎是南明的礼部尚书，照理说，他此时忠要报国，义要捐躯，更何况前有史可法，后有黄道周、倪元璐，都可谓是榜样。但是王铎却与宰相钱谦益一番商量后，决定主动打开城门投降清军，什么气节、大义等等，完全被置于了脑后。正是为此，王铎与钱谦益成了历史上的一对活宝。入清后，钱谦益这位江南名士，或许是毕竟读过那么多圣贤书，或许是身边有个峻峭崚嶒的柳如是——不管是出于什么原因，他对于自己的投降总算还表示出了一些悔恨，至少有一些抑郁和耿耿于怀；倒是王铎，这样的感情他是一点儿也没有。据史料记载，弘光小皇帝被拘后，多铎大概是出于一种

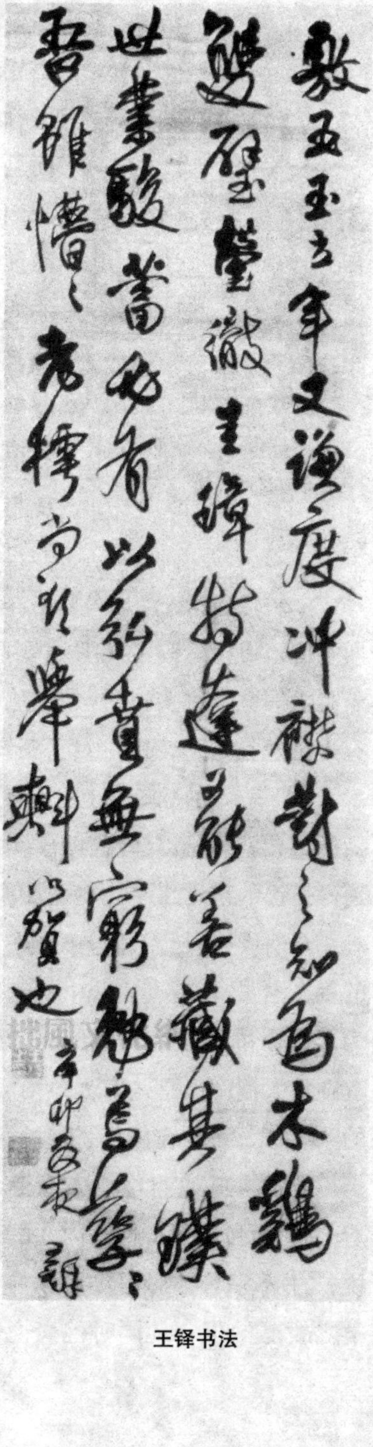

王铎书法

朱耷（八大山人）
《荷花又鸟图轴》

看好戏的阴暗心理吧，竟安排弘光与明旧臣、遗老君臣相见。钱谦益一见旧日之君，立即伏地不起、恸哭不已；而王铎相比之下却潇洒得可以，他不但不再下跪，而且出语惊人："余非尔臣，安所得拜？"此情此景，让我们很容易联想到电影里的一些汉奸，为了在鬼子面前表示他的"忠诚"而故意作践和污辱自己曾经的战友。但王铎的表现是真实的生活，不是演电影！因此，他很快得到了清廷信任，官越做越大——这一点似乎也与赵孟頫一样，但他们各自所凭借的其实有着很大的不同。照理说，即使他们在人品上只是五十步与百步的差别，但赵孟頫的五十步毕竟好于王铎的百步啊，对赵孟頫也因此更宽容一些才对；即使再退一步，对待赵孟頫至少应该与对待王铎一视同仁，而不应该更苛于赵孟頫吧？然而奇怪的是，事实上后世的人们对于王铎似乎比对于赵孟頫宽容许多。王铎的书法艺术似乎没有赵孟頫书法艺术的尴尬，因为很少有人也说它是"奴书"，对于王铎人们几乎已有一个定论，这就是"政治小人，艺术天才"——在王铎身上一分为二的哲学思想似乎得到了很好的体现，而在赵孟頫那儿就是难以体现，或事实上体现得很少。赵孟頫为什么会落得这样呢？难道是王铎的艺术水平比赵孟頫高许多吗？

众所周知，赵孟頫与王铎在艺术上都是主张复古的，然而事实上他们艺术上的复古主张，体现在实践中却有着很大的不同。赵孟頫的复古主张很大程度上是为了迎合和坐实元代统治者"近取金宋，远法汉唐"的文化政策，他的复古实际上在很大程度上是艺术为政治服务的一种翻版，一种注脚，这就注定了他艺术上的"复古"，只会在体势、笔法、章法等一些艺术的形式上模拟古人（赵孟頫尤其模拟的是二王），且往往表现得不敢越雷池一步，而不可能追求到古人的那种创造的精神、自由的个性和内在的气质。而王铎在这一点上与赵孟頫不同，他一面说，"书不宗晋，终入野道；今易古难，今浅古深，今平古奇，今易晓古难喻，皆不学之故也"，但与此同时他又说，"他人口中嚼过败肉，不堪再嚼"，主张学书要像虎跳，熊奔，不受羁约”，“文要胆。文无胆，动即局促，不能开人不敢开之口”。由此可见，王铎艺术上所主张的复古，很大程度上倒切入了艺术的本质，这就注定了王铎的笔下必定有许多与古人不同的东西出现。再加上他身上又是那种连投降也投降得很大胆、很干脆、很坦荡的性格，所以他无论是生活中还是艺术上，都不会如赵孟頫那样患得患失、斤斤计较。这一切注定了王铎的书法确实上得了一个很高的艺术水准。傅山是与王铎同时代的另一位书法大师，也是一位将明朝遗老坚决做到底的很有气节的隐者，他对于王铎的为人是不可能认同的，但是对于其书法评价却很高：“王铎四十年字极力造作，四十年后无意合拍遂能大家。”后世如康有为者，也说王铎书法“笔鼓宕而势峻密，真元明之劲”。总之，王铎虽然主张复古，但他的笔下毕竟出现了许多古人笔下所不曾有过的新东西，至于这些东西是不是高明，是不是美好，是不是经典，那是另一回事，但至少它是新鲜的。而赵孟頫笔下缺少的就是这些新的东西，这样一来即使你对二王模拟得再惟妙惟肖，但终究你不是二王！既有二王了，何必还要你啊！所以我常常想，人们说赵书为“奴书”，倒并非是骂赵孟頫仕元而做了元人的“奴”后所书，或许更多还是从他缺乏艺术的开拓精神和创新勇气这一点上来说的吧？

赵孟頫临《兰亭序》残本

尴尬是赵孟頫的宿命,无论是人生还是艺术!

那么造成他如此尴尬的原罪是什么呢?当然是政治!

艺术与政治不同,各有其应该遵循的规律,政治不能代替艺术,艺术也不能凌驾于政治之上。我们以前过于强调艺术从属于政治,这是对艺术的伤害。但今天一些人似乎又过分强调艺术要远离政治,强调人性,强调个人,以至于《色·戒》这样公然歌颂汉奸的电影竟然也能上演,这就不能不让我们再一次明确赵孟頫人生与艺术双重悲剧的意义了。

对于艺术执著如赵孟頫者,最终还是因政治让他的艺术无比尴尬。一个人的艺术是一个人人生的最好注解,赵孟頫的艺术当然也是他人生的最好注解,但只有理解了"贰臣"的赵孟頫,方能理解作为艺术家的赵孟頫。换言之,没有"贰臣"的赵孟頫,也就没有作为艺术家的赵孟頫。

一个尴尬的艺术家,其全部尴尬人生只为了成全其尴尬艺术——这不就是赵孟頫吗?!

伍

此刻,我在"赵孟頫故居"前,垂手而立。

我不远百里赶来瞻仰赵孟頫的故居,本身便是对他的一种遥遥的祭拜。是的,我是祭拜这位七百年前的书法前辈来了!他的文化理想也许并不是成为这样一个尴尬的艺术家,但是有什么办法呢?每当文化理想与现实政治相抵牾时,屈服的一定是文化理想。但赵孟頫毕竟有所坚持,他最终没有做那种为一个亡朝名义上玉碎而实为无谓的殉葬,也没有用自己的艺术作敲门砖去无耻钻营,他在自始至终的冷嘲热讽中构建起了自己真实的文化人格,并执著追求着自己并不求轰轰烈烈的人生幸福,直面迎接着人生赋予他的厄运与痛苦。

公元1322年,赵孟頫去世,享年69岁,这个年龄死去在那个时代也算是寿终正寝了,死后皇帝追封他为魏国公,谥号文敏。虽然他至死也背着个"降"字在身,但是综观他的一生,就他的所作所为来看,任何时候任何方面我们似乎又很难说他是一个"叛逆",相反似乎是个标准的"循吏"。据说他到逝世的那一天还坐在桌前写字，他最后留给人间的除了他的字，一定还有他那一如既往的平和的笑。

我想了这么多，竟还没走进“赵孟頫故居”。天已近午，还是赶快进去吧，要不会关门了！

但愿我就此真能走进赵孟頫的精神家园。

2009年12月16日

郑和：海上帝王

壹

“郑和下西洋”是中国人至今常常引以为骄傲的历史壮举。

可能在许多人的想象中，创造这一壮举的人应该是一条铁骨铮铮的男子汉：看上去形体魁伟，虬髯满面；眉宇间写满了刚毅，手足间总牵引着雄风；那厚厚的嘴唇偶一歙张，便声若洪钟，气冲斗牛……

然而，南京郑和公园里的郑和铜像却让许多人失望甚至愤怒：虽然那郑和身披披风，手仗宝剑，迎风而立，确能让人在他的面前产生一些联想和想象——仿佛他面对的不是鳞次栉比的高楼大厦，而似乎是波涛万顷的海洋，但他的身材明显过于清瘦了，面目线条过于柔和了，也没有那如刀刻斧镌一般的饱经沧桑的皱纹，尤其是没有一根胡子——古代男子塑像一般都不会少的胡子。

南京郑和公园内的郑和像

记得此铜像刚落成时，它很是引起了南京人的一番争议，本地作家俞律先生还曾专门写了一篇题为《是谁拿去了郑和的胡子》的文章，发表在当地报纸上，大为郑和鸣不平。

当然，历史上的郑和究竟长得什么样子，今天的我们谁也没有见过，雕塑家把他塑造成这个样子，我想一定是有他的依据的吧！而其中最重要的一点，一定是因为他是一个太监——太监怎么会长胡子呢？

但是没有胡子的郑和似乎又实在让人们难以接受，因为人们总不能相信，中国最伟大的航海家竟然是个太监！

我们在影视中见过太多的太监了，不说他们常常在历史上扮演的角色总不光彩，单说他们那长相举止的不男不女，说话腔调的不阴不阳，就很是让人讨厌和恶心。

然而历史上真实的郑和就是个太监！

郑和原姓马，小名三保，云南人，生于1371年。1382年在家乡被掳进明军，不久成为了太监，后进入燕王府，成为朱棣的一名侍卫，因跟随朱棣征战屡建奇功，深得其赏识，朱棣即位后，赐其郑姓，史称郑和。

其实南京人不相信，或者确切地说是不愿意——不愿意郑和是个太监，且这种不愿意由来已久，甚至他们还不愿意他姓郑，他们更愿意他姓马——或许在他们看来，郑和成为太监的标志，便是由姓马改姓郑——尽管完成“下西洋”壮举的是郑和，但南京人就是喜欢那个姓马的云南少年，以至于他在南京的“府上”，南京人世代都称其为“马府”，而不是“郑府”，它所在的那条街，今天仍叫做“马府街”。

马府街在今天的南京，是一条很小的街，说是“街”，其实若叫“巷”更为名副其实些，因为它长不过百米，宽不过丈余，今天一般人走进这条小巷，是很难想到，就是这么一条小巷，它的尽头会连通着长江，连通着海洋，连通着世界。

我第一次来到这条小街是在二十多年前了。那时，我还在一座乡下的学校当教师，每年都有好几次进城参加教研活动的机会，由于那时交通不便，每次活动又都要在位于马府街5号的市教育局的招待所里一住好几天，住的房间自然是那种四张床一间的。晚上，四个来自乡下而对城里的一切又都有着好奇心的半吊子文人，总爱东拉西扯地闲侃。由于身在“马府街”，聊得最多的便常常是这“马府”的主人和他的英雄式远航。

我至今仍清楚地记得当时我们常聊的那些话题：郑和一次又一次的下西洋，

朱棣画像

其目的究竟是什么？为什么郑和一死便会突然停止？郑和船队究竟是一支什么性质的船队？它的航海能力究竟在什么水平上？郑和下西洋算是把中国交给了世界，为什么最终就是没能将世界交给中国？那时，我们很希望脚下的这块已沦为市井的土地能多少给我们一些答案，但是枉然，那时的马府街没有任何与郑和有关的印记与痕迹。

不知什么时候，马府街的一端，建成了一座公园，很小，比一块足球场大不了多少，所以我起初以为只是一座普通的街心公园，后来看到它门边的大字，才知道是“郑和公园”。只是这座为纪念郑和而建的公园，至今里面真与郑和有关的景、物并没有多少，因此说句实话，公园本身并没什么看头。但我以为在南京闹市区的地皮真是寸土寸金的今天，能为郑和辟出这么一块地方，已是相当难得。

又过了些时候，公园里有了这么一座令人争议的郑和的铜像。虽然争议的话题有点无聊，但争议本身倒也代表了人们对此的关注，这又是令人深感欣慰的。

然而，在我看来，将郑和塑像塑成现在这样并无大错，因为这是对历史的一种忠实，但如果采用艺术的手法，将郑和作为一个男儿身本该有的胡子还给他，也绝非不可，因为那顺从了人们的心愿；再说，成了太监的郑和是失去了胡子，但那是他自己愿意的吗？正如俞律先生所说，别忘了是谁拿走了郑和的胡子！还有，郑和是没有胡子，但他终成就了许多有胡子的男人所不能成就的壮举，冲着这两点，将胡子还给郑和又有何不可、不该呢？

因此，将郑和塑造成一个什么样子，一定曾让雕塑家很伤脑筋吧！因为两可的事情反过来看也便是两难。

《明史》中虽有郑和的传，但只数百字而已，且多语焉不详，连一些最基本的东西也没交代清楚，如，说他是云南人，但是是云南的哪里，只字未提；还有他家世如何，甚至连他父亲姓甚名谁等，都只字未提；更令人不解的是，他七下西洋，所创造的堪称 15 世纪中国乃至全人类的一大奇迹，竟然也只是一笔带过……

至此,如果说郑和的没有胡子是他的尴尬,那么没有胡子的郑和难道不是我们整个民族的尴尬吗?

贰

1903年,云南出了一件大喜事,石屏人袁嘉谷在当年科举的经济科会试中考得了第一名,成了云南有科举以来的第一位“状元”。既然是状元,在当时的许多人眼里自然是大有学问之人,所以一时常有人向他请教各种学问。一天,有一个人告诉他一件事,在昆阳县的一个村上发现了一块石碑,可能是郑和父亲墓上的。然而,大概袁大状元有太多更要紧的事情要办吧,他听到这个消息后,并没有立即做出什么反应。直到过了近十年后的某一天,不知怎么袁状元却突然想起了这件事来,于是去昆阳寻访,好在还访得了此碑的拓片。一看拓片字迹,袁嘉谷不愧是中过状元的人,立马意识到了它的价值,于是热情地为之作“跋”,是为《昆阳马哈只碑跋》(此文后收录在袁嘉谷的文集《卧雪堂文集》中),同时还完整披露了碑文的内容:

故马公墓志铭

公字哈只,姓马氏。世为云南昆阳州人。祖拜颜。妣马氏。父哈只,母温氏。公生而魁岸奇伟,风裁凛凛可畏,不肯枉己附人。人有过,辄面斥无隐。性尤好善,遇贫困及鳏寡无依者,恒保护给,未尝有倦容。以故,乡党靡不称公为长者。娶温氏,有妇德。子男二人:长文铭,次和。四人。和自幼有才志,事今天子,赐姓郑,为官监太监。公勤明敏,谦恭谨密,不避劳 ,缙绅咸称誉焉。呜呼!观其子而公积累于平日与义方之训可见矣。公生于甲申年十二月初九日,卒于洪武壬戌七月初三日,享年三十九岁。长子文铭,奉柩安厝于宝山乡和代村之原,礼也。铭曰:身处乎边陲,而服礼仪之习。分安乎民庶,而存惠泽之施。宜其余庆深长,而有子光显于当时也。(时)永乐三年端阳日资善大夫、礼部尚书兼左春坊大学士李至刚撰。

我之所以要将这篇墓志铭原文照抄在这里，是为了方便下面与读者解说其中的种种令人费解之处。

根据墓志所载，此文作于永乐三年，即1405年，也就是郑和第一次下西洋的那一年；作者为当时的礼部尚书、大学士李至刚。根据这一点，我们不难想象，那一定是郑和在临出西洋前请李至刚写的，要不，一个已故的山村野老的墓记，无论如何也难以劳得动尚书大人的生花妙笔的！然而就是这篇墓志中，我们竟然同样找不到郑和父亲的姓名、籍贯、生平和死因等这样一些一般墓志铭所必须要交代的信息。

死者的姓名是墓志铭必须要首先交代的重要信息，然而，这篇墓志中，对死者只称"马公"和"公"，没有名，只有"字哈只"。但据专家研究，这里的"哈只"也不是郑和父亲的字，只是人们的一种尊称，是对去过天方朝觐的穆斯林的尊称。有人对此曾猜测，是因为郑和小时即被明军掳去，他并不记得父亲的名字。但这一说法令人难以信服，一是郑和被掳时已十二岁，一个十二岁的少年还不能记住父亲的名字，显然难以说通；再则，碑文中明确写着"祖拜颜"，那么，郑和连祖父的名字都能记得，而竟然恰恰不记得父亲的名字，也很不合逻辑；另外，即使真是郑和没记住父亲的名字，那么1405年刻碑时，他的哥哥还在世，他就不能问一下自己的哥哥？

墓志中交代，"公生于甲申年十二月初九日，卒于洪武壬戌七月初三日，享年三十九岁"。一个人死于39岁，该属于英年早逝吧？怎么死的无论如何也要带上一笔吧？但是只字未提；既然"卒于洪武壬戌七月初三日"，其中的年号写得清清楚楚，那么生年为什么只是"甲申年十二月初九日"，恰恰没有写年号？

这一切，难道只是作者笔下的疏忽？难道一个堂堂的尚书大人，连一篇普通的应用文也写得如此漏洞百出？答案显然是否定的。其原因只会有一个，那就是这些都是因为某些难言之隐而需要故意隐去。

于是有人根据郑和父亲去世的时间推测，其很有可能是死于对明军的抗拒战争中，正因为是这样，所以其生平事迹和死因自然是难以言说，也正是因为这一点，他的卒年时间可以写得很明白，因为"洪武"是本朝，而生时是元朝的至正年间，是"敌朝"，而此时元蒙势力还没完全被肃清。更有人进一步推测，如果郑和父亲只是一个乡野村夫，是不必有如此忌讳的，很有可能郑和父亲，甚至家族都原是元臣；甚至这也是明成祖在郑和多次立功后要赐他郑姓的原因之一，意即要他彻底地与过去决裂，彻底地忘了过去的出身和身后的家族。

虽然这些结论的正确性一时还难以全部肯定，但是有一点我们还是可以肯定的，这一篇墓志铭的字里行间的确是充满了难言之隐；当然，其虽出自李至刚之手笔，但真正有难言之隐的并不是他，而应该是郑和。

朱棣赐郑和郑姓是在永乐二年，即 1404 年，他为父亲刻碑造墓是第二年。这不能不提醒我们，郑和为父亲的这一次刻碑造墓，或许是他借此而做的一次认祖归宗。认祖归宗，是每一个中国人都很看重的，但是郑和却明显地认得有所保留、偷偷摸摸，甚至不乏心有余悸。那么我们也不难想象，现实中的郑和是生活在怎样的尴尬、无奈和悲哀之中啊！

叁

“自幼有才志”，这是在《马公墓志铭》中李至刚对郑和的评价；“身长九尺，腰大十围，四岳峻而鼻小……眉目分明，耳白过面，齿如编贝，行如虎步……有智有略，知兵习武”，这是《明史·郑和传》里对郑和的描述。然而才貌双全，文武全才的郑和却成了一名太监。

洪武十七年（1384 年），朱元璋命沐英留守云南，调傅友德、蓝玉所部班师回都，郑和随军被带到了南京。此时他 13 岁。

来到南京不久，郑和被选为宫廷侍从，而做宫廷侍从必须要先受所谓的“宫刑”，即受“阉割”。据说，做过此手术后，要躺在一个既不见天光，也不得透风的密室里百日才能愈合。这无疑不但使人在生理上遭受严重的摧残，而且在心理上和精神上也更是遭受极度的伤害。我们可以想象一下，郑和躺在那暗室中的那一个个日日夜夜里，在他心头一定除了

郑和画像

充满痛苦和绝望外，更会疯长着仇恨和报复的野草。

中国历史上的太监，似乎一直都是一些为人所不齿的角色，尤其是明朝的太监，更是恶名昭著。明武宗时，宦官刘瑾、马永成、谷大用、魏彬、张永、邱聚、高凤、罗祥等，被称为“八党”或“八虎”，令时人谈“虎”色变；明熹宗时的魏忠贤更是“自内阁六部，四方总督巡抚，遍置死党”（《明史》卷 364《魏忠贤传》），他自称九千岁，下有 “五虎”、“五彪”、“十狗”等徒子徒孙，党羽遍布，并勾结外戚，专断国政，大兴冤狱，残害百姓，杀害东林党人。还有那个王振，竟然在家藏金窖银六十余库。然而，当我们在指责他们的种种几乎是变态的恶行时，有没有想过，这多少与他们当初成为太监时所受的痛苦与绝望相关呢？他们的这种种恶行，是不是多少有一些是他们对于当初所受痛苦的报复呢？

“自幼有才志”的郑和成了一名太监，这是他的不幸；但是幸运的是，他最终没有成为刘瑾、魏忠贤的前辈。

洪武十八年（1385 年），傅友德、蓝玉部又奉朱元璋之命开赴北平府（今北京），协助燕王朱棣加强对北元的防务，郑和也随军北上，不久进了燕王府，并很快得到燕王朱棣的赏识。

1399 年，朱元璋驾崩，由其长孙朱允炆继位，燕王朱棣以“清君侧”的旗号发起所谓“靖难之役”，实际上是为了争夺皇位。正是这一场战争，不但改变了朱棣被建文帝朱允炆“削蕃”的悲惨命运，也改变了中国历史的走向，而且也改变了郑和的命运，他这条在风雨中痛苦挣扎和飘摇的小船，由此注定了将驶向一片无边的海洋。

朱棣在取得了帝位成为明成祖之后，史载郑和是因“屡立军功”而获朱棣赐姓“郑”的，那么，郑和究竟在战场上立过哪些军功，他在战场上又是如何勇敢杀敌等等，我这里不想去史书中一一抄来，我只想提醒读者不妨想象一下：此时的郑和，为什么能够如此的忠于朱棣、不怕牺牲、英勇杀敌？

在战场上杀敌时，我想郑和一定很容易想到父亲的死，想到他在南京的那个暗无天日的密室内的痛苦和绝望，一定觉得眼下似乎是最好的报复的时候。

不是吗？当年杀了父亲的明军是朱元璋派去的，现在朱元璋死了，但建文皇帝是朱元璋任命的，是他的继承者，朱元璋欠下的，由他来还太合适了！朱棣真是为自己创造了一个报复的极好机会,而且表面上,自己奋勇杀敌还能赢得忠于主人的美名,真是一举两得!当然,战场上的勇敢,无疑是自处赴死,但这又有什么要紧呢?郑和一定想到,早在十多年前南京的那个密室里自己已死过一次了,一个是男人而又没有了男人尊严的人,活着本身又与死了有多大区别呢?或者说,与其这样男不男女不女、人不人鬼不鬼地活着,还不如轰轰烈烈地死去!

俗话说:“三十而立。”此时郑和正好30岁。

朱棣登基后,第一件事自然是封赏群臣。“屡立军功”的郑和自然也是被赏之列,他得到的除了一个空头的“郑”姓赏赐外,也得到了提拔,“擢升官监太监”,也就是太监的最高级别了。

然而,再高级别的太监也只个太监啊!郑和又一次陷入了尴尬。但是有什么办法呢?谁叫你是个太监呢?!

肆

郑和最辉煌的人生,当然并不是他的“屡立军功”。

如果他没有后来的七下西洋,或许历史早就忘了这么一位从战火和硝烟中走出来的大太监,也或许凭着他的“有智有略”再加上强烈的仇恨与报复心理真有可能成为刘瑾与魏忠贤的前辈。然而命运又一次扭转了他人生的航向。

1402年7月10日朱棣终于坐上了皇帝宝座。在他看来这宝座本来就应该是他的,然而别人却不一定这么看。在他登基时,方孝孺一语道破:“燕王啊,百年之后,你也逃不过青史之上的那个‘篡’字!”为此,朱棣在很长一个阶段都觉得屁股下不尽安稳。

其实,哪怕方孝孺不明说,朱棣也比谁都清楚,他这个违背父命的皇帝,多少有点非法,他从臣下游移的目光中也没少读出谴责甚至诅咒;他知道自己在世人的眼里永远是个“弑君篡位”的贼,史家的笔墨更是怎么也不会放过他,不会因为自己当初的受辱而获得稍稍的原谅。怎么办呢?洗刷当然是必要的,问题是怎么洗刷?自欺欺人、掩耳盗铃式的洗刷最终都不成个事,因为那样的结果往往是越洗越黑。最好的办法只有一个,那就是用出众的功业来证明自己比那个被篡弑的建文帝强得多！甚至比自己的父亲、开国的洪武大帝强，甚至比秦皇汉武唐宗宋祖们强——世俗传统与世人目光联手将朱棣又一次逼到了这样一个境地。

于是朱棣开始大张旗鼓地展示他的文治武力了：

他首先想到的便是要巡视西洋，第二是编撰《永乐大典》，第三是御驾亲征大漠，第四是修建大报恩寺和大报恩寺塔；第五是开凿阳山碑材……而这一切都在证明朱棣的内心——

想当年，面对那些从海上而来的倭寇海盗，即使是先皇，似乎也束手无策，只好下令禁海，并让海边的百姓后撤五百里；现在我不但要让这些海盗从此识相，停止对我大明的骚扰，更要让天下知道，我朱棣不但能如秦皇汉武唐宗宋祖一样纵横漫漫大漠，而且还能驰骋万里海洋。

想当初，登基前后，江南的士子们不是宁可掉脑袋也要对我口诛笔伐吗？他们斥责我暴厉、残忍、不知礼法、毁坏人伦等等，现在我要让天下文人士子们看一看，你们中多少人曾梦寐以求的文化功业，只有我才能够完成！我要用事实告诉你们，我也是一位很重视伦理人文的贤君！

想当年，已故父皇说出“清沙漠者燕王也”这句话时，想来有些人可能很不服气，现在我要再次证明给你们看看，我朱棣不但能让蒙古铁骑闻风丧胆，还能

今日南京龙江宝船厂遗址公园内的郑和“宝船”复制品

为大明王朝开疆拓土！

不是说我大逆不道吗，现在我要让世人看看，我为娘修造的这座大报恩寺，其规模之宏大、建筑之富丽、装饰之堂皇举世无双！我要让世人都明白：我才是母后最孝的儿子！

不是说我弑君篡位吗，现在我要让世人见识见识，我为爹开凿的这座“神功圣德碑”不但古今中外的人们见所未见过，而且料定也闻所未闻过！我要让世人明白，我不但是父皇最忠孝的儿子，而且还是父皇最能干的儿子！

……

朱棣的其他三项壮举这里不多说，只说那巡视西洋，那可是个世界级的挑战！要知道，葡萄牙人哥伦布第一次航行到美洲，是此 87 年后的事情，而达迦马绕过好望角也是此 92 年后的事情，西班牙人麦哲伦第一次完成环球航行更是 116 年后的事情。此时要巡视所谓的西洋，谁能完成这一光荣而艰巨的任务呢？

朱棣几乎没太费脑筋便想到了郑和。

永乐三年（1405 年）七月，朱棣一声令下，郑和率领一百多艘艨艟巨舰（时称“宝船”），从南京的龙江宝船厂浩浩荡荡地驶出，沿着长江到太仓的刘家港集结后，便“云帆高挂，昼夜星驰”，直驶向茫茫的海洋。这便是郑和的第一次下西洋。

据史料记载，朱棣之所以选中郑和下西洋，基于以下几个方面的原因：一是因为郑和的穆斯林出身，这在与西方各国打交道时少了许多宗教方面的隔阂；二是因为郑和“有智有略，知兵习武”——云帆一挂，自是千山万水之外，一切意外都得主将自己做主决断，有勇无谋自是不能担当；此行，虽可谓是和平使团，但是谁知道又会发生什么事情呢？用兵之处自然难免；朱棣与郑和一同身经百战，他自然了解郑和这方面的能力；三是因为郑和对朱棣的忠心——此行除了“欲耀兵异域，示中国富强”外，还有一项使命，便是“成祖疑惠帝（即建文帝朱允炆，惠帝是清乾隆时的追谥）亡海外，欲纵迹之”，这就更需主帅既要有过人的智慧，还要对朱棣忠心不二；要知道，这可是世界上有史以来最大的一支舰队啊，船上的两万八千多人，都是从明朝军队中优选出来的，又经过了严格的海陆作战训练，可谓是当时世界上有史以来最强大的海军陆战队，战斗力之强自是不难想象

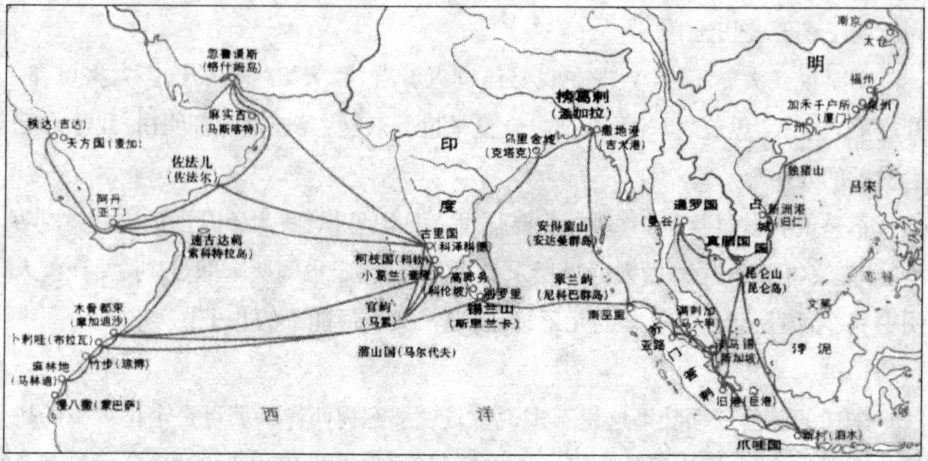

郑和下西洋图

的;他们远在天边,或真的寻到了惠帝并与之联手怎么办?或留恋西方番国进而不回怎么办?朱棣除了相信郑和对自己的忠心外,他还想到了一点,这就是郑和只是一个太监——又是因为郑和是一个太监——他永远也不会有后——一个无后之人是不会有叛主立国的野心的。我在史料上看到这一点时,不禁疑惑,郑和成为太监究竟是他的不幸,还是他的幸运呢!

经历了两年零三个多月的等待,朱棣终于等到了郑和船队的归来。永乐五年(1407 年)十月二日,明成祖朱棣亲临龙江迎接,并且为庆祝郑和的这次远航成功,下令在南京兴中门外建天妃宫一座,并于永乐十四年亲撰《御制弘仁普济天妃宫之碑》碑文。另外又设西夷馆一处,专职翻译郑和带回的各国文书。

然而此次回国,郑和在南京仅仅待了十天,便于当年当月的十三日,又第二次起航了。此后也几乎连续不断地四次远航。

永乐二十年八月十八日(1422 年 9 月 2 日)郑和第六次远航回到南京,此时的南京只是名义上的“南都”,真正的首都早迁往了北京,永乐大帝也不再是当年那个年轻的朱棣了,他似乎感觉到了自己的来日已经不多,他没再急切地催促郑和再次远航,而是任命郑和做了南京留守。两年后,成祖去世,朱高炽即位,是为明仁宗,他即位却下令停止下西洋的行动。八年多的时间里,郑和的宝船一直被搁浅在南京的龙江关外的江边, 而郑和的心也似乎被搁浅在了一个人生的荒滩。

伍

郑和在南京留守的任上做着应做的事，上班点卯，听钟下班，日子顺风顺水，生活波澜不惊。几年过后，不要说中国，就是南京人，似乎也快忘记了自己的身边住着一个将中国交给了世界的人，也几乎忘了，城外的江边上搁浅着一条又一条曾到达过西洋的宝船。他们看到的郑和，只是一个常常在马府街上的郑府大门口迎来送往的老头；他们虽然明明看到郑府大门旁的红灯笼上是一个大大的“郑”字，而不是“马”字，还看到门楣上明明悬着写有大大的“郑府”二字的匾额，但他们还是将这条明明是“郑府”所在的街叫做了“马府街”，因为他们只知道，眼前这个面善的老头，就是当年那个姓马的云南少年。

宣德五年（1430年）的一天，马府街上突然由远而近地传来一阵急促的马蹄声，随着一声“圣旨到！”，郑和接旨。原来是宣德帝因“外番多不来朝贡”，命郑和“往西洋忽鲁谟斯等国公干”。

此时的郑和已经是一个60岁的老人了。

然而，接旨后的郑和似乎一下子年轻了许多，很快，他便又一次披挂上阵，扬帆而去了！

至此，我无论如何也不能相信郑和的一次次下西洋，只是仅仅简单地对一道命令的服从，或者只是一种忠诚的表达。我们有太多的理由想象，他在海洋深处的那些日日夜夜，郑和一定是获得了自己想要的那种渴望和满足、成功和喜悦、孤独和寂寞，那种完全的自由、最高的权威、绝对的独立、至尊的荣耀，那种苦的甘甜、愁的欣慰和痛的快感……总之他得到了他想要的人生，一种可与明成祖相媲美的人生。而这种人生，是在陆地上所永远也得不到的，只有到了海上，什么成祖！什么皇帝！都见鬼去吧！我就是皇帝，海上的皇帝！

我曾想过，对于一个太监来说，看见美女可能是让他最痛苦的事情之一了，因为他既是男人，又不是真正的男人。大概正是因为这一点，历史上的许多太监，都成了对女人的虐待狂，他们发明了许许多多折磨女人的工具和办法，因为只有

中国人民解放军海军“郑和舰”

这样，他们似乎才能找到自己也曾是个男人的尊严；但是他们在虐待别人的同时，实际上也在虐待自己。因此可以说，所有的太监，都可谓是一群最喜欢女人又最痛恨女人，最渴望女人又最不想见到女人的人。而郑和的船上，是一个男人的世界。（至今还没有任何史料能证明郑和的船队上带有女人，只是不知道如此，郑和是如何解决那些身体强壮的海军陆战队员的性要求的？这也算是郑和下西洋留给今天的历史之谜之一）正因为这样，郑和可以彻底地忘了这个世界上还有女人，这是掩耳盗铃也好，是自欺欺人也好，是此地无银三百两也好，毕竟可以眼不见心不烦！

总之，在郑和眼里，大海真是太好了！就这样，大海成了郑和的故乡，成了他的向往，他的乐园，他的一个永远也走不出的梦。宣德八年（1433年）四月初，郑和在完成了第七次下西洋的访问任务后返航途中，因劳累过度，在印度西海岸古里去世，大海也成了他人生最后的最好归宿。

郑和死后，他的同伴将他按穆斯林的礼制葬于海洋，也将人类历史上第一位海上帝王，就这样最后交还了大海。随后于当年五月二十一日回到太仓港，七月六日回到南京龙江。随即明宣宗下令停止下西洋的活动，甚至连郑和下西洋的档案《郑和出使水程》等也被全部销毁。那些曾承载了中国人多少光荣与梦想的郑和宝船啊，再也没有驶出过龙江。郑和将中国一度交给了世界，但终究也没能将世界交给中国。好在那时,郑和已经死了,他不会再为此而感到尴尬。

1842 年 8 月,一艘"皋华利"号的英国军舰,停在当年郑和船队出发的南京龙江江面上,而军舰之上,中国清政府的钦差大臣、两江总督耆英,在英军大炮的威胁下,与英国全权代表璞鼎查签下了中国历史上第一个不平等条约《中英南京条约》。此时,人们或许又会再一次想起郑和,想起他的船队,但是他已死去整整四百年了,他当然更不会为此而尴尬。

尴尬的是我们整个民族!

2009 年 11 月 26 日

秦淮八艳：就那点事儿

柳如是、陈圆圆、董小宛、李香君、顾横波、卞玉京、寇白门、马湘兰。

八位曾牵动过时代与历史走向的女子，八个终走不出生活与人性双重复杂的生命，八枝早凋零在历史暗角却幽香至今的花朵……

她们的青春苍白而又艳丽，媚俗而又雅洁，短暂而又长久；她们的命运偶然而又必然，无助而又无奈，可悲而又可叹；他们的人生软弱而又坚强，可耻而又可敬，复杂而又简单……

她们——

世称“秦淮八艳”！

古籍上的柳如是画像

峻峭崚嶒柳如是

“我见青山多妩媚，料青山见我应如是。”

她将稼轩的这一词句化作了自己的名字，也模糊了自己的性别，更使自己本如弱柳般的生命变得山一般峻峭崚嶒。

其实她的故乡是没有山的。有人说她是浙江嘉兴人，又有人说她是江苏吴江人，她自己也说不清自己到底是哪里人，因为她从小就被人卖来卖去，先是被卖为婢，再是被卖为妓。而这一切，只是因为她家境贫穷。好在那时她小得并不能记事，也还不能体味这世态的炎凉。

无论是嘉兴还是吴江，都是没有山的水乡。她对于山的最初记忆，是晴日里向天边眺望所得到的那一抹影子，还有就是她从诗词文章中读到的那些名言警句。但她竟因此而知道了，妩媚的青山上有高洁挺拔的青松，松林间有草，有花，有潺潺的流水，有阵阵的鸟鸣，有峻峭的悬崖，有崚嶒的山石……山是一个别样的世界，丰富、稳重、可靠，于是她也希望自己是一座山，一抹美丽的远山，既立身于这世间一隅，又超然于这红尘之外。

但她终究不是山。

稍稍长大一点，就有人不停地对她说：你充其量只是一棵小树，甚至只是一棵小草，你一定要找一个可靠的靠山。

于是为了那一座梦中的靠山，她刻苦地读书练字，吟诗填词，刺绣绘画，抚琴度曲，同时日日描眉涂腮，调笑嗔语，总之，努力地将自己弄得风情万种，仪态万方。但有时她也会恨自己为什么要这样。

不就是因为家境贫穷吗！

但贫穷也是罪过吗？她曾多次这样问天，问地，问自己。

天无语，地无言，而自己更只能是越问越陷入迷惘——

如果贫穷不是罪过，至少不是自己的罪过，那为什么命运要这样惩罚自己！不但小时候被卖，长大后还要被卖，而且出卖的除了自己的肉体，还连同自己的灵魂！

如果贫穷也是罪过，那是不是只要走出了贫穷，这罪也便受到头了呢？想到这儿，她只能又日日描眉涂腮、调笑嗔语……将希望寄托在那座梦中的靠山。

她终于找到了一座靠山。

那一日，吴江盛泽的归家院内来了一位书生，着白衣一袭，身姿挺拔，面容英俊，神情忧郁，但那一双忧郁的眼睛中又透出坚毅的目光。

四目相对，两人几乎同时都看到了对方眼中有火花闪烁；与此同时，她似乎看到了一座青山，它遥在天边，又近在眼前……

白衣书生一去不返,但他那双忧郁的眼睛总在她的脑海中挥之不去。几经打听,终于知道白衣书生姓陈,名介,字卧子、懋中、人中,号大樽、海士、轶符等。南直隶松江华亭人。

她让人主动给他送去名刺。一次,两次,三次……这让当时许多人觉得不解,连跑腿的女佣也觉得跑得累了,但她却说:“世间本该藤缠树,世间哪有树缠藤”!

白衣书生终于又来了,而且还领来了姑苏名士张溥等复社中人。那张学士的《五人墓碑记》她早就读过,且曾读得她热血沸腾,眼含热泪。

从此后,她的香闺似乎成了复社又一处雅集之所。他们与她,不,应该是她与他们,一起吟诗属对,抚琴挥毫,甚至歌哭歌笑;她从他们身上获得了剑胆,他们从她身上得到了琴心。那一个阶段,她经常着男装,扮男相。连吟出的诗句也多了几分男儿气象;而他也在不知不觉间再也离不开她了……

但他注定是要离开她的,而且是一去永不再回,因为他踏上了一条人生的不归路。

1645 年 5 月 10 日,陈子龙以一介书生而起兵抗清,从此,她的梦中又常有一抹隐约的远山。但是,1647 年 6 月 15 日,陈子龙兵败投水而死,她梦中那一抹隐约的远山啊,又从此而消失。

钱谦益

好在这一抹远山消失了,但她又投入了一座更大的山,而且这一次是实实在在地投入了。

钱谦益,字受之,号牧斋、蒙叟、东涧老人,世称虞山先生。万历探花,东林领袖,诗坛盟主,曾官至礼部侍郎。

“我恋你发如墨,肌如雪。”钱谦益对她说。

“我恋你发如雪,肌如墨。”她对钱谦益说。

钱谦益这座山的林子果然很大。于是她在这座林子里有了壮观华丽的“绛云楼”,而这楼后来竟被一个叫曹雪芹的人写进了自己的著作中,成了“绛云轩”,也算是永世留名了。

绛云楼内的日子自然是天地一家，四时皆春，过得舒心而倏忽，倏忽得似乎不是真实的日子。于是她总不能忘记那一抹曾经出现在梦中的远山。

她追寻着那一抹远山，于是来到了南京，来到了秦淮河边，成了河边的一枝最鲜艳的花。

她力劝钱谦益效力南明弘光王朝，于是他当了南明的礼部尚书。然而该来的终将要来！大厦将倾之时，她力劝钱谦益与自己一起投水殉国，然而钱沉思一番后说："水太冷！"呵……此时，她心中与梦中的山一起塌了，于是她"奋身欲沉池水中"，却被钱谦益硬拖住了。

她终成了一座峻峭崚嶒的山，又一次崛起于秦淮河边，而钱谦益反倒成了一棵树，甚至一棵草。

钱谦益上北京当官去了，她不去，宁可留在南京的秦淮河边，任花自飘零水自流。

钱谦益所投降的清兵兵临城下，她去了长江边，那时郑成功、张煌言、瞿式耜、魏耕等抗清义军正在那儿——红颜劳军，一时传为佳话。

钱谦益又被罢官入狱，她抱病奔走救他一命。

钱谦益财散人亡，她三尺白帛了此一生，只留下《戊寅草》、《柳如是诗》、《尺续》三部诗稿。

这些诗稿，三百年后竟让一位生性狷狂而又方正的学者"瞠目结舌"，于是他竟用写惯了那些雄文深论的笔，写了一部厚厚的《柳如是别传》，终将自己另一面怜香惜玉的浪漫情怀暴露于世。

"我见青山多妩媚，料青山见我应如是。"陈寅恪一定是想借此走近她那一抹远山吧！

但在陈寅恪的眼里，她一定不只妩媚，还丰富、大度、沉稳……尤其还有那山石悬崖般的峻峭崚嶒——正合我心意！

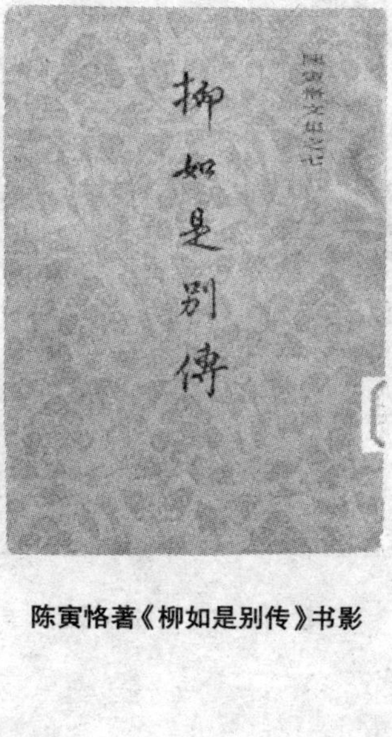

陈寅恪著《柳如是别传》书影

倾城倾国陈圆圆

有人说她是祸水，若没有她，就不会有倾城倾国、江山易主的悲哀，历史就不会写成现在这般模样。

有人说她是女杰，她能让吴三桂这样的乱世枭雄“冲冠一怒”，从而改写历史——与其说是吴三桂改写了历史，不如说真正改写历史的是她，因为“女人是通过征服男人来征服世界”的嘛！

然而，当我们将吴梅村的《圆圆曲》真正读懂之后，当我们将那段纷繁历史再一次重温梳理一番之后，当我们设身处地地将一个女人当作一个女人来看之后，并静下心来，实实在在地打量一番这个名叫陈圆圆的女子，一个美丽单纯，聪明伶俐，天真烂漫而又命运多舛的少女形象就会在秦淮河边“复活”起来。

她本姓邢，名沅，字圆圆，又字畹芳，幼从养母陈氏，故改姓陈，世称陈圆圆。她原为昆山歌伎，后来才随命运安排流落到秦淮河边。尽管她“殊色秀容，花明雪艳，能歌善舞，色艺冠时”，但是在她前面的人生道路似乎早有人为他安排好，那就是，在秦淮河边的灯红酒绿中，在心照不宣的欲望交易中，在虚情假意的迎来送往中，等待着花谢月残的那一天。如果真是这样，历史是不会记住这样一个女子的，因为这样的女子秦淮河边太多太多了！

现代画家笔下的陈圆圆

谁知道，命运终将为陈圆圆安排了别样的人生，让她离开了秦淮河。

吴梅村在《圆圆曲》里说她“此际岂知非薄命，此时只有泪沾衣”。但我觉得吴梅村的这两句诗，只有前一句说对了。因为离开秦淮河时，陈圆圆应该是没有眼泪也没有欢笑，没有留恋也没有向往，有的只是一种复杂的别样滋味在心头；尽管为她送行的姐妹们都说她被人“赎身”很幸运，因为从此可以结束卖笑生涯，可以从良做一个真正的良家妇女了，可以去享受真正有人疼有人爱的生活，当然也可以去生儿育女、相夫教子、安享天伦了，但是她自己心里明白，这一去究竟是幸运还是不幸，又哪里知道呢！

好在为她赎身的那位田大人，出手阔绰，至少应该是一个有钱的主吧！随着他至少会衣食无忧的吧！

然而她哪里知道，这位田大人可不只是个一般有钱的主，而是当朝国舅，此时他是一位肩负着朝廷特殊使命的神秘人物！他将陈圆圆从勾栏青楼中赎出，本也是有着特殊的用途。

当时，李自成的农民起义军威震朝廷，崇祯帝日夜不安。外戚嘉定伯周奎欲给帝寻求绝色美女，以舒解皇帝的忧虑之心，遂派崇祯宠妃田氏的哥哥田畹下江南觅艳。当然，这一切田畹是绝不会与陈圆圆说，也不会与她的鸨母说的。

陈圆圆离开了秦淮河，“横塘双桨去如飞”，载着陈圆圆的船沿运河北上，但是谁也想不到，清军的铁骑正因为这条船而终将南下。陈圆圆此去便注定了她乘坐的这条小船将轻轻摇进中国历史的长河。

去北京路上，田畹就越来越被陈圆圆的色艺所迷倒，到了北京后，他便彻底地改变了主意——或许也是他眼看到大明的气数已尽，觉得已没有必要再将这样的美女孝敬给一个行将就木的王朝“糟蹋”了吧！

田畹没有将陈圆圆送给崇祯，而是占为了己有。但他也因此而有了双重的担心，一是担心李自成的农民军随时会打进城来，二是担心皇帝知道他私占了陈圆圆——正惶惶不可终日之际，吴三桂进京来了。吴三桂是奉崇祯之命而来，此时他成了崇祯的最后一根救命稻草，自然也成了达官贵人们巴结的对象，田大人自然也不能在这群巴结吴三桂的人中落后。田大人为吴三桂而设的一场盛筵便在城外农民军的隆隆炮声中开张了。

酒过三巡后，田大人命圆圆歌舞助兴。没想到吴三桂一见圆圆后，眼珠便盯在圆圆身上不再转动。田大人见时机已到，上前对吴三桂轻声说：“寇至，将若何？”吴三桂说：“能以圆圆见赠，吾首先保护君家无恙。”

还未等田畹回答可否，吴三桂已一把抓住圆圆。可怜的圆圆啊，哪里还有什么自己的选择！她只是一件示客的礼物，既然客人喜欢并索要，主人也没表示异议，那就只能被客人带走了。

吴三桂画像

吴三桂自然是很想将陈圆圆带到山海关去的，他的人马在那儿，那既是他当下还被崇祯看重的原因，也是将来与李自成讨价还价的资本。但是他老谋深算的父亲说："你别忘了这女人的来头！如今皇上毕竟还是皇上啊！"于是吴三桂将陈圆圆留在了北京的府中。

当然，此时他怎么也没有想到，儿子将这个女人留下的同时，也便就此留下了一条祸根，就是这个女人将不但要了他的老命，也要了府里上下三十多口人的性命，也改变了一段历史的命运——而这一切，都是因为李自成的大将刘宗敏也看上了这个女人。

果然不出所有人预料，不久李自成率领农民军攻入北京，崇祯皇帝将自已至尊的生命用二尺绳索交给了煤山上的一棵歪脖子老树。吴三桂的老父倒也参透了世事的变化，在他看来改朝换代实属正常，他才不会在一棵树上吊死哩！很快，他便不但投降了农民军，还写信给儿子。

据有关史料上记载，当吴三桂向送信的仆人寻问父亲及家小的情况时，仆人说："已被农民军抓起来了！"吴三桂不在乎地说："没事的，我回去后他们就会放了他们！"

吴三桂又问家里的财产有没有损失，仆人问答："都被农民军没收了。"吴三桂仍满不在乎地说："也没事，我回去后他们就都会归还的！"

最后吴三桂特别问起他新纳的小妾怎么样了，仆人支支吾吾，半天才吞吞吐吐地说："已被刘宗敏抢去宰相府了。"

吴三桂岂能再"不在乎"！他后来的确成了汉奸，但他首先是个男人啊！

其结果当然众所周知，用不着我在这里细说，吴梅村在《圆圆曲》对此写得概括而形象："恸哭三军具缟素，冲冠一怒为红颜"。

的确，吴三桂的"冲冠一怒"看起来只是"为红颜"，这"红颜"当然是指陈圆圆了，但说到底，他又是因为陈圆圆的什么呢，情，还是爱？

可以设想，当刘宗敏看上陈圆圆后，陈圆圆当然只能一如既往了，一切都不会有人给她选择的机会和权利，她自然也不会有自己的选择，对于被男人争来送去的类似情况她早已习惯，因此在她眼里，田畹也好，崇祯皇帝也好，吴三桂也好，甚至她爱过的冒辟疆也好，都一样，刘宗敏当然也一样，他们都一样如秦淮河边的那些嫖客，对于他们，她的心中，早已既没有爱，也没有恨，所以跟谁去不是一样跟啊！

吴三桂当然不会不想到这一点，当然不能不为此而愤怒，因为被一个喜欢的女人看轻，那是令人难以接受的，也是令人尴尬而难堪了，甚至是令人愤怒的。但是吴三桂的愤怒的原因绝不全在此，如果全在此，那说明吴三桂倒真的爱上陈圆圆了。

吴三桂愤怒的更大原因，是陈圆圆的被刘宗敏抢去太丢了他男子汉大丈夫的面子——你真喜欢可以与我说啊，不得到我同意，不要说是一个我喜欢的人，就是再不值钱的东西，你也不能抢啊？这岂不是对我太藐视了吗？是可忍，孰不可忍！于是一场悲剧就此展开。

“恸哭三军具缟素。”然而，应该“恸哭”的岂止只是“三军具缟素”啊，更应该是刘宗敏和李自成们，还有他们的那个“大顺”政权，当然还有一段啼笑皆非的历史和一个多灾多难的民族！

尽管吴三桂的“冲冠一怒”不会是因为他真的爱上了陈圆圆，但一个事实

陈圆圆墓

是，陈圆圆却从此似乎爱上了吴三桂。

我这样说，或许至今还会惹得一些正人君子们也“冲冠一怒”，但是在我看来，这实在比《色·戒》中的王佳芝能爱上易先生要合情合理多了。我虽然不是女人，但是只要我们设身处地将陈圆圆当作一个女人，即使是站在今天的立场来看，陈圆圆也不能不爱上吴三桂，因为有一个事实陈圆圆不会看不到，那就是，除了吴三桂，还从来没有一个男人如此地“在乎”过和“珍惜”过她。就凭这一点还不值得一个女人爱上这个男人吗？尽管他的确是一个大汉奸，但一个弱女子，她管得了吗！

吴三桂攻下北京后找到了陈圆圆，陈圆圆从此一直跟着吴三桂，先由京入秦，再入蜀，然后独占云南。吴三桂晋爵平西王后，欲将圆圆立为正妃，圆圆托故辞退；吴三桂喜新厌旧别娶后，一度因正妃悍妒而想杀了圆圆，圆圆得悉后削发为尼；吴三桂叛清，于1681年冬被康熙大军攻破昆明城后，陈圆圆得知吴三桂死后亦自沉于寺外莲花池。

这一切事实足可证明陈圆圆对吴三桂可谓是死心塌地，何以如此？除了因为爱，我们还能找出其他能令人信服的原因吗？！

红尘青莲董小宛

在“秦淮八艳”中，董小宛无疑是最为矛盾的一位——最简单又最复杂，最世俗又最浪漫，最幸运又最不幸。

董小宛的生命历程中，既没有柳如是那样的殉节而终、大义凛然，也没有李香君那样的血溅桃花、惊心动魄，更没有陈圆圆那样的倾城倾国、天崩地坼，她的人生轨迹似乎很清楚。据有关史料记载，董小宛1624生于苏州的一个小康之家，因父亲早逝家道中落而不幸沦落风尘，来到了秦淮河边，成了“八艳”之一，因姐妹陈圆圆的关系与“明末四公子”之一的冒辟疆相识，后因陈圆圆的北去冒辟疆移情于她，她随之与之相爱，并嫁他做妾，直至于1651年病逝于如皋的冒家水绘园中。

董小宛这样的人生历程，看起来实在算不得复杂，甚至应该说很简单。

然而偏偏有人说，1651 年董小宛根本就没有死，而是被迫入宫成了顺治皇帝的妃子，对此冒家不好明说，只好向外宣称她死了。进而还言之凿凿，说清宫中那个饮鸩而亡弄得顺治出家为僧的董鄂妃，实际上就是董小宛。

冒辟疆与董小宛

又有人说，曹雪芹《红楼梦》中的那个林黛玉原型就是董小宛，而那个最终也出家做和尚的贾宝玉，原型就是顺治皇帝，那个豪门深似海的贾府实际上是清宫的暗喻。

还有人说，1651 年，洪承畴逼董小宛入宫，她为了保全冒家，先是答应，后于入宫途中，用随身剪刀自尽，血溅姑苏五云轩。

甚至还有人说，董小宛根本就没有走进过如皋冒家的水绘园，早在 1645 年，她因受冒辟疆之托去扬州史可法部劳军，正遇扬州城破，她便自刎拒辱，血溅扬州城了。

……

类似的说法不一而足，扑朔迷离，且不仅仅只是一般于民间流传，而是写进了许多人的著作中，成了一个难解的历史之谜，至今还让许多人做出一篇又一篇的“论文”。作为一个人，董小宛如此盖棺而不得定论，实为简单的人生又不可谓不复杂矣！

有太多的史料证明，董小宛不但的确走进了水绘园，而且还在其中过过一段既世俗又浪漫的日子。

说那些日子是世俗的，因为那是一种居家的日子，柴米油盐、锅碗瓢盆，肯定是一样也不会少，也不能少的。

众所周知，董小宛被后世尊为“中国古代十大名厨”之一。很难想象，一个从风尘中走出的女子的一双调朱弄粉的手，竟然也不但能奏响锅碗瓢盆的交响，而且还得心应手，创造出一道又一道名菜和甜点，至今还为世人所享用。淮扬菜中有一道“虎皮肉”，即走油肉，被称为“董肉”，堪与“东坡肉”齐名和媲美，据说其制作方法就是她的发明。还有一种糖点，用芝麻、炒面、饴糖、松子、桃仁和麻油作为原料制成，再切成长五分、宽三分、厚一分的方块，外焦内酥，入口甜而不腻，据说也是她发明的，所以被人们称为“董糖”。不难想象，研制出这一切，一定是不但需要吃油烟熏烤的世俗之苦，更需要有一份对于世俗生活的专注和用心。然而又正是在这种最世俗不过的生活情节里，董小宛又总能将那些庸常而琐碎的日子过得浪漫美丽，饶有情致。对此我们也不难想象。每当夏夜春宵，如水的月光下，水绘园中，明白楼前，搭小几一张，竹椅两把，董小宛与冒辟疆，就着可口的甜点，或品着美味的菜肴，或谈诗，或论画，或赏月，或饮酒，或什么也不干，只看空中的萤火、天上的流星，同时感悟着时光的流逝和生命的节律……任水绘园外改朝换代，涛走云飞、天崩地坼，其中几多浪漫，定“不得向外人道也”！ 董小宛就是这样在最为平实的日常生活中同时领略着最为精微雅致的文化趣味，在最为卑微的生命中同时又总企慕和创造着清澄浪漫的诗意人生。所以，尽管过去了几十年，早已白发苍苍的冒辟疆还说，自己一生的清福都在和小宛共同生活的九年中享尽了。

大概正是冒辟疆真的已经享尽了人间的清福，也算是“曾经沧海”了，所以他才会不再羡慕这世上的任何福利，才能够在明亡清兴后终守节操。毛泽东对冒辟疆曾有评价：“所谓的明末四公子中，真正具有民族气节的要算冒辟疆。清兵

冒辟疆画兰

入关后,他就隐逸山林,不事清朝,全节而终。”想来冒辟疆能获得如此高的评价,也应该有董小宛的一份功劳吧!

如此说来,董小宛似乎是幸运的。

然而,为什么人们为董小宛附会出的所有人生可能,都一律是悲剧的暗示与指向呢?这让我们又不能不看到她似乎幸运的背后,有着太多的不幸。

且不说沦落风尘本身就是一种人生的大不幸,因为这种不幸是秦淮八艳一律都具有的。单说董小宛与冒辟疆的相识、相恋与相守吧。

据史料记载,冒辟疆本来属意的并不是董小宛而是陈圆圆,是因为命运的安排他无法与陈圆圆走到一起后,又在董小宛一次次的主动出击之下,这才与董小宛走到一起的。对于董小宛来说,终于心想事遂了,当然是一种幸运;更幸运的是,她走进冒家后,冒家人竟顺利地接受了这位青楼出身的媳妇。董小宛当然对于这一切万分珍惜。此时,冒辟疆的大房妻子秦氏体弱多病,董小宛便主动地毫无怨言地承担起照顾她的责任,并且还将几乎所有理家主事的担子担了过来,她恭敬孝顺地侍奉公婆,悉心照料冒辟疆与秦氏所生二男一女,连冒家的全部家务收支账目也全由她经手。因此,不难想象,董小宛在精心制作那些名菜与甜点的同时,实际上一位才女、诗人、艺术家便就此异化成了冒家的一名高级保姆与义务管家了;而冒家之所以能顺利接纳她,或许接纳的正是这样一个高级保姆和义务管家吧!

然而,董小宛毕竟本质上是一个女诗人,她最仰慕的诗人是李白,她名“白”,字“青莲”,号“青莲女史”,都是因此而起;早在秦淮河边,她就以诗词书画名动一时,她的书法能达到替冒辟疆为朋友书写扇面而让人看不出破绽的水平,她15岁时画出的《彩蝶图》现还收藏在无锡市博物馆,上面许多的名家题跋无一不给予很高评价。董小宛放弃这一切难道真的内心就没有一点痛苦吗?

当然,对于一个女人来说,她只要有爱,不要说艺术了,一切都可以放弃,只是这种爱应该是相互的,双向的。

董小宛无疑是爱冒辟疆的,爱得全心全意;但是冒辟疆呢,似乎就有点复杂了。

董小宛死了许多年后,冒辟疆写了一本叫《影梅庵忆旧》的小册子,说是为

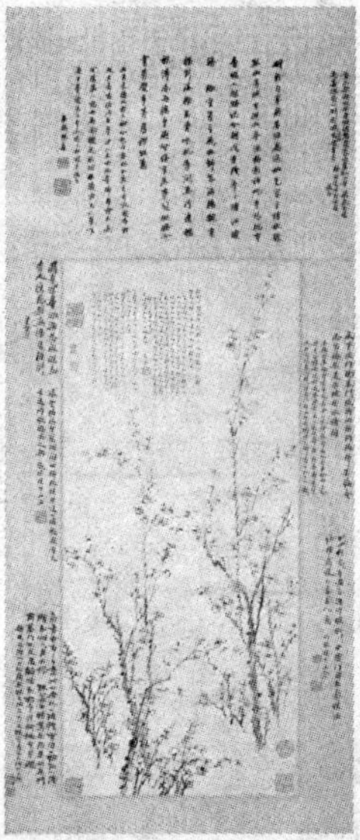

董小宛画《孤山感逝图》

纪念董小宛而写的，但是令人难以置信的是，飘荡在这位才子笔下的，却不时可见陈圆圆的倩影，这里且录两小段为证：

> 妇人以姿致为主，色次之，碌碌双鬟，难其选也。蕙心纨质，淡秀天然，平生所觏，则独有圆圆耳。

> 其人淡而韵，盈盈冉冉，衣椒茧，时背顾湘裙，真如孤鸾之在烟雾，令人欲仙欲死。

这无论如何也既不合乎“文章作法”，也更不合人之常情、世之常理，但是竟是事实。这就不能不让人想，或许冒辟疆从来就没有真正地爱过董小宛，至少是没有全心全意地爱过。这不能不又是董小宛的一大悲剧。

对于这一切，聪明如董小宛者不可能全然无知，她知道的最好的证明，便是她年仅 26 岁生命就悄然凋零，成了“秦淮八艳中”花期最短的那一朵。

血溅桃花李香君

今天，秦淮河边的媚香楼还在。只是里面理所当然已没有李香君。

没有李香君的媚香楼还是媚香楼吗？是也不是，不是也是！

媚香楼的对面、仅一河之隔，便是夫子庙。媚香楼与夫子庙如此对峙几百年了，直到今天。这是夫子庙的失败呢，还是媚香楼的胜利，谁能说得清啊?!

明崇祯十二年的秋天，年仅 21 岁，但已名闻四方的复社四公子之一侯方域，从河南商丘一来到南京，便匆匆来到了秦淮河边，因为秦淮河边除了夫子庙，还有一座江南贡院，他是来赶考的，那儿对于他来说当然很重要，是他梦想摘冠折桂的地方。

每当大考之年，秦淮河边总是好不热闹！那些为求取功名而云集金陵的士子

今日秦淮河边的“媚香楼”
（李香君故居陈列馆）

们，千里迢迢、风尘仆仆地从各地赶来，在贡院的附近找一间客栈将行李放下，连身上的征尘也来不及洗去，便直奔贡院而来：或打探消息，或察看地形，或体验气氛……

然而他们中总有些人，一旦闻到了秦淮河的烟水气，便在桨声欸乃灯影摇曳的秦淮河边迷失了。或在来贡院的途中，或在看完贡院回客栈的路上，有人扑扑身上的征尘，便一抬腿跨上了秦淮河中灯影摇晃的画舫，有人只将头上的帽子向下拉一拉，便一转身蹩进了河边大红灯笼高高挂的青楼。虽然显得有点儿迫不及待，但他们举手投足间又显得那么的自然而然。当然，更多的考生是在考试完毕后等待放榜的日子里才走进青楼、登上画舫的——此时，他们内心的焦虑、忐忑、复杂是不难想象的。他们日日在秦淮河边徘徊，如热锅上的蚂蚁，等待着自己人生判决的下达，此时，秦淮河的烟水成了滋润他们心田的甘霖。于是，考试“感觉不错”者登上了河中的画舫，开始透支自己的人生，因为他们清楚地看见，河中画舫上那些正挥金如土与粉头们高声调笑的“大人”、“老爷”，正是昨天在贡院中与自己一样挥汗拼搏的考生；感觉考得“不怎么样”者也走进了河边挂着红灯笼的青楼，他们破罐子破摔，“过把瘾就死”，因为他们也清楚地知道，自己十有八九名在孙山之后，此一离去，便是“暮霭沉沉楚天阔”，便是“杨柳岸晓风残月”。

也许这正是将贡院设在秦淮河边所追求的一种社会效果吧。

在考试前让考生们孤寂落寞的灵魂尽情享受一下秦淮河的温柔，在考试后让他们早已疲惫不堪的身心适当地放松一下，这无论是对于来日的考场拼搏还是官场搏杀，其好处想来是不言而喻的；即使不能金榜题名者，从此后落魄江湖、诗酒人生，就此积累一点经验也没什么坏处！只是不知道坐在夫子庙中的孔夫子，见了这一切会有何感想。不过，以他老人家曾说过“食色人之性也”的话，想来是既不会太过尴尬，也不会太过责备弟子们的吧！更何况，有些赶考士子与那些青楼女子注定是要走到一起来的。

侯方域在贡院街上来回走了几趟之后，也将贡院里的号舍几乎一一看过之后，更将考试的气氛体验得自觉足够之后，终于走进了对岸的媚香楼，走上了它暗红色的楼梯……

那一年，李香君正当十六岁花季妙龄，“温柔纤小，才陪玳瑁之筵，宛转娇羞，未入芙蓉之帐。”侯公子走进去时，她正坐在绣帘挂落的花格窗前，遥望着秦淮河，等待着她的白马王子、梦中爱情。当侯方域蓦然出现在她的面前时，她感觉这正走上楼梯的那个人就是自己所期待的……

而对于侯方域来说，此时他来南京，对岸的夫子庙、江南贡院，似乎已不再重要，甚至将来的那场让他在寒窗下准备了十年的考试也不重要了，重要的便是接下来的这一场风花雪月的故事。

谁知道，几乎与此同时，清军铁蹄正将大明朝的万重关山踏得粉碎，朱氏亲王仓皇南渡，在一片乌烟瘴气中于“南都”重建政权，史称南明。风花雪月的故事与天崩地坼的灾难相比实在是微不足道。微不足道的还有失火城门下的池鱼。

既然南京一时成了政治的台风眼，秦淮河边自然也成了一块是非地，灯红酒绿之下多了几多阴谋、几多无耻和几多罪恶。

复社的死对头阮大铖，抓住了这个机会，从金陵的深巷中走了出来，并投靠南明佞臣马士英，出现在政治舞台的前台。他早就要想将复社会众们都置于死地了，侯方域既然送上门来，岂能轻易放过！于是一个罪恶的阴谋在他心中酝酿成功。

昆曲《桃花扇》中的李香君

阮大铖先通过侯方域的朋友杨龙友，送上一笔钱给侯方域为李香君“赎身”。此实际上是阮大铖收买侯方域的一个阴谋——这很快让李香君看破，于是李香君不但毅然拿出全部积蓄，而且不惜举债，让侯方域将钱还给了杨龙友。

李香君的侠肝义胆让侯方域大为感动，但是却让阮大铖更加仇恨。当杨龙友将钱交还阮大铖时，他恨得咬牙切齿地说：“老夫有意与他们攀交，这些小子们竟如此气傲，看老夫将来有朝一日，一定要给他们点颜色瞧瞧！”此时，阮大铖仇恨的“他们”中，已不只是侯方域,更有李香君。

果然，阮大铖软的不行就来硬的。他以结党之罪欲令爪牙将侯方域收捕入狱。好在侯方域事先得到消息,逃往扬州史可法部,只可怜他与李香君这一对有情人,也就此劳燕分飞。

李香君从此洗尽铅华,闭门谢客,一心只等着侯公子的归来。

然而阮大铖哪能就此甘心！他一计不成又生一计。为了讨好佥都御史田仰,他竟然想强将李香君送之为妾。可在花轿临门之时,李香君纵身媚香楼,血溅桃花扇,用自己的生命写就了一曲忠于爱情、忠于民族的悲歌……

然而,与李香君的忠贞不渝相比,侯方域在气节上并没有坚守多久,他于顺治八年又参加了由清朝组织的科举考试，只是因为一次又一次的名落孙山才终没登上清朝的政治舞台。这成了李香君最大的尴尬,好在那时,她的生命早已与春天的最后一瓣桃花一起凋零在苏州城外的荒郊野岭了。留在身后的,除了那把她溅血为花的扇子,还有一曲《桃花扇》的传奇。只是那传奇的作者孔尚任,竟是孔子的第六十四代孙。这让许多人感到奇怪。

当孔尚任最终落得个“可怜一曲桃花扇,断送功名到白头”的下场时,更有人幸灾乐祸,说他这都是因为忘了自己那位圣人先祖的遗训。然后我觉得,说这话的人是不是先忘了李香君的媚香楼本来就在夫子庙的对面啊!

芳心侠骨顾横波

水似眼波横,山似眉峰聚。借问行人去哪边,眉眼盈盈处。才始送春归,又送君归去。若到江南赶上春,千万同春住!

想来秦淮河边那个叫顾眉的青楼女子，一定是读熟了这首宋人小令才为自己取了“横波”的别号吧？也因此,“秦淮八艳”中唯一曾被封“一品诰命夫人”的她,便被时人亲切地唤作“横波夫人”;还有这首小令本身,也似乎成了她整个人生的谶语。

“水似眼波横，山似眉峰聚。”

顾横波，生于天启五年（1619年），原名顾媚（顾眉），字眉生，号横波等，婚后改名徐善持，江南上元（今江苏江宁）人。

据顾横波的好友余怀的《板桥杂记》记载，顾横波生得“庄妍靓雅，风度超群。鬓发如云，桃花满面；弓弯纤小，腰支轻亚”；且通晓文史，工于诗画，尤长南曲，曾反串小生与董小宛合演《西楼记》、《教子》等，被誉为“南曲第一”。其所绘山水天然秀绝，尤其善画兰花，十七岁时所绘《兰花图》扇面，至今还藏于故宫博物院中。

然而，尽管顾横波再有过人的姿色和出众的才华，但毕竟为一青楼女子，如何又能成为“一品诰命夫人”？这便注定她必是一个备受争议的人物：

有人说她重情重义，品性高洁……

有人说她轻浮势利，水性杨花……

“借问行人去哪边，眉眼盈盈处。”

迎来送往，自然是青楼女子们最日常的功课与工作，顾横波也一样。然而，仅仅是一次看似平常的迎来送往，却彻底地改变了顾横波的人生。

崇祯十五年（1627年）春的一天，一位27岁的风流才士造访了顾横波的“眉楼”。只不过他不是从京城去江南，相反，他是从江南去京城，因为他人生真正的春天不在江南，而在北方的京城。

此人就是与钱谦益、吴伟业并称“江左三大家”的龚鼎孳。

龚鼎孳是安徽合肥人，此人才华出众，为人豪放，尤其视金钱如粪土，19岁时便中得进士，官授湖北蕲水知县，声名远播，他此番上得眉楼，正是因政绩杰出，被诏入京，途经金陵。

本也只不过是一次再寻常不过的逢场作戏，谁知道，二人临分手时，竟有点依依不舍。对于龚鼎孳来说，他此番要去的京城，或许正有一个人生的春天在等着他，但是绝非全是盈盈的眉眼流波，因为此时，大明江山正风雨飘摇，关外的清军正虎视眈眈，中原的“流寇”正纵横无忌。此去是祸是福，是凶是吉，龚鼎孳自己难以预料。顾横波从此心生牵挂！

"才始送春归，又送君归去。"

顾横波依依不舍地送走了龚鼎孳，没想到也从此送走了自己生活的春天。从此她每天都在一种牵肠挂肚的折磨中生活着。

现代画家笔下的顾横波

春去秋来，顾横波再也忍受不了相思的折磨了，在中秋这个万家团圆的节日里，也毅然不顾中原遍地烽火，启程北上，去京城找龚鼎孳，去追赶自己人生的春天、心中的春天。行至河北沧州，兵乱道绝，顾横波流寓淮河沿岸的清江浦，一待就是一年，直到第二年入秋，她才得以重新北上，终于在中秋节前夕抵达京都，为龚鼎孳在这个北国的秋季，带去了江南的满眼春光。

"若到江南赶上春，千万同春住！"

顾横波来到了北京，龚鼎孳不但多了一个生活的伴侣，还似乎多了一个政治知音，仕途虽也平生变故，但终逢凶化吉，以致变得左右逢源起来，人生似乎真的进入一个春天；而对于顾横波来说，似乎也真的从此赶上人生的春天，并从此同春天同住了，虽然她并不在江南，而是在北国的京城。

顾横波成为龚鼎孳明媒正娶的爱妾之后，龚鼎孳以挽回国事为己任，曾于一个月内上疏 17 次，弹劾权臣，意气激昂。而在他写这些疏奏时，顾横波总在身边"焚膏相助"，以示支持。不料最终因此而触怒崇祯，龚鼎孳入狱，其时距顾横波入京才不过月余，但她多方奔走，使龚鼎孳仅一年后便得获释。

李自成进京之后，龚鼎孳作为大明臣子，为全节而准备自杀，但顾横波以为这并不值得。于是龚鼎孳降于李自成，封直指使（类似于御史）。每有人攻击其不忠，龚鼎孳便公开以"吾愿欲死，奈小妾不肯何"之言为自己"开脱"。

李自成兵败，清人入关，龚鼎孳与顾横波又再度降清，以致龚鼎孳最终被封为一品大员，顾横波也就此以"亚妻"身份被封为"一品诰命夫人"，就此完成了从一个风尘女子到一品诰命夫人的传奇历程，人生似乎绽放出了最烂漫的光华。

对于顾横波人生中“三朝两易帜”的事实，有人说其为“秦淮八艳”平添了几分侠骨芳心；但也有人很不以为然，甚至认为其之于“秦淮八艳”实在是“极杀风景”，如大史家孟森，国学大师钱钟书等：孟先生在《横波夫人考》中批曰：“以身许人，青楼惯技。”钱先生则在孟先生这八字考语上又加批了一句：“极杀风景而极入情理。”不过我以为这一切都十分正常，顾横波的人生，就如同这首宋人小令本身一样，有人可以读出美，认为它是“绝妙好词”；也有人能读出丑，认为它是“艳词淫语”。

是非自有公论，对错各在人心！

有缘无分卞玉京

卞玉京出现在“秦淮八艳”中，似乎就是为了形象地演绎封建社会中才子佳人间一种非常微妙的关系。

卞玉京，名赛，又名赛赛，自号“玉京道人”，习称玉京。她出身于秦淮官宦之家，姐妹二人，因父早亡，皆沦落为妓。据说卞赛诗琴书画无所不能，尤擅小楷，还通文史。她的绘画艺技娴熟，“一落笔尽十余纸” 迅如行云流水；喜画风枝袅娜，尤擅画兰。然而，我们今天纵观卞玉京一生，值得一说的故事其实可用一句话来概括：她爱上了诗人吴梅村，并且想嫁给他，但是吴梅村或不愿、或不能、或不敢娶她，表现得“有贼心无贼胆”。

崇祯十四年（1625 年）春，吴梅村在南京水西门外的胜棋楼上饯送胞兄吴志衍赴任成都知府，在这里他遇见了前来为吴志衍送行的卞玉京姐妹。看到那气质高贵脱俗而又含有几分忧郁的卞玉京，吴梅村不由想到江南盛传的“酒垆寻卞赛，花底出陈圆”两句诗，便在席间对卞玉京的文才进行了一番探试，结果发现卞玉京果然文采名不虚传，这令吴不由深为倾倒，从此二人便交往频繁起来，感情也渐深。如果说卞玉京与吴梅村的相遇、相识，只是一种偶然，那么他们最终相交、相爱，其实又是一种必然。

卞玉京

本文写到这儿，或许读者要问，那个时代的诗人才子们，为什么一个个无一例外都会与“秦淮八艳”弄出点花边新闻和风流韵事啊？难道这就是他们的全部人生？

当然不是！但是江南才子与青楼女子走到一起，其实在那个时代是几乎注定了的。

时至今日，我们在看那些古装戏时会发现一个很有趣的现象，这就是“进京赶考”常常是江南才子们不约而同的一个出场情节。的确，中国封建时代的文人，他们人生所有的努力，似乎就是为了能通过那场考试，所谓“学得富五车，售与帝王家”。因此，那些朝圣一般千里迢迢赶来秦淮河边的应考士子们，当他们置身于这个世俗之气汹涌澎湃的红尘世界时，其实与那些秦淮商女本质上并无多少不同，至少是来此的目的并无本质的不同，都是为了卖掉自己；不同的只不过为了卖一个好价钱，商女们要倚楼而坐，要表现得千般风情万般妩媚，而士子们则要去贡院的号舍中受一番煎熬，要把自己手中的那生花妙笔舞将起来，写出锦绣文章；商女们的买卖是以自己的媚笑和肉体为媒介，而士子们则以自己的文章才华为媒介。

曾几何时，人们常常将“才子”与“佳人”并提，何以若此？只要我们扯去那件罩在“才子”与“佳人”身上的神秘外衣，就会发现二者在命运上其实有着太多的相似。佳人有貌，士子怀才，但在封建时代，“才”和“貌”往往必须得到别人的赏识才能实现其价值，正所谓“士为知己者死，女为悦己者荣”：“佳人”要得到男人的赏识，而“才子”要得到政治的赏识，具体地说就是要得到统治者的赏识，只有这样，他们的人生价值才能得到最大化。这便从本质上注定了“才子”们与“佳人”们殊途同归的人生命运。

士子们参加科考，命运不外乎两种：或名落孙山，或金榜题名。名落孙山者从此沦落江湖、漂流瀚海，他们在以后的人生旅途中很易与沦落风尘的佳人走到一起，其中原因自不必说；金榜题名者，从此登上仕途，其中也不乏幸运之徒，平步青云一番后，竟官封宰辅、出将入相，但即使如此，他们在宦海浮沉，有时也很易与那些沦落风尘的佳人走到一起，其中原因说破了也不复杂。

在中国，“自古刘项不读书”，“不读书”的统治者与“读书”出身的文人之间永远只是一种利用和被利用的关系。因此，对于文人来说，出将入相固然是人生最大的成功，但此种成功又以事实上落入“伴君如伴虎”的境地为代价。“一封朝奏九重天，夕贬潮州路八千”的事情更是随时都会发生。因此，去寻花问柳，去青楼听听“小语偷声贺玉郎”，不仅是一种风光，更是一种“今朝有酒今朝醉”式的对生活的透支。至于被贬边城、落魄江湖时，更是人生如梦，往事如烟，趁着良辰美景，去寻一佳人红粉，“忍把浮名，换了浅斟低唱”，诗酒华章，依红偎翠，纵醉生梦死，但能赢得青楼薄幸，未尚不也是一种活法，对自己的生命未尝不也是一种补偿。

而对于佳人来说，在中国古代，纵然你诗书满腹，文能治国，武能安邦，甚至有经天纬地之才，但只因你生而为女儿身，便注定了只能遵循“三从四德”，去相夫教子；纵然你有一笑倾人城，二笑倾人国的容貌，但终究青春易逝，红颜难驻。“看尽千帆皆不是，肠断白蘋洲”，是佳人们最常见的人生造型，而这一造型背后，当青春不再，红颜已逝，留给所有佳人的，其一可能是无尽的等待，其二可能是“新人笑来旧人哭”的闹剧，其中的变数如鸳鸯蝴蝶，一切全赖天意。总之，人生无常，世事难料。堕入风尘，游戏人生，挥霍青春，对于佳人（尤其是一些饱读诗书，曾经有思想、有追求的佳人）来说未必不是一种解脱。更何况这样的生活中还“幸有意中人”呢，至少有大把大把的银子。如此一来，才子佳人间，一个愿打一个愿挨，便两相扯平了。如此的平等说它畸形也好，虚假也罢，但至少可以让人暂时忘却人间的种种等级，也让人暂时抛却人间的种种虚伪，所以才子与佳人虽然更多时候是“流泪眼看泪流人，断肠人对肠断人”，是“一根藤上的两个苦瓜”。正是因此，侯方域走进李香君的媚香楼，冒辟疆走进董小宛的半塘街，龚鼎孳走进了顾横波的迷楼，柳如是与钱谦益走到一起，吴梅村与卞玉京相识、相知，也都有其必然性。

不仅如此，封建社会实际上又只是一个男人的社会，女人即使要征服世界也只需要通过征服男人就可以实现了；但是男人不同啊，有一个世界在等着他们去征服呢！那才是他们最大最重要的任务！那么如何去实现？对于“才子”们来说，自然是将自己的“才”“售与帝王家”，但对方并不是无条件的购买，其要开出种种条件的，例如道德礼义种种；“才子”们对“佳人”的“贼心”一旦与之冲突，他们为了不影响自己卖个好价钱，自然是“两利相较取其重，两害相较取其轻”，这时，他们的“贼胆”就会立马小下去直至完全消失为无。因此，“才子”在与“佳人”的交往中，常常会表现得“有贼心无贼胆”，以致总弄得双方“有缘无分”，这便也是一种必然了。

也因此，当吴梅村在长干里的寓所得到卞表示要嫁给他的书简时，心里矛盾是真实而自然的事情。至于他最终并没有娶卞玉京，并说这是因为田畹在先已看中卞玉京想将她选送京城，其实这只是他的一个借口。但是，当十多年后，卞玉京已出家为尼，吴梅村又会写出《听女道士卞玉京弹琴歌》，其中所表达的复杂情感和无限感怀，也不能不说同样是真实而诚挚的。

红泪自溺寇白门

寇家姊妹总芳菲，十八年来花信迷；
今日秦淮恐相值，防他红泪一沾衣。
从残红粉念君恩，女侠谁知寇白门？
黄土盖棺心未死，香丸一缕是芳魂。

这是钱谦益为追悼寇白门而做的一首诗。

在“秦淮八艳”中寇白门可能是知名度最低的一位了，为此，钱谦益诗中“从残红粉念君恩，女侠谁知寇白门？”两句，很是有点为她鸣不平的意思。

但是一个人的知名度有时并不与他人生的分量成正比。的确，寇白门的人生虽然不如柳如是之执著、李香君之壮烈和顾横波之无畏，但她身上同样表现出的侠义之气，似乎也可与她们有一比，至少是也相映成趣；再较之于“秦淮八艳”中的其他几位，我以为其人生的分量，至少不会在卞玉京、马湘兰之下。

现在画家笔下的寇白门

寇白门的侠义之气首先表现在她对待爱情的态度上，正所谓“从残红粉念君恩”。

这里的“君”是指谁呢？一个男人，一个寇白门生命中非常重要的男人。

崇祯十五年（1626年）暮春，当时金陵城里声势显赫一时的功臣保国公朱国弼，在差役的护拥下来到了钞库街寇家，求以婚约；几番交往后，朱国弼在寇白门的脑海中留下了良好印象，觉得此人虽功高权重，但斯文有礼，温柔亲切，可以托付终身。是年秋夜，17岁的寇白门浓妆重彩地登上了花轿。明代金陵的乐籍女子，脱籍从良或婚娶都必须在夜间进行，这是当时的风俗。然而哪个女人不想着在这人生中最美丽的一天里绽放出最耀眼的光辉啊！而朱国弼似乎也很善解人意，是夜，他特派5000名士兵，手执红纱灯，一路肃立在迎亲的道旁，从寇家所在的武定桥一直到朱府所在的内桥。那每一盏红纱灯，将每一寸街巷都照耀得恍如白昼，也将寇白门的心照得如花儿一般怒放。迎亲场面盛况之大，在明代金陵堪称空前。

然而，仅过了数月，朱国弼那偎薄寡情本性便渐次暴露，整日以走马于章台柳巷为乐，至于那被他用千百只红纱灯迎娶府上的寇白门则被他丢弃一边。

1645年清军南下。朱国弼降清，不久入京，却被清廷软禁。正当寇白门多方为朱国弼奔走之时，朱国弼竟欲将连寇白门在内的家姬婢女一起卖掉。得知消息，寇白门伤痛欲绝之余对朱国弼说：“若卖妾所得不过数百金……若使妾南归，一月之间当得万金以报公。”朱思忖后同意寇白门南归。

回到金陵后，善良的人们多为寇白门遭遇之不幸而愤愤，都说朱国弼自作自受，是生是死寇白门不必再管。但寇白门不食己言，很快便在旧院姊妹帮助下筹集了两万两银子将朱国弼赎释。当获释后的朱国弼表示想重圆旧梦时，寇白门又毅然拒绝说：“当年你用银子赎我脱籍，如今我也用银子将你赎回，当可了结！”

如果说在那个时代，吴梅村们有时的“有心无胆”，多少还有可以原谅的地方，那么朱国弼如此的“始乱终弃”终归是一种无耻，而寇白门最终以德报怨，表现了一种凛然的侠义之气，不能不令人感佩。或许正是因此，钱谦益才诗赞其为“女侠”。

据有关史料记载，回到金陵后的寇白门，“筑园亭，结宾客，日与文人骚客相往还，酒酣耳热，或歌或哭，亦自叹美人之迟暮，嗟红豆之飘零……最后流落乐籍病死”——这便是钱谦益诗最后所述：“黄土盖棺心未死，香丸一缕是芳魂。”

然而，围绕钱氏的这两句诗，后人有两种说法：

一是余怀在《板桥杂记》中说：“（寇白门）既从扬州某孝廉，不得志，复还金陵。老矣，犹日与诸少年伍。卧病时，召所欢韩生来，绸缪悲泣，欲留之同寝。韩生以他故辞，执手不忍别。至夜，闻韩生在婢房笑语，奋身起唤婢，自棰数十，咄咄骂韩生负心禽兽，行欲啮其肉。病甚剧，医药罔效，遂死。牧斋‘黄土盖棺心未死，香丸一缕是芳魂’，盖有微词存焉。”

一是有人根据与钱氏几乎同时代的另一位著名诗人吴梅村的《赠寇白门》一诗中，“一舸西施计自深，今日只因勾践死，难将烘房结同心”的诗句，推断：吴梅村既将寇白门比作西施，又说她今日“难将烘房结同心”，仅仅是“只因勾践死”，其中必隐藏着寇白门曾有如柳如是一样同情和支持抗清的事迹；进而推断，钱诗中“黄土盖棺心未死”一句，钱氏真正要表达的意思是，寇白门至死所念念不忘的是反清复明的大业。

但在我看来，这两种推断都有不能自圆之处：如果第一种推断是事实，那么钱谦益在诗中无疑是在悼念亡友的诗中揭亡友的短，这于情于理似乎都说不通；如果第二种说法是事实，那么寇白门怎么会一点没有具体事迹留传后世，最终还落得个“女侠谁知”的结果呢？也许有人会说，因为当时已经是清朝统治了，这便决定了她即使有一些具体的抗清事迹，但人们也不敢传诵，所以终不为人所知；但我又不禁要问，那么与她同时代的柳如是，其抗清义举怎么就能留传下来呢？

所以我以为，第一种说法贬低了寇白门，第二种又拔高了，真正的寇白门只是一个自愿在自己的红泪中自溺一生的真正女子——她的这种自溺除了表示她的悲愤和控诉外，不也表现了她一种对人格独立和心灵自由的追求吗？

慧纨兰质马湘兰

兰，即兰花，也称兰草；也就是说，它既是花，也是草。它喜欢生长在幽谷、石间、林下，不慕阳光，不争雨露，只顾默默地散发芬芳；连芬芳也是幽幽的，不浓

马湘兰

郁,不艳俗,不张扬。

她的名字中有个“兰”字,她也喜欢画兰,擅长画兰。

或许正是因此,马湘兰在“秦淮八艳”中通常都是排在最末一位。

然而,这“末一位”有时本身便正是其“特殊地位”。

虽然排在末一位,但她却实实在在的是另外七人的前辈。

马湘兰是“秦淮八艳”中唯一一位没有经历明亡清兴天崩地坼的,因此她的一生没有什么“英雄事迹”,直到生命的最后,才演绎了一件有点传奇色彩的事件,那竟是她的死:年轻时,她与江南才子王稚登交谊甚笃,但王终弃她而去,直到王稚登七十大寿时,马湘兰竟集资买船载歌伎数十人,从金陵前往苏州为他祝寿,“宴饮累月,歌舞达旦”,让王稚登惭愧不已,但她自己竟因此而累得归后一病不起,最终“强撑沐浴以礼佛端坐而逝”。然而这与她几位后辈相比似乎也算不得什么——她们有机会将自己的命运通过几个大人物与历史的命运相联系,所以她们留下的故事或惊心动魄、或感天动地,或发人深思——她们很大程度上便是以此而既名重于时,亦名重于史的。

几乎在所有史料与笔记中,就其外貌而言,“秦淮八艳”中有七位似乎都一律被描写得一位比一位漂亮,大可与“闭月羞花沉鱼落雁”有一比,总之都是绝色美人。而唯独马湘兰除外。《秦淮广记》中说马湘兰“姿首如常人”,可见她无论是在当时名重,还是后世能入“秦淮八艳”之列,靠的并不是姿色。

当然,其他七人为时、为史所重,也并非全靠姿色,除了所谓侠骨与气节之外,她们或善于书画,或长于诗文,或精于音韵,或通于曲律……也基本属于事实。不过我常常以为,这多少与她们有着姣好的姿色有关系,甚至有很重要的关系。我之所以这样说,是因为艺术这玩意儿评判起来是很容易爱屋及乌的,对一个人有了好感,你再看他(她)的艺术,有时总怎么看怎么好;反之,对一个人没有好感,你再看他(她)的艺术,是怎么看怎么不好;更何况中国人,历来就将“字如其人”、“书为心画”等等奉为艺术评判的重要标准。“秦淮八艳”既然人一个赛过一个的漂亮,她们笔下的墨迹丹青、她们唱出的音色旋律,自然哪会差得了呵?这一逻辑似乎如同我们今天许多人对一些所谓“名人墨宝”莫名看重一样——在他们看来,人家既能当那么大的官,能干那么大的事,能出那么大的名,能挣那么多的钱,只要动笔,那笔下墨宝哪能差得了啊!然而这样的逻辑事实上是荒唐的。

前面提到无锡市博物馆中现藏有一张董小宛画的《彩蝶图》,那画我还真见过,在我看来艺术水平不过尔尔。因此,我常常觉得,在一些文人的笔记中,“秦淮八艳”的艺术水平多高多高,有许多时候更多是出于他们的有意无意地形容甚至夸饰。因此说句实话,对于“秦淮八艳”的艺术所达到的水平和高度,我历来就不全相信那些史料和笔记上所载,尽管那也算是白纸黑字、言之凿凿。

然而,唯独对于马湘兰的艺术水平我有些相信其不会太低,不为别的,只因为她的“姿首如常人”。

作为妓者,“姿首如常人”实在是一种不幸。这注定了她必须付出比别人更大的努力才能生存。她的努力当然首先是能“巧伺人意”,其次便是要精湛艺术以艺娱人。

马湘兰成为“秦淮八艳”之一凭借的是她的艺术——事实上她成了唯一一位以艺术而进入“秦淮八艳”之列的,因此,她是其中的另类,她进入的意义,不但是丰富了“秦淮八艳”的成分,而且也提升了这个群体的文化品位——虽然这个群体原本是最为世俗的产物,原本它并不真正需要文化,更不真正需要品位。

据说马湘兰多才多艺,而尤以绘画造诣最高,我们已知的最好证据是,当年曹雪芹的祖父曹寅,曾接连三次为《马湘兰画兰长卷》题诗,所题之诗今天还能从曹寅的《楝亭集》里读到。还有《历代画史汇传》中,评价马湘兰的画技时说她“兰仿子固,竹法仲姬,俱能袭其韵”。最重要的是,她的《兰花册页》今天藏于北京故宫博物院的“书画精品室”中。

马湘兰画《兰竹扇面》

什么时候有机会,我一定要看一看她的这一本

《兰花册页》，但愿艺术水平真的不会让我失望。

我将“秦淮八艳”依次一个个写下来，说句实话，我不得不承认，后面几位似乎并无多少“英雄事迹”或“感人故事”，她们名列“八艳”之列，实际上可能正是被鲁迅批评过的“古人总喜欢凑个‘十景’‘八景’的毛病”的产物。然而，话又说回来，就是其他几位，其“感人事迹”不也都相类似吗？如今书写历史的畅销书似乎一律都喜欢用“××那点事儿”的书名，我这里也套用一下吧，所谓“秦淮八艳”不“就那点事儿”吗？然而，数百年过去了，她们的“那点事儿”人们又总念念不忘——或许这正是她们“那点事儿”的价值所在吧！

2007年12月2日—5日

叶名琛：注定多义

壹

1859年春天，广州的天气有点异常，三月天里，太阳似乎就与盛夏无异了，整个城市被烤得仿佛成了一座烧透了的砖窑，让人感到热而憋闷。战事虽已过去一年了，但当初那些死于战争中的人，尸首没能及时找到并掩埋的，一年后它们还在那些看不见的阴沟暗道里不时散发出恶息。因此，如果用一个字形容当时的广州城，那就是“臭”。城外的黄埔港也可用一个字形容，那就是“乱”。各种大小不同的船只，横七竖八地挤在一起，挤得码头下面连水也看不见；码头上的各种货箱，东一堆西一堆，毫无章法地堆放着；那些搬运货物的人们与那些货物堆相比，就像一只只小小的蚂蚁，这些蚂蚁又互相拥挤着，推搡着，吆喝着……

一条挂着“米”字旗的军舰悄悄地驶进了港口，随着它汽笛的一声鸣叫，所有的蚂蚁一阵骚动，随即码头下的船们让出了一条水道，沿着这条让出的水道，军舰慢慢靠向了码头，码头上的人们也让出了一处空地儿。

一队英军从军舰上下到了码头上的这块空处，与早已等待在那儿的几个身穿着与气温极不协调的长袍马褂的人交涉一番后，向军舰上挥了挥手，几个被广州人称为“红头阿四”的印度军警从舰上抬下了一口棺材。

说是棺材，与中国常见的棺材却大不相同，说它是一个盒子——一个装人的盒子倒更确切些，因为一看它的外形，竟然与洋人放置提琴的盒子无异，只是大了一些，且外面包了一层铁皮，总之它绝没有棺材应有的庄重与大气。那些立在码头上的长袍马褂，一见此物不禁大吃一惊，他们似乎看到了一个怪物一般。

还没等长袍马褂们清醒过来，红头阿四已将棺材放在码头的地上了，英军更是早登上了他们的军舰……

棺中之人是谁？

不是别人，一年多前他正是广州这座城市的最高军政长官——大清朝的两广总督、通商大臣、体仁阁大学士，他的名字叫叶名琛。

在第二次鸦片战争中，因广州的失陷，叶名琛不幸被英军所俘，先掳至香港，再转到孟加拉，最后又转到印度的加尔各答，就在那里，他绝食而亡，英方只得将他的尸首交还中方。对此，正史中是这样记载的：

> 名琛既被虏，英人挟至印度孟加拉，居之镇海楼上。犹时作书画，自署曰“海上苏武”，赋诗见志，日诵吕祖经不辍。九年，卒，乃归其尸。
>
> ——《清史稿·卷三百九十四》

现在，叶名琛终于回到了祖国，但是却躺在这样一具奇怪的棺木中，并且是以这样的方式——或许正是因此，注定了他身后必然会有太多的议论和纷争。

果然，不久后，近代著名外交家、思想家薛福成，在一篇题为《书汉阳叶相广州之变》文章中这样评价他：

> 不战不和不守，不死不降不走，相臣度量，疆臣抱负，古之所无，今亦罕有。

从此以后，叶名琛在历史上获得了一个“六不总督”的“美名”，不断遭人诟病。连《清史稿》这样的所谓的“正史”，虽然多用“春秋笔法”，但也写下了贬义明显的话：

名琛性木，勤吏事，属僚惮其威重……颇自负，好大言，遇中外交涉事，略书数字答之，或竟不答。

但是，随着时间的推移，又有人对他作出了与其完全相反的评价：

叶名琛不仅是一位兼资文武的封疆大吏，更是一位坚守民族气节的爱国主义者，在历史评估中应获得与林则徐相等的地位。

——黄宇和《两广总督叶名琛》

那么，叶名琛究竟是个什么样的人呢？何以“盖棺”百年而不得“定论”呢？

贰

南京中华门外六十里，有一个名叫叶家村的普通村庄，今属南京市的溧水县。村不大，约百户。村子的东面有一座小山，高虽不足百米，但山上树木丰茂，望上去倒也很有模样；著名的秦淮河从西边绕村而过，往来船只如梭；处于山水之间的这个小村子，远远望去美丽而宁静。记得三十多年前，我第一次走进这个村子时，就觉得这个村子里似乎有一种特殊的气息。那时，村里还没有那种如今在江南乡村常见的两层水泥小楼，民居多为老屋，粉墙黛瓦，村巷幽幽，那些村巷多用青石板铺就地面，而那些青石板早已被历史的脚步踏磨得又光又亮，人走在上面，似乎有一种走在历史深处的感觉。就在那一次寻访中，一位老人叹息着告诉我：“当年长江沿岸，大一点的水码头，哪一个没有我们村的生意啊？可如今，败落了！”

老人的话并非夸张。明、清两代，溧水人以善营中药业而名扬大江南北，在全国中药业的五块金字招牌（北京的“同仁堂”、杭州的“胡庆余”、武汉的“叶开泰”、苏州的“雷允上”、芜湖的“张恒春”）中，就有两块是属于溧水人的（“叶开泰”和“张恒春”）。而其中的“叶开泰”便是从这叶家村走出去的。

叶名琛便是叶开泰的子孙，因此，这叶家村，说来算是叶名琛家的世居之地了。但是，一百多年过去后，眼前的这么个小村子，实在让人很难将它与一位权倾两广的总督大人相联系了，就是叶家村人，甚至叶氏本族本家人，对于这个曾在商场和官场都曾得意一时的叶家，对于叶名琛，他们已不记得多少了。我由于特殊原因，每年至少要去叶家村一两次，但至今从叶家老人的口中所知道的也只有两点：

“乖乖，那年清明节，叶家回乡祭祖，那船队停在秦淮河上，有一里多长哦！”

“那年，长江的水并不大，但叶家在江岸上的仓库，突然间向江里崩塌了七间，不久叶名琛就在广州出事了。”

除此以外几乎一无所知。而年轻人，似乎多不愿提叶名琛，因为他们从中学历史教科书中读到过，正是因为叶名琛的轻敌失防，才造成了在第二次鸦片战争中广州的陷落和中国的失败，他们不愿叶名琛与自己的村子有什么关系，甚至还有点恨他们的这个先辈，觉得他让他们叶氏受辱了。

我曾多次说过，我是很喜欢从一些民间传说和故事中去揣摩历史人物的，因为那样揣摩出的历史人物，甚至比写在历史中的要生动、完整和真实，但是对于叶名琛，在这上面多年来我一直劳而无功，这不能不逼得我只好一次一次走近那些泛黄的史料。

我从史料上看到叶名琛的一张照片，据说是一个英国人拍的。虽然它存世已百多年了，但竟然还十分清晰。照片上的叶名琛体态微胖，官服翎帽，似乎神情紧张地坐在一张高背椅子上，目光似乎有点怯怯地看着面前的地上，那翎帽戴在他头上似乎太重，压得他头虽然说不上低着，但绝没有昂起，所以一些常用来形容大人物端坐的词语，如气宇轩昂等，绝对不能用来形容这张照片上的叶名琛。总之，我的这个老乡看上去似乎是个老实人，所以我觉得《清史稿》中说他“性木”应该没有大错。就是这样一个人，实在让人很难相信，曾有“以诗文鸣一时”的才华，也有“镇压广东天地会起义，屠杀群众10余万人”的残忍，还有“不战、不和、不守，不死、不降、不走”的狡黠，及其“不食周粟，绝食身亡”的执拗。然

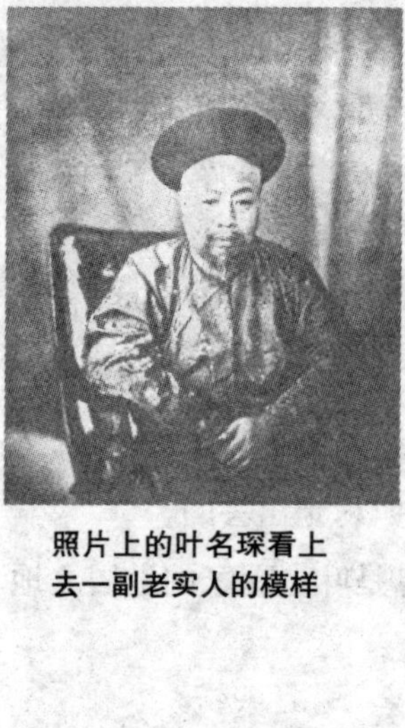

照片上的叶名琛看上去一副老实人的模样

而这一切几乎都是事实，叶名琛就是这样一个多义的人。而且随着我越走进历史深处，越觉得叶名琛的多义其实是早就注定了的。

叁

叶名琛，字昆臣，于清朝嘉庆十二年（1807年）十一月生于湖北汉阳，原籍江苏溧水。虽生长于一医药兼巨商之家，但叶名琛自幼勤奋好学，年少时便与其弟叶名沣“以诗文鸣一时”。道光十五年（1835年）中进士，不久即授陕西兴字知府，开始官宦生涯。此后直至道光二十八年（1847）的12年间，他先后更替官职8次，平均一年多一点就升一次，这实在有点令人眼花缭乱，他做过的这些官职，到底是干什么或管什么的，我实在搞不清楚，也没兴趣去搞清楚，所以在此也不必将它们一一列出了，同时我也相信读者也与我一样，只需要知道他官是越做越大就行了；同时也由此明白两点：一是叶名琛还是很懂得为官之道的，二是他在那些官位上，一定不乏政绩，至少是没出什么纰漏，否则是不可能获得上司和朝廷如此青睐的。

然而这些还并不能使叶名琛成为一个多义人物。

1847年初，道光皇帝发出了一道圣旨，任命叶名琛为广东巡抚。

对于大清来说，这只是一道普通的圣旨，说它普通，是因为像这样任命，在大清朝历史上有过成百上千次；但对于叶名琛来说，这实在不是一项普通的任命——并不是因为他从此将走上仕途的巅峰，年仅三十多岁就成为真正的封疆大吏，而是从此注定了他的人生将走向复杂，他的生命将注定多义。

第一次鸦片战争后，清政府被迫与英国签订了不平等条约《南京条约》，其中最重要的一款便是所谓的“五口通商”，也就是将中国沿海的五座大城市确定为“通商口岸”，允许英国人自由进入其中进行所谓的“自由贸易”，并设立领事馆，广州便是首当其冲的一座。但是恰恰就是这座广州，在条约签订后的数年内，英人一直不能进入，原因是在广州郊区发生所谓“三元里抗英”后，广东民众与英人异常对立，民众“合词请于大府，毋许英人入城”。因此，事实上英国人不但没能在广州设立领事馆，连商船也根本进入不了广州。为此英国多次与清政府交涉，要求践约，但一直未果。也正是因此，当时的广州无异成了一个随时可能再次引爆战争的火药桶。而就在这个节骨眼儿上，叶名琛出任这个广东巡抚（后又授两广总督、通商大臣），命运可想而知，一不小心便会炸个粉身碎骨！

——叶名琛当然不想这样！

从前任身上总结一些成功的经验与失败的教训，这是叶名琛上任后自然而然经常温习的功课。

林则徐，这是叶名琛不能不时时揣摩的一位前任。这位前任，可谓是第一位在英国人面前雄起的大清官员，他主张严禁鸦片贸易，并下令收缴英商鸦片于虎门海滩一炬销毁，为此被朝野上下看作是“禁烟派”的代表；而对英国发动的鸦片战争，他积极组织海防，给来犯英军以迎头痛击，迫使英军不得不放弃对广州的攻击改向北夫，为此在鸦片战争中又被朝野上下看作是“主战派”的领袖。然而，最后结果是，由于清军在战场上的不断失利，清政府不得不与英国签订丧权辱国的《中英南京条约》等，割地赔款不在话下；而林则徐本人，虽获得了个“民族英雄”的美名，但最终却落得个充军新疆的悲剧下场。

——叶名琛不想做林则徐。

林则徐的后任是琦善，再后是耆英，他们在看待英国入侵的问题上与林则徐相反，他们竭力主和，不主张与英国人开战。琦善上任伊始便将林则徐设置在虎门和珠江口的炮台等几乎全部废弃（当然这也是英国人的要求），并签订了《穿鼻草约》等，耆英更是一口气签下了《南京条约》、《虎门条约》、《望厦条约》和《黄埔条约》等，以一味的委曲求全换得了英国人进攻的暂时停歇；然而他们的“主和”却也在朝野上下引起了非议，人们将他们的所作所为看作与投降卖国无异，他们本人在世人眼中也几乎与卖国贼无异，可谓是身败名裂。琦善因签订《穿鼻草约》而在 1841 年 8 月被定为“斩监候”，带着镣铐离开广州，虽然最终没有执行，但那多半是因为他的满族贵族的身份的作用；耆英虽然也曾似乎红极一时，但 1848 年奉诏入京后，便为这一切付出代价了，官阶被一降再降，由封疆大吏降至“五品候补”，最后下场竟被道光皇帝以二尺白绫赐死（当然这是后话）。

——叶名琛当然也不想做琦善、耆英。

他事实上也做不了他们，或者说，他压根儿就没有做的资格和本钱。

叶名琛要在林则徐与琦善、耆英走过的道路间，找到一条属于自己的第三条道路。这让他想到了另一位前任——徐广缙。严格说来徐广缙应该说是他的同僚，叶名琛被任命为广东巡抚时，两广总督是徐广缙，事实上他便是徐广缙的"副手"。起初他也并不想像徐广缙那样，因为在他看来，徐广缙总督两广数年，但只会一味刷面糊把子，无政绩可言。叶名琛还年轻，在世人眼中，他"以翰林清望，年未四十，超任疆圻，既累著勋绩，膺封拜，遂疑古今成功者，皆如是而已"。但他深知自己一路走过来靠的是政绩，没有了政绩，他的政治生命便到了头。

叶名琛也深知这风光无限的两广总督的位置，实际上是一个政治坟场。那么，他该怎么办呢？

道光二十九年（1849 年），英国人再次派军舰闯入珠江口，提出践约要求（在此之前，耆英任两广总督时，曾答应英国人两年后答复，现在耆英虽然调离，但两年的期限到了），但是各种矛盾并没有解决，尤其是广州民众与英国人结下的仇怨并没有化解。聪明的徐总督此时干脆来了个顺水推舟，他一不做二不休，来了个发动群众走群众路线。他秘密召集诸乡团练，先后达到十多万人，让他们驾着小船围攻英船，明确宣告众怒不可犯。在徐广缙与英国人会谈时，英国人本准备把徐广缙滞留为人质，但是面对着齐声呼唤、气势震天、群情激奋的十多万民众，英国人害怕了，不但放弃了原计划，而且答应不再提入城之事。英国香港总督文翰照会徐广缙，表示愿重定通商专约，徐广缙趁机提出要将严禁英国人入城的意思写进约定之中。文翰害怕因此阻碍通商大局，竟也同意了这个要求。

整个事件的过程中，叶名琛作为广东巡抚，实际上是两广的"二把手"，自然是积极参与了策划和实施，并且似乎是以他们的胜利而告终，因此，当叶名琛和徐总督一起上疏时，道光皇帝得到奏报后大悦，并在随后的诏书中说："洋务之兴，将十年矣。沿海扰累，糜饷劳师，近虽略臻安谧，而驭之之法，刚柔未得其平，流弊因而愈出。朕恐濒海居民或遭蹂躏，一切隐忍待之。昨英酋复申入城之请，徐广缙等悉心措理，动合机宜。入城议寝，依旧通商。不折一兵，不发一矢，中外绥靖，可以久安，实深嘉悦！"并封徐广缙一等子爵，叶名琛一等男爵。

此时，叶名琛似乎看到了在林则徐与琦善、耆英之间有一条"第三条道路"，事实也让他相信，只要沿着这条道路走下去，一定能既不会让洋人讨得便宜，也不会得罪他们；同时既能让皇帝高兴，也能让自己加官晋爵。

咸丰二年（1852 年），徐广缙被调剿办洪秀全太平天国去了，叶名琛于是实授两广总督兼通商大臣，两广大权集于他一身。至此他自然是踌躇满志，他坚信只要沿着自己设定好的这第三条道路走下去，一定能达到自己的目的，至少能走出政治坟场。

他后来在写给道光皇帝的一份奏折中不无得意地写道：

> 默念与洋人角力，必不敌，既恐挫衄以损威，或以首坏和局膺严谴，不如听彼所为，善藏吾短。又私揣洋人重通商，恋粤繁富，而未尝不惮粤民之悍，彼欲与粤民相安，或不敢纵其力之所至以自绝也，其始终意计殆如此。

叶名琛设想的这“第三条道路”便是走群众路线，扬长避短地与洋人周旋。叶名琛沿着他自己设定的这“第三条道路”的确走出了相当远的一段。从 1852 年到 1858 年七年的时间里，广州这个本应该是随时会被引爆的火药桶，竟然在叶名琛的“总督”下一直没有引爆；不仅如此，这期间，他主政的两广地区，还成了清政府镇压太平天国等农民起义最大的饷银提供地（因为随着太平天国占领南京后，有着清政府“粮仓”之称的两江地区，实际上已被太平军控制）。

广州异常安静！

叶名琛异常得意！

然而，该来的终将要来，一切的一切！

肆

咸丰四年（1854 年）广东爆发所谓“红兵”起事，二十多万人一起围攻广州，情况危急万分。然而此时，驻守广州的清军主力已调去镇压太平天国了，城内只有一万五千多人，但叶名琛别无选择，他仅以一万五千多兵勇守城，最终居然不仅守住了广州城，而且还将红兵逐出境外。凭借此“剿匪”业绩，叶名琛自然是再次获得了皇帝的表彰和信任，使得他在“总督”的位置上坐得更稳，但殊不知他的人生也就此种下了恶果——那因镇压农民起义而沾得满手的鲜血不但从此再也无法洗净，而且也事实上失去了日后走那自己设定的“第三条道路”所必须依靠的力量。

其实，对于广东发生的这一切，那蛰伏在香港的英国人、法国人等，无时无刻不在观望着。他们岂能永远蛰伏下去——这更是注定了的！

1856 年 10 月 8 日，一条“亚罗号”的小商船从澳门驶向广州，但是就是这条注定将驶进中国历史中的小船，也注定将改变叶名琛人生的航向。

叶名琛得到举报，“亚罗号”是一条虽在英国注册过的商船，但注册已过期两周，且船主和船员都是中国人，事实上是一条中国商船。这条商船上携带着大量走私物品正驶向广州。

船到广州，自然而然，叶名琛下令对“亚罗号”进行搜查，结果几乎一切皆如举报人所言。于是叶名琛下令逮捕了船上的中国船员，并扣押船只。这一切可谓是再顺理成章不过的了。

然而，英国人硬说“亚罗号”属于英国，中方的行径“有污大英帝国尊严”，并就此提出一系列无理要求——此就是历史上著名的所谓“亚罗号事件”。事件爆发后，面对英国人的无理要求，叶名琛当然拒不接受。然而，叶名琛哪里知道，这一次英国人要的就是你不接受。

10 月 14 日，英国海军以此为借口掳去了一艘中国水师的官船。21 日，英军又在司令西马糜厘的率领下，乘舰攻击珠江两岸的炮台。至此，第二次鸦片战争爆发。

战争的结果众所周知，不必再提，自然是中国又是战败、签约、割地、赔款等，一切都不在话下。

再接下来又是人们一阵痛心疾首。

痛心疾首之余，总要问，这一切谁来负责呵？总得找出一个人来，否则这口气太咽不下去了，也太丢这个自以为是的泱泱大国的脸了，太没法向历史交代了！

于是有人想到，如果叶名琛不下令搜查那艘倒霉的“亚罗号”，英国人不是找不到借口了吗？因此，是叶名琛“引火烧国”；“亚罗号事件”既已爆发后，如果叶名琛能与英国人周旋得再聪明些、更智慧些，至少不那么强硬、愚蠢，或许就不会有战争的爆发；英国人不就是要进城吗，你让他进就是了！更何况《南京条约》上都订好了的，你不让人家进来，不是你失理吗？总之，叶名琛对于战争的爆发可谓是罪大恶极。

战争于10月21日爆发后，英军真可谓是日下一城，一路势如破竹：

10月24日，英军攻占广州南郊凤凰岗等处炮台。

10月25日，英军占领海珠炮台、城郊十三行商馆区。广州全城，皆在英军炮火射程之内。

10月27日，英军司令照会叶名琛，要求入城，被拒后，英人对广州城实行间隔性炮击。

10月28日，英军炮击广州南城墙，至晚，城塌一缺口。

10月29日，英军百人从缺口处冲入广州，占领两广总督衙署。

——叶名琛如果更有办法一点，至少能顶住英国人的进攻为大清挣得一点面子也好啊！怎么这么窝囊！总之，在战争过程中，叶名琛也是罪无可赦！

因此，叶名琛成了对这一场战争负责的最好人选。也因此，他的坚韧成了固执，他的灵活成了狡猾，他的沉着成了无知，他的冷静成了麻木，他的无奈成了迷信，他的所有努力，都成了幼稚可笑，甚至他最终的绝食而死，竟也成了罪有应得……

然而，第二次鸦片战争的所有责任真的应该由叶名琛来负吗？两个国家间的这么一场战争，最后的责任真的是由个人能负得了的吗？

伍

我们从小就听过一则寓言故事：一只在河流上游喝水的狼，想吃掉在下游喝水的一只小羊，借口竟是羊将狼的水弄脏了；尽管小羊一次次地指出了狼的借口的荒谬：一是你在上游，我在下游，只会你弄脏我的水，我怎么会弄脏你的水呢？二是你又说去年我曾在上游，但去年我分明还没出生啊！但这一切都没用，最终一点也不影响狼吃掉小羊，因为借口总不难找到，那就是去年不是你就是你爹妈!

“亚罗号事件”的确是第二次鸦片战争的一个导火索,但那些指责叶名琛对这一事件处理的人们,他们恐怕忘记这一个寓言故事了!

其实,在“亚罗号事件”发生前后,叶名琛对事件的处理并无多大过错,这如同那则寓言中的小羊并无过错,并且对狼的借口的驳斥有理有节一样。对此,一个外国人当时就看得十分清楚,他在“亚罗号事件”引发战争两个月后,就写了《英中冲突》一文,并以社论形式刊登于1857年1月23日的《纽约每日论坛报》上,不但充分肯定了叶名琛处理“亚罗号事件”过程中,从纯粹的外交手段上而言,做到了有理、有利、有节,他明确指出说:“全部事件过程中,错误在英国人方面……确实,这个中国人如此令人信服地把全部问题都解决了。”后来他又在另一篇题为《英人在华的残暴行动》中,更明确地称赞叶名琛说:

> 叶总督有礼貌地、心平气和地答复了激动了的年轻英国领事的蛮横要求。他说明捕人的理由,并对因此而引起的误会表示遗憾,同时他断然否认有任何侮辱英国国旗的意图。……中国官吏心平气和,冷静沉着,彬彬有礼。

这个外国人不是别人,他就是马克思。

因此,我们完全可以说,在“亚罗号事件”中,叶名琛和他所代表的清王朝,实际上注定了与寓言中那只小羊的命运是一样的,任凭你做得再怎样好也没有用;甚至完全可以说,即使没有这“亚罗号事件”,对于英国人来说也不要紧,他们一定会再弄出个什么别的“事件”来的,因为这只是找出一个借口而已——什么时候侵略者要找一借口是个难事的?这只是一个开头,随后“马神甫事件”也一样,甚至再后来的“九·一八事变”、“七·七卢沟桥事变”等等,都一样!其背后真正的原因只有一个,那就是侵略者与狼一样,它太强大了。因此,那些指责叶名琛对“亚罗号事件”的处理的人,无疑是在小羊被狼吃掉后,指责小羊对狼的借口的驳斥还不够智慧一样荒谬。

战争爆发后,叶名琛的确事实上始终遵循着他的所谓“六不”方针,即“不战不和不守,不死不降不走”,这也是他历来遭人诟病的地方。然而我们在指责的同时,也要看到他背后实际上也有着太多的无奈!

他是“不战、不守”,但他的“不战、不守”不是不想战、不想守,是他拿什么战,拿什么守?战争爆发时,不要说广州,整个大清的所有精锐部队都几乎在江浙一带与太平军作战,而广东的财力又基本已经在镇压太平军的战争中消耗殆尽。叶名琛可谓是面临着无兵可出、无险可守、无钱可用的尴尬局面。有人可能会说,叶名琛不是创造过以一万五千人击败过二十万“红兵”的奇迹吗?你为什么不能再创造一次以少胜多的奇迹?但那现代化武装到牙齿的英军是那“红兵”能比的吗?说这样的话的人,我不知道他说这话时腰疼不疼?还有人说,当初叶名琛不是与徐广缙一起通过发动群众,吓退过英军吗?为什么不再来一次?然而上面我已经提到,至此已今非昔比:叶名琛曾为朝廷多次镇压农民起义军,若要发动群众,他们便正是发动的对象——叶名琛还能发动得了吗?总之,事到如今,叶名琛有着太多的无奈。

太多无奈中,叶名琛只好去扶乩求仙寻找帮助。这在我们今天看来实在是一种迷信行为,甚至他摆空城计,也是无知的、愚蠢的和可笑的,但或许这也并非什么十恶不赦,至少是我们不应该对此过多的指责,如同我们不应过多地指责林则

沙角炮台遗址

徐因看到英军“正步走”后便从此认定英国人的腿都是真的不能弯曲一样——我们能原谅林则徐的无知,为什么就不能原谅叶名琛的无知呢?

他是“不和、不死”,并不是他不想和,而是因为他清楚,所谓的“和”即丧权辱国;他也并不是不想死,最后的事实也证明了他并不是怕死,而是“将以有为也”。据有关史料显示,叶名琛起初是把自己的被俘当成是可以觐见英国君主的契机;他在被俘之初不自杀,是要留下一条命,向英国君主阐明大中华的和平意愿,并借机去反问英国君主。叶名琛后来对随他而去加尔各答的仆人明确地说明了这层意思:“我之所以不死而来者,当时闻夷人欲送我到英国。闻其国王素称明理,意欲得见该国王,当面理论,既经和好,何以无端起衅?究竟孰是孰非?以冀折服其心,而存国家体制。彼时此身已置诸度外,原欲始终其事。”

如果叶名琛仅有这样的话,或许谁也不会相信他说的是真的,但最后的事实是,他在知道自己不可能有前去英国当面质问英国君主的机会了,并且“所带粮食既完,何颜食外国之物!”后,便毅然绝食八日身亡。至此,你觉得他欲与英国女王的“当面理论”迂腐也好,天真也罢,但是你不能不承认,他的“不死”并不是怕死而欲苟活。

至于他“不走、不降”也是事实,但“不走、不降”本身有什么错吗?难道“走”才对,“降”才好?不错,战争后期,连皇帝也“走”了,这才让英法联军一把火烧了圆明园,相比之下,叶名琛的这“不走、不降”也的确显得有点迂腐和可笑。但是我相信,善良而正义的人们啊,这样的笑,一定会笑出眼泪的吧!

陆

那年,我在广东虎门参观“虎门销烟纪念馆”时,见馆内有一块“节马碑”。

这块碑看似寻常,巨大石碑上只刻有一匹骏马,然而讲解员却为我们讲述了一个生动而感人的故事。当沙角炮台被英军攻陷后,三江副将陈连升的战马落入了敌手,而此马竟绝食而死,时人有诗云:

逆夷牵向香港中,悲嘶首北难朝东。

抚摸叫跳跨摇堕，侧目疾视仇雠同。

贞操耻食夷人粟，只受吾华刍一束。

忍饥忍痛骨如柴，山下采薇犹自辱。

我曾在“节马碑”前深深地感动，并且事后我还在一篇文章中特意写下了“马且如此，人更何况！”的话，其实我这句充满感慨的话便是因为叶名琛而写下的，因为同样绝食而死，叶名琛作为一个人，在历史上获得的评价，竟然还不如一匹马。我们为马树碑立传，称它为“节马”，但叶名琛的坟墓我至今不知道在何方——这并不是我没去寻找，而是我从各种材料上寻找多年一直没能寻得；更从没人称叶名琛是“义士”，相反，对他还竭尽了戏谑与贬抑，这实在有失公允。

那么何以如此呢？

尽管我的这篇文章写得有点不像散文而似乎更像是一篇所谓的“论文”了，但我仍不得不又一次回到历史中去寻找答案的线索。

英法联军攻下广州后，对于他们来说最要紧的事情自然而然有两件：一是防止对手反攻，巩固战争成果；二是尽快稳定社会秩序。当然掠夺所有在他们看来有用的一切，也是一件要紧的事情。

1858 年 1 月，英法联军在劫掠叶名琛的督府之时，“缴获”了装有耆英、徐广缙和叶名琛等任职时在广州办理“夷务”的许多奏折、谕旨和皇帝对外交条约的批复原件等，这些东西被装在一只只所谓的“黄匣”中。正是这一切，不但使英法侵略者洞悉了清朝对待“夷务”的大体政策，也让他们了解了谁是真正难以对付的对手——在他们看来，叶名琛算一个。

1858 年 1 月末，额尔金在写给葛罗的一封信中，不无忧虑地写道：“不少人对我谈及一个不能掉以轻心的问题，他们都说，叶留在广州会使人心不稳，给重新恢复秩序和信心带来困难……显然，把他送到海峡殖民地去是不行的，因为这些地区大多数居民都是中国人。”

由此我们不难看出两点，一是英国人认为叶名琛虽然被捕，但仍具有“危险性”，似乎是一颗定时炸弹；二是英国人为什么要将叶名琛关押至加尔各答，因为怕他被中国人劫去，以他为旗帜，组织力量再次与他们决战——在这方面英国人是有过教训的——拿破仑在 1814 年首次被俘后，英军曾把拿破仑关押在地中海的厄尔巴岛上，但在 1815 年 3 月，拿破仑没费多大工夫就逃离了该岛回到法国，并一路应者云集，不到几天便集结大军几十万卷土重来。英国人把叶名琛当作了东方的拿破仑了。由此我们不难看出叶名琛在广东无论是政府中还是民众中，都有着较高的威望，这也反过来证明，他执政期间并不真的是一个窝囊废。

然而，中国不是法国，这便注定了叶名琛不会成为拿破仑！

实际上，咸丰帝在得知叶名琛被俘之后，既没有采取任何营救措施，也没有通过交换战俘等战争惯常手段来搭救叶名琛，反而发布了这样一道圣旨：

> 叶名琛办事乖谬，罪无可辞，惟该夷拉赴夷船，意图挟制，必将肆其要求。该将军署督等可声言：叶名琛业经革职，无足轻重。使该夷无可要挟，自知留之无益。……著即传谕各绅民，纠集团练数万人，讨其背约攻城之罪，将该夷逐出省城。倘该夷敢于抗拒，我兵勇即可痛加剿洗，勿因叶名琛在彼，致存投鼠忌器之心。该督已辱国殃民，生不如死，无足顾惜。

这样的一道圣旨，即使今天读来也不禁让人心寒。因为害怕敌人以叶名琛做人质要挟清朝政府，清政府不但抢先罢免了他的一切职务，而且还给他安上了一系列的罪名，并与此同时要两江总督府通知英方说，叶名琛现在已成为一介草民和罪人了，其生死皆与清政府无任何关系了。此目的明眼人一看便知只有一个，那就是让对方觉得留着没什么用了。这不能不让人们想到楚汉相争时的一个小故事：项羽将刘邦的父亲捉来要挟刘邦时，刘邦说过的一段尽显其流氓无赖嘴脸的话："吾翁即若翁，若必烹尔翁，辄幸分我一杯羹。"不仅如此，圣旨上还明明白白地写着，要清军与团勇在与英军作战时，不要因顾忌叶名琛，不要因为叶名琛在他们手上而有投鼠忌器之忧，因为他已变成了一堆垃圾了，尽可"无足顾惜"。这一切，让我们将清廷比之当年的刘邦，其流氓无赖之程度实在是有过之而无不及。

叶名琛从大清国的一员干臣，一下子成了一堆垃圾、一堆为人所不齿的臭狗屎，这也正中侵略者的下怀，因为他们也正巴不得搞臭叶名琛，以断了广州人期待和拥戴他的念头，从而好建立和巩固他们的殖民统治。因此，可以说，叶名琛的被扭曲，被矮化，被丑化，被妖魔化，实在是中方统治者与外国侵略者一次不约而同的联手的结果。只是可怜了叶名琛，他对此并不知道，还要为他的主子心甘情愿地殉葬。

叶名琛走上了开往加尔各答的英国军舰，上船前命仆人从家中自带干粮。途中他虽因海晕而呕吐不止，但仍然正襟危坐，不哼一声，为的是不失大清官员的架子。在被掳海外被迫辗转的一年多时间里，叶名琛一直自命为“海上苏武”，以自明不忘祖国之志；偶尔通过翻译从印度报纸中获得有关中英战争的信息，总十分关注，每得到不利于清朝的战况消息，常击节叹息；若中国获得小胜，则喜形于色。在吃完了从家中携带的食物之后，便决定效法古之伯夷与叔齐，不吃异乡粟米，最终于1859年绝食而亡。英方在叶名琛的棺木外裹以铁皮之后，将之运回广东。对于这一切，在一些不明真相的（甚至包括明真相的）看客与帮闲的眼中实在可笑，于是他们看笑话的看笑话，说怪话的说怪话，如此一来，也自然而然地为这场矮化和丑化叶名琛的运动推波而助澜，以致最终形成合力，将作为一个历史人物的叶名琛彻底地漫画化了。

但毕竟也有明眼人和执言者，可他们出于对中国社会历来就是积毁销骨、众口铄金的社会现实的惧怕，其执言的声音多采用“曲笔”和“隐语”，所以这样的声音显得太弱太小。如其旧部华廷杰和陈兰甫，就曾为叶名琛写过这样的挽联：

身依十载春风，不堪回首；
目断万重沧海，何处招魂。

公道在人心，虽然十载深思，难禁流涕；
灵魂归海外，想见一腔孤愤，化作洪涛。

这样的声音虽然很弱小，但毕竟也是一种声音，且它随着时间的推移似乎有显得越来越大的趋势。就这样，叶名琛作为一个生命已死去，但谁也没想到，一个多义的历史人物即就此诞生了。

柒

十多年前，我在故乡参加编修地方志时，为了尽量多搜集一些叶名琛的资料，曾设法联系了一批叶氏后人，我从他们身上发现了一个奇怪的现象，一是他们今天多散落在海外，二是多数在经商为业为生，也有为学的，可就是少为政为官的。这一现象也许只是偶然，但我还是忍不住想，叶氏后人们是不是曾从自己这位官至两广总督的先辈身上看出了为政为官的太多风险和太多无奈，也不再对他曾供职和效忠的这个朝廷有应有的信心，便不愿再为它卖命了？

有时候，我也怀疑自己是不是因为叶名琛也算是自己的老乡而拔高了他，甚至虚构出了另一个叶名琛。为此，我一直在这一历史的角落寻寻觅觅。但随着我的寻觅，我又越来越相信自己已走近了真实的叶名琛，发现他人生的多义实际上是并不需要我“发现”和“论证”的，而是早就注定了的。

晚清的两广总督，常兼通商大臣，实际上相当于兼了今天的外交部部长和外经贸部部长，就这一点来说叶名琛等实际上有点相当于今天有的国家所设的外相，即叶名琛也可算是中国最早的一代外交官。

然而闭关了几千年的中国，实际上是并没有真正的外交的，它一直以“老大帝国”自居，从来就没有用平等的眼光和心态看待过和对待过任何别的国家，即使到了鸦片战争后，大门已被人家用大炮轰开了，但是制定的外交政策还是不乏居高临下意味的“俯顺夷情，以示限制”，并将它始终作为外交总方针。

这一方针看起来是两全其美——一方面“俯顺夷情”可以保证稳定“中西相安”的局面，另一方面“以示限制”也可维持国体，使大清封建体制免受西方“蛮族”的破坏。但是实际上，这只是一种一相情愿，其无异于“又要马儿好，又要马儿不吃草”，本身就是一个天大的悖论——如果执行“俯顺夷情”这一目标，必然意味着清政府要对西方国家作出让步和妥协，而这又必然导致清政府固有的外交传统有所改变，从而难以做到“维持国体”；但如果要“维持国体”，又必然意味着清政府将实行与西方对抗和不妥协的政策，这又难免导致中西冲突，从而又与“俯顺夷情”相矛盾，并打破“中外相安”的局面。正是因为清政府外交政策中的这一难以克服的悖论，使得这个“两广总督”几乎是一个“死官”，那两广总督府也似乎成了一座政治坟场。

林则徐无疑是以“以示限制”为优先的，但事实证明行不通，因为你根本就限制不了人家的坚船利炮。琦善、耆英等无疑是以“俯顺夷情”为优先的，但事实证明也行不通，因为人家的胃口永无满足。而叶名琛想走第三条道路，即在二者之间保持一种平衡，但事实证明也是行不通的。

我这里这样说，似乎将林则徐放在了与琦善、耆英、叶名琛们相提并论的地位，这可能会让许多人不舒服和不能接受，因为林则徐在当世和后世的一般人心目中，是一位空怀爱国抱负和拥有制敌良策但无施展机会的跨越时空的民族英雄，以至于许多人认为清政府在鸦片战争中的失败，仅仅就是因为没有大力任用林则徐们。其实这种认识只是基于林则徐的个人道德的层面来看的。林则徐从个人道德层面上来看，他公正、无私、严明，这些都是毋庸置疑的，但仅有这些就可以退敌了吗？除了那些迂腐的儒生，恐怕谁都会知道答案是否定的。正是基于这一点，著名历史学家蒋廷黼分析说：“林不去，则必战，战则必败。败则他的声名或将与叶名琛相等”。因此，林则徐也好，琦善、耆英也好，叶名琛也好，他们的失败是注定了的。

但是林则徐由于过早地被罢免了职务退出了历史舞台，按他想法走下去究竟会怎样，似乎还没完全见底，还留有一定的悬念，这让人们在他身上不由得寄托了无尽的遐想，尽管蒋廷黼们作出了那样的推测，甚至有人更明确说：“如果被重新启用的林则徐能继续得到道光信任，不被‘革去四品衔，（与邓廷桢）均从重发往伊犁效力赎罪’，他于 1841 年 6 月到达定海之后并由他来主持收复浙江失地的抗英军事行动，奕经失败的命运会很快落到他的身上；如果林则徐在 1850 年 10 月被任命为镇压广西农民起义的钦差大臣后，不在赴任途中病逝于广东潮州普宁，他很快便会蹈其后被任命为钦差大臣的李星沅、赛尚阿的失败覆辙。”但这毕竟只是一种推断，并不妨碍人们在他身上寄托无限美好的遐想，所以林则徐终究成了毫无异议的民族英雄。琦善们的梦想也很快被人家的大炮轰得粉碎，结果自然也见了底，所以他们在世时便几乎已身败名裂了，似乎成了民族罪人，他们的人生也就并不显得复杂。复杂的只有这个叶名琛，且他的复杂性是注定了的，因为他从一开始就选择了一条复杂的道路，且这条道路又是在清政府设定的这样一个充满了矛盾的外交政策的崇山峻岭之中盘旋。

因此，若以成败论英雄，无论是林则徐，还是琦善、耆英，还是叶名琛，都不算英雄；若从个人道德的角度来考量，琦善、耆英们暂不值论，但是既然林则徐值得肯定，那么叶名琛也不能完全否定，至少他的饿死，也应该算是民族气节的一种显现，其精神和意义无论如何不可能不如一匹马的饿死吧！

我当然知道，叶名琛所有的是非、荣辱，绝不会因为我的这么一句轻轻的诘问而被厘清，或许在很长的一个历史阶段，他的人生仍将成为一个多义的历史命题而存在着，但好在注定他人生多义的那个时代已经过去。而我在今天要重提这个叶名琛，目的只有一个，这就是，让我们将历史的荣辱交给历史，将生活的关注交给生活！

2009年11月8日

翁同龢：聪明一世

在晚清政坛上，曾有几位汉族大员曾权倾一时，他们似乎左右逢源的人生，让人不能不承认他们都是极其聪明者，但若选出一位最聪明者，我以为既不是曾国藩，也不是李鸿章，更不是左宗棠和张之洞之流，而是非翁同龢莫属，尽管在一般人的头脑中，对翁的印象似乎并不比对前几位强烈而深刻。

翁同龢像

翁同龢，江苏常熟人，但因其父在朝为官而出生于北京。据史书记载，他四岁时随祖母与母亲回老家常熟时，便已能通读“四书”“五经”了，入常熟县学游文书院后即被时人誉为“神童”，而事实似乎也印证了人们给他的这一称呼，他15岁时便考中了秀才，22岁中举人，26岁中状元。虽说一个人考中状元一定是有着天时、地利、人和等多方有利因素，还有着很大的偶然性，但是也不能否认，前提是其本人一定智商过人，是一位极其聪明者。

当然，翁同龢过人的聪明并非仅仅表现在科场上，在他考中状元人生几乎是一步登天后，其聪明才智更是在各个方面得到了全方位的发挥，似乎正应了孔子“君子不器”（《论语·为政》之十二章）的一句名言。或换而言之，一个如此“不器”之人，怎不是一个聪明之极之人呢！

壹

翁同龢自1856年会试考中状元后，直至1898年回籍，42年历任户部侍郎、都察院左都御史，刑部、工部、户部尚书、总理衙门大臣，三省六部掌管过大半，可谓是一位全能型的官员，人生可谓一路辉煌，但是奠定他辉煌人生的基石，明眼人一看就会发现并非是他的状元功名（至少不仅仅是）——历史上是状元而无作为者也很多的——而是他的教师生涯。

翁同龢是一位好教师。常言道，世上最难的工作便是人的工作，而要说世界上规模最大的两项“人的工作”，便是做官与教书了。因此不要以为教书很简单，教师很好当。古人言：“经师易求，人师难得。”可见一个人要成为一名好教师并不容易。就学问上来说，没有学问，当然成不了；但是仅凭学问大，也不一定成得了——或许他可以成为一名能教书的 “经师”，但很难能成为一名既能教书又能育人的“人师”；就态度来说，不严肃、无规矩不行，但是太严肃、太死板也不行；就手段来说，无逸趣、无调节不行，但是太寻乐、太放任也不行……总之，其中度的掌握，全在灵活机动，聪明应对。一般人都知道，翁同龢是“两朝帝师”，前后

今日常熟翁同龢故居外景

光绪皇帝像

做同治、光绪两朝皇帝的太师二十余年。试想，教过皇帝的师傅（清室称皇帝的汉文老师为“师傅”，满文老师为“俺答”或“谙达”）多了去了，如过江之鲫，为什么只有翁同龢能长期获得两宫与皇帝本人的赏识呢?

同治四年时，同治皇帝的师傅，除了翁同龢外还有三人，即李鸿藻、倭仁、徐桐，在这四人中，翁同龢是资历最浅的，但是很快便脱颖而出，其中的秘密，我们从他于同治五年三月十三日的一则日记中可见出一斑：

是日进讲明太祖诏百官迎养父母者，官给舟车一节，皇太后问洪武为政，尚宽尚猛，及当时大臣为谁。具对毕，又问书斋功课，以十日来无戏言，而精神多倦对。两宫并云：皇帝起甚早，往往呼醒犹睡，天气渐长，其倦宜也。因对言，精神固宜聚，亦视机括如何。每遇读书室滞时，或写字，或下坐，以舒展其气，机括动而读亦顺利矣。（同治五年三月十三日记）

当时皇帝学业情况的稽查有内外之分：外有惠王、醇王和恭王等几位亲王不时到书房考查；内有两宫太后将师傅召进养心殿查问。上面翁同龢的这则日记，便是记录他当天在养心殿为两宫太后进讲《治平宝鉴》时，应答太后顺便查问皇帝学业的情景。据此我们不难看出，翁同龢在对皇帝进行教育教学时，是十分懂得劳逸结合、张弛有道的学习规律。这足可以证明，翁同龢是一位不错的教师。

同治皇帝像

或许有人会说，如果他教的学生不是皇帝，

而是一般的学生,他还会如此尽心吗?是的,他的学生不是一般人,而是皇帝,但是正因为这一点,我以为这更加证明翁同龢是一位很优秀的教师。

“门生天子”——老师在学生面前,既尊为师者,但同时也是臣子、奴才——怀着如此心理的为师者,最容易在教学中走两个极端,或道貌岸然、疾言厉色以示师道尊严,或如履薄冰、放任自流以自保身家与前程。如倭仁,据史料记载,他的教学“深入而不能浅出,小皇帝上他的课感觉是在受罪……由翁同龢代课,一切顺利”;而徐桐常常会于课上“大动声色”,使得小皇帝视书房为畏途。因此,能如翁同龢那样做到“亦视机括如何”,灵活机动,不能不说是难能可贵。正是因为翁同龢教学有方、聪明灵活,虽然小皇帝性情外向,心气浮动,学习情绪很不稳定,但是他总有办法使小皇帝就范从而完成学习任务,这从他的日记中也可看出,如同治五年二月所记:

> 十七日:上读无倦容,无嬉戏,为今年第一日。
>
> 廿一日:卯正上至,读四刻接读满书,辰正还宫。巳初至午正二刻毕。
>
> 廿五日:卯正上至。是日多戏言,龢与诸公切谏,读尚勤。未初二刻退。

很快,在小皇帝众多的师傅与谙达中,翁同龢脱颖而出,不但小皇帝最喜欢亲近和依赖他,而且两宫也对他的教学很满意。

贰

对于翁同龢来说,他当然希望能在皇帝众多的师傅与谙达中脱颖而出。因为清宫历来有“尊师”的传统;尤其是自雍正创建不立储而秘密择贤传位的制度以来,那些教皇子皇孙读书的上书房“行走”师傅,走进南书房便实际是走上仕途中康庄的开始,因为学生一旦成为天子,那就不仅入阁拜相为指顾之间之事,子孙也如家有丹书铁券,更何况翁同龢现在正教着的是已登过基的皇帝了,只不过年岁尚小,但长大亲政只是个时间问题。因此,若获得皇帝的亲近和信任,自己的飞黄腾达也只是个时间问题。

但是，对于翁同龢来说，此时的脱颖而出也并非一定是什么好事。因为一个人的脱颖而出，招至嫉妒和陷害似乎是必然的。再则翁同龢此时的官职是“弘德殿行走”，而这弘德殿又是宫中著名的是非之地，一不小心便会万劫不复，死无葬身之地。

弘德殿的是非之来由是因为其中之人似乎个个都有不平之气，以致形成矛盾。本是游牧民族的满人，虽入主中原，成了汉人的统治者，但是多数人都从内心瞧不起汉人及其汉文化，自然也一向轻师，口头上不时称之为“教书匠”，这让汉人师傅深为不满；但清朝为了巩固自己的统治，又不得不尊汉学，尤其是从康熙开始，尊崇朱子理学，称之为“圣学”，并规定宫中上书房授读汉书的翰林，一律尊称师傅；雍正更明文规定，皇子入学礼节，“师傅受揖，坐而授书”；而教授满文的满洲大臣则称“俺答”，后改称“谙达”，且在教授时没有座位，也就是学生坐着听，谙达站着讲课，这又让满洲大臣愤愤不平。再加上几个师傅之间也多有矛盾、互相不满，而他们身后又都牵着或皇帝、或太后、或亲王，所以弘德殿焉能不成为是非之地。虽然师傅在名义上处于尊者之位，但清朝毕竟是满人的王朝，谙达是满人，实际势力又往往大过师傅，所以二者矛盾冲突的结果常常是师傅处下风，以致最终倒霉。翁同龢对此自然是早就看在眼里，而心里更明白，虽然此时他有皇帝的亲近，但是皇帝毕竟还少不更事，也还没有亲政，并不能对他形成保护。翁同龢凭着自己的聪明与明智，在弘德殿的是是非非中，却始终是一个“不倒翁”。

首先，他深谙儒家的中庸之道，懂得韬光养晦、积累资本。如徐桐对倭仁素为不满，常在翁同龢面前发攻击之言，但他仍在倭仁面前执后辈之礼，始终摆出一副“凡事受教”的样子，而内心其实并非心悦诚服。这一切让他在众多师傅中获得了较好的“人缘”与口碑。

其次，他在关键时刻懂得三十六计走为上，知道以退为进。

同治十年，弘德殿新老之争几乎到了白热化；小皇帝也已十六岁，两年之内就可亲政了，所谓“帝党”与“后党”也日渐形成，并矛盾日渐显现；宫中的一切似乎都变得越来越敏感，一些官员日如热锅上的蚂蚁，唯恐在“帝党”与“后党”

之间站错了队而影响自己的前程。而此时，翁同龢却选择了远离这一切——是年腊月，其母许氏在常熟老家去世，翁同龢随即要求丁忧回乡两年。尽管母丧丁忧在封建社会中是正常之举，我们并不能完全说他此举便是因为他对宫中将来的一切变故有先见之明，但是有两点还是让我们不能不想，这一切都并非事出偶然。一是，当翁同龢提出丁忧回乡时，恭王曾亲临致祭，并一再挽留说，上书房正处于吃紧之际，希望他能留下来，不要回乡，但是翁同龢坚决要求回乡，并一去两年。这让人不由得想，如果仅仅是出于丁忧的原因欲回乡，那么在朝廷一再挽留，忠孝不能两全的情况下，选择忠而放弃孝，也并非一定是什么大逆不道；唯一的解释是，其中一定有他认为非离开不可的原因。二是，从回乡两年后所达到实际效果回过头来看，他的离京回乡实在是聪明之举。

翁同龢丁忧两年内，宫中果然大事不断，一是同治帝终于亲政，想复修圆明园，但是朝中大员多有反对，同治帝便想借机改组朝政，先是黜革恭王父子，后又罢黜和贬谪了一大批朝中大员；后又因后党发现同治帝因曾"入歧"染疾，而惩处弘德殿师傅的失职，其中就包括弘德殿的徐桐、林天龄等老同事，而翁同龢因为在乡丁忧，而不在惩处之列，自然也便顺利地躲过了一劫。这看似偶然，却自有其必然。大概也正是因此，一向在日记中措辞老成、稳妥的他，也禁不住踌躇满志的神色，如同治十二年七月九日记：

> 臣龢进曰："今日事须有归宿，请圣旨先定，诸臣始得承旨。"上曰："待十年或二十年，四海平定，库项充裕时，园工可许再举乎？"则皆曰："如天之福，彼时必当兴修。"遂定停园修三海而退。

语气中俨然自己已是朝中一言九鼎的重臣了。至于皇帝授读的责任，此时他也当仁不让了。对此他在日记中也有记载，如八月初一记：

> 龢既未至，(两宫太后)待良久，并谕本鸿藻，传谕臣龢，讲书当切实明白，务期有益。

不仅如此，他还在为人图画所题的一首诗中写下了这样的诗句：

万事尽如栽柳法，一官难得看花时。

——《题潘伯寅万柳堂补柳图》

意思是说，朝朝入值，不一定如翰林之萧闲。虽是劝慰潘伯寅的口吻，但得意之情毫不掩饰。至此我们完全可以说，他的丁忧回乡，完全是他当初的聪明之举。

至此，翁同龢完成了从一位好教师（更多地具有封建知识分子特征）向一位老谋深算的封建官僚的嬗变。

其实，翁同龢身上本来就具有知识分子与政客官僚的双重性格特征，且其几乎是与生俱来的，因为他出生的常熟翁氏，是一个有着浓重官僚色彩的封建知识分子家庭，这个家庭无论是在近代科举史上，还是政治史上都有着显赫的地位。翁同龢的祖父翁咸封，乾隆四十八年（1783 年）举人，嘉庆时选任海州学正；父亲翁心存，道光二年（1822 年）进士，历官工部、兵部、吏部、户部尚书、协办大学士，官至体仁阁大学士，为同治帝师。长兄翁同书，道光二十年（1840 年）进士，曾任翰林院编修、国史馆协修、贵州学政、内阁学士，官至安徽巡抚；三兄翁同爵，历官陕西、湖北巡抚，署理湖广总督；侄子翁曾源，同治二年（1863 年）状元，曾任翰林院修撰；另一侄子翁曾桂官至浙江布政使；侄孙翁斌孙，光绪进士，官至直隶提法使……时人曾赞其为，“父子宰相，同为帝师，三子公卿，四世翰苑；叔侄联魁，状元及第，四世五人，俱为进士”。从这样一个家庭走出的人，在精通文章之道的同时深谙登龙之术，是再正常不过的了，只不过翁同龢可谓是一个集大成者。

叁

聪明、能干，这两个词常常被人们连在一起使用。的确，现实生活中，一个人如果真“聪明”，那么他往往也“能干”。翁同龢的确很精通登龙之术，但是他毕竟不同于那种只会靠一味拍马而想登龙的鼠辈，这样的人事实上一般也很难登至极至，而只有那种既能干，又深谙登龙之术者，才能最终成功。翁同龢便是这样的人，他确也曾干成过几件很漂亮的事情。

随着近年来一部叫《杨乃武与小白菜》的电视连续剧的热播，相信今天的多数人也对这个案子的具体情节有所了解，因此我便不再在这里赘述，对此我只想说的有两点：一是，许多人可能并不知道，这个案子最终报到刑部，最先主持此案并发现漏洞驳回重审者便是翁同龢，而此时的翁同龢还并非刑部尚书，而只是署理侍郎。二是这个案子重审的最终结果是，完全翻案，杨乃武与小白菜被平反昭雪，而审理过此案和与此案有瓜葛的包括浙江巡抚杨昌濬、学政胡瑞澜在内的一大批大员被革职处分。如此异常的大快人心，背后有着很复杂的背景。

在镇压太平天国的过程中，曾国藩、左宗棠等为首的湘军和李鸿章为首的淮军起了决定性的作用，事后，几乎是自然而然地，湘军和淮军中的人物，便成了执掌太平军最后根据地的浙江和江苏两省的大员，俨然可以支配江浙，而江浙两省的这些官员，亦唯左宗棠、李鸿章等是从。如从同治八年，左宗棠麾下大将杨昌濬由其保荐而成为浙江巡抚后，杨每个月的第一件大事便是为左凑足西征的“协饷”，汇交左宗棠的粮台。这就引起了江浙两省官员，尤其是两省在京官员的不满，以致形成对立，（江浙两省历来是科举大省，在京官员势力很大）这种对立到同治末年达到顶点。而以慈禧为首的朝廷在太平天国被镇压下去以后，最担心的事情便是曾国藩、左宗棠和李鸿章等人居功自傲、尾大不掉，对于江浙两省的状况也早已看在眼里，并似乎成了一块心病。就在这样的背景下，“杨乃武与小白菜”一案被报到了刑部，报到了翁同龢手上。聪明的翁同龢哪能不知道，一是几个民妇的状子既能递到他的手上，这背后一定是有高人指点和贵人相助的，他只要接下这状子，便意味着结交了这些高人与贵人，虽然他们隐在背后；二是他接下这状子要求重审，上头一定会不但同意，而且会大力支持的。这样一箭双雕、一石二鸟的好事岂能放过！于是，他自己首先义无反顾地做起了青天，然后又让自己的侄儿打下手——此虽说是他侄儿正做着刑部司官，此为他职责，但也不能排除翁同龢有将来论功行赏时肥水不流外人田的想法。请看他在光绪二年十二月九日的日记中写道：

葛毕氏案，提验尸骨无毒，皆具结矣。此案余首驳议，而松任司藩极用力……

果然不出所料，此案最终令慈禧大喜，因为终于使她的心病不说是由此根治，至少是有所减轻；而那些江浙京官，也从此对翁同龢信任有加，为他日后成为"清流"领袖奠定了很好的基础；而在民间，他也获得了"江南无日月，神州有青天"的美誉。总之，这一切无疑使翁同龢积攒了不小的一笔政治资本。

至此我们不能不说，并非刑部尚书而只是署理侍郎的翁同龢，能在一个已审理过多次的案子中发现漏洞，并毅然提出重审，这当然表现出了他较强的业务能力和工作魄力，但更多的则表现出了他的聪明。

同治十三年（1875 年）十二月，同治帝突然驾崩，这给翁同龢一个巨大的打击，因为他原来的一切如意算盘似乎突然间全落空了。但是很快，他又凭着自己的聪明和曾是一名"好教师"的资格又一次当上了光绪帝的老师。这一次为帝师，除了资格更老了以外，更由于是重操旧业，所以一切更是驾轻就熟，很快便又取得了光绪帝的亲近与信任，而仕途的平步青云自然也不在话下，以致最终进入了清廷的最高权力机构军机处，成为军机大臣、总理事务大臣。这一过程有几十年之久，其间当然他也曾有过挫折和沉浮，但每次他都能化险为夷有惊无险地过去，总体上波澜不惊。因此，这一切本身便是翁同龢为官聪明能干的最好证明。

然而，聪明一世的翁同龢，就在他的仕途走到巅峰时，却在自己并无任何察觉的情况下，突然高高地、重重地跌下，且从此一蹶不振。而原因不是别的，竟是他的"不能干"与"不聪明"。

肆

光绪二十四年四月二十七日（1898 年 6 月 15 日），这天翁同龢夜不能寐，因为这一天是他 68 岁生日，这让他对自己的一生想得很多很多。凌晨时，他听到窗外下起了小雨，这让他想起了韩愈"天街小雨润如酥"的诗句，觉得这是个好兆头。有些年迈的翁大人万万没有想到的是，就在这个早晨，他的政治生涯将戛然而止。晨起，他郑重其事地整过衣冠，然后乘上轿子，几乎是一路春风地入宫。先来到办公室批阅各地报来的奏折，向下属吩咐完一天的工作，然后去早朝，似乎一切如常。

如同往常一样翁同龢与各位大臣准备进入大厅，突然“中官止而勿入”。看着各位大臣鱼贯而入后，翁同龢独坐看雨，越发觉得事情似乎有点不对头，至此他才似乎明白了什么，于是将一些看过和未看过的奏折等共五匣交给苏拉英海。

大约半个时辰后，宫中太监走出大厅，向翁同龢宣读朱谕：

> 协办大学士翁同龢近来办事多不允协，以致众论不服，屡经有人参奏，且每于召对时，咨询事件任意可否，喜怒见于词色，渐露揽权狂悖情状，断难胜任枢机之任。本应察明究办，予以重惩，姑念其毓庆宫行走有年，不忍遽加严谴，翁同龢著即开缺回籍，以示保全。特谕。

让我们先来看一看朱谕中所列的翁同龢获此重处的原因：一是“近来办事多不允协，以致众论不服，屡经有人参奏”，意思可归结为三个字“不能干”；二是“每于召对时，咨询事件任意可否，喜怒见于词色，渐露揽权狂悖情状”——这简直就是头脑发昏，忘了自己的人臣身份嘛！岂止是不聪明，简直就是太愚蠢。

那么一世以聪明能干著称的翁同龢为什么会突然间变得如此窝囊和愚蠢的呢？

对此，人们自然而然地联想到，这一定是欲加之罪何患无辞，是对他的诬蔑！那么谁要诬蔑他，谁又能诬蔑得了他？朝中只有以慈禧为首的保守派有这个能力；那他们为什么要诬蔑他呢？因为四天前光绪帝正式颁行的变法维新的《定国是诏》，正是由翁同龢起草的，翁无疑是支持光绪帝维新变法的，是维新派的代表；诬蔑和罢黜翁是慈禧为首的保守派在故意削弱“帝党”力量，为将来发动政变废除新法做准备——恭亲王奕䜣与帝师翁同龢，素被人视作是光绪帝的左膀右臂，而奕䜣十多天前已死，这等于光绪帝的左膀已去；再将翁革职，等于又将光绪帝的另一条右臂也斩去了。

如果真是这样，翁同龢倒是一个为维新而牺牲的英雄了。但我们别忘了一条人生规律,英雄多非聪明人,聪明人多注定成不了英雄的,更何况像翁同龢这样一个聪明一世之人呢?

那么究竟是什么原因使得翁同龢被黜呢?

我们再来推敲一下朱谕所明写着的他的罢黜原因吧。

上谕开篇第一句便是说翁同龢“近来办事多未允协,以致众论不服,屡经有人参奏”。显然,翁被免职的最直接原因是他“近来”工作实绩及效果不佳。那么这个“近来”究竟有多远?所谓“众论不服”之提出“众论”的人又是哪些人?而“论”又都说了什么?对于这些指责翁同龢是辩解,还是承认?所有这些似乎都是弄清翁同龢被免职的关键因素。

对历史稍微熟悉的人都知道,大清“最近”的大事只有两件,一是甲午战争,二是戊戌变法。

那么我们先来看一看翁同龢在甲午战争前后究竟有哪些表现。

几乎众所周知,翁同龢是甲午战争中“主战派”的代表人物。如果是出于爱国热情而积极主战,这本身并没有错——大概也正是因此,历史对于历朝历代的“主战派”多比较宽容,他们有时候即使失败了,也能落一个虽败犹荣的“失败的英雄”形象。对此,聪明的翁同龢自然是不会不懂得的。当然,他之所以主战的原因绝对不仅仅是这个,他绝对不会为了获得一个遥远的历史美名而忽略现实的利益。那么当时的现实又是怎样的情况呢?

甲午战争前,面对日本的步步进逼和不断挑衅,年轻的光绪帝莫名的激情一时被激发了起来。翁同龢于光绪二十年(1895年)六月十四日在日记中写道:

> 军机见起,上意一力主战,并传懿旨亦主战,不准借洋债,传知翁同龢、李鸿藻,上次办理失当,此番须整顿去。

据此我们不难看出,说光绪帝在甲午战争中的主战是受翁同龢的鼓动并不符合历史事实,说慈禧太后一味主和也不符合历史事实。那么,光绪的主战不难理解,而一贯主和的慈禧这一次为什么会主战呢?原因有两点:一是众所周知,在此以前,慈禧曾将海军军费挪用于修筑圆明园,如果她不主战,会予人以慈禧

“昆明湖换了渤海”海军不堪一击而不敢主战的口舌；二是慈禧六十大寿，希望能打一场胜仗为她的寿辰庆典增光添彩。一贯聪明的翁同龢对于这一切不可能看不出来，更不可能不懂得成人之美的道理与好处，更何况这人不是一般人，而是实际上掌控着整个朝廷大权的两个人呢！翁同龢是甲午战争中的主战派，这是历史事实，但是他主战的原因，很有可能是因为光绪帝与慈禧难得一致的主战，而使一贯聪明的他“顺杆子爬”而已。更何况，如此还可收到另一个特殊效果，这就是对一贯主和的“主和派”领袖，也是自己的一贯的政敌李鸿章形成排挤和打击。因此，翁同龢的主战实在是一箭数雕一石数鸟的事情；至于主战的同时，更要对战争的双方做到知彼知己，做好必要的准备，并对战争的后果做到充分的估计等，在他看来都在其次。

呜呼，这样的战争，其结果可想而知！

甲午一战即大败，清廷不得不又一次签订丧权辱国的不平等条约，面临着又一次割地、赔款。这对于聪明的翁大人来说，真是机关算尽，但终究人算不如天算。更要命的是，这一切总得有一个人来承担责任啊！谁？皇帝吗？自然不会承担，也没有人敢要他承担；慈禧吗？更不可能，更何况她一看形势不妙，早已从主战变为主和了——又将李鸿章起用去和谈了。此时，人家不参你翁大人参谁？你不承担“近来办事多未允协”的责任谁承担？

除了“近来办事多不允协，以致众论不服，屡经有人参奏”外，那道朱谕中还有一点，“每于召对时，咨询事件任意可否，喜怒见于词色，渐露揽权狂悖情状”，这又是从何而来？

据史料记载，1898 年 5 月，德国亨利亲王来华访问，在讨论礼节安排的问题时，翁同龢竭力反对皇帝与亨利亲王行握手礼；事后又由于亨利亲王谒见光绪皇帝时，皇帝采用了其他革新派官员的建议，与亲王行了握手礼，翁同龢便对光绪帝大放怨词。还有一次，当光绪帝招待亲王饷宴时，大臣理应作陪，而翁也不屑为之。

那么，朱谕上所言是否是指类似这些事情呢？不是！说这些事情表现出了翁同龢多少有一点“每于召对时，咨询事件任意可否，喜怒见于词色”还勉强说通，但绝不会到“渐露揽权狂悖情状”的高度。再则，如果翁同龢真是因为这些小事而被黜，那么黜他的人是光绪帝啊，这不与“后党迫害”一说相矛盾了吗？那么到底朱谕背后有着怎样复杂的内幕呢？这不能不说到翁同龢在戊戌变法前后的种种表现。

众所周知，戊戌变法的领袖人物康有为，最早是由翁同龢引见给光绪皇帝的。后来尽管新法在慈禧太后的政变下只施行了103天就被废止，轰轰烈烈的变法维新运动只百日便宣告失败了，但是康有为一直将翁同龢尊为“中国维新第一导师”。因此，在很长一个阶段，我一直对这位翁大人充满了崇敬：一个年逾古稀之人，竟然有着开放的思想；一个位居高位的重臣，竟然有着如此不怕牺牲的精神，实在是难能可贵。甚至我以为，之于戊戌变法来说，之于中国人民在探索救国救民的道路而作出的努力和牺牲来说，翁同龢形象的光辉几乎可与谭嗣同媲美。为此我头脑中常常出现这样的情景，当戊戌六君子被押向菜市口悲壮地就义时，一个古稀老人正孤独而落寞地走出京城走向江南一隅。

然而，有时我又会疑惑，戊戌六君子的就义是在新法被废以后，那翁同龢的走向江南是在新法颁行后的第四天，当时新法正被推行得貌似轰轰烈烈哩，因此，即使仅从这一点来看，翁同龢似乎也不应该与六君子同日而语啊！

那么翁同龢真的是“中国维新第一导师”吗？要回答这一问题，又不得不再次回到翁究竟是为什么被黜这一问题上来。

翁同龢的被黜是在光绪二十四年（1898年）四月二十七日，他在四月初七日和初八日的日记中写道：

> 上命臣索康有为所进之书，会再写一份递进。臣对：“与康不往来。”上问：“何也？”对以“此人居心叵测”。曰：“前此何以不说？”对：“臣近见其《孔子改制考》知之。”

> 上又问康书，臣对如昨。上发怒诘责，臣对：“传总署令进。”上不允，必欲臣诣张荫桓传知。臣曰：“张某日日进见，何不面谕？”上仍不允。退乃传知张君，张正在园寓中。

这里有几点很值得我们注意:一是,此时光绪帝已有欲重用康有为等人变法的用意,但是翁同龢此时反倒对康有为及其主张很反感,很不希望光绪帝接受康的一套,其中有着怎样的原因?二是翁同龢对康有为的态度为什么会出现如此大的变化,且在皇帝面前还表现得如此固执?这似乎并不符合翁同龢的性格和一贯作风。三是顶撞皇帝,被皇帝训斥这样的事情,并不是什么光彩的事情,他为什么要如此详细地记进日记,且他的日记在晚年时曾作过删改,而这两则为什么没被删改掉?

有太多的史料记载都表明,翁同龢不仅同情康有为、梁启超等人的变法维新主张,而且也正是他向光绪皇帝推荐了康有为,从而使维新变法运动在经历了几多曲折之后终于在1898年正式开始。翁同龢是康有为的发现者,没有翁同龢,即便康有为的变法维新运动仍然会以某种形式、在某种时候变成现实,但绝不会是已经发生过的这个样子。所有这些都是不可更易的事实。

翁同龢的这一反常言行不能不使光绪皇帝莫名其妙,因为光绪皇帝清楚地记得正是这位师傅,不但在每天的课堂上在讲授儒家经典的同时“日讲西法之良”,而且还向他不止一次地推荐过康有为。可是刚刚三四个月过去,这位翁师傅怎能说他不与康有为往来呢?于是光绪帝不得不反问道,是什么原因使你不与康有为往来?翁答道,康有为此人居心叵测。这个回答更使皇帝莫名其妙,你翁师傅先前竭力推荐的所谓年轻有为的政治改革家竟然变成了“居心叵测”的小人,那么你先前是怎样考察的?你先前为什么不详说?翁同龢的回答是,先前没有看到过康有为的全部著作,最近得读他的《孔子改制考》方才得到这样的认识。这样的解释虽然可以自圆其说,但年轻的光绪皇帝还是百思不得其解。于是,第二天光绪帝又向翁提出了同样的要求和同样的问题,翁同龢竟然也同样应对和应答。这使光绪帝异常愤怒。而翁同龢面对皇上的盛怒,竟劝告皇上如果一定要康的著作,最好请总理衙门通过正式渠道进呈。而光绪帝这时也一反常态,说即便要总理衙门进呈,也必须由你翁师傅转达给军机大臣张荫桓。这时轮到翁同龢莫名其妙了,张荫桓每天都可以见到皇上,你皇上为什么不能当面交代,而何必一定要难为老臣传话呢?但光绪帝执意如此,翁同龢只好乖乖地向张荫桓转传御旨。

在这一事件中,光绪帝与翁同龢都对对方的言行感到莫名其妙,然而实在是都各出有因。

1898年春天，正是清廷重臣恭亲王奕䜣弥留的日子，他在临终前明确地与光绪帝与慈禧太后说，大清王朝确实应该进行某些方面的改革，但这种改革只能是清朝旧有体制的完善，而不能另起炉灶从头开始；对于翁同龢，奕䜣明确地说，此人“居心叵测，并及怙权”，如果不对他进行防制，将来一旦他与康有为等人联手，必将祸及大清王朝。

恭亲王奕䜣的这一临终遗言，作为正当红的军机大臣、帝王之师的翁同龢，即便不知道细节，也肯定知道大概。他更不会不知道，奕䜣此话不会不对慈禧与光绪产生影响——翁已看到，奕䜣死后，与奕䜣关系本并不密切的慈禧竟令对他的后事礼待有加。正是因此，当光绪帝向翁同龢问及康有为时，他便竭力抹杀自己与康的关系，并指责其“居心叵测”。这实在是翁对于自己的一种本能的保护。至于翁同龢为什么要将这一事件详细记载在日记里，目的也不难推测，那就是将来某一天康有为真的出了事，此可作为他与康有为等人并无多大关系的证明，因为几乎众所周知他以前与康有为有几次直接的接触，在他的日记中都没有记，或是后来被他删去了。我们不能不佩服翁同龢的聪明啊！但年轻的光绪帝哪知道他这位老谋深算的师傅此言行背后所隐藏着的不可泄露的天机呢！因此他对于师傅的异常言行只能感到莫名其妙。

而聪明一世的这位翁师傅，对于学生的异常言行竟然只将其看作是一次普通的任性而未加重视，也真可谓“聪明一世，糊涂一时”啊！

其实，光绪帝之所以一定要翁同龢去传取康有为的著作，实在是有点非让他参与到维新变法中来，有点拉他“下水”的意思，其最终目的是稳住他，至少不让他成为维新的反对者。因为光绪帝知道，他虽然与慈禧双方达成了妥协，慈禧表面上也同意维新，但本质上是反对的，如果作为朝中第一重臣的翁同龢一旦成为反对者，那么维新变法是断难实现的。这也是唯一能解释，为什么光绪帝虽如此被翁顶撞，但仅几天后还要让翁起草《定国是诏》参与维新的原因。

翁同龢在起草《定国是诏》的当天在日记中写道：

是日上奉慈谕，以前日御史杨深秀、学士徐致靖言国是未定，良是。今宜专讲西学，明白宣示等因，并御书某某官应准入学，圣意志坚定，臣对：“本法不可不讲，圣贤义理之学诚不可忘。”退拟旨一道，又饬各省督抚保使才，不论官职大小旨一道。

这里翁同龢“退拟旨一道”，即指后来光绪颁行的维新变法的《定国是诏》。其中有两点值得注意，一是本诏书是“上奉慈谕”欲颁行的，二是面对“圣意志坚定”的维新决心，“臣对：‘“本法不可不讲，圣贤义理之学诚不可忘。’”而他的这一观点，几乎与奕䜣临终时给慈禧和光绪的一模一样。何以如此？实在是不言而喻。从前有许多研究者都曾发现，翁同龢虽赞成、支持康有为的维新变法的主张，但在具体内容和方式上他又与康有为之间存在着很大的差距，他至少不像康有为他们主张的那么激进，准确地说，他最多属于维新派中的保守派，以至于认为，当光绪帝4月24日向翁同龢索要康有为关于变法维新的著作时，翁同龢竟一反常态突兀地表白自己不与康有为往来。其实这只看到了现象，没有看到这一现象的背后，即翁同龢为什么会这样。

由翁同龢起草的《定国是诏》颁行了，翁当然成了朝野公认的“维新派”，这自然为慈禧所不能容；而光绪帝知道，翁本质上几乎已到了沦为维新的绊脚石的边缘了，也不能让他留在朝中了。所谓“帝党”与“后党”有许多的分歧，但是在这一点上几乎是共识，所以至此，翁同龢的命运已经注定，于是在《定国是诏》颁行四天后便有了上面的那一道朱谕。借此，光绪帝还正好可以一摆杀鸡儆猴的架势：谁敢阻挡维新必将严惩，帝师也不例外！

聪明一世的翁同龢怎么也没想到，他如此做事如下棋，走一步看三步，以求方方面面都不得罪，但结果却是各方都得罪了。因此，如果我们说翁同龢的被黜原因是他的窝囊与愚蠢，那是大错而特错的，相反，正是因为他的“聪明”———一切似乎都正应了一句俗话：“聪明反被聪明误。”

伍

如果说翁同龢的被开缺多少是有一点他自己“聪明反被聪明误”的意味，且在当时的情境之中，他由于身处于局中而并未意识到，那么等到开缺回籍，痛定思痛后，聪明的他一定不会不悟出其中的原委吧！

在他回到原籍常熟后的第二天，也就是光绪二十四年五月二十日，他扫墓祭祖后在日记中写道：

> 由南门赴西山，六刻抵墓次，伏哭毕，默省获保首领，从先人于地下，幸矣！又省所以靖献吾君者，皆尧舜之道，无肮脏之词，尚不至贻羞行人也。

由此不难见出，即使是此时，翁同龢对于自己多年来的宦海生涯还是充满了自信的。换句话说，他还不相信自己真就就此被清廷彻底抛弃，因为他自信自己“所以靖献吾君者，皆尧舜之道，无肮脏之词”，因此，在很长一个阶段内，他事实上还在等待着东山再起。而这实在是有点不聪明了。事实上他最终等来的是戊戌政变后慈禧太后追加的一条圣谕：“永不叙用，交地方官严束。”临终前，他口占一绝：“六十年中事，伤心到盖棺。不将两行泪，轻向汝曹弹。”短短四句话，道尽了这位老人宦海沉浮一辈子的无限伤痛。

那么，翁同龢的这一切是他的咎由自取吗？那样说似乎对他太过残酷，也不太符合事实。

人们历来爱将翁同龢与李鸿章相对比评价，这一是因为他们几乎历来就是一对冤家，二是他们在晚清政坛上曾一度分量相当，三是他们二人的结局竟然大相径庭。

首先将他们俩放在一起比较的人是曾经与翁同龢结拜为兄弟的荣禄，他在甲午战争期间写给陕西巡抚鹿传麟的便条中有这样的话：“合肥（代指李鸿章，因为李是安徽合肥人）甘为小人，而常熟（代指翁同龢，因为翁是江苏常熟人）则仍作伪君子。”此话常被人们引用，非常有名，虽然其有各打五十大板——“一个也不是什么好东西”的意思，但倒也道出了他们俩人的根本不同。的确，李鸿章在历史上似乎比较透明，他就是个政客、官僚兼卖国贼，用一句最通俗的话来说，就是一个“坏人”。虽然今天有几个所谓的“学者”，也曾写过几篇所谓的“学术论文”要替李鸿章翻案，但那只是一种哗众取宠而已，人们对于李鸿章的评价几乎历来就并无多少争议。但是，欲对翁同龢作出评价，似乎不太容易，他身上有着反差极大的两面性，且这种两面性并非是荣禄所说的伪君子的两面性——若真如荣禄所说，那么他的“坏”与李鸿章相比不是有过之而无不及吗，也就是说他不就是一个十足的“坏人”吗？但我们似乎并不能简单地说翁同龢是一个“坏人”，可也不能说他就是一个“好人”，我们似乎只能说他是一个“聪明人”，正是他的聪明，使得他身上始终存在着封建士大夫（知识分子）与封建官僚双重人格，他的双重人格又决定着他们生活中的言行，使他最终成了一个很复杂的人。

无论是在当时还是在今天，也无论是对他一生持肯定的人还是有所保留的人，对于翁同龢至少有两个方面都是认可的：一是他的清廉，二是他的书法。

翁同龢被誉为“清流”领袖，其清廉之名并非浪得。据史料记载，翁同龢死后家无长物，连办丧事的钱也是他的生前友好和门人凑的；而在平常生活中，他更是自守清廉，其主要表现在以下几点：一是拒受馈赠。清朝官员俸入微薄，大概也正是因为这一点，清朝有不成文的规矩，官员接受馈赠，只要与公事无关，就不算受贿，更不算贪污。也正是因为有了这个规矩，所以大多数官员都接受馈赠。如果是地方官来京，大多用“冰敬”、“炭敬”、“别敬”等名目给有关京官送礼；若京官到地方办事，地方官送礼的名目则有“程仪”、“津润”、“路费”等，馈赠的礼物主要是银两或贵重物品……而这一切在当时都不算受贿。但尽管如此，翁同龢仍坚决拒受这些。如，同治五年，他护送父亲灵柩回籍安葬；同治十二年，母亲去世，他回籍丁忧。由于当时他身任同治帝师，当时地方上的一些官员如曾国荃、丁日昌、高心夔等人均先后向他赠银，但他坚决不收。二是严肃家风。翁同龢自己无子女，自然视诸侄如己出，但是他对侄辈、侄孙辈从来都是严格管教。如，其兄翁同书之孙翁斌孙十八岁考中进士，春风得意。翁同龢认为翁斌孙成名太早，恐对日后不利，因而在翁斌孙考中的当月，连续寄去三封信，要他不收礼、不接受“包漕”，且要戒酒、戒骄、戒矜，严守一个“静”字，并特别提醒他：“仓上万不可染，勿预地方公事，勿闲散，勿外出应酬”；“两县送钱万不可收，无论是何名目，总是陋规。”三是约束亲友。光绪初年，盛宣怀因在经办轮船招商局中贪污受贿，被两江总督刘坤一参劾。盛家与翁家是世交，彼此早有往来，盛宣怀的父亲盛康携带礼物找到翁同龢，请翁同龢疏通有关大员，使其子免遭处分。翁同龢退还了礼物，说“此中事实未易悉”，明确拒绝了盛康的请求。光绪十年刑部主事朱寿镛因受贿被人告发，革职永不叙用。他向翁同龢求助。朱氏有恩于翁家，现在有困难理应帮他。但翁同龢了解了朱氏革职的经过后，认为事涉国家法律和一个官吏的操守，最终不但拒绝了朱氏要求，而且还要他认真反省，好好做人。翁同龢的这一系列行为不能不说是难能可贵，甚至放到我们今天，也会让我们许多的“公仆”们汗颜的吧！至于在当时，那更是与多数官僚的做派大相径庭，这不能不让他们多少有点尴尬。这或许便是翁同龢获得个伪君子的名声的原因之一吧。

其实，翁同龢的清廉正是他士大夫人格，即知识分子人格在起着作用。但是翁同龢一直身处官场，事实上又是一个大官僚，这又不能不养成了他身上的另一种官僚人格。而这两种人格同处一身，不时会发生矛盾、冲突，也属自然而然。

翁同龢的确写得一手好书法。《清史稿·翁同龢传》称赞翁同龢的书法“自成一家，尤为世所宗”。 清徐珂《清稗类钞》评价他的书法“不拘一格，为乾嘉以后一人。”清代著名书法家杨守敬在《学书迩言》中具体评价他的书法：“学颜平原（颜真卿），老苍之至，无一雅笔。同治、光绪间推为第一，洵不诬也。”民国时期著名书法家谭钟麟对翁字更是推崇备至，他说：“本朝诸名家，直突平原（颜真卿）之上，与宋四家驰骋者，南园（钱沣）、道州（何绍基）、常熟(翁同龢)而已。”这些评价，足可见出翁同龢书法水平绝非一般之高，其书名也绝非浪得。

俗话说，“字如其人”，但就我看到过的翁氏书法作品来看，其风格应属宽博、大气一路，但是世人多以小器、狭隘评翁氏为人，这似乎矛盾。这也让我们不能不再次说到那个深深地躲在他自己宽博、大气笔墨背后的翁同龢其人。

封建知识分子历来将人生的最高目标设定为“立德、立功、立言”，翁同龢自然也不会例外，但是翁同龢一辈子，除了他起草的那些诏书、圣谕和一部被他晚年几次删改过的《翁同龢日记》，以及一些应景应酬诗作外，几乎没有留下来什么文章。显然这不会是因为他的公务繁忙，也不会是因为他真的没有情感需要宣泄，没有思想需要表达，更不会是他的文章才华在考上状元后便江郎才尽了，真正的原因只会是他生怕在文章中泄露自己的心机而惹祸，因为他看到了清代太多的文字狱；他把自己“立言”目标的实现寄托在自己的笔墨中，所以他精研书法，以达到在文化上的不朽，将人的真实面目深深地躲到了笔墨的背后。这既是翁氏书法之所以笔墨精良的原因，也是翁氏书法终显人、书矛盾的原因，更是翁同龢人格双重，且双重人格又时显矛盾的表现。

其实，中国古代知识分子大多数都存在着人格的两重性，因为他们所追求的最高境界是所谓的“内圣外王”；而“内”要做到“圣”，就必须要保持作为一个知识分子操守，即主要是保持儒家思想所要求的底线；而“外”要做到“王”，这实际上是不可能的，现实社会中，他们只能去做的不是“王”，最多只是“官”，也就是说，只能是通过借助于别人来实行自己的“王道”，当然这个“别人”不能是不如自己者，而是力量越大者越好，最好自然是皇帝了。但是，这样一来，在封建时代，知识分子的所谓“外王”，便有点像小马拉大车了，有时候你不但拉不动车，还反而为车所拉，并受其制约，这种制约不但有外在的，还有内在的——与你“内圣”产生不可调和的矛盾。

晚清人物中最赤裸裸地主张和实践所谓“内圣外王”的是曾国藩，出生于传统封建知识分子家庭的翁同龢，当然也不乏这种“内圣外王”的思想。正是因为“内圣”的追求，所以他在几十年的宦海生涯中，竟能保持一个知识分子的操守底线，例如保持清廉。

李鸿章虽然也是科举出身的知识分子，但是他彻底放弃了自己“内圣”的追求，一切只为了自己的“官”——那在他看来才是他所“外王”的唯一资本，因此，他无论是在收受那些行贿者送上的银子时，还是在那些卖国的条约上签字时，手都从来就不曾抖过，正如荣禄所说“自甘小人”，这自然倒也显得很“真实”；而相比之下，翁同龢倒显得很“虚伪”了。

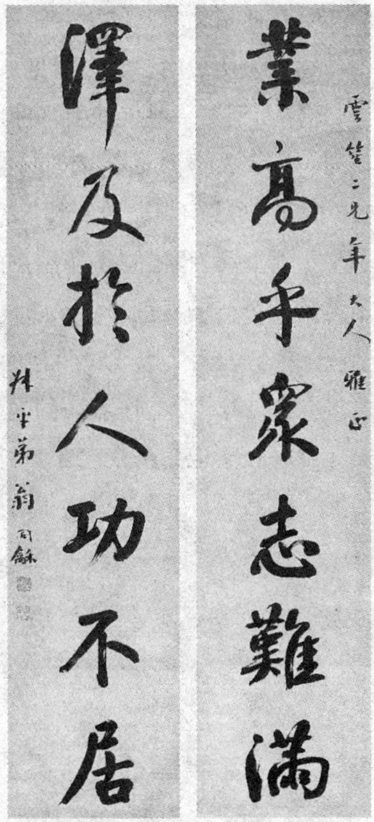

翁同龢书法

当然翁同龢的虚伪还不止这一点。

说起来翁同龢"外王"的运气，算是很不错了，一是他考得了状元的头衔，更重要的是他傍上了同治、光绪；但是换一个角度说，他的运气也实在太坏，因为同治、光绪之外还有一个慈禧，这让他很难办，他不得不发挥自己的聪明才智周旋其间。而就是这种聪明的周旋，又无时无刻不与他内心"圣"的追求的性格相冲突，也给人以虚伪的印象。关于这一点，连他的世交潘祖荫也曾经评价说："叔平虽为君之座师，其人专以巧妙用事。"这样评价虽未必客观准确，但翁同龢不够胸襟坦荡，不曾果敢有为，爱耍些小聪明，爱打些小算盘等等，恐怕也是事实；而这一切终使得他身居高位，但政治才能大打折扣，并最终聪明反被聪明误，且不但误己，更是误国——这也是事实，且都成为了历史。历史许多时候仅仅只是一个庄重然而又是空洞的大字眼儿，你越走近了，便越看不到它。例如我现在在试图叙述一段历史时，我只看见一个年逾古稀的老人，无意间与一些人走到了一起，并掺和到了一些事情中，更做了一些事情，如此而已。但是，这就是翁同龢的机遇。许多人努力一生、奋斗一生，终不能在历史的天空中留下一点痕迹。不想做、事实上也做不了"维新派"的翁同龢，却被尊为了"中国维新第一导师"；既不想得罪皇帝，也不想得罪慈禧的他却被罢了官；也正是因为这一切，翁同龢便不再是一个科场得意的状元郎，也不再是一个工于笔墨的书法家，而俨然成了一个政治家；而事实上，无论是他的政治才能还是其政治效果，都是极差的。

《翁同龢传》的作者高阳先生说："守礼安分是翁同龢的第一长处，但守礼安分者每短于应急济变之才，时势所趋，莫知其然而然地用其短，此真清祚不永的气数使然了。"此话说得很有见地。

2009年国庆长假中时断时续地写成

盛宣怀：脚踩两只船

壹

盛宣怀，江苏常州（武进）人，创办过许多堪称近代中国“第一”的轮船公司、电报公司以及矿山、铁厂、银行、大学等，是近代著名的洋务派实业家……

说实话，对于盛宣怀的了解，我在那顿午饭之前，大体上就是这些，甚至连他的字号，我除了印象中有许多个以外，竟然一个也不曾记得。

那顿午饭只是一顿普通的工作餐，我是与常州市教育局有关领导还有几所中学的校长一起吃的。饭店很小，但是因为它坐落在一个叫“盛家场”的街区，席间便自然说到了盛家；说到盛家，便自然说到了盛宣怀；又由于饭店大堂中的电视机中正播出的一条“高中校长可推荐学生免试上北大”的新闻，有人因此而表示出对于教育公平性的担心；又由这种担心说到从前科举虽有百弊，但大体上还算公平；最终又由这再次说到盛宣怀，说到了他的一则轶闻：

位于常州盛家场的盛宣怀故居庭院

盛宣怀曾以朝廷二品大员的身份于1872年8月和1876年8月两次参加乡试，但结果都是名落孙山。

这一则轶闻真让我对这位盛大人兴趣陡起。

这倒并不是从盛宣怀的落榜，可以看出考官并没因为他已是二品大员便对他格外开恩,从而也见出考试的公平性;而是我由此禁不住想:从前的书生,他们之所以受够了十年寒窗之苦后一次次义无反顾地走向科场，不就是为了将自己满腹的经纶,与帝王之家兑换得一顶乌纱或一副顶戴花翎吗?而这最终不就是为了光宗耀祖封妻荫子吗?也就是不正如一句大白话所说的,为了升官发财吗?那么,已官居二品的盛宣怀,在官已升了,财也发了之后,为什么还要一次次地走向科场,去博取一个所谓的功名呢?难道也与我们今天的许多领导干部一样,在当上了领导后,总要想方设法弄一张硕士、博士的文凭,一为光光面子,二为升迁添上一副翅膀吗?

就这样,盛宣怀开始从历史史料中走了出来……

盛宣怀 1844 年 11 月 4 日生于常州武进龙溪,字杏荪,又字幼勖,号次沂,又号补楼,别号愚斋,晚号止叟,还有思惠斋、东海、孤山居士、须磨布衲、紫杏等号。祖父盛隆,举人出身,当过浙江海宁知州。父亲盛康,进士出身,曾以布政使衔任湖北盐法武昌道。盛宣怀兄弟六个,他居长。同治五年(1866 年),盛宣怀与二弟一起应武进县童子试,双双入泮成为秀才,可是第二年(1867 年),盛宣怀参加乡试,却名落孙山;也是在此年,祖父盛隆又去世,如此祸不单行,让他不禁心情抑郁。乡试都过不了,即没有举人功名;没有举人功名,便连会试的资格也没有,更别说取得进士功名了。作为出身于书香门第的官宦子弟,盛宣怀这样的科场成绩似乎是太说不过去了,更主要是太丢面子！但是这似乎又是无可奈何的事情。好在盛宣怀有着这样的官宦背景,他有机会在科场之外另寻得一条别样的仕途。

同治九年(1870 年)四月,盛宣怀怀揣着一封信来到了天津的直隶总督署。信是无锡杨宗濂京卿写的,信中他向当时的湖广总督李鸿章力荐盛宣怀。

盛宣怀来到直隶总督府的情景,会使人不由得想到一些落魄文人,走投无路中,得到一个什么人的推荐信便以为捞到了一根救命稻草,便怀揣着它摸到某权贵门下,希望谋得一个混口饭吃的差事。但是说句实话,此时的盛宣怀并没落到这步田地。

一是他落榜了还可以再去考,因为他还年轻,才 26 岁,在科举时代,这个年龄并不算太大。

二是就算他最终考不上，如果只是想当官，可以大大方方地交上一笔银子，捐上一副顶戴花翎——大清有这个政策，也不必走什么人的门子；最重要的是，他家里也出得起这么一笔钱。

其实，对于盛宣怀的情况，李鸿章也可谓是了如指掌，因为盛宣怀的父亲盛康与李鸿章是好友，他早就从僚属口中听说，盛康的大公子是个难得的经世之才。早在十年前，也就是咸丰十年（1860 年）二月，为了逃避太平军对常州的进攻，盛宣怀随家人逃往江阴长泾，后又逃至盐城。当时他的父亲盛康为湖北粮道远在湖北，他便派人将一家大小接到了湖北。同治元年（1862 年），盛康迁任湖北盐法道。上任伊始，一个历史遗留问题便摆在了盛康面前，这就是四川与淮北多年来一直互争引地，相持不下。这一问题如不能处理好，无论是对于盐业市场，还是对于盛康的仕途都会产生负面影响。盛康为此而很伤脑筋，没想到盛宣怀给父亲出了一个“川、淮并行”的主意，盛康依照实施，难题竟真的得以解决了。这件事情不但让做父亲的盛康对这个儿子刮目相看，并从此更加注意勉励盛宣怀在以后的生活与学习中能学以致用，而且也在盛康的僚属间传为美谈。而当时先后担任湖北巡抚的是胡林翼、严树森等，他们都是晚清“经世派”著名人物，史称“湖北新政”便是在他们的治下而产生的。对于“新政”的内容和成绩，盛宣怀当时身在湖北，耳濡目染自是不在话下，更难能可贵的是，他还事事研求，并慨然以匡时济世自期。对于这一切，作为盛宣怀父亲盛康好友的李鸿章，自然也有所耳闻。现在，看到站在面前的盛宣怀，果然一副精明的江南才子模样，李鸿章一下子就喜欢上了这个年轻人，只是简单问了几句，便委他行营内文案、兼任营务处会办一责，相当于机要秘书，可以随侍李鸿章左右。盛宣怀当然也不负众望，他向李鸿章递上了一本《上李中堂书》的小札子，里面提出了修铁路、开矿山、办轮船、通电线等一系列经世主张。这更让李鸿章不但对盛宣怀刮目相看，而且还有点与这个来自江南的毛头小伙子有一种相见恨晚的感觉，因为他没想到，就是这么个毛头小伙子竟然与自己英雄所见略同。

不久，天津教案发生，列强以武力相威胁，炮舰云集津门，并向清政府发出最后通牒；清政府自然不得不手忙脚乱地应付：一是急令还在病中的曾国藩“赴津

李鸿章

查办”，二是调李鸿章率部开往河北备战。盛宣怀当然也随行，在军中，他每日与淮军大将郭松林、周盛传等讨论军事。史载，此间他“磨盾草檄，顷刻千言，同官皆敛手推服”。随着在军中历练日深，他自然也声誉日起，不久，即被奏调会办陕甘后路粮台、淮军后路营务处等。又不久，再以议叙主事改候选直隶州。从军一年多后，又在李鸿章的举荐下，任保升知府，升道员，赏花翎二品顶戴。1872 年 5 月，盛宣怀又受李鸿章之命，“会办轮船招商局事宜，兼管运漕、揽载”。总之，此时的盛宣怀，可谓是官运亨通、大权在握了。

然而，正是在这期间，盛宣怀却两度不惜冒名落孙山、丢人现眼的危险，入闱参加乡试。看来，盛宣怀实在是太想获得这个功名了！

贰

对于盛宣怀来说，他的发迹，多亏了李鸿章，甚至可以说，没有李鸿章就没有盛宣怀；而对于李鸿章来说，对盛宣怀可谓是知人善任，他说盛宣怀是“欲办大事，兼作高官”。 所以，李鸿章既给他“大事”办，也给他“高官”做。

与此同时，李鸿章对盛宣怀的这一评价，也可谓是对其与众不同的人生道路的一语道破。

“学而优则仕”既是天下千千万万书生的梦想，也似乎是他们要走的人生必由之路；而所谓“仕”，说白了就是做官；只有做得了一官半职，才能手握权柄；只有手握权柄，才能办成“大事”，甚至威震四方、号令天下。这种力量感、成就感和快感，是无权者所难以体会的。的确，一个没有权力的人，任凭你的武艺再高强，肌肉再发达，拳头再厉害，一拳打将出去，你能打出多大的一片天地啊？而且，你的拳头打出去之前和之后，还有一个合法与非法的问题要解决。只有手握权柄，不仅你个人的力量可以无限放大，而且你所有的意志、语言和行为，甚至包括所有的杀戮、挥霍和泄愤，便全被合法化了。因此，权力总让人对它心生羡慕，进而不择手段地去攫取它。而在种种权力中，唯有以国家的名义赋予的，不但其力量最大，而且最合法，最合理，最光荣。因此，当盛宣怀第一次听到有人叫自己“盛大人”时，一定在心里说不出的受用。然而，他在心里受用的同时，也有点儿心虚，因为他知道，国家权力的获得是件很不容易的事情，而自己获得的似乎太容易了一点。

封建时代，国家最高权力的最初获得，当然是通过杀人如麻、血流成河，或者变相的皇袍加身之类；而在和平时代的科举制度，无疑是为人们在世袭之外开辟了一条正当获得这种国家权力的途径，且在很长一个阶段是为统治者和被统治者都认可的唯一的途径。这样一来，换一个角度来看，这一途径之外的任何途径，在人们眼中似乎都是旁门左道，而通过旁门左道获得的权力，其合法性总常常会遭到人们的质疑。盛宣怀或许正是深知这一点，才如此的看重功名，看重得在实现了“做高官”的梦想后，还要一次次地去补这一课，确切地说是补这一“考”。

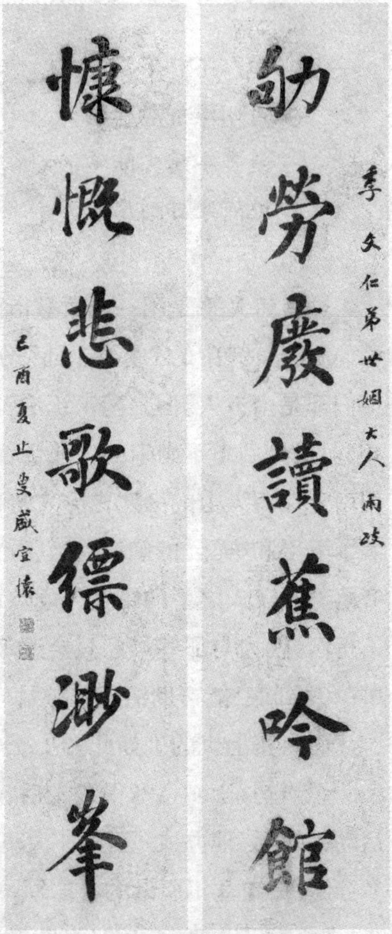

盛宣怀书法

遗憾的是，盛宣怀始终没有能补上，这便注定了他只能走先“办大事”后“做高官”的路子，这也便注定了盛宣怀一生最大的幸运与不幸。

幸运的是在这个特殊的时代里，对于盛宣怀来说，旁门左道毕竟也是一条路，总不至于走投无“路”。

要知道，这一条“路”的出现实际上也并不容易，因为对于清廷来说，其本质上是并不想让李鸿章、曾国藩们“做大官”的，即使你考中了进士，甚至是状元、榜眼和探花也一样。为此，中过探花的张之洞还曾做过一首诗：

南人不相宋家传，
自诩津桥警杜鹃；
辛苦李虞文陆辈，
近随寒日到虞渊。

这首诗几乎是用一典故敷衍而成，字面上显得很含蓄，所以我在这里有必要稍作解释。诗中的“虞、文、陆”分别指南宋的几个人：虞允文、文天祥和陆秀夫，他们都是南方人。但是南宋统治者曾经有一个不成文的规定，就是不用南方人为相，但是最后忠于南宋的这几个著名的忠臣，恰恰都是南方人。张之洞的这首诗，用南宋在用人上的南北之分来暗喻清廷用人上的满汉有别，可见其字里行间充满了不平和牢骚。的确，在清廷看来，让李鸿章、张之洞们“做大官”，无疑有大权旁落到了汉人之手的嫌疑与危险；但最终为什么还是让他们做了呢？这实在是万不得已，因为与那些早已只会遛鸟、狎妓、抽大烟的八旗子弟相比，他们能“办大事”，说到底，能帮助清廷维护封建统治。

而事实上也的确如此。

想当初，李鸿章考得进士后，也只获得了个翰林院编修的闲职，是太平天国运动爆发后，他办成了几件“大事”后，才平步青云真正当上“高官”的：一是回乡办团练，建立了所谓的“淮军”；二是拉着这支“淮军”，与曾国藩的“湘军”一起，先打败了太平军，后又打败了捻军；三是与洋人一番周旋后订下了一系列的条约。总之，是李鸿章做成了这些“大事”后，清廷才不得不让他“做高官”的。岂止李鸿章，所谓的“中兴名臣”多是如此，在李鸿章之前，其老师曾国藩是如此，而在他之后的张之洞也是如此，都是最终凭着能“办大事”而真做到了“高官”。当然这一点儿也不是清廷的大方，而是它再不大方一点一切便会玩完了，两相权衡下来，送出几个顶戴花翎总比玩完要好！也正是因此，左宗棠、胡雪岩等也在盛宣怀之前做得了“高官”，而左与盛宣怀一样，几次科举都没能得中，而胡更只是个实质的商人，他从来连考场的门也没进过。

因此，与其说是李鸿章成全了盛宣怀，还不如说是时代造就了盛宣怀。

然而,说到这儿,我们已经不难发现,盛宣怀的不幸与悲剧性命运实际上也已注定,因为他走的是“办大事——做高官”的路子,这说穿了,“办大事”并不是他的目的,而是为了“做高官”;但是清廷让你“做高官”,为的是要你为它“办大事”。二者明显是相矛盾的。或许在慈禧老太太的眼里,盛宣怀这个常州人,一直只是个能办事的商人,并不算个货真价实的“高官”。而在盛宣怀一方,正是为了使自己已经做上了的“高官”货正价实,便不得不一次次地补考,其中有着怎样的无奈与心酸,恐怕只有他自己知道。

叁

19世纪末20世纪初的中国,最难办也最要紧办的“大事”不外乎两件:一曰教案,二曰洋务。

所谓“教案”,即面对列强的经济侵略和宗教、文化渗透,一些地方自爆出一些焚教堂、烧洋货、杀传教士的事件,而这些事件又事实上为列强制造更大规模的侵略活动提供了最好的借口,上文提到的天津教案即属此。虽然类似的事件,每次都在李鸿章等人的周旋下总能平息下去,但清廷每次付出的代价也总不会小,不是割地就是赔款,且“十赔九不足”,对方胃口越来越大——这样下去何时是个尽头?于是有人提出必须“强兵”;而欲“强兵”,必须先“富国”;而欲“富国”,则必得“分洋商之利”,并夺回民族经济发展的自主权。但是当时的现实是,在洋商的渗透和垄断下,不但中国民族经济面临着极大的危机,甚至还对国家安全形成了直接的威胁。例如,郑观应认为,长江上“洋船往来,实获厚利,喧宾夺主”,所以要“使长江商船之利,悉归中国独擅利权”。为此李鸿章决定办轮船招商局,“庶使我内江外海之利,不致为洋人占尽”。盛宣怀也认为:“伏思火轮船自入中国以来,天下商民称便,以是知火轮船为中国必不能废之物。与其听中国之利权全让外人,不如藩篱自固。”李鸿章、盛宣怀们出于这样的目的而开办的实业和相关活动,便被人们称之为“洋务”。

盛宣怀确实是个能“办大事”的人,他也办成了许多的“大事”,这第一件便是“会办”轮船招商局。

1872年3月，盛宣怀被委以“会办”一职，奉李鸿章“面谕”去上海协助“督办”朱其昂创办轮船招商局。虽只为“会办”，但事实上最终盛宣怀不但在轮船招商局的创办过程中起了决定性作用，并最后挤走了朱其昂，取而代之成了实际上总揽全局的“督办”。他力争企业的性质为“商本商办”，并一再解释其原因和目的是“筹国计必先顾情”，“试办之初必先为商人设身处地”；他认为只要“利不外散，兵可自强”。这一切无疑是为“官商一体”而实现的一种双赢策略，这在当时无疑是高明的。盛宣怀不但亲自拟定了《轮船章程》，而且还亲自草拟了“委任宜专”、“商本宜充”、“公司宜立”、“轮船宜先后分领”、“租价宜酬定”、“海运宜分与装运”等六项纲领。我常想，盛宣怀在草拟这些时，一定是笔走龙蛇、下笔千言的吧，至少是比他在考场中挤牙膏一般书写那八股文章要来得心手双畅吧！至此，我们似乎不难明白他为什么一次次会在考场败走麦城的原因了，即，他天生就是个做生意的料，商业人格的确占据了他大半的生命。

说实话，对于盛宣怀在创办轮船招商局的过程中究竟有哪些作为，他起草的这些纲领究竟是些什么内容，我并没有多大兴趣，我感兴趣的是，盛宣怀在轮船招商局创办成功后，反而离轮船招商局越来越远了。

盛宣怀几乎在成为轮船招商局督办的同时，被任命为天津兵备道、山东登莱青兵备道兼东海关（芝罘税关）监督。（后来又被任命为天津海关道这一北洋关键的职位）这一系列的职位都是有职有权的，可不像我们今天的一些人，在办成了几个实业后所当得的政协副主席、人大副主任之类。这道台府比督办署要气派多了，做道台也比做督办风光多了，更重要的是有权多了。于是，盛宣怀几乎没怎么考虑，便毫不犹豫地去天津上班了。

轮船招商局

天津离上海很远，远得轮船招商局的事务盛宣怀实际上已无法顾及了，甚至连遥控也不能，因为在当时的条件下，两地间一封信寄过去要走上好几天才能到；电话还没有通，即使通了，这么远的路打过去，声音也听不清了；电报业当时也全掌握在洋人之手，也不能用，因为一用无异于将商业秘密送给洋人。于是盛宣怀实际上只顶着轮船招商局督办的名，具体经营性事务他干脆全交给了马建忠打理，自己则一心一意，有滋有味地做他的道台了。

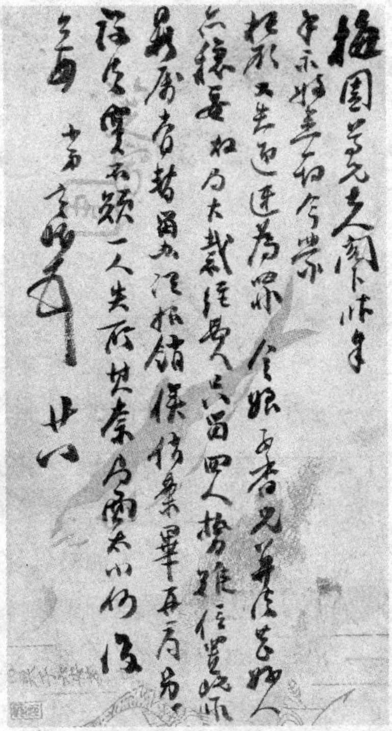
盛宣怀信札

当官，当然要应酬，要与上司搞好关系，因此，那几年里，盛宣怀除了打理日常公务外，最热衷的事情便是跑京城了。天津北运河的桃花口是天津海关的专用码头，人们常常看到盛宣怀的官船三天两头从这儿起锚西去，三五天后又西来靠岸。盛宣怀去得最多的地方，当然是北京皇城根东的煤渣胡同的良贤寺，因为那是李鸿章在京城的长住处；但是京城的各王府大院间也常可见他奔走的身影，他与王爷、贝勒们周旋、寒暄，每到一处，每见一人，当然不会忘了先递上红包。觥筹交错，推杯换盏几乎成了盛宣怀那一阶段每天的必修课，在他的生活中，铿锵的碰杯声压过了轮船招商局的算盘声甚至汽笛声。当然这样的生活有时不免会手头吃紧，只有这时他似乎才会想起远在上海的轮船招商局——它应该将红利汇来了吧！总之，这一阶段，盛宣怀的官僚人格又被发挥到了极致。

在这种情况下，按我们今天的许多人的想法，远在上海的马建忠或许正求之不得吧！他可以趁机在轮船招商局发展自己的势力，架空远在北方的盛宣怀，真正地将轮船招商局掌握在自己手里。然而，马建忠却书生气十足，不断给盛宣怀写信、发电报，催他回沪主持轮船招商局。这倒不是马建忠风格有多么高尚，视权力如粪土，而是因为他心里想，你盛宣怀当官是很忙、很要紧，但我也有很要紧的事情要做，我也不能将全部的生命耗费在商务上呵！那么马建忠商务之外还有什么事要做呢？原来是著书立说！的确，马建忠原本就是一位书生。他的名字我是早年上大学时在现代汉语课上最初听到的，因为他写过一本《马氏文通》——正

马建忠

是凭借着这本书，他初步建立起了汉语语法体系，换句话，在他之前，中国汉语言文学虽然已成熟发达了几千年，但竟没有语法；也是凭着这本书，马建忠成了当之无愧的一位汉语语言学大师。

然而，马建忠的每一封电报都被盛宣怀置之案头，因为盛宣怀觉得此时已宫阙在望了，离入阁似乎只有一步之遥了，他不想半途而废；而马建忠也不想将全部精力全用在轮船招商局上。轮船招商局就这样似乎成了个没人想管的孩子。至此我们不难看出，在那个时代里，中国的知识分子，虽然在理性上认识到了“洋务”对于“富国”和“强兵”的重要，但“立功、立德、立言”的惯性作用还力量很强大地左右着他们的实际行动，于是在实践中，对它的兴趣有时远远不如对做官、著书的兴趣那么浓厚。这不能不说这是那个时代的中国知识分子的一种集体性的人格分裂，一种悲哀。

盛宣怀虽然是洋务派的重要人物，甚至有人说，没有盛宣怀就没有后期洋务运动的成就，我们纵观其一生，他的确办成了许许多多的“大事”，但他似乎“办大事”的兴趣远远没有“做高官”的大。我们似乎可以肯定地说，如果不是1896年甲午战争的失败和李鸿章的倒台、死去，盛宣怀恐怕还不会这么快回到上海，可能还会在天津北京间继续着他的“做高官”的美梦。

肆

甲午战争对于“洋务派”的打击实在是太大了，这种打击，不但是洋务运动的最大成果北洋舰队灰飞烟灭，由此似乎证明他们所有“富国强兵”梦想的破灭，而且这直接导致了洋务运动的领袖人物李鸿章的失势（不久后死去）。

盛宣怀终于回到了上海，从官场回到了商场。不难想象他此时的心里一定是痛苦而复杂的。之所以痛苦，因为他毕竟更想“做高官”；之所以复杂，一是因为他想，商场虽不如官场风光，但不乏白花花的银子，相比之下倒也更实惠；还有商场上虽充满了铜臭，但利益大小等，一切以合同、股份说了算，倒也直来直往，不像官场上那么多暗箱操作、笑里藏刀、阳奉阴违，那么无耻，那么累人。不是吗？他曾亲眼看到，像李鸿章这样的"大官"，每次进京上朝时，都要在家里先操练一番下脆、作揖等动作。二是他心头的那一线希望似乎并没有完全破灭，他还想通过再办成些"大事"而东山再起，再去做更高的"高官"。

盛宣怀此次回到上海后，其商业人格和商业才能得到了淋漓尽致的发挥。在此前后，他创办了一系列堪称"第一"的实业和学校：中国第一家电讯企业——天津电报总局，第一家内河小火轮航运公司——山东内河小火轮航运公司，第一批现代大学——北洋大学（今天津大学）和南洋大学（今上海交通大学），第一条南北铁路干线——芦汉铁路，第一家股份制银行——中国通商银行，第一家钢铁联合企业——汉冶萍煤铁厂矿公司，等等。

任凭 1898 年"戊戌变法"风风火火，任凭被砍下的六君子的一颗颗头颅在菜市口的地上滚出去老远，似乎一点也没有影响他创办的公司、银行、学校等一家接一家地开业。盛宣怀在开业的鞭炮声中，与人打躬作揖，推杯换盏，满面春风，他的商业人格似乎便如此完全地复活在他的生命中了。

然而，也是在这期间，一件出其不意的事情，又让他的官僚人格迅速复活。

1900 年，就在盛宣怀的公司、银行等一家接一家在南方开业时，北方却突然爆发了战争，而且这一次似乎连老佛爷慈禧都动了真怒，决心要与"八国联军"决一鱼死网破，她亲自拟定《宣战诏书》，号召举全国之力向八国联军开战。诏书中有一句话着实让人猛然听来是热血沸腾："与其苟且图存，贻羞万古，孰若大张挞伐，一决雌雄！"

光绪二十二年接办汉阳铁厂时的盛宣怀

但是，热血沸腾过后，盛宣怀冷静地一想，朝廷这一不顾一切的举措，虽然是出于为国家利益而作出的奋力一决，但后果无疑是严重的，至少是洋务派们苦心经营但尚未成形的成果将毁于一旦。于是盛宣怀与时任两广总督的李鸿章策动了一件天大的事情，这就是联络湖广总督张之洞、两江总督刘坤一等，集体抗旨，实行所谓的“东南互保”。盛宣怀在给张之洞、刘坤一的急电中说：“北事不久必坏，留东南三大帅以保社稷苍生。”

“东南互保”无疑是一种分裂国家的行为，此举不但远远超越了盛宣怀作为一个商人的本分，甚至李鸿章、张之洞和刘坤一们，也超越了他们作为督抚的权限；但是就最终的实际效果来看，此举巧妙地利用了外国势力“以夷制夷”，不但避免了东南半壁遭遇战火，而且在随后与八国谈判中增加了砝码，实在是一种理智之举，因此，当慈禧得到山西巡抚毓贤的告密，将盛宣怀拍发的有关电报交给慈禧后，她也只是无奈地批了三个字：“知道了！”或许此时，慈禧冷静下来一想，觉得盛宣怀又办成了一件“大事”！

不久，慈禧懿旨，大意是：盛宣怀赞襄和议，保护东南，著赏加太子太保衔。

得到这样的嘉奖，我想盛宣怀的文化人格一定会又一次地倾向于官本位的吧！

果然，当1908年初来自北京的一纸“上谕”送到盛宣怀上海的公馆时，盛宣怀随即便又屁颠颠地去北京上班了。

这一次他得到的官自然比十年前的道台高了许多，为邮传部右侍郎，不久又擢升为邮传部尚书，再后来又迁全国铁路总监，总算做到了相当于今天的正部级的位置，入了内阁。此是盛宣怀一生宦海生涯中最风光的时段。

当然，这一次清廷之所以看中他，让他“做高官”，原因与从前并没有两样，还是为了让他替清廷去“办大事”，而此时说穿了，便是去为朝廷捞钱，因为此时清廷的家当在经过一次又一次给洋人赔款后，已几乎赔光了，连日常的开销也似乎捉襟见肘了。

盛宣怀此时已在商海历练多年，对于如何搞到钱自然有的是办法。如果此前他是一个有着官僚背景的商人，那么这时他摇身一变，成了一个有着商业头脑的官僚了。

他在创办轮船招商局时曾不遗余力推行“商本商办”，现在屁股坐的位置不同了，他不得不也屁股指挥脑袋，于是他下令，将轮船招商局收归邮传部管辖；同时奏请汉冶公司之外，“不准别立煤矿公司”，试图对这一行业实行国家垄断；另外他深知铁路作为国家动脉的重要，曾不遗余力的推行所谓“铁路国有化”……这一切自然是为清廷捞得了不少白花花的银子，但他的文化人格也便在一种不知不觉间再次倾向了官僚一边，或者说完全异化成了一个官僚。一个垂死的王朝的一副顶戴花翎,竟然还有着这样强大的吸引力,这不能不让人惊叹,几千年来“学而优则仕”定律的惯性力量实在是强大啊!

刘坤一

但同时我也想，如果盛宣怀当初考得过功名，或许他反不会这样看重这副顶戴花翎吧？有时候人就是这样,得到过了,反而会觉得不过尔尔,反而不会太看重;越是没有得到的，便越是要想得到，这正所谓“补偿心理”也。盛宣怀如此在乎官位,我想这里面一定有这种补偿心理在起作用的。

张之洞

纵观盛宣怀一生,他便一直这样,亦官亦商,同时又为官不在官,为商不在商,非官非商,脚踩着两条船,在时代的大潮中和人生的航程中随着波逐着流。

洋务派中的多数人物，又何尝不也多是这样呢!

当然,这样也不是说全无益处,以盛宣怀为例,即使以今天的眼光来看他,至少也有一点是值得肯定的,这就是因为他出于“办大事,做高官”的目的,不但事实上开了中国近代工业化的先河,而且在为自己挣得了巨额财富后，眼光毕竟还能超越一处或多处乡间庄园别墅围墙的高度,不至于最终沦为守财奴。民国时对盛宣怀的财产进行了查抄,发现他这个中国近代实业皇帝，其资产比胡雪岩要少得多，这便是盛宣怀们终究比胡雪岩们难能可贵的地方。

然而洋务运动最终还是失败了，失败的原因当然是多方面的，不是我这篇小文章在这里所能说清楚的，但是我想，盛宣怀们这种"办事"为"做官"，一旦"做官"便心不在"办事"的姿态，是不是也是失败的原因之一呢？进而我又常杞人忧天地想，今天，我们的大学每年都要毕业大量的学生，这些毕业生应该是各方面的专业人才，就这一点来说，他们是从前科场上走出的士子们所难以同日而语的，但是，他们毕业后择业的第一选择似乎都是去当"官"，弄得每年的公务员考试报名与录取比例动不动就是几十比一，甚至上千比一。公务员如此"热门"的背后，我想问一句，这种状况对于我们今天的改革开放，对于我们中华民族的复兴大业，究竟喜耶，忧耶？

伍

盛宣怀"做高官"的梦想是被辛亥革命的枪炮彻底打断的。

然而令盛宣怀万万没有想到的是，最初推倒大清王朝这一副多米诺骨牌的第一张牌的人，不是别人，正是他自己：盛宣怀为了为清廷捞钱，策动"铁路国有"；正是这"铁路国有"引起了"保路运动"；又由于清廷镇压"保路运动"而引起了武昌起义，即辛亥革命；正是辛亥革命，使大清王朝 280 多年的大厦哗啦一声轰然倒塌。

大清国几乎公认的能"办大事"的能臣，竟最终将它办灭亡了，这实在具有讽刺意味；而对于盛宣怀来说，他的人生本身不也太具有讽刺意味吗：改朝换代后，作为商人的盛宣怀本可以继续做他的商人，但是由于他实实在在又是清廷的"高官"，民国政府对他进行"抄没家产"等也便成了自然而然的事情。

当盛宣怀一番乔装后悄悄钻进德国货轮的暗舱去日本躲避风头时，不知道他有没有后悔当初——

为什么如此在乎那一场注定名落孙山的考试呢？

为什么如此在乎一副自己并不一定必需的顶戴花翎呢？

为什么就不能做一个纯粹的商人，而要一生脚踩两只船呢？

2009 年 11 月 24 日

赛金花：何日彩云归

去皖南黟县，是为了看西递宏村的古民居，可半途却由一咖啡色路标的指引而去了“归园”。

那园子离我们经过的公路不远，我们坐在车里透过车窗远远地就可以望见。

自然是一片掩映在绿树翠竹之中的粉墙黛瓦、飞角重檐和曲径回廊，只是我们并不知道它是个什么园子——心想，或许是又一座掩藏于深山的古典园林吧！

到了那儿才知道，竟是座新园子，为纪念赛金花而建的。

赛金花的大名我早就听说过，但是真不知道她竟是黟县人！且也难以想象，这块出过朱熹等理学大师，也出过胡适等文化大师，事实上是宋元道统和明清理学原产地的土地上，竟也出了这么一位曾声震华夏的名妓！这对于那些道学夫子们莫不是一个天大的黑色幽默吗？

然而，园中的赛金花纪念馆内的文字，确切无疑地告诉我们：“郑彩云，艺名赛金花，清同治十一年（1872年）十月九日生于安徽省黟县二都上轴，父名郑八哥，祖父在苏州经营当铺，12岁时，由于母亲病故，遂随父到了苏州……”

赛金花确确实实是这块净洁而美丽的土地上生长出的一株罂粟花。

有人说她是徽州文化中的败笔，是程朱理学的尴尬，是徽州人的耻辱。

有人说她是现实生活中的羊脂球，是中国的蝴蝶夫人，是徽州人的骄傲。

壹

赛金花的大名广为人知，可能最初得力于一本叫《孽海花》的小说，其名列清末“四大谴责小说”之一，有着广泛的影响。这本小说，以状元郎金雯青与名妓傅彩云的婚姻生活为线索，讲述了一个令人目瞪口呆、匪夷所思的传奇故事。

“苏州状元”金雯青，在苏州的周家巷寻得一妙龄雏妓傅彩云，并将其纳为小妾，携进京城。入京后状元郎做了大清国的驻德、奥、俄、荷公使，便携彩云云游西方列国。此间彩云与德国一年轻上尉军官瓦德西相识，并陈仓暗度。谁知世事难料、人生无常，若干年后，状元郎因故被革职，惊吓之下一命呜呼，彩云因出身妓家而为金家不容，被迫艳帜再悬、重操旧业。不想八国联军此时攻破京城，其总司令竟是当年那位与彩云陈仓暗度一时之德国上尉。二人重逢后，彩云以身事虎，以枕边风吹醒其灵魂深处被兽性所抑的丝丝人性，由此使浩劫之下的京城生灵少受了不少涂炭。

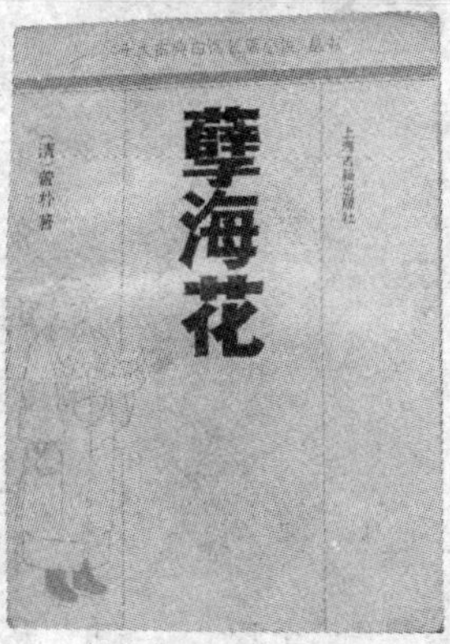

《孽海花》书影

初看这个故事，似乎也可归入传统的“才子佳人”之列，只因为故事发生之背景——空间上从中国到欧洲，时间上正是晚清最为波诡云谲的那一段——可谓既广阔又特殊，所以不但引起了人们特别的关注，而且似乎有了某种特殊的意味；再加上其自号“东亚病夫”的作者曾朴宣称，这部小说的创作，“三十年旧事，写来都是血痕；四百兆同胞，原尔早登觉岸！”并说他只是“把这些现象，合拢了它的侧影或远景和相联系的一些细节，收摄在我的笔头的摄影机上，叫它自然地一幕一幕地展现，印象上不啻目击了大事的全景一般”。所以不由得人们不相信小说中所写人事的真实性。于是有人对号入座，认定小说中的这位状元郎金雯青，就是中国唯一一位状元外交官洪钧，而那位公使夫人傅彩云便是赛金花。

于是有人又写了《孽海花续》、《九尾龟》等，将这个特殊的才子佳人的故事更讲得活灵活现、家喻户晓。

如果人们的关注仅仅停留在这地步，本也算不得什么，最多也没有超出文学

洪钧

就是这个看上去有几分清纯和土气的名叫傅彩云的女孩，便是日后名叫赛金花的名妓。

欣赏与文学评论的范畴，大体上不会对社会产生太大的直接影响，甚至于对于当时正活着的赛金花也不会产生多大的影响。事实上也是如此，在《孽海花》等小说流行于世的最初一二十年里，小说也好，传闻也好，似乎都没能帮上赛金花什么忙，她照样要靠日日忙于做老鸨、拉皮条和接嫖客的生活，甚至还坐了一阵大牢。

直到“九·一八”事变后，中国又一次面临着被更大规模的侵略，此时，不知是出于一种什么心理，人们竟然又想起了那个赛金花。1934年，时为北京大学教授的刘半农，竟然宣称要为赛金花立传，并且真带着他的学生，找到了当时因人老珠黄而落魄异常的赛金花，对她进行了几十天的跟踪采访，最终虽然因为刘教授的不幸去世他没能亲自执笔，但他的学生商鸿逵还是继先生之遗志，完成了一本语录式传记《赛金花本事》。而其中赛金花所谓“口述”的许多情节，与《孽海花》中虽有小异，但多为大同。随后，“本事”中赛金花的那些“英雄事迹”，被著名剧作家夏衍编成了话剧《赛金花》，并在京沪各大剧场公演，赛金花本人还被邀请前去观看……就这样，一个曾在苏州、北京、上海等地艳帜高悬的妓女，竟被人称之为“九天护国娘娘”，风光无限、人模人样地走进了中国近代史；甚至直至她死去，这份风光似乎也未曾减退：大画家张大千为她作“彩云图”，李苦禅更是为她又撰文又作画又题字……

然而，几乎与“赛金花热”掀起的同时，人们也对此表现出了不同的态度：

有人怀疑——怎么能听一个妓女的自说自话自我标榜呢？婊子嘴里哪有真话！

有人欢呼——一个妓女就顶了十万雄兵，这不是大清国外交史上最大的一次胜利吗？真是大快人心！

有人愤怒——堂堂大清帝国，竟然靠一个妓女舍身才能保护它的黎民百姓！而且事后还如此过河拆桥、卸磨杀驴，真是无耻之极！

有人嘲讽——看看那满朝的朱紫缙绅，竟然还不如一个卖身的妓女有用嘛！

为此做诗一首：

千万雄兵何处去，求驾全凭一女娃；

莫笑金花颜太厚，军人大可赛过她。

贰

人们之所以认为赛金花是“九天护国娘娘”，其实也不能说全是听了赛金花本人的自说自话，至少是基于了两个事实：一是赛金花早年的确做过中国驻德、奥、俄、荷公使洪钧的小妾，不仅在德国待过，有与一位名叫瓦德西的德国军官相识的机会和可能，而1900年八国联军攻破北京时，联军的总司令正是一位叫做瓦德西的德国军官；二是在攻进北京的八国联军中，德国军队似乎表现得最为“文明”，在杀人放火、奸淫掳掠方面，与其他国家的军队相比，的确收敛许多。

正是基于这两个事实，两个精彩的场面便似乎是非常合情合情地不仅出现在了小说中，也出现在了人们的想象中。

一个场面是在遥远的德国，在中国公使馆富丽堂皇的大厅里，或者是皇家的某个宴会上：年轻貌美的公使夫人赛金花浑身散发出的东方魅力，深深地吸引了年轻军官瓦德西的目光。舞曲响起，他走到赛金花的面前，非常绅士地邀请赛金花共舞。一曲未完，双方都已难舍难分了……

八国联军总司令、
德国军官瓦德西

另一个场面当然是在被八国联军攻破了的北京，在瓦德西的军营之中：瓦德西瞪大眼睛吃惊地对赛金花说：“没想到能见到你，真是太高兴了！”赛金花也用德语说：“我也很高兴！”随后两人热情拥抱、亲吻……这些都是洋礼节，但赛金花早就习惯。再后来，在瓦德西的大帐之中，在被德军占领的紫禁城中，在慈禧的仪鸾殿大床之上，每当瓦德西心神皆爽之际，赛金花便“要他下一道命令，不准兵士再在外面随便杀人”。瓦德西自然老老实实、乖乖巧巧地照办。于是北京的大街小巷,那些本杀人不眨眼的联军士兵便不再随便杀人,至少是德国士兵如此。于是硝烟开始慢慢散去,街道渐渐干净,商店陆续开门……

如果这样的场面是真的,那么将赛金花称之为“九天护国娘娘”,虽有些难听,但也能理解。

然而,据《赛金花本事》载,赛金花亲口对刘半农与商鸿逵说:

> 有人说,我在欧洲常常到各舞场里去,那却是一派胡诌。要想一想,我是个缠脚女子,走动起来是如何的不方便,而且我在欧洲连洋装也没穿过,叫我怎么跳得起来?休说是到跳舞场,便是使馆里遇着常客,按照外国规矩,钦差夫人应该出来奉陪,可是我只出来打个招呼,同他们握握手就退回去。洪先生是最反对外国礼节的,常说他们野蛮,不可仿习。
>
> ……我同瓦以前可并不认识——他问我:“到过德国吗?”我说:“小时同洪钦差去过。”又问:“洪钦差是你什么人?”这时我却撒了一句谎,说:“是我的姊丈。”他一听,喜欢极了。

可见,这第一个精彩场面原本并不存在,只是小说家的臆想和人们一相情愿的虚构。可在《赛金花外传》中,赛金花又对曾繁言之凿凿地说:

> 那年结识了瓦德西将军。他和洪先生是常常来往的,故而我们也很熟识。外界传说我在八国联军入京时才识瓦德西,那是不对的。

《赛金花本事》书影

这样一来,真是难怪有人会说婊子的话哪能当真!再则她在德国时究竟与瓦德西认识不认识,甚至有没有见过,也便只能是一个谜了。

那么,在八国联军中,到底为什么恰恰是德国的军队比较文明呢?请看瓦德西在日记中所写:

联军占领北京之后，曾特许军队公开抢劫三日……在英国方面，关于此类行军特长，却曾被以一种特别方式，所抢之物，均须缴出，一齐堆在使馆大屋之内，加以正式拍卖，如是者累日。由此所得之款，按照官级高低，加以分派，其性质略似战时掠获金。因此之故，无一英人对于抢劫之事，视为非法行动。而且英国军官曾为余言：印度军队，对于战胜之后而不继以抢劫一事，实绝对不能理解。所有此地各国军队，无不一致公推印度士兵，最善于寻出各处密藏之金银宝物。在日本方面，则对于此种掠夺之物，照例归于国家。由此所得之款其数至为不少。据日本某将军之报告，只天津一处抢劫所得者，即有二百万之多。至于美国方面，对于抢劫之事，本来禁止，但美国军队颇具精明巧识，能破此种禁令。俄国军队抢劫之方法似乎颇称粗野，而且同时尽将各物毫无复绝对不曾落居人后。（1900 年 10 月 22 日记）

刘半农

……最侥幸者，德国军队当时未能参加公开抢劫之事。天津之战，我们只有三百海军参与其役，而舰长 Usedum 并将彼等聚在欧人租界之内，不准一兵前往天津。至于德国军士之到北京，则已在抢劫久过之后。余之所以谓德国军队未能参加抢劫为侥幸者，盖以司令长官见周围各兵士，已得各该军官允许，实行抢劫，或各该军官自己，甚至于争先抢取其最好之物，试问将有何法处置？又若（德国）兵士之中，设有一二颇知间避去长官耳目，以满其抢物贪欲，试问又有何法阻止？……（1900 年 11 月 12 日记）

可见，德国士兵之所以较“文明”，在天津时是他们的司令官怕他们人少吃亏，没准他们进城，而当时的那司令官也不是瓦德西；而在北京时，是因为他们来晚了一步，没赶上趟。还有一点，瓦德西到北京是在八国联军进入北京一个多月后，即使他与赛金花有床第之欢，即使赛金花确曾“要他下一道命令，不准兵士再在外面随便杀人”，即使他也能真听赛金花的去照办不误，他也是不赶趟的呵！也因此，上面那第二个精彩场面实际上也只会是子虚乌有，它只能存在于小说家的虚构中和人们一相情愿的臆想中。

叁

赛金花之所以被称为“九天护国娘娘”，据她在《赛金花本事》中自述，除了上面所说的她“搞定”了瓦德西外，还在于她帮了李鸿章一个大忙，而实际上最终也帮了慈禧一个大忙。

众所周知，八国联军进攻北京的借口是德国驻华公使克林德被义和团所杀。（但是这也仅仅只是个借口而已，其背后的复杂原因这里就不必细说）因此，在八国联军与清廷最后的谈判中，自然要谈到此事的处理。对此赛金花是这样对刘半农与商鸿逵说的：

> 当开和议时，态度最蛮横、从中最作梗的要算是德国了。他们总觉得死了一个公使，理直气壮，无论什么都不答应。尤其是那位克林德夫人，她一心想替她丈夫报仇，说出来许多奇苛条件，什么要西太后抵偿罢，要皇上赔罪罢，一味的不饶，把个全权和议大臣李鸿章弄得很没办法。我看看这种情形，心里实在起急，又难过，私下里就向瓦德西苦苦劝说了有多少次，请他不必过于执拗，给予中国留此地步，免得两国的嫌恨将来越结越深。瓦说，他倒没有什么不乐意，只是克林德夫人有些不好办。于是我便告了奋勇，愿做个说客去说她。……我说：“……您在中国许多年，没看到过那些为忠孝节义的人立的牌坊么？那都能够万古流芳千载不朽的！我们给贵公使立一个更大的，把他一生的事迹和这次遇难的情形，用皇上的名义，全刻在上面，这就算是皇上给他赔了罪。”经我这样七说八说，她才点头答应了。这时候我心里喜欢极了，这也算我为国家办了一件小事。听说条约里的头一项就是这事哩！

如果她说的这一切是真的，那真是太匪夷所思了，她竟然比李鸿章还有本事!李鸿章做不通的工作,她就只需“七说八说”就做通了;且她竟也能代表政府先答应公使夫人可以为她丈夫立个牌坊,而后政府竟然就真的按照她的方案立了个牌坊。

然而,我却因此而想到乡下老百姓口耳相传的一个寓言:一头牛在耕田,好不容易将一块田耕完了,耕田的农夫正要犒赏那牛,此时一只一直叮在牛背上的苍蝇对农夫说:“这田是我耕的啊!你怎么能只犒赏那牛,而不管我呢?”

尽管真的“条约里的头一项就是这事”,尽管后来北京东单的牌楼的确竖立起了一座“克林德牌坊”,尽管我们不能很清楚地知道这牌坊到底是怎么竖立起来的,但是有一点可以肯定,赛金花说这一番话的同时,实际上已成了叮在牛背上的那只苍蝇了。

之所以这样说,据当时“和赛金花虽然不能说天天见面,但一个星期之中至少也要碰到一两次,跟她很熟”的齐如山先生在《关于赛金花》中分析,其中原因至少有三点:

第一,“她那几句德国话就不够资格”去“七说八说”,因为“赛之德语稀松得很,有些事情往往求我帮忙(实际上就是帮忙翻译),实因她不及我,但我的德语,也就仅能对付弄懂而已”。这样的德语水平,要去与人说道理,并且还要将固执的对方说通,说服,这未免天方夜谭;

第二,“就算她说过,瓦德西有这个权答应这些事么?瓦德西虽是各国联军的总司令,但这种司令是哪一位官级高哪一位就担任此职,并非因德国公使被害,德国权利较大也……这种司令仍不过是只管军事,至于一切国事的交涉,仍由各国公使秉承各本国政府的意旨进行,或主持。瓦德西怎么能有权答应这种请求呢?”

第三,就算“说赛金花可以求克林德夫人,试问一个公使夫人有权利答应这种事情么?她丈夫虽然被害,她不过可以要求关于自己的赔偿,至于真正国际事情,万非她可以主持。”

由此看来,赛金花“为国家办了一件小事”,也只能是她的自说自话,很难让人相信。

同样,在对于这两件“英雄事迹”上,赛金花自己的话也前后矛盾。据曲春江

《赛金花轶事》载,赛金花曾应邀去看《赛金花》一剧的演出,看后她认为:

戏情稍有不合事实处:一,余与德将统帅八国联军之瓦德西,虽有一段情缘,但斯时系在清皇宫之仪銮殿上(即现在之怀仁堂),爱史为人生秘密中之秘密,闺房中事,岂能为局外人道,该戏关余与瓦德西之钟情,未免描写太过。二,阻止外兵屠杀民众,及劝德公使克林德夫人应允中国议和之事,余不过斯时见外兵屠杀我国人民,一时激于临时情感,随时向瓦一说,并非预有若何救国之成竹在胸,而出于有计划的爱国举动也。该戏演来,少失真相,虽十分夸奖我,但于我之良心上,诚为不安……

赛金花这时的"谦虚"与前面的"不谦虚"实在是矛盾。不过其矛盾的根本原因,在我看来,或许是她本以为自己说起瞎话来已经是够大胆的了,但是没想到竟然还有更大胆的,所以连她也自叹不如。真不知道那些剧作家和艺术家们知道了赛金花的这段话后,心里会有什么滋味!

按常理,如果赛金花真帮了李鸿章和清廷如此大忙,李鸿章又是她的安徽老乡,怎么说事后也得有所表示呵,清廷再腐败,就算是做做样子笼络笼络人心,也会有所表示的吧?至少不会做那种过河拆桥、卸磨杀驴的事吧?然而,清廷回京后,并没有表现出一点领赛金花情的地方,而赛金花也仍旧只能操她的旧业,靠做老鸨、拉皮条和接嫖客度日!不仅如此,当她将一雏妓逼至自杀而死时,清廷也并不曾对她有半点同情,而是将她以"虐妓罪"判决"下狱",出狱后还将她"驱逐出京,遣回原籍"。这一切,本身也能多少证明赛金花说的多数都是瞎话。

虽然赛金花这一次被"押送回籍"后只在黟县住了半个多月,不过倒因此而让世间明确了她真是黟县人。此前,她曾笼统说过自己是徽州人,但也说过是苏州人,还曾说过是休宁人……不过这也不能全怪她,哪一个婊子肯轻易说出自己的籍贯啊!或许这也算是她们在灵魂深处剩下的最后一点羞耻感——自己毕竟在外是让故乡蒙羞啊!

只是没想到,今天黟县倒堂而皇之地为赛金花建造了这么一座归园,我想如果赛金花地下有知,或许也会于九泉之下笑出声的吧!

肆

其实,赛金花到底有没有与瓦德西睡过?瓦德西到底是不是因为赛金花枕边风的作用才不让德国士兵参与北京城里的烧杀奸淫?朱紫缙绅与妓女到底谁对国家更有用?那北京的“克林德牌坊”到底是不是赛金花的主意?……对于这些问题,我实在是没有兴趣去探讨,因为无论赛金花有没有与瓦德西睡过,我想她都不应该是黟县的光荣吧!

且不说她若是明明没有做过,竟还在那儿说瞎话,哗众取宠、虚言邀好,分明是一种无耻;就算她真的如《孽海花》中所写一般,真的与瓦德西睡过,也真的给他吹过枕边风,帮过李鸿章的忙,那又怎么样呢?记得鲁迅在《这也是生活》一文中,曾用他那一贯“顺手一击”的方法,不无讽刺意味地说:“连义和拳时代和德国统师瓦德西睡了一些时候的赛金花,也早已封为九天护国娘娘了。”在这里,鲁迅虽也已承认赛金花的确曾与瓦德西 “睡了一些时候”, 但对此观点很明确——那又怎么样呢? 这样的人也能被封为“九天护国娘娘”吗?

黟县为什么要建这么一处假古董呢? 我首先想到的其中原因和目的便是为了增加一处旅游景点:不管怎么说,赛金花是名人嘛! 只要是名人的“故居”、“纪念馆”之类,总会有人来看的,这就可以卖门票,可以增加地方的旅游收入。

然而,真的只要是“名人”,只要他(她)能带来钱财,就可以不管他(她)是凭什么出名的,就一律为他(她)建“纪念馆”吗?我把自己的这一想法刚说出口,或许是觉得我的话有点扫人兴吧,给我们做讲解的那位本地导游告诉我说:“这园子开放至今才短短半年时间,平均日接待量就突破了500人次。”

成为名妓后的赛金花

这话真让我有点吃惊, 不由得想到我们此行刚刚去过的绩溪胡适故居,那真是门前冷落车马稀啊! 真没想到这赛金花至今竟还有这么大的魅力, 至少是其魅力远远大过作为文化大师的胡适!

这真是莫大的讽刺!

不可否认, 赛金花的知名度和魅力更多的是来自于

夏衍

当时许多文化人甚至是文化大师的抬举和吹捧；现在倒好，被吹捧者竟然压过了吹捧者自己。这恐怕是那些吹捧者当初所始料未及的吧？

夏衍的戏、张大千和李苦禅的画就不用说了。就说胡适本人吧，他也曾推波助澜过：当刘半农宣称要为赛金花作传时，胡适说刘这是"开了大学教授为妓女立传的先河"，赞赏和欢呼之情溢于言表。还有连宣称看破红尘做了和尚的苏曼殊，竟也对一个妓女表现出了极大的好感，他在《焚剑记》里说："庚子之役，（赛金花）与联军元帅瓦德斯（西）办外交，琉璃厂之国粹，赖以保存……能保护住这个文物地区，不使它遭受捣毁破坏，也应算她做了一桩好事。"还有以提倡幽默著称的林语堂，更在《京华烟云》里几乎是为赛金花大唱赞歌了："北京总算得救，免除了大规模的杀戮抢劫，秩序逐渐在恢复中，这都有赖于赛金花。"这么多堪称大师的文化人一齐上阵，赛金花焉能不红、不热？

对此，齐如山先生曾在《关于赛金花》一文中有些愤怒地说："平常国民不知道，尚无不可，若小说家、诗家、文人……若连国际这样极普通的情形都不知道，未免说不过去。"

其实，这些"小说家、诗家、文人"岂能真"不知道"啊？是他们灵魂深处实在需要有一个赛金花，所以他们根本就不愿"知道"齐如山所知道的这一些来杀了自己的风景。

首先这是因为中国一贯以来有一个传统，这就是每每男人不行时，就会有女人上；每每一个王朝不行了，总会出现一个甚至一群巾帼英雄。不是吗？宋朝不行了，男人们打仗都不中用了，杨门女将便出场了，为大宋朝争得了面子，所以《穆桂英挂帅》等自然传唱不绝；明朝不行了，那些平日时读圣贤书，将忠义气节一天到晚挂在嘴上的江南才子们，一个个骨头比谁都软，于是秦淮八艳出场了，她们弱柳般的身体里原本都有一副硬骨头。为此有人在心里说：你大清神气什么？还不是靠的吴三桂的"冲冠一怒"才得了江山的吗？而吴三桂的这"冲冠一怒"

还不是因为红颜吗，说白了还不是因为一个叫陈圆圆的女人吗？可清朝不行了，也照例有一群或一个女人出场啊，更何况这一次“卖国”的也是个女人，所以岂能没有一个“救国”的女人啊？赛金花出现的恰是时候！所以人们首先是“小说家、诗家、文人”，选中了她为国人争得了面子，随后是“平常国民”欢呼，欢呼这一个妓女便挡住了洋人的十万雄兵，当然也欢呼这满朝的缙绅朱紫，竟然不如一个妓女有用。就这样，一个“九天护国娘娘”被造就出来了。

其次，赛金花封神之时，中国正面临着日本帝国主义更大规模的侵略。但是这又有什么可怕啊？想当年，我们只需一个妓女就可搞定八国联军，小日本又岂在话下！我们只需要将赛金花的“英雄事迹”进一步发扬光大，一定就可以唤醒和造就千万个赛金花了！此时，人们对赛金花格外怀念、称赞自然也不难理解。

齐如山先生虽然不一定看到这一层，但是他的抱怨并没有错。他抱怨的是那些“小说家、诗家、文人”——与其说是赛金花这位“九天护国娘娘”她自己打扮伪装出来的，还不如说是一群“小说家、诗家、文人”与全社会合力打造出的、吹捧出的和最后封成的。

然而赛金花毕竟是一个妓女，这让人总有点尴尬，好在中国也有一个传统，可以一面骂着“唯小人与女人难养也”，一面又忙着狎妓、娶妾不亦乐乎。所以一面在为“九天护国娘娘”大唱赞歌的同时，一面又不能忘了骂上一两句，以示“一分为二”“中庸平和，不偏不倚”。作为男人的刘半农就曾说：“中国有两个活宝，慈禧与赛金花，一个在朝，一个在野；一个卖国，一个卖身；一个可恨，一个可怜。”

说得真是太好了！这话一说，国家弄成这样，一切就全是女人的事了，男人鸟事也没有了，更不必负什么责任了！

这样说来，黟县建这么一座“归园”似乎倒也应该了！

只是我终究还是希望，“归”到这儿的那一缕香魂，千万不要是那个叫赛金花的妓女，而是从这儿走出的那个叫郑彩云的村姑！

归园

2009年12月7日

赵声：一枚绿叶

壹

只要是读过中学的人，大概都知道辛亥年（1911年）春天的广州曾经打响过一阵密集的枪声，虽然这一阵密集的枪声十分短暂，但射出的子弹终将大清王朝这具行将就木的僵尸打穿了几个孔，流下了几滴血。当然，打响这一阵枪声的人，流的血更多，正因此，其中有两位就因为这一阵枪声而成就了历史上的英名：一位是黄兴，因为正是在这一阵枪声中，他的中指和食指被打飞，使得他从此获得了一个“八指将军”的美称；另一位是林觉民，因为他用自己二十四岁的生命为这一阵枪声作了最后的祭奠，还留下了一篇《与妻书》从历史的天空中飘然而落，直落到了我们今天的中学语文课本中。

广州黄花冈七十二烈士墓

至于这一阵密集而短暂的枪声本身之于五个多月后爆发的武昌起义，之于整个辛亥革命，甚至之于中华民族和整个国家命运的意义，更有人总结道：

是役也，碧血横飞，浩气四塞，草木为之含悲，风云因而变色，全国久蛰之人心，乃大兴奋。怨愤所积，如怒涛排壑，不可遏抑，不半载而武昌之大革命以成。则斯役之价值，直可惊天地、泣鬼神，与武昌革命之役并寿。

写下这短文字的不是别人，是有着中国革命的先行者之称的孙中山，这段文字出自他的《黄花冈七十二烈士事略序》这篇文章中，这篇文章也收在今天的中学语文课本中。因此，今天只要是读过中学的人也都因此而知道了"黄花冈七十二烈士"，也知道了那一阵密集的枪声便是历史上著名的"黄花冈起义"，也叫做第二次"广州起义"。

但是，若问这场起义的总指挥是谁，恐怕一般人就不知道了。

是孙中山？

是黄兴？

是林觉民？

——都不是！

起义前，孙中山在马来西亚的槟榔屿是参与过策划，后来则一直在南洋和檀香山等地筹集经费，也就是说，对于同盟会发动的这么一场起义他当然事先是知道的，但是起义的具体情况他几乎是一无所知，更不要说指挥了；直到起义失败后，他才从当地的报纸上知道消息；而黄兴，虽然他实际指挥了160多同盟会员对两广总督府发起的攻击，但他并不是整个起义预先选定的总指挥，相反，近百年来一直有人指责他，说他此行为虽精神可嘉，但却是一次瞎指挥，为此对整个起义的失败是负有一定责任的；至于林觉民，他只是进攻两广总督府的160多人中的一名普通战士。

历史就这样有意无意间忽视了一个人，他的名字叫赵声——一个让今天的许多人都感到陌生的名字。

当黄兴率领着一百六十多人的敢死队向两广总督府发起飞蛾扑火、夸父逐日般的进攻时，赵声则率领着三百多革命党人正在从香港赶往广州的路上，等到他赶到广州城下，枪声已经停息，广州城死一般的静寂，一切都已不可为。

当黄兴化装逃出广州与他在香港相见时，他能做的只能是与黄兴抱着痛哭

赵声（伯先）像

一场，然后是哇的一声，呕出大口大口的鲜血。

当林觉民等视死如归地走向刑场时，他在香港的一家医院里用生命最后的一点力气吟完了“出师未捷身先死，长使英雄泪满襟”两句杜诗后溘然长逝。

——这实在不像是英雄的死法！

赵声既没能像黄兴那样断指喋血于战场，也没能像林觉民一样成为黄花冈上的第七十三位烈士。

然而，就因为这，历史就应该忘记他吗？我们就应该忘记他吗？

贰

赵声，原名疏声，字伯先，号百先，生于 1881 年 3 月 16 日，卒于 1911 年 4 月 20 日下午 13 时，江苏镇江丹徒人。

说来我与赵声也算是有缘吧，我的大学是在赵声的故乡上的，那儿有一座伯先公园，我因此而较早地知道了赵伯先（赵声）的名字；我上大学是在 1981 年 9 月，我入学后不久便参加了一系列纪念辛亥革命 70 周年的活动，因为这一系列的活动，我的一位老师与我们说起了赵声，因为这位老师竟是赵声丹徒的同乡，而那一年又正好是赵声 100 周年诞辰。我至今清楚地记得，当老师将“出师未捷身先死，长使英雄泪沾襟”这两句赵声当年临死前吟过的杜诗含泪吟出做了赵声一生的总结后，他又愤愤地补充了一句：“如果赵声不死，我相信他在历史上的地位和影响至少不会在黄兴之下！”

我的这位老师的话说得有点书生气，一是因为历史是无法假设的；二是我相信，赵声这位本质上也是一介书生的革命家，他的革命绝不是为了替自己去与谁争“地位”和“影响”。

赵声出生在一个“书香门第”。父亲赵蓉曾，为清朝廪生，隐居乡里讲学。母亲葛氏，孝谨和厚，劳心家计。因此家庭可谓殷实而优裕。赵声生得聪明伶俐，很小便在父亲所设学馆“天香阁”读书，据说八九岁时就能通读“四书”“五经”，不满十岁就能下笔为文，且文采烂漫。难能可贵的是，赵声还生得一副魁伟的体魄和豪爽的性格，再加上他平时又自练武艺，可谓是一位文武兼备、才貌双全的美少年。

兄妹四人中，赵声排行老大。因此在父母的心目中，赵声无疑寄托着他们巨大的期望，这期望当然是当时多数人不约而同的，这就是有朝一日能金榜题名，从而出人头地、光宗耀祖。1898年，17岁的赵声参加县试，一举考中秀才，亲友自然登门恭贺，然而他面对亲友笑着说："大丈夫当为国效力，使神州复见青天白日，区区一秀才何足道哉!"他说这番话时，在北京，为了变法维新，谭嗣同等人正血洒菜市口。因此，在他看来，不要说这区区秀才功名，就是举人、进士、状元，又有什么用呢？那些都顶着功名的戊戌君子们的一颗颗脑袋，不是说砍便被砍了吗？于是赵声不想再在这条求取功名的道路上走下去了，他要走出书斋，他要寻觅一道新的道路。

"赵伯先故居"门前的赵声雕像

这让许多人不解和惋惜，但赵声决计沿着自己选定的道路走下去。

从1898年以后的两年间，赵声在江淮之间游历，他所到之处，所见所闻，无不是一片民不聊生、哀鸿遍野的情景。这期间，北方义和团运动失败，八国联军入侵，最后是庚子赔款，又一次将灾难深重的中国人民拖进了无底的深渊。

1900年，赵声母亲去世，他带着痛苦、疲惫和迷惘回到了家乡。中国的道路究竟在哪儿？属于我赵声的道路又究竟在哪儿？此时的赵声，在心中一遍又一遍地这样问自己。

他想起了几年前的一件旧事。

赵声家所居之大港镇，北临大江，历来舟楫便利，市场繁荣，但是由于官府的盘剥和敲诈，许多乡民的日子并不好过。那年，赵声14岁，大港的巡检司的几个衙役，又设计敲诈乡民，但是有一乡民实在拿不出什么来，可恶的衙役不但不放过他，而且还无辜将他拘捕。此事一经传开，乡民们愤愤不平，年仅十四岁的赵声更是义愤填膺，他一怒之下，与几个乡民一起直冲进司衙，凭着一股正气，更凭着

今日镇江大港镇的"赵伯先故居"

自己的一身武艺，将阻挡他的衙役打翻在地，最终将被拘乡民解救了出来。也从此，赵声被誉为"义侠少年"。

这件事使赵声意识到，手上的那支笔终究力量太有限了，最有力量的还是武艺，还是刀枪。大概就是从那时起，赵声就在一种不知不觉间开始构建和完善着自己的文化人格了。

一百多年后的今天，我在考察赵声的文化人格时，发现他身上有两点实属难能可贵，一是他的豪爽与人气，二是他的拼命与实干，而这两者正是中国历代知识分子身上常常所缺乏的。

当然，在我之前就早有许多人看到了这一点，如他的同学章士钊，曾在《赵伯先事略》一文中写道：

> （赵声）魁梧多力，相貌不类苏产，又激于意气，跅驰不羁，被酒大言，无所避就，尤与寻常苏人异撰。

但是章氏并没能发现赵声这一人格形成的原因。不过他倒是有一点判断得很准确，这就是赵声实际上并不是江南人。据史料记载，赵声先祖子褫，为宋燕王德昭五世孙，宋时为避靖康之乱而南迁京口，居于大港二十余世，一脉相承，至今赵氏祖坟犹存。也正是因此，赵声常在自己的文字后自署"宋王孙赵声"。因此说，赵声虽生于江南长于江南，也有着倚马立就的文才，但并不是世人印象中的江南才子，至少不是柳永、唐伯虎式的江南才子，他是辛弃疾式的人物。

镇江是辛弃疾两度出任通判的地方。正是因为在镇江，辛弃疾才写出了他一生中最重要的词章：

> 何处望神州，满眼风光北固楼。千古兴亡多少事，悠悠。不尽长江滚滚

流。　　年少万兜鍪,坐断东南战未休。天下英雄谁敌手?曹刘。生子当如孙仲谋。(《南乡子·登京口北固亭有怀》)

千古江山,英雄无觅,孙仲谋处。舞榭歌台,风流总被,雨打风吹去。斜阳草树,寻常巷陌,人道寄奴曾住。想当年,金戈铁马,气吞万里如虎!元嘉草草,封狼居胥,赢得仓皇北顾。四十三年,望中犹记,烽火扬州路。可堪回首,佛狸祠下,一片神鸦社鼓。凭谁问,廉颇老矣,尚能饭否?(《永遇乐·京口北固亭怀古》)

赵声读着这些词章长大!那北固山和北固楼,赵声无数次的登临!

镇江还是曾经"金戈铁马,气吞万里如虎"的刘裕的故乡,还是"闻鸡起舞""击楫而歌"的祖狄北伐的起点……

"投笔方为大丈夫",从镇江走出的赵声终于投笔从戎了!

叁

南京的江南水师学堂,因它于1898年招收了一位叫周豫才的学生而在历史上十分有名。后来成了"鲁迅"的周豫才在他的文章中写道:

我要到N进K学堂去了,仿佛是想走异路,逃异地,去寻求别样的人们。我的母亲没有法,办了八元的川资,说是由我的自便;然而伊哭了,这正是情理中的事,因为那时读书应试是正路,所谓学洋务,社会上便以为是一种走投无路的人,只得将灵魂卖给鬼子,要加倍的奚落而且排斥的,而况伊又看不见自己的儿子了。然而我也顾不得这些事,终于到N去进了K学堂了。(鲁迅《〈呐喊〉自序》)

从这段文字中可知,鲁迅当年进水师学堂(后转入其附设的路矿学堂),多少有点无奈。而赵声则完全不同,他是将此作为了他投笔从戎的第一步。

江南水师学堂旧址

就在鲁迅从水师学堂的管轮班转学去了路矿学堂后不久，赵声以“第一名”的成绩考入了江南水师学堂。

然而，这所学校让赵声大失所望。

我们通过鲁迅著作中记录下的发生在当年江南水师学堂的两件事情，就不难理解赵声为什么会失望了：一件是一位老师竟然在课上说，地球有两个，一个叫“东半球”，一个叫“西半球”；还有一件是，学校的游泳池淹死了两个学生，学校当局竟然填平了游泳池，并在上面建了一座关帝庙“镇邪”。

鲁迅决不相信这样的学校能培养出合格的新式海军，所以他转学了；而赵声选择了与校方交涉，要求校方改革校章和课程，结果当然可想而知——以赵声的“自动退学”而告终。

鲁迅

海军当不成了，还可当陆军啊！此时南京还有一座江南陆师学堂，但是招生期已过，赵声不得不寄居在陆师学堂附近的一僧寺中。每天在寺庙中听得清清楚楚的陆师学堂的号声，给了赵声无限的遐想，他每天都隔着学堂的栅栏眺望学员们操练，心中充满了羡慕。自然而然间，他成了许多水师学堂的学生的朋友。

此时，陆师学堂监督（校长）是俞明震。有一天，俞学监在批阅学生作文时为一篇文章所吸引，阅罢大为惊喜，于是将这位学生叫到了跟前，但是只问答几句，俞明震就发现这篇“议理激越、文气畅达、文采斐然”的文章绝不是眼前这个学生的手笔，于是厉声喝问：“此文系何人所作？”

“是学生苦心思索所得。”

“量你再怎么苦心思索也写不出这等文章，快将实情讲来！”

这位学生不得不将寄居在学堂旁寺庙中的赵声“供”出。俞明震还算开明，他一边命人将这篇文章张布于课堂，一边急召赵声来见。待见到赵声并进行了一番交谈后，俞明震特许他插班就读，与章士钊等人同学。这颇具戏剧性的一幕，终于使赵声实现了投笔从戎的愿望。

俞明震没有看错人：1902年底，赵声于江南陆师学堂毕业，不久去日本考察军事，十年后，成了中华民国的第一位陆军上将。或许，这就是这座以培养陆军军官为教学目标的学校所创造的最值得骄傲的“成绩”吧？

肆

孙中山当然是“中华民国”的最伟大缔造者。

但是黄兴死后，同盟会元老、国学大师章太炎给他的挽联却是：“无公则无民国，有史必有斯人。”

这样的对联无疑是一种盖棺定论，如此几乎是至高无上的评价送给黄兴，他是当然能够承受得起的！

有人说，黄兴是孙中山的“左膀右臂”，没有黄兴，民国的建立恐怕还要艰难和迟缓许多。

还有人说，黄兴一辈子甘做绿叶，这一副对联则代表历史送给了他一个春天。

这些话当然都不无道理，但是我以为，黄兴最多只是孙中山的一只“左膀”，他不是“右臂”！“右臂”是赵声！

二十多年前，我去瞻仰赵声墓，见墓前的石柱上，赫然刻着这样的对联：“巨手劈成新世界，雄心恢复旧山河。”这样的评价，不也是几乎至高无上了吗？

孙中山、黄兴和赵声仨人走到一起，是中国革命的幸运，也是中国历史的幸运，甚至也是我们这个多灾多难的国家和民族本身的幸运。

1903 年 2 月，赵声东渡日本考察军政，并结识了黄兴等，使他多年忧愤于国家危难的沉闷心胸豁然开朗，他说："中国事尚可为也。"并认识到革命的真正战场还在国内，"徒留日本空谈，于革命无补也"，遂很快回国，积极从事革命宣传和革命活动。在家乡镇江一带创办"阅书报社"、"安港学堂""体育会"等，把乡间欲有作为的热血青年发动并组织起来，向他们宣传革命真理。他还应聘任教于南京两江师范学堂，内结同校教员、学生，外结社会上的进步同志。为了宣传革命，他还把丢弃的笔又重新捡拾起来，秘密创作了唱本《歌保国》，以慷慨、通俗、顺口、易记的形式，抨击清王朝对内压迫人民，对外卖国求荣的罪恶行径，号召人民起来推翻清朝政府的反动统治：

莫打鼓来莫打锣，听我唱个保国歌；
中国汉人之中国，民族由来最众多。
堂堂始祖是黄帝，四万万人皆苗裔。
嫡亲同胞好弟兄，保此江山真壮丽。
……
失地当诛虐可杀！我今奋兴发大愿：
民族主义大复仇，要与普天雪仇怨！
不为奴隶为国民，此是尚武真精神。
野蛮政府共推倒，大陆有主归华人。

1905 年 8 月，"中国同盟会"在日本东京成立。

一阵热烈的掌声后，黄兴用浓重的湖南口音宣读着由他起草的"中国同盟会章程（草案）"。

黄兴说：中国同盟会的宗旨是"驱除鞑虏，恢复中华，创立民国，平均地权。可用三个字概括，即，民族、民主、民生。"

黄兴说得慷慨激昂，那响亮有力的声音传得很远很远，传向了大海彼岸的中国。

黄兴

控制着垂死的清王朝的那个垂死的女人,听到了,听得她一阵发抖,然后迷迷糊糊地嘟囔道:“怎么又是一个广东人一个湖南人啊!康有为不是很识相了吗,谭嗣同不是早已经杀了吗?”

这个声音赵声当然也听到了,他听得举杯痛饮,吟诗寄友:

> 百年已过四分一,事业茫茫未可知。
> 差幸头颅犹我戴,聊持肝胆与君期。
> 欲存天职宁辞苦,梦想人权亦太痴。
> 再以十年事天下,得归当卧大江湄。
>
> ——赵声《乙酉初度寄友》

同盟会成立大会上还推举产生了领导人:由黄兴提名、大会一致通过,孙中山任中国同盟会总理。由孙中山提名,大会也一致通过,由黄兴任执行部庶务,并明确“庶务实居协理之职,总理缺席时,有全权主持会务”。

中国同盟会的成立,是中国革命的一个分水岭。从此以后,中国的革命力量开始由无序走向有序,由分散走向聚集,由自发走向自觉。然而,许多年以后,每当我们一次又一次地审视这一段历史时,有人说,中国同盟会的成立,完全是一群年轻人热血的聚会,是一群书生激情的爆发。

是的,当时的会场上一定是一个群情激奋,热血沸腾的世界,在场的哪一个,不是年轻的书生啊!他们发誓要放下笔,拿起枪,用自己的青春与热血去拱翻清王朝的江山。

此时唯有赵声已不是书生,他已在“新军”中任参谋官和管带,他除了高兴得聚三五好友举杯痛饮一醉方休,更用具体的工作实绩与孙中山、黄兴的开天辟地之举作遥相呼应。此时,由赵声创编的《歌保国》,在《苏报》主笔、赵声在陆师学堂读书时的至交学友章士钊的帮助下,秘密印刷了数十万份,广为散发,它与同年问世的邹容的《革命军》和陈天华的《警世钟》、《猛回头》一样，成为当时推反帝制、创立共和的极有影响的宣传品，长江中下游的“新军”几乎是“人手一纸”。革命的火种已由赵声亲手在长江流域的“新军”中播下，开始等待燎原的那一天。

1906年初，赵声正式加入同盟会，并被推为长江流域同盟会“盟主”。

至此，孙中山、黄兴和赵声的革命“铁三角”开始形成。

1909年10月 孙中山指示发动广州起义，赵声、黄兴到达香港一同策划，决定由赵声担任起义总指挥，并制定具体的起义计划。

当孙、黄、赵三人的手真正握在一起时，那是一个伟大时刻，因为从这一时刻后，他们仨人之间这个“铁三角”不但得到了进一步巩固，而且似乎还从此形成了相对固定而明确的分工，这就是孙中山主全面和外交，而赵与黄主军事和内务：

1910年初，孙中山去日本和南洋各地筹款，赵声与黄兴具体组织和领导庚戌广州起义。

1910年6月 孙中山先生电召黄、赵赴日本，共同总结庚戌广州起义的经验与教训，并研究再次组织和发动起义。6月底，中国同盟会总部从东京迁至香港，孙中山被推举为外部总长，赵声被推举为内部总长；同时赵声还被推举为任香港同盟会会长。

1911年1月 广州起义领导机关统筹部成立，孙中山被推举为部长，赵声为副部长兼交通部长。随后孙中山去南洋筹款，赵声与黄兴负责起义的准备与组织。在3月10日统筹部召开的“发难会议”上，赵声被推举为起义总指挥兼交通部长，黄兴任副总指挥。

如此的分工，的确可以说赵声在革命中的地位和作用“至少不会在黄兴之下”！

伍

第一次广州起义，作为总指挥的赵声，制定的计划大体上分为三步：（一）利用春节假日，发动起义。(二)起义以新军为主力，由城外进攻广州，巡防营在城内响应配合，实行内外夹攻；同时发动惠州等方面的会党军民起事声援广州。(三)占领广州后，赵为革命军总司令、倪映典为副总司令，率军统一广东，进而兵分两路北伐，一路由江西取南京，一路出湖南攻武汉。

第二次广州起义，大的战略步骤大体仍是如此，但赵声吸取了第一次失败的教训，起义的具体战术由重点从外围攻城，改为重点从城内暴动，并且他将起义军分为十路：第一路由赵声亲率江苏军攻打水师行台；第二路由黄兴带领南洋、福建同志攻击两广总督署；第三路由陈炯明领东江健儿堵截满界；第四路由朱执信领顺德队伍守截旗界；第五路由徐维扬领北江队伍进攻督练公所；第六路由黄侠毅领东莞队员打巡警道；第七路由莫纪彭领军策应徐维扬、黄侠毅两队；第八路由姚雨平率领陆军响应；第九路由洪承点派队分途攻守；第十路由刘古善领队分途攻守。各路且约定好暴动时间，同时行动。1911 年 4 月 23 日，起义组织者在两广总督署附近的越华街小东营五号设立起义总指挥部，又将原定十路进军计划改为四路：黄兴率一路攻总督衙门；姚雨平率军攻小北门；陈炯明带队攻巡警教练所；胡毅生带队守南大门。

这样的起义计划，即使用今天的眼光来看，除了对于敌我双方力量估计不足外(其实这也不应该说是他们的估计不足，而更应该看作是革命者一种大无畏精神的表现)，应该是周密而细致的。前面我曾说到，赵声身上除了豪爽与大气外，还有一种闪光的文化人格，这就是拼命与实干，而这种不顾敌强我弱的决绝，无疑正体现了他的拼命，同时计划的周密和细致，又无疑体现了他的实干。而这一切又让我常常对赵声的知识分子人格产生怀疑，因为这一人格不是中国知识分子的常见文化人格；相反，中国的知识分子，特别是传统知识分子，往往总有些天真与幼稚、软弱与浮躁，理想远大往往流于空谈，失败面前往往表现浮躁，坚韧不拔往往流于执拗，总之，不实际，无主见，很脆弱。往远了说，如李白、杜甫，他们都自诩自己有“致君尧之上”的宰辅之才，但事实上呢？李白根本就缺乏起码的政治眼光，永王李璘一个召唤，他就屁颠屁颠地下山了，但很快就弄得个“世人皆曰杀”的狼狈地步；杜甫则心胸狭窄，遇事常常执拗得可爱，最终证明他虽是诗中圣哲，但绝不是政坛领袖，甚至连官场高手也算不上。还有我们都熟悉的陆游，他的爱国热情是毋庸置疑的，但他的有些主张却很值得商榷，正是为此，钱钟书在一千多年后还对他多有非议，说他“喜论恢复，几近大话空言”。再往近了说，如康有为，当恭亲王问他“祖宗之法如何可变”时，他回答说：“杀了几个大员就可以了！”一句话将本来对新法有一定好感的恭亲王推到了新法的对立面，政治上偏激，行为上执拗，这不能不说是康有为人格上的一个缺陷。再比如鲁迅（因为他与赵声是校友，所以我平时常常将他们二人比较。）众所周知，鲁迅很勇于解剖别人，也勇于解剖自己，这换句话说，鲁迅总怀疑别人，也总怀疑自己，他的这种多疑注定了他几乎不可能有真正知心的朋友，而事实也几乎就是这样。我们称鲁迅是“伟大的文学家、思想家和革命家”，我以为前二者是名符其实的，但“革命家”其实更多的是从他思想的角度给予他的尊称，因为一个没有朋友的革命家是不可想象的。

赵声，为人豪爽，所到之处总呼朋唤友，这一点他与鲁迅很不同，倒是与孙中山有点相同。

众所周知，在同盟会元老中有两个著名的绰号，一个是“孙大炮”，一个是“章疯子”，这两个绰号的主人，前者是孙中山，后者是章太炎。革命需要一种敢于放“炮”的霸气和“疯”劲，尤其是领袖人物有时更需要具有这种精神，但是仅有这种精神是万万不够的，革命有时更需要拼命的执著和精细的实干，但是作为人文品格，其二者是很难在一个人身上统一的，而赵声身上正难能可贵地统一着这两种品格，因此，我觉得赵声本质上是个文人，是个知识分子，但也是一个天生的革命家。当然，这并不是说孙中山在革命的过程中只会放“炮”，也不是说赵声比孙中山更伟大，但是孙中山作为一个统帅全面的领袖，无论如何都需要有赵声这样的助手的，或者说革命本身无论如何也是需要赵声这样的实干家的。当然也需要黄兴，因为黄兴也是类似的人物。

熟悉中国近代史的人都应该清楚，在革命党人发动的一次又一次如飞蛾扑火式的起义中，孙中山一般都只是更多地从战略上做一些宏观的策划，而具体的实施者多是赵声或黄兴，说赵声与黄兴正是天赐予孙中山的一对左膀右臂，是一点儿也不为过的，至于这左膀和右臂，谁的作用更大，谁的地位更高，实在很难说，事实上也没必要说，因为他们一直配合默契。

但也有失调的时候。

第二次广州起义前夕，张鸣岐调任两广总督，由于张认识赵声，便决定赵声带领一支人马伏于香港，起义前再坐船到广州城下，与城内义军里应外合。谁知由于突发事件，黄兴沉不住气了，在多人劝阻、其他几路人马并不知情的情况下，他竟然决定提前一天起义，于是他率领林觉民等一百多人，向两广总督府发起孤军攻击，结果不但他们的攻击因寡不敌众而无法得手，还造成了整个起义的惨遭失败。因此，对于这一失败，黄兴实际上是负有一定责任的，但是历史望着他在作战中奋不顾身、身先士卒的身影，更念着他那被打飞的两个断指，便原谅了他。只是不知道黄兴自己有没有原谅自己，当他逃出广州与赵声在香港抱头痛哭时，黄兴的泪水中除了起义失败的悲痛外，有没有在总指挥面前一种悔恨的流露呢，只有他自己知道。

但是一切都晚了！

起义失败了！

赵声也死了！

赵声死于盲肠炎（今天一般称阑尾炎）。这种病即使在当时也不是什么大病，并不会夺命，但他最终就因为这病而死去了，因此，赵声的生命完全与黄花冈的烈士们一样，都是为了起义，为了中国革命而付出的！同时也是为了自己心中的信念而拼掉的！

听到赵去世的消息，硬汉黄兴昏了过去……

陆

广州起义后五个多月，武昌起义成功。

对于辛亥广州起义的意义，我在本文开头就写到，孙中山曾对此作了总结。让我们再回过头去看一看孙中山所写的那一段话吧，或许是因为文体的要求，这段话虽然写得饱含深情、文采斐然，但并没说到多少实处，如果用一句通俗的话来说，无非是说广州起义给后来的武昌起义产生了很大的影响。

至此人们自然要问：如果说武昌起义是在广州起义的“影响”下产生的，那么这革命的胜利未免来得也太容易了吧？但若不是这样，那么这“影响”的意思又是什么？它与一场哗众取宠的“行为艺术”所造成的“影响”又有何本质的不同呢？可起义毕竟是付出了一群热血青年的鲜血和一批中华精英的生命的啊！

正是在这种追问中，人们又记起了赵声。

武昌起义的导火索是“保路运动”。所谓“保路运动”是指发生在清末的一场声势浩大的保卫铁路所有权和经营权的运动。它的起因是清政府的“铁路干线国有”政策。根据这一政策，清政府强行将粤、川、湘、鄂四省的商办铁路收归国有，而实际上收回后却是为了进一步出卖给外国列强。这不能不激起各地人民的反对，于是各地纷纷成立“保路同志会”等组织，与清政府对抗，而其中以四川最为激烈。为了镇压四川的保路运动，清政府调湖北“新军”入川，湖北革命党人趁机而动，动员余下“新军”倒戈，并获得成功。这就是武昌起义。可见武昌起义与广州起义实际上是属于这篇革命大文章中的两个不同的章节和段落。就连孙中山本人也在后来的另一篇《有志竟成》的文章中写道：“武昌之成功，乃成于意外……初不意一击而中也。此殆无心助汉而亡胡者欤？”

然而历史实际上是不存在“意外”的。

武昌起义成功的关键是“新军”的倒戈，而新军之所以会倒戈，原因当然有许多，但是请别忘了赵声的《歌保国》在他们手上“人手一纸”所起的作用。

辛亥革命最终在长江流域取得了成功，这当然有着天时、地利、人和等多种因素，但是别忘了这长江流域同盟会的“总盟主”正是赵声，是他曾经的大量的脚踏实地的工作，才在天时、地利之外为革命在这一带成功赢得了人和。

伯先公园内的赵声铜像

当广州起义制订计划，将武汉与南京首当其冲地选为北伐目标，其原因便是黄兴曾长期在武汉宣传革命活动，而南京则更是赵声学习、生活和战斗的地方，几乎是他革命的根据地。

当武昌起义的枪声打响时，最先与之策应的便是南京九镇“新军”对南京的包围进攻，而这些“新军”正是赵声当年战斗过活动过的部队，他们中有许多人就是赵声当年的战友、部下和朋友。

……

的确，这一切，使得人们在民国成立的伟大时刻很容易想起赵声，想起这位国民革命的实干家的。

今日镇江伯先公园

英雄一死清朝亡！

1912 年 1 月，中华民国临时政府在南京成立，为了表彰赵声为革命作出的贡献，孙中山追授赵声为“上将军”，并决定在赵声故乡镇江营造烈士陵墓，让烈士魂归故乡。

英雄赵声，因此而实现了“得归当卧大江湄”的人生愿望。

“大江东去，浪淘尽，千古风流人物！”

但赵声终究不会被人们忘记，相反总时时被人们记起。

柒

南京是中华民国的首都，我每天生活在南京，那些民国遗迹我大多是游了又游、看了又看，如“总统府”，每有客至，我必陪之参观，次数多了，竟清楚地记得刻在一块石碑上的一篇奇文，那是孙中山就任临时大总统时宣读过的誓词：

> 倾覆满清专制政府，巩固中华民国，图谋民生幸福，以国民之公意，文实遵之，以忠于国，为众服务。至专制政府既倒，国内无变乱，民国卓立于世界，为列邦公认，斯时文当解临时大总统之职，谨以此誓于国民。
>
> 中华民国元年元旦

这一誓词，我每读一次都会想，这恐怕是世界上最奇怪的总统就职誓词了吧，因为作为总统，还没上台却在一心想着下台的事。

然而这就是事实！

怎么会这样呢?国民革命不是中国历史上最先进的一次革命吗?它立志创建的民国不是中国历史上最先进的国家制度吗?

是的,曾止何时,中国历史上一次又一次的改朝换代,但每一次都实际上是前一次的翻版。推翻了一个旧王朝,来了一个新皇帝。朝代更替,但制度亦然。孙中山、黄兴和赵声们,经过一次一次的失败,一年一年的探索,终于为我们这个古老的民族找到了一条新生的道路,这条道路是前人所从来没有走过的。中华民国的建立,它标志着我们这个古老的民族在新生的道路上已艰难迈出了第一步,它是革命党人用鲜血和生命赢得的胜利。

然而胜利仅仅就是走出了这一步!

此时,袁世凯手握重兵,武汉三镇,汉口、汉阳二镇已被其占据,与革命军占领之武昌形成对峙。对于袁世凯来说,是继续替清廷卖命进军武昌,与革命军决一鱼死网破,还是听孙中山的,来个反戈一击呢,他拿不定主意;而对于孙中山等革命党人来说,也拿不定主意,这是因为,欲与袁氏决一死战,能不能战胜,没有把握。

1912 年 1 月 14 日,孙中山不得不给袁世凯写信:

> 如清帝实行退位,宣布共和,则临时政府决不食言,文即正式宣布离职,以功以能,首推袁氏。

此时人们又会想起赵声。因为从小站练兵、和办保定军校起家的袁世凯,其最大的政治资本便是他手上的这支“新军”,而赵声恰恰是从保定军校和“新军”中走出来的革命党人——如果赵声不死,或许他会有办法和能力对付袁世凯吧?!

然而赵声死了。

尽管黄兴等革命党人痛心疾首,但是孙中山还是交出了大总统的职位,孙中山只在临时大总统的位置上仅仅坐了一个多月。

这条虽四处漏水但已驶出了历史怪圈的中国号大船,又被袁世凯拉回了原来的轨道,伟大的国家计划成了一个历史的笑话,中国的历史啊,也从此变得越发的无常而诡异。

后来的“护法”、“护国”、“讨袁”、“二次革命”等不必去说，就说革命内部吧，竟也发生了纷争。

1912年10月底，孙中山已决意要将大总统一职让于袁世凯，此时黄兴督师汉阳，重兵在握。许多不愿意眼睁睁地看着革命果实被袁世凯窃取的革命党人，自发地拥至黄兴周围，主张另立黄兴为领袖与袁氏一决分晓。

然而黄兴选择了拒绝。他于1912年10月31日回到了故乡，来到了他早年读书的城南书院，登上了书院的“天心阁”。他在此久久地站立，望着城墙上累累的弹痕，他泪眼迷茫，与身边的随从说：“我革命的动机，是少年时阅读太平天国的杂史而起的。太平天国自金田起义之后，起初他们的兄弟颇知共济，故能席卷湖广，开基金陵。不幸得很，后来因为兄弟有了私心，互争权势，自相残杀，以致功败垂成……今之倡义，为国革命，而非古代英雄革命。洪会中人，犹以推翻满清，为袭取汉高祖、明太祖、洪天王之故智，而有帝制自为之心，未翻共和真理，将来群雄争长，互相残杀，贻害匪浅。望方以民族主义、国民主义、多方指导为宜。”

是的，国民革命虽然有一点还是与以往任何一次革命无异，这就是本质还是造反。中国似乎历来都并不缺乏造反者，这便是中国比世界上任何一个国家和民族都多农民起义的原因，那些造反者，他们的造反原因往往都是自己的日子过不下去了，我们熟悉的陈胜、吴广、梁山好汉、李自成、朱元璋、洪秀全等等，都是这样，但是，孙中山、黄兴、赵声们，大多家庭殷实，他们如果不选择革命，或许都能够过上比较安逸的生活，他们毅然踏上了革命这一条不归路，这是他们不同于历史上所有造反者的一点，也是他们伟大的一点。只要真的能使国家和民族走上一条新生的道路，人民不再受苦受难，他们什么都可以不要，不要说是安逸的生活，就是鲜血和生命也在所不惜！

——至于个人的荣誉、位置、权力，那更是不在话下！

我想黄兴在“天心阁”上说出这番话时，一定想到了与“天心阁”只一字之差的“天香阁”及其主人的吧！因为这位“天香阁主人”早就写过“再以十年事天下，得归当卧大江湄”的诗句。

黄兴的这一番话，道出了他自甘做一枚绿叶的原因，也见出了黄兴的伟大，

位于镇江南山的赵伯先墓

但历史终究“给了黄兴一个春天”。孙中山说他的功劳“巍巍乎如昆仑”，连法国人也说他是“中国的拿破仑”。听，黄兴故乡的儿童至今还会唱这样一首儿歌：

凉秋时节黄花青，
大好英雄返故乡；
一手缔造共和国，
洞庭衡岳生荣光。

唯有赵声成了一枚永远的绿叶。

我在南京写作本文时，也正是“凉秋时节黄花青”，窗外的绿叶大多已经变黄。文章写完了，我推开窗户，一阵秋风袭来，一枚落叶飘进窗来，落到我的书桌上。我禁不住想，树上的叶儿落了，明年春天还会长出新的绿叶，但历史的季节深处，赵声这一枚绿叶有一天也会变成这样一枚落叶吗？

2009年10月18日

熊希龄：此君一出天下暖

壹

说实话,我是冲着沈从文而去凤凰的,但是没想到熊希龄却给了我最大的震惊与感动。

熊希龄的家——现在的“熊希龄故居”,在凤凰城北文星街内的一条陋巷中:一座砖木结构的民居,一个不大的院落。居共四间,一间作堂屋;最东边一间

朴素的熊希龄故居

熊希龄故居内一角

是厨房，里面一口柴灶，一口水缸，一副水桶，还有几件农具，其他别无长物；西边两间是卧房，最里面的一间，据说当年熊希龄与朱其慧女士完婚回乡时就曾居于此，内有花板床一张，还有几件普通橱柜木箱之类。导游解说，我们看到的这一切，除了一些对联与展览的图片外，其他都与当年无多大异。

在凤凰城里鳞次栉比的高楼重檐中，“熊希龄故居”实在是普通得不能再普通了。

这不能不让我非常震惊，又非常感动！要知道，“熊希龄是个什么人啊?！”——当导游说“下一个景点是‘熊希龄故居’”时，我们一行中有人脱口而出的便正是这样问道。

“熊希龄是什么人啊？”的确，对于一般人来说，熊希龄这个名字有点陌生。

“这是凤凰出过的最大的官，北洋政府的内阁总理。”导游说。

“哦！那倒要去看看！总理的府上一定很豪华吧？”

“一会儿去看了就知道了！”

……

凭以前对熊希龄的了解和导游的这话，我对于这位内阁总理府上的朴素多少还是有了一点心理准备，但是竟会是这等模样，无论如何还是大大出乎我意料的！

我第一次知道熊希龄这个名字实属偶然。那是十多年前，我的一个出身于民国官宦之家的朋友，家里存有不少祖辈遗留下来的旧信札，他想搞清楚哪些有保存价值，哪些可以处理掉，便让我帮着看看。那是些很老的信札，纸已又黄又脆了，字迹也已褪色，有的已十分模糊，但是其中一封署名“熊希龄”的信，一下子让我的眼睛一亮，因为那字写得真是漂亮！虽然我当时孤陋寡闻得并不知道这

"熊希龄"是何许人，但我还是让他好好保存这通信札。从此以后，我也开始有意无意地关注起这个名字了。

当然，我对于熊希龄的兴趣并不在他曾经亨通的官运，以及他曾拥有的各种吓人的头衔上。清末民初的中国，真可谓"城头变幻大王旗"，政坛更是像走马灯一般，这造就了太多太多的吓人头衔，而顶着这些吓人头衔的人，其中的庸常者其庸常的一生实际上并不曾因为这些头衔的吓人而有丝毫的改变，当然也不能改变他们被历史湮没的命运。我对熊希龄感兴趣的是，几乎主动退出历史舞台的他，为什么反而终没被历史的烟尘所湮没？

我是个俗人，首先想到的是他的一段风流韵事。

的确，风流韵事（现如今多改称其为绯闻了），是个可让人"流芳百世"的好东西——当其时也，它可以造就新闻，可以吸人眼球，可以将主人炒成社会焦点；而今天的社会焦点，往往便是明天的历史事件啊。所以，君不见在如今这样一个炒作的时代，许多明星和非明星，实在没有炒作的资本了，便都不约而同去炒作绯闻！甚至连绯闻也没有，就自编一段并自我爆炒一番！

熊希龄当年可是有一段实实在在不大不小的风流韵事的，而且还有"△"之嫌。

而立之年的毛彦文，从美国学成回国，才貌双全，是一位十足的江南名媛。同样才貌双全的北大名教授吴宓，为了她毅然抛妻弃子，正向毛发动着猛烈的爱情攻势。而当时已年过花甲的熊希龄，竟然最终击败了吴宓，以六十六岁的年龄与三十三岁的毛彦文终成眷属，让吴宓一壶老醋一喝便是几十年，直到生命结束。时人有联曰：

> 老夫六六，新妻三三，老夫新妻九十九；
> 白发双双，红颜对对，白发红颜眉齐眉。

熊希龄与毛彦文

那是一段怎样风流，我们不难想象！或许这段并非是虚构的风流，的确为熊希龄被历史记住起了一定的作用。但若说这是唯一原因，随着我越来越走近熊希龄，越觉得这太有失公道，因为有一个道理很简单，这个世界上每一天都有许许多多的风流韵事在发生和将要发生，但毕竟真能成为历史的并不多，为什么熊希龄的风流韵事能成为历史呢？

——这本身又成了一个问题。

贰

历史学家们归纳一个人被历史记住的原因，总是或现民族大义，或益江山社稷，或建千秋功业，或留不朽杰作；当然，抑或相反，或罪大恶极，或祸国殃民。这样的归纳当然不错，但这样的归纳因为剔去了历史人物的血肉，将一个个有血有肉的生命及其人生抽象成了几个概念间的推断，这常常会让人总觉得不太可信。我们是凡人，也是俗人，我们更希望知道某个历史人物，长得多高多胖，他（她）是不是也与我们一样有七情六欲，小时候是不是也尿炕，发起火是不是也骂娘，脚气发作了是不是也抠脚丫，伤风感冒了是不是也挖鼻孔……

因此，我参观一些名人故居时，常常有一个爱好，就是喜欢与周边的百姓聊一聊，因为他们往往能告诉我一些有关这个名人穿开裆裤时的一些事情，……而这些一定是高悬于祠堂式故居里的“生平事迹介绍”之类中所绝对没有的，而这些在我看来反而更接近名人作为一个人的真实面目。

鳞次栉比的凤凰古城

当导游不遗余力地向游客添油加醋地讲解熊希龄六十六岁时与三十三岁的江南名媛毛彦文恋爱结婚的风流韵事时，我则在门口的一旁与一个打草鞋的老者攀谈了起来，并听到了另外两个故事：

第一个故事是说，熊希龄出生的那天晚上，凤凰城里满街都清香扑鼻，人们由此断定这孩子将来一定是个朝友清官。还有，人们听到这婴儿的啼哭声特别响，街邻们都说，这孩子哭声大，长大必成大器。

第二个故事是说，在熊希龄中举的第二年，逢花朝之日（阴历二月十二日，被当地认为是花的节日），当地知府朱其懿邀集官吏和新科举人在府衙内赏花，知府提议吟诗作画。于是济济名士，各显身手，有的画牡丹，题曰"富贵风流"，有的画荷花，题曰"出污泥而不染"，有的画菊，题"采菊东篱下，悠然见南山"……虽然个个切题，但也均不脱俗套。唯有熊希龄则画了一株棉花，旁观者都大摇其头，因为中国画史上，向来少有以棉花入画的。棉花为农家所亲，怎能登大雅之堂？但只见熊不动声色，画完后于留白处挥毫题写了七个字："此君一出天下暖"。这七个字真如画龙点睛，当即震动全场。熊希龄借棉花言志，不仅使自己名声大噪，还意外收获了一桩美好姻缘：朱知府赏识他的才华，便做主将自己的五妹朱其慧嫁给了熊希龄。

虽然，这两个故事是从熊希龄的邻人嘴里讲出的，但我这一次却很怀疑它的真实性，因为太巧了——熊希龄晚年致力于慈善事业，无疑是到处"送温暖"。据有关资料显示，在多灾多难的上个世纪的二、三十年代，只要哪里有灾，就会有熊希龄的出现；只要哪里有灾，人们也就会想到熊希龄。湖南是熊希龄的家乡，湖南省府当局，但凡发生了大灾，首先考虑到的便是向熊希龄求助，熊希龄总能够帮助解决问题，渡过难关。他真是"霖雨苍生式"的人物，这四个字是他逝世后湖南省政府对他的赞语，似乎正应了这个故事中熊希龄的这幅画和这句诗。因此，我怀疑，这个故事原本就是好事者想要表现熊希龄的不非凡，而根据他的这一段人生，掉过头去附会出的。不过，如果真是这样，倒是历史以另一种方式对他的记录与肯定。不是吗？有时候，也正是这些真真假假虚虚实实的故事，它们虽然扰乱了历史学家介绍历史人物的标准语言，为历史学家们所不屑，但是历史人物倒反而在这些故事中显得真切而生动，他们远比在泛黄的史册中更真实可亲。至少是对于我这样的人来说是这样。

叁

不可否认，在很长一个阶段，历史似乎已忘记了熊希龄这个名字连同与这个名字所代表的那个人。我读书时，无论是中小学历史课本中，还是大学历史教科书中，都很少提及他，以至于今天一般人根本连他的名字也没听说过，更别说对他有所了解了。

也不可否认，在今天中国文化坐标中的凤凰是属于沈从文的。自从沈从文写出了《边城》后，小说中那座如诗如画的边城在世人的心目中就是凤凰，或者说凤凰就是那座边城，她既属于文学，也属于沈从文了！

然而我在与凤凰的普通百姓的攀谈中发现，他们似乎更在乎的老乡是熊希龄而不是沈从文，似乎熊希龄更值得他们骄傲和自豪，在他们的话语中，甚至觉得沈从文成了文学家有点阴错阳差。“沈从文没读过几年书！熊希龄才是文曲星下凡，是‘湖南神童’，他 19 岁就中秀才，21 岁中举，24 岁中进士、点翰林。”眼前这位天天以编织草鞋为生的老者，竟然对这位百年前的街坊的简历如数家珍。仅凭这一点，我觉得故乡凤凰倒真是没有忘记自己的这个乡亲熊希龄。其中的原因，我想不能否认有中国几千年来的官本位思想在起作用。在一般人看来，再著名作家终究还是一介书生，一介书生怎能与一内阁总理相比啊，那可是相当于宰相！

但是，我又想，如果熊希龄一生就按部就班，按照那个时代多数读书人所梦寐以求的“读书——科举——做官”这样的人生三部曲走完一生，哪怕他最终也能官居宰相，那么，他这位百年后的街坊还会如此对他的简历如数家珍吗？人们还如此记得他吗？

这让我想起了那年去闻喜县礼元镇裴柏村参观的情景。去以前，我们据旅游小册子上介绍，便知道了此村历史上曾先后出过宰相 59 人，此村因此而被称为中国“宰相村”。但是，等到我们参观了此村，跟着导游从一座又一座“相府”进进出出了一通后，似乎头脑中还是只有一个数字而已，那一个个当年一定是炙手可热的名字，在我们的感觉中还是那么的空洞——事实上也没能记住几个名字。至于这些名字所代表的他们，又有谁知道他们中，谁长得高，谁长得矮；谁长得胖，谁长得瘦；谁有什么喜好，谁有什么恶习；谁喜欢吃辣，谁喜欢吃咸……我们都一无所知，因为历史并没能记住。

而熊希龄幸运地被历史记住了，但他的被历史记住，绝不仅仅是因为他做过内阁总理。

被历史记住的熊希龄，首先是一个维新人物。

然而熊希龄成为维新人物实在有点偶然。

1895 年，熊希龄终于完成了他“读书——科举——做官”的人生三部曲，作为新科进士，官授翰林院庶吉士，春风得意于京城。而也就是这一年，陈宝箴任湖南巡抚，这位新巡抚大人不是别人，而是熊希龄的凤凰同乡。这位同乡前学，几乎是看着熊希龄长大的，自然十分了解熊希龄的才华。此时他正力主“新政”，在湖南开学堂，办报馆，兴实业，正需要得力帮手，便很自然地想到了自己的这位小老乡，于是他便力邀熊希龄回湖南主持“新政”。1897 年，熊希龄回到湖南，在长沙任时务学堂总理，主持校务。在这期间，熊希龄请梁启超任中文总教习，谭嗣同、唐才常襄助，时务学堂一时成为新派人士荟萃之地。在舆论先行的基础上，湖南的教育、行政、实业，都有了新的气象，一时间内全国闻名，成为全国“新政”的一个重镇，与京城内康有为等人掀起的“变法维新”思潮遥相呼应。

而对于熊希龄来说，正是从这一段“新政”经历开始，便越来越偏离他原来设定的人生道路了。

青年时代的毛彦文

1898 年 8 月，也许是看重熊希龄在湖南新政中的作为，光绪帝电令陈宝箴，并要其传知熊希龄、江标等人，要其“迅速入京，预备召见”。（《清德宗景皇帝实录》卷 423，第 538 页。）于是，熊希龄与江标等相约，决定迅速同行进京，准备与先他们一步而去的同乡、同事梁启超、谭嗣同等一起，将正当如火如荼的“戊戌变法”推向深入。谁知正要启程之际，熊希龄突然病倒，且一病不起，进京之行不得不暂搁浅；而9月，慈禧太后便因“戊戌变法”而发动戊戌政变，谭嗣同等“戊戌六君子”随即血洒菜市口。因病而未如期到京的熊希龄倒因此而逃过一劫；不过慈禧太后没有忘记他，下了一道严旨，“熊希龄革职永不叙用，并交地方官严加管束”。这一切，发生得不能不说实在是有些偶然。

但历史学家更多关注的是历史的必然，在他们眼里，那些偶然中难以发掘历史发展的规律。在他们看来，熊希龄的这场“大病”生得太恰是时候了，因此，他们竟然找出了发生这种偶然的种种必然：当时的湖南维新派人物，存在左、中、右三派，左派是谭嗣同、唐才常、樊锥和易鼐等，他们在与顽固派斗争中立场坚定；右派是陈宝箴和江标等，他们一旦受到攻击，便妥协调和；而熊希龄与梁启超则为中间派，中间派在与顽固派的斗争中所表现出来的是一副左右摇摆、畏缩规避的态度，而熊希龄的“生病”正是此态度的一种表现。

这是标准的属于历史学家的一种分析，但历史学家多“事后诸葛亮”。的确，他们之所以有这种看法，无非是谭嗣同、樊锥和易鼐曾在《湘报》上发表过大量主张维新的过激的文章和言论，尤其是最后谭嗣同还杀身成仁了，而熊希龄并没发表过太多明确主张维新的文章，尤其是最后还因“病”而活下了。我不是历史学家，我无法用更高明的分析来否定他们的这种分析，我也没有足够的理由证明熊希龄当时的生病是真是假，但是我想提醒的一点是，事实永远要比任何再高明的历史学家的分析要复杂：谭嗣同、樊锥和易鼐是曾在《湘报》上发表过大量主张维新的过激言论和文章，但是发表他们这些言论和文章的《湘报》社社长和主编正是熊希龄，而熊希龄的这一职务又正是陈宝箴所任命的。因此，他们这些人是不是真的存在这种所谓的左中右三派，真很难说。至于说被杀的人就一定是坚决的维新派，活着的便是动摇派，那也太过简单。

在被杀的“戊戌六君子”中，有一个叫康广仁的，是康有为的亲弟弟。其实他与乃兄在政见上素无多少相同之处，平时康广仁就常常奉劝乃兄“不要惹祸”。康广仁的被捕和被杀，完全是因为康有为跑了而揪住他来当替罪羊和替死鬼。为此他在狱中急得以头撞地，啼哭不已。因此，对于变法维新他实际上是一个既谈不上赞成也谈不上反对的人，他成了“戊戌六君子”之一实在只是个屈死鬼而已。他的死不是偶然又是什么？若说其中一定有什么必然的原因，最多也就是因为他是康有为的弟弟。熊希龄是没能与谭嗣同一道为维新杀身成仁,但也因此而说他就是动摇的中间派,似乎也太过草率。作为一个生命的人的复杂程度,有时候也不比一段历史简单。

熊希龄的第二次政治辉煌无疑是他出任北洋政府内阁总理,但是历史记住作为内阁总理的熊希龄的同时,更记得了一个被人玩弄于股掌之上而终无可奈何的傀儡。

其实,熊希龄当上这个所谓的“内阁总理”也有点偶然。

袁世凯窃取了辛亥革命的成果后,几乎对他事先对革命党人所做出的承诺全都食言,一心想恢复专制,孙中山等国民党(同盟会已改组成国民党)人不得不发动“二次革命”。这种情况下,在袁世凯看来,国民党自然是不能让它来组阁的;复辟的步子也不能走得太快,得找一个几方都能接受的温和派人物来组阁。他选中了熊希龄。

熊希龄是国会中第二大党进步党的党员,熊希龄组阁自然可以获得进步党的支持;可熊希龄并不是进步党主要的党魁,袁世凯觉得他在进步党中不会有太大的力量,这有利于对他的控制;而此时的国民党虽然仍是国会中的第一大政党,可是已经是有名无实,产生不了大作用,在国民党议员看来,进步党的内阁比军阀内阁好些,再加上南北战争还在进行中,国民党最主要的事情还是这个。因此,国会投票表决熊希龄为内阁总理,对于熊希龄来说自然是有点阴错阳差,却非常顺利地获得通过了。民国二年7月31日袁世凯正式任命熊希龄为国务总理。

如果说熊希龄当上这内阁总理有点偶然,那么其命运则是必然。

熊希龄就职后,宣称要吸纳“第一流的人才”、组成“第一流的内阁”,但是事实上这由得了他吗?谁能入阁关键还得袁世凯说了算!因此,熊希龄这个内阁总理,实际上只是袁世凯的一个傀儡。这样,到民国三年2月,熊希龄便坚持辞去了总理一职。想来熊希龄这总理当得并不是我们想象的那么风光,对此时人曾作一联:

似遇而实未遇;

有为而终无为。

假如熊希龄的人生到此为止，那么这副对联无异是对他虽官至总理，看似风光，而实质无奈而平庸表现的最好概括。而历史最容易忽视的是平庸，而对于两极，总是不会忽视的。这大概也是曹操为什么要说他“不流芳百世，便遗臭万年”的原因吧。而至此，熊希龄的人生中实在还没有什么“流芳百世”的东西，倒是有两点，虽够不上“遗臭万年”，但也不能不说是他人生中的两处瑕疵：先后在袁世凯签署的解散国民党、解散议会的命令上副署。至此，我完全可以说，假如熊希龄的人生到此为止，历史是绝不会记得他的，即使有幸不会被历史的烟尘完会湮没，能留下一个模糊的影子，那这个影子也一定不会十分光彩。

历史终究还是记住了熊希龄。毛泽东曾评价熊希龄说：“一个人为人民做好事，人民是不会忘记他的，熊希龄是做过许多好事的。”周恩来总理也曾说：“熊希龄是袁世凯时代第一流人才，是内阁总理。熊希龄的事，我看后就记得很清楚。”两位共产党的领袖人物都一致对熊希龄这么高的评价，可见熊希龄在历史上留下的形象还是十分光彩的。

肆

“烂漫之极复归平淡”，这似乎是人生的一种必然。

不必说熊希龄那两度走向“烂漫”多少走向得有点偶然——反正既曾有过烂漫，一朝走向平淡至少也不算是一种偶然了吧！

熊希龄的光彩人生恰恰是在他完全退去了政治光环、人生复归平淡后创造的。

中国人的平淡人生大体上有两种，最常见的一种是这样：购地数顷，建房数间，如果当官时攒的钱多一点，还会筑一座园林，就此住将进去，或纵情丝竹，或依红偎翠，享受生命，也放纵生命——那些精致的苏州园林多数当初的筑成缘由和功用大体上便是如此。对于这样的人生选择，中国的历史，历来都是十分宽容的，有时甚至可以说还十分赞赏和推崇，所谓“清者自清，浊者自浊”，所谓“世人皆醉我独醒”，所谓“出污泥而不染”，皆是赞赏与推崇之现成之语。我想熊希龄完全可以选择这样的“平淡”方式，因为他除做过内阁总理不算，毕竟做过多年的财政总长，一定也曾攒下了几个钱。

至于第二种，人们更是推崇和赞扬，如陶渊明，用手中的笔写出传之后世的不朽诗篇。选择这样的“平淡”方式，我想熊希龄也应该是有条件和资格的，因为他早年不是就有“湖南神童”的美誉了吗！他不是早就吟出过被传诵一时的“此君一出天下暖”的名句吗？

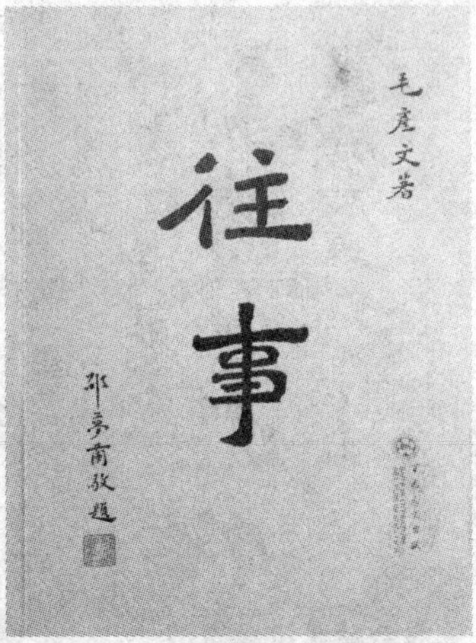

毛彦文晚年出版的回忆录《往事》书影

然而熊希龄最终既没有选择成为又一个陶渊明，也没有为自己购地、建房、筑园等，相反，他千金散尽，为自己选择了一条充满了艰辛、坎坷还常与误解、屈辱相伴的不归路。

1917年京畿一带发生大水，熊希龄积极参与救灾工作，并就此走上了一条以社会救助和慈善教育为业的艰辛道路。1918年，他创办了驰名一时的北京香山慈幼院，不但救助了数以千计的孤苦儿童，而且通过教育使他们成为对国家和社会的有用之才。1924年，他又组织世界红十字会中华总会，并担任会长12年之久，不但在全国各地救灾办赈，而且还努力从事国际赈灾活动。熊希龄他把自己后半生全部的精力和财力都无私地贡献给了这个世界和这个社会，使他最终不但成为了近代中国从事慈善的时间最长、贡献最大、知名度最高的慈善家，而且成了饮誉世界的大慈善家。

不仅如此，熊希龄作为一位慈善家，还有两点是一般的慈善家所难以企及的。

一是其高尚的民族气节中爱憎分明的民族立场。在许多人的想象中，慈善家虽然多值得尊敬，但往往多是些一派慈眉善目，开口闭口“阿弥陀佛”，有时甚至还有点糊涂，糊涂得无善无恶，敌我不分。然而熊希龄则不然。1931年，为了更进一步表明自己奔赴国难、矢志于社会慈善的决心和意愿，他在北京香山北辛村的

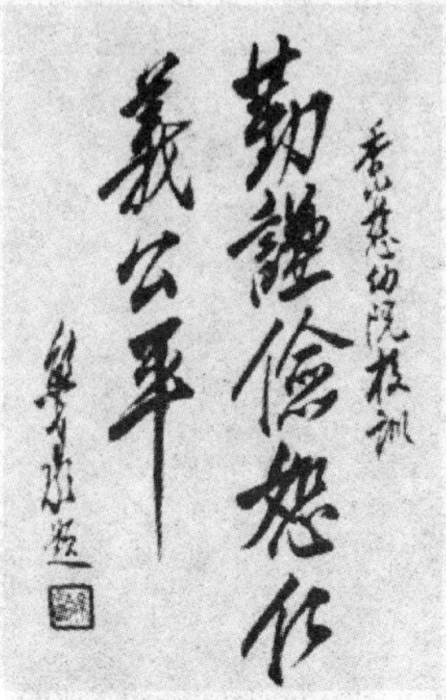

熊希龄亲笔题写的香山慈幼院校训

熊家墓园自筑“生圹”，明示天下——自己一旦在抗日救亡中上前线救护伤病员时不幸倒下，即埋葬在这里；并自撰墓志铭：“今当国难，巢覆榱崩，若不舍己，何以救群？誓身许国，遑计死生，或裹马革，即瘗此茔，随队而化，了此尘因，我不我执，轮回不轮。”（见《熊希龄集》下册，第2087页。）其高尚的民族气节和献身救国的大无畏精神跃然纸上。

二是其从事慈善事业几乎到了“毫不利己专门利人”的程度。1932年10月15日，熊希龄将自己的全部家产都捐献出来，计大洋27万5千2百余元，白银6.2万两，此为他从清末到民国为官25年的全部积蓄，他用这些钱在北京、天津、湖南三地，次第开办12项社会救助和慈善教育事业。当时熊希龄一家，夫人朱其慧已去世，还有一儿两女，但他没有留给儿女一点财产，而是悉数献给了社会救助与慈善教育事业。

这些不能不让人感动！尤其当我来到凤凰，走进了熊希龄故居，看见作为一代内阁总理，府上如此朴素的情形，这种夹着震惊的感动更是情不自禁。当然，我也似乎因此而明白了，为什么熊希龄在主动退出了历史舞台后，历史却终没有忘记他的真正原因。

1937年12月，熊希龄因北平沦陷而赴香港。就在到达香港当月的25日，因闻民国首都南京沦陷悲愤难当，而引起心脏病突发，溘然长逝，终年67岁。

至此，历史已不能不记住他！

当然，我说的历史并非是那些自以为是的历史学家所写的文字，也并非是那些多从实用主义出发而编成的教科书，而是存在于天地之间和人们良心之上的一本大书；因为历史若是前者，它常常是不公平的；若是后者，它总是公平的。因此，我有时更愿意相信人们口口相传的那些故事和传说，它们其实就是一个人留在世上的口碑，口碑中的东西往往比石碑上所刻的更真实，当然也更不朽。

我这篇文章写到这里就此就可结束了，突然想到熊希龄的那封信札——我那位朋友是不是还好好保存着呢？记得我当时看见它时只被它那漂亮的字迹吸引住了，究竟写的什么内容反倒没细看，于是很想再看一看。我拨通了我那位朋友的电话，朋友告诉我，那信札他一直好好保存着，曾经有好几个收藏家出高价收买，他都没有卖；他还告诉我，他家里还有一张熊希龄的照片哩。我急忙跑过去看，终于看清楚了那封信的内容。

熊希龄

原来我朋友的祖父为响应熊希龄赈救活动，曾捐出了一笔数目不小的款项，为了答谢，熊希龄给我朋友的祖父写了这封信，并寄赠了照片一张。于是这信与照片在我朋友家里留存到了今天。

我也看到了那张照片，背面还有熊希龄的亲笔签名，虽然纸色已经泛黄，但好在仍非常完整，人物形象也非常清晰。照片中的熊希龄看上去五六十岁的样子，微胖，留着一把山羊胡子，正微笑地目视着前方，那微笑绝不是那种为照相而强作出的，是一种从内心自然流露出的笑，淡然、怡然、超然，那目光虽然并不凌厉，但似乎有一种穿越世俗，看破红尘的力量；眉宇间一派坦然。

呵，我想象中的熊希龄正是这个样子！

2009年10月15日

张自忠：汉奸·英雄

由于喜欢读散文和写散文，还是一名未出过远门的学生时我就知道天津有一条张自忠路——著名的《散文》杂志编辑部很长一个阶段就在这条路上——只是那时我孤陋寡闻，对张自忠了解很少。

后来，由于一部抗战题材的国产大片，我知道了张自忠是一位民族英雄——其不仅是抗日战争中中方牺牲的最高级将领，也是第二次世界大战中同盟国一方牺牲的最高级将领——牺牲时为中华民国陆军中将加上将衔的集团军总司令。

再后来，我为了写一篇所谓的“论文”而去档案馆大量翻检一些已被人们遗忘的旧报纸，竟然从那些黄而脆的报纸上看到了两个可谓触目惊心的黑体标题——《自以为忠》、《张邦昌之后》，再看文字，更是吓了一跳——口口声声称张自忠为“张逆自忠”，直责他为“华北特号汉奸”。

究竟是英雄还是汉奸？汉奸怎会终成英雄？英雄又怎会背上汉奸恶名？

天津张自忠路

电影《烈火金刚》中有一个很有意味的角色，即葛优扮演的刁四贵，他没少帮助日本鬼子做坏事，是个十足的汉奸，但当他看多了日本鬼子一次次的烧杀淫掳，最终又在同胞们“你们也是中国人，也是爷们儿”的呼唤声中，毅然反戈一击，壮烈牺牲，成为英雄——难道张自忠也是这样一个刁四贵式的英雄？难道他最终成为英雄不假，但曾经是汉奸也是真？

壹

张自忠

众所周知，对一个人的领悟和认识，虽然最终要看他所有的言行，但有时也需要从他人生的出发地开始，回溯他最初的人生源头。不久前，我因为工作关系而去了一趟江苏赣榆，此行我便走近了张自忠的这个源头，至少是源头之一。于是，此行便成了我再一次梳理张自忠人生进而更加清楚地认识他的一个契机，当然也成了我写作本文的一个契机。

赣榆县文化馆的退休馆长告诉我，张自忠几乎是在赣榆长大的。

1891年张自忠生于山东临清，但是少不更事时便随着做赣榆巡检的父亲（后升知县）来到了赣榆，直到十四五岁已长成一个半大小子时才被他父亲送回临清老家。他父亲为什么要送他回老家呢？直接原因竟是他在街上的一次与人“殴斗”。

有一天，张自忠在街上溜达，见一个无赖正欺负两个卖菜的老农，见此他二话没说，冲上去就对那无赖一拳。那无赖自然也不是好惹的，随即两人便在大街上扭打成一团。好在张自忠此时虽只是一少年，但生得人高马大，几个回合下来，那无赖竟然不是他的对手，最后竟然当众伏地求饶。张自忠岂肯轻饶，他让这无赖给老人又是赔罪又是认错后才放了。此事很快在赣榆被传为美谈，每当他在街上溜达时，身后总少不了有人指点称赞：“那就是县令的大公子，不但拳脚了得，还有一副侠义心肠哦！”每当听到这样的赞许，张自忠会在心中升起几分得意和自豪。但是他父亲生怕他再“惹是生非”，不久便将他送回了临清老家，让他回去好好读书，因为在张自忠父亲张树桂看来，赣榆虽是他的治所，但这个既位于苏鲁之间，又处在海陆之间的小小县城，民风文采自然都是孔孟之乡的老家临清所不可同日而语的。

只是回到临清的张自忠，并没有像他父亲所希望的那样“好好读书”，尽管他读书的天资和悟性很高，功课也不错，但是他似乎更爱“惹是生非”，且与在赣榆时相比，似乎更“出格”了，他先学骑驴，再学骑马，然后是热衷于打猎。与一些同好青少年呼朋唤友，来去如风。他从这种勇敢、冒险的游戏中找到了乐趣，有时一连几天不回家。有时，他也与伙伴们押钱赌博，但他每赢了，若对方家穷，他便一文不收；若是富家子弟，他则毫不客气，一文不能少。每见佃户吃糠咽菜，他常常从家里拿来白面馒头换人家的糠窝头，并一再说自己爱吃糠窝头，从不摆出一副施舍的样子。遇到街上卖梨桃的，他常常把整筐包下来，让大伙吃光分净，然后向母亲讨钱付账。为此家里少不得有责怪他的时候，而面对责怪，他总是这样说：“人家买不起，咱家买得起，送一点给人家吃吃不也应该吗？”

只是未曾想到，张自忠回临清后，这样的日子并没过多久，就从赣榆传来噩耗：父亲因病卒于任上。似乎一夜之间，张自忠这个总爱“惹是生非”的少年便成熟了许多。他不但从此不得不肩负起家庭的责任，而且开始努力读书。

1907年张自忠结婚。

1908年考入临清高等小学堂（相当于现在的中学），开始刻苦攻读孔孟诗书。

至此，我们或许会禁不住问一句：一个天生着一副侠骨柔肠又饱读孔孟诗书长大的人，怎么会那么容易就成为汉奸呢？

1910年张自忠高等小学堂毕业，并考入了当时中国北方有名的法律学校天津北洋法政学堂。他想成为一名法官，为民主持公道——他的这一人生选择，与他少年时代在街头抱打不平的精神一脉相承。然而，1911年辛亥革命后，他眼看着张勋复辟、袁世凯上台等一幕幕活剧不断上演，他悟到了一个现实，若手中没有力量，没有枪杆子，在这个“有枪便是草头王”的世界上，要想为民主持正义与公道，终将是一句空话。

1914年夏，奉天省（今辽宁）新民县新民屯第20师第39旅第87团团长车震的团部，突然来了几位来自山东临清自称是车团长“老乡”的年轻人。

车震是临清人，一见这四个年轻人，又经过他们一番自报家门，很快便将他们一一认出了，不过车团长听了他们此来的目的后，不禁哈哈大笑，说：“你们也想当兵？这当兵哪是你们这些富家子弟当得了的啊！你们还是趁早赶紧回家，该读书的去读书，该干嘛的去干嘛！”

山东临清“张自忠将军纪念馆”

车团长的话无疑给了这四个年轻人当头浇了一盆冷水。但是他们千里迢迢地赶来了，岂肯因为车团长的这么一句话就放弃他们投笔从戎的理想啊！在他们一番信誓旦旦之下，车震只好答应他们先留下试试。此时正值军田麦熟，四人便同士兵一道下田割麦。然而果然不出车震所料，这哪是他们这些富家子弟所受得了的啊？只两天下来，本只做着军官梦，而并没想过如何实现梦想的几位年轻人便大失所望了，没等麦子收完，就纷纷要求退役走人了。唯独张自忠不动声色，一如既往地坚持着。此时车震虽然对这位小老乡有点另眼相看，但他还是把他叫到面前，和蔼地劝他回去，但张自忠说：“既然认准的路，岂能轻易回头！”于是，车震正式替张自忠补了个副兵的缺。

从黄海之滨，到长白山下，张自忠正式完成了他投笔从戎的第一步。

然而张自忠此次的从军生涯只两年不到便终结了。

1915 年 12 月，袁世凯称帝，蔡锷在云南通电宣布云南独立，并组织护国军北伐讨袁。次年初，车震部（此时已扩编为第 20 师，车震任师长）奉袁世凯之命南下援湘，阻击护国军。车震此举无疑属倒行逆施，结果招至灭顶之灾。在护国军和湖南人民的打击下，车震部孤军无援，入湘不久即全军覆没。张自忠与车震殊途同归逃回了临清。不过这期间，有一件事还是很值得一提的，那就是在湘期间，张自忠对长沙的学潮一直抱同情和支持态度，尤其当有着“屠夫”之称的湖南将军汤芗铭下令包围湖立省立第一师范学校捕杀师生时，此时作为第 20 师参谋和长沙城防营营长的张自忠曾有意放跑了一对师生，这看似一件很小的事情，却事实上改写了中国的历史，因为那位被他放跑的老师叫杨昌济，而那名学生在三十多年后缔造了中华人民共和国，他的名字叫毛泽东。

对张自忠来说，这虽然是一次失败的尝试。但一时的失败，毁不掉一个意志坚强的人，张自忠雄心不泯！

1916 年 9 月，张自忠投到了冯玉祥的麾下，成了一名“中尉差遣”，然而仅仅过了十年，张自忠便由一名见习官而成长成了冯玉祥麾下的一员名将，1927 年，张自忠升任 28 师师长兼郑州警备司令和第二集团军军官学校校长。

张自忠的成长，除了他自己的努力外，当然也多得力于冯玉祥的知人善任，为此张自忠一直记着冯玉祥的知遇之恩。中原大战，冯玉祥战败，西北军土崩瓦解，将领们也一时树倒猢狲散：吉鸿昌、梁冠英、焦文典、葛运隆、孙连仲等部相继投蒋，接受改编；庞炳勋、孙殿英、刘春荣等部脱离西北军，另立门户。冯玉祥只得在众叛亲离中渡黄河北上。此时的张自忠同其他将领一样，也面临着一个何去何从的选择，但是当他听说冯玉祥已经北渡黄河，即带领他的一师人马由郑州渡河北上。恰在这时，蒋介石派飞机给他空投委任状，任命他为第二十三路军总指挥，但张自忠毅然拒绝了。他对部下说：“我们做军人的，很要紧的就是忠诚。现在西北军失败了，很多人背叛了冯先生，但我张自忠不会这样做。”直到 1931 年，为了一致对付日本帝国主义随时发动的侵略，张自忠才接受国民党中央整编，任整编后的陆军第 29 军（军长宋哲元）第 38 师师长。

一个对有知遇之恩的上司尚且会如此忠诚决不背叛的人，一个如此以民族大义为重的人，又怎么会背叛自己的祖国成为汉奸呢？

贰

“七·七”卢沟桥事变之前，张自忠是抗日英雄。

1933 年的喜峰口战役，张自忠与他的战友们，用自己的血肉之躯顶住了日军对喜峰口的进攻，不仅打破了日军不可战胜的神话，而且由他策划和指挥的大刀队在对日军的大规模夜袭中多次大获全胜，为此而在全国唱响了一支经典抗战歌曲《大刀向鬼子们的头上砍去》。

然而，卢沟桥事变发生后，张自忠却渐渐地“沦为”了“汉奸”。

事变发生时,宋哲元在山东老家乐陵,冯治安在河北省会保定,张自忠在北平卧床治病,高级官员中唯有北平市长秦德纯在平主持工作。

事变发生后,全国人民压抑已久的抗日情绪如火山一般爆发了出来,举国上下同仇敌忾,群情激奋。中国共产党也发表通电,呼吁抗战。此时,张自忠一面与冯、秦等人联名电请宋哲元速归,一面出于冀察当局和29军的特殊地位,不得不对时局作多方面的考虑——

日本人此番寻衅用意何在?如果进行交涉,有无就地解决的可能?

南京政府在和、战问题上究竟持何态度?29军率先开战是否符合南京政府意图?

一旦全面开战,冀察平津必不能保,29军作为一支与蒋介石素有隔阂的非嫡系部队,出路何在?

……

9日,37师110旅旅长何基沣请示师长冯治安同意后,准备会同其他部队向丰台日军发动突袭,歼灭该敌。张自忠得知后对何说:"现在尚有和平解决的可能,你们要大打,是愚蠢的。"何旅长回答说:"现在的情况,不是我们要打日本人,而是日本人要打我们。"张自忠感到何旅长不易说服,而自己又不是他的直接长官,于是通过军部下达了"只许抵抗,不许出击"的命令。其实这一命令也是遵照了南京国民政府"应战而不求战"的命令。该命令实际上使前线部队丧失了一次歼敌良机,然而官兵们并不知道政府的命令,他们得到的只是张自忠的命令,自然只对他大为不满;至于张自忠在与日军交涉中是如何保护所谓"肇事"士兵,他们并不知道;还有张自忠在这过程中如何维护国家的利益和尊严等等,他们更是一概都不知道。

10日夜里,日军驻北平特务机关长松井太久郎与日本驻平陆军助理武官今井武夫冒雨来到椅子胡同张自忠私邸,径直找他交涉。今井武夫后来在回忆录中写道:

> 看到他那种容颜憔悴、横卧病榻而进行交谈的样子,甚至对他产生令人怜惜的悲壮之感,其诚恳的态度更给人一种好感。

然而出乎他意料的是，张自忠听了松井提出的条件之后，非但没有答应处分“肇事”的负责人，而且对于撤退卢沟桥附近中国军队的问题，也不过主张调换一下部队而已。松井和今井无功而返。中国驻屯军参谋长桥本群与张自忠的交涉，也因意见相左而没有结果。

至此，我们不禁又要问一句，一个在敌人面前如此坚持原则而又头脑清醒的人，怎么会成为汉奸呢？

一天晚上，天津交通银行行长徐柏园来看望病中的张自忠，见他独自一人在走廊来回徘徊。当徐问他时局和对策时，张自忠紧握双拳，如虎相扑，狠狠地说：“混蛋的日本人，当然要杀尽他们才痛快!”但过了片刻，他又摇摇头，叹息着说：“但如若仍有一线的希望，目前总以弭患为是。”其内心的矛盾，溢于言表，此情此景让徐柏园深为感动，为此多年后他将这一切写在了自己的回忆录中。

张自忠力求就地解决事变的态度使舆论界对他的误解进一步加深了。在一般人看来，张自忠无疑是“主和派”的代表人物，离汉奸只有一步之遥了。此时连平津舆论界乃至29军当中都广泛流传着“37师打，38师看”的说法，言语中透着对张自忠的不满。当时的一家报纸刊登了一篇题为《要对得起民众》的短文，说：“张自忠在津宣言：‘我姓张的决不做对不起民众的事。’我们闻其‘声’，如见其人。拍着胸膛硬碰，好像不失‘英雄’本色。……这样并无用处，事在做给人看。”张自忠看了这篇文章，神色严肃地说：“我倒是同意他的观点，谁是民族英雄，谁是混账王八蛋，将来看事实吧!”

舆论界盯着张自忠！世人盯着张自忠！老天似乎也盯着张自忠！然而，一切都似乎都在人们意料之中，张自忠果然“沦为”了汉奸：

1937年7月28日晚，29军撤离北平，张自忠留在北平，“代理”冀察政务委员会委员长、北平绥靖公署主任、北平市市长。

张自忠为什么要留下？不是当汉奸又是干什么?!

张自忠对记者说，自己是“希望能打开一个局面，维持一个较长的时间，而使国家有充实的准备”。但是这样的解释在当时的情形下太苍白了！已经没人能够相信。人们开始纷纷指责他。

一般民众不明真相也就罢了，更可悲的是南京政府军政部派驻北平的简任参事严宽，也致电军政部长何应钦说：

（1）演进日久之复杂化，俭晚实现。（2）闻俭晚战争，张、石等部有参加日军行动之说，冯部伤亡极惨，且全部撤退。宋、秦已走，平、津形同失守。（3）日人提出此间要员更动，且实现。自忠、燮元、允荣、毓桂、张璧、仲孚、觉生将主要政，汉奸全获胜利。

呜呼，至此张自忠就是身上长有千万张嘴也说不清了！

就这样，张自忠“沦为”了汉奸！

尽管张自忠留平后竭力所做的全是有关抗日的事情，如组织有关机构和人员，将平津作战中的负伤者安排治疗，将阵亡者予以妥善安葬，将未及撤离的29军官兵及眷属妥善疏散和隐蔽等；

尽管在日军入城后，张自忠严辞拒绝了日本通过潘毓桂、陈觉生提出的通电反蒋、反共，宣布独立的要求；

尽管他在北平事实上只羁留了八天便化妆冒险逃离了北平……

但是，全国各大报刊还是发表了大量指责他的文字，除了上面提到的《自以为忠》、《张邦昌之后》外，还有《张自忠接见松井后，北平城门大开》等等。

最让张自忠不能忍受的是，连一些与他曾出生入死的战友和部下，此时也对他另眼相看了。

8月13日，张自忠逃到了烟台，并在此舍船换车转赴济南。路经潍县，适遇韩复榘部第29师师长李汉章。李早年曾在张自忠的学兵连当兵，是张的老部下。但此时李对张不但没有一点以礼相待，反而以讥讽的口吻对他说：“以前我见你尽读圣贤书，都学了些什么呢？”昔日的部下竟如此对自己说话，张自忠怒不可遏，他像一只从笼中逃脱出来的老虎，拍案而起，大吼道：“负党负国岂我张某所为？当粉身碎骨，以事实取直天下！”

午后，张自忠抵达济南的韩复榘驻地。韩态度异常冷淡，不但没有派人迎接，而且当张自忠来到韩的官邸，副官进去向韩报告时，韩竟然故意扯着嗓门说：

宋哲元将军

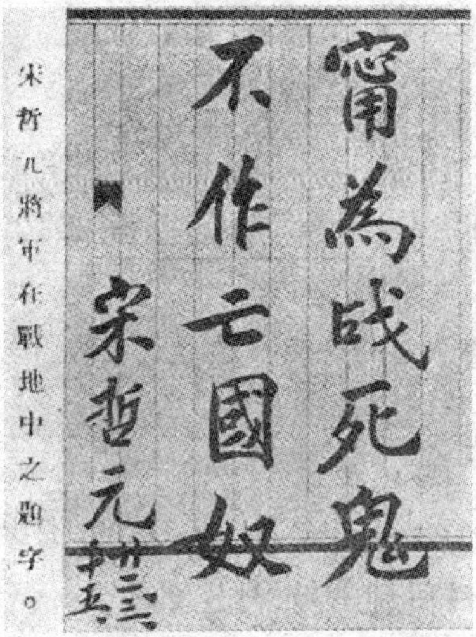

宋哲元将军在“卢沟桥事变”期间留下的手迹

“他当他的汉奸，我救我的国，来找我干啥？”此时，张自忠遭遇的岂止只是尴尬，他的心在滴血！

此时，张自忠所有的希望全寄托在宋哲元身上，只有他最清楚这背后的一切事实，只有他能帮张自忠洗清“汉奸”的恶名。

想当初，张自忠何尝不知道他留平后果的严重啊！他在7月28日晚9时，送宋哲元、秦德纯、张维藩等人出北平西直门时，张自忠心情沉重地对秦德纯说：“你同宋先生成了民族英雄，我怕成为汉奸了。”

呵，此言与两千多年前的李陵说过的那种话如出一辙——“子归受荣，我留受辱。”但是有什么办法呢？张自忠此言大有“我不下地狱谁下地狱！”的沉痛，但更有一种担当！

就在那天的下午，宋哲元在铁狮子胡同进德社29军军部召集秦德纯、张自忠、冯治安、张维藩等人紧急开会，商讨对策。此时此刻，和与战都成了问题：和，等于投降，绝对不行；守，必全军覆没，因在平津本来就易攻难守，再加上在力量对比上29军完全处于劣势，且备战又并不充分；再者，战争一旦打响，北平这座文化古都也将毁于炮火。于是紧急商讨后，觉得三十六计走为上。但撤退也不是没有问题——29军守土有责，不经认真抵抗就放弃平、津，如何向南京交代，如何向民众解释？正在大家犹豫不决之时，从南苑前线传来佟麟阁、赵登禹将军阵亡的噩耗！宋哲元顿足大吼：“断我左臂，此仇不共戴天！”至此，29军已别无选择，只有退往保定，再图良策。此时宋哲元不愧为大将风度，他很快冷静下来说：“为了照顾全局和长远利益，我决定按照蒋委员长的指令离开北平前往保定，再作下一步打算。可是在把实力转移时，在北平必须留个负责人和敌人暂时周旋，把形势缓和一下。这个任务是非常艰巨的，请大家考虑，由谁来挑此重担？”宋哲元在会上沉重地说。

宋哲元考虑到张自忠任天津市长时，曾与日本人接触较多，留平易于为日方所接受，有利于缓和局势，牵制敌人，因而首先想到了张自忠。但张自忠想，本来舆论对自己已多有误解，如果再留平，势必跳进黄河也难洗清，所以表示不愿留平。

于是提出第二套方案，让秦德纯带领四团人马留下，坚守北平，拖延战机。大家都心里明白，这是一条死路。秦德纯对此更表示消极。

已经是容不得犹豫了，宋哲元不由得大发雷霆说：“哼！我们 29 军从来都是有令必行的，你们平日口口声声说服从我，怎么，在此重要关头，你们就是这样服从的吗？”

这话让张自忠这个血性汉子坐不住了，他从凳子上呼的一下子站了起来说：“现在和与战都成了问题，看情况事情不会一下子得到解决。既然委员长这样决定，军人以服从为天职，只要于我军及国家民族有利，虽赴汤蹈火，在所不辞！不过委曲求全，关系个人名誉，恐不能为国人所谅解，事后应请委员长代为剖白。”

宋哲元一看张自忠仗义勇为，非常感动，连忙说：“那是自然，那是自然。”说着，挥笔写下手谕：“（一）冀察政务委员会委员长由张自忠代理；（二）北平绥靖公署主任由张自忠代理；（三）北平市长由张自忠代理……”

现在宋哲元的这一纸手谕就握在张自忠的手上，成了他唯一的救命稻草。虽然韩复榘的话他站在门外听得清清楚楚、真真切切，但是他连发怒的力气也没有了。他大步冲到韩复榘面前，说：“向方（韩的字），我给个东西你看看！”说着，掏出了宋哲元写给他的手谕，并要求韩给宋哲元和南京打电话。

然而，韩复榘得到的命令是，让他将张自忠“解往南京”。

尽管随后有宋哲元等知情者一再出面解释；

尽管此时驻扎山东的 29 军（此时已扩编为第一集团军）38 师（此时已扩编为第 59 军）将士多数人已理解了张自忠当初的苦心，表示欢迎老师长回部，并一再扬言非张自忠不能指挥；

尽管连已经下野隐居的冯玉祥也亲笔给蒋委员长写信，希望能像《圣经》上说的那样,赦免人的罪过七十七次,主张让张自忠回去带队伍,因为张自忠是为长官担过,他本质上是个有良心、有血性的人,只要叫他带着队伍打日本,他一定能尽本分……

但是舆论界对他的攻击和指责却有增无减。如上海《大公报》此时竟发表了一篇题为《勉北方军人》的文章,大意是说:在北方军人的老辈中便有坚贞不渝的典型。段祺瑞先生当年曾不受日阀的劫持,轻车南下;吴佩孚在北平沦陷后,断然拒绝江朝宗之流的拥戴……他们才不愧是北方军人的典型,愿北方军人都仰慕段、吴的风范,给国家保持浩然正气,万不要学那寡廉鲜耻的殷汝耕和自作聪明的张自忠。《国闻周报》的另一篇文章竟然挖苦说,张自忠的冒险逃脱虎口,是“拘束地仅仅度得八天,就被敌人一脚踢开了”。与此同时发生的事实是,张自忠真的被“解往南京”了。

张自忠乘坐列车行至徐州站,突有三十多名青年学生拥上车来,要求搜查“汉奸”张自忠。几乎是与此同时,南京国民政府也正式下达命令,以张自忠“放弃责任,丢失守地”的罪名,将他“撤职查办”。

此时,有朋友担心他这条宁折不弯的山东汉子受不了这样的委屈而崩溃,偷偷塞给他一张纸条,上面写着一首诗:

周公恐惧流言日,王莽谦恭下士时。
若是当年身便死,一生真伪有谁知?

诗虽多用典故,但意思一目了然,就是提醒张自忠一定要活着,如果死了,是真是假真就终无法说得清了!

但张自忠是一个堂堂正正、忠于国家和民族的七尺男儿,竟然背着个汉奸的恶名,这叫他怎么活啊!

常人的我们自然是无法体会张自忠在那些被指责为汉奸的日子里内心的真正痛苦,但是那情形我们还是不难想象的;他要倾诉,他要解释,他要发怒,但是找谁呢?谁会有耐心听一个汉奸的倾诉,谁又能相信一个汉奸的解释?你既已成了一个汉奸,还有什么发怒的资格?他想去战场,想去杀敌,想去用鲜血洗刷所泼在自己身上的污秽，但是他手下没有听令的军官，没有冲锋的士兵，甚至手上连枪也没有；他想一死了之，一了百了，但这又太对不住那些关心自己、信任自己的战友、士兵，还有冯先生；再说自己一死便真的再也没有证明的机会了，真的“一生真伪有谁知”了？那是一种悲哀与痛苦的交织，绝望又不甘的挣扎，愤怒着咆哮的抗争。

1937年10月，配剑将军张克侠来到南京看望张自忠。他在当天的日记中写道：

今往见荩忱师长，其貌憔悴，心绪不佳，闻已染嗜好，诚为可叹，宴安鸩毒真不虚也。余勉以自重自珍，来日方长，是非可明，彼有惜别之意。良将难求，余当助之。

可悲呵！一位身经百战、出生入死、志坚如钢的军人，竟然靠鸦片的麻醉才能活着！但是这能全责怪他吗？只要是人，哪怕再坚强的人，他也有脆弱的一面啊！此时的张自忠，除了这样半死不活地活着，还能怎么样？

叁

1937年12月7日，张自忠终于离开了南京。临行时他留下一句话：“委座这样宽宏大量，我只有战死才能报答。”

回到59军后，张自忠果然将生命置之度外了，他唯有英勇奋战。从1938年2月到4月仅仅三个月时间里，张自忠率领59军连续发动了三个战役并取得了胜利——2月的淮河战役，将华中日军阻于淮河以南，打破了南北两路日军夹攻徐州的计划；两次临沂战役，进一步斩断了北路日军的左臂，粉碎了敌第5、第10师团会师台儿庄的计划，造成矶谷廉介第10师团孤军深入为我围歼的契机，从而为随后台儿庄大捷拉开了序幕也奠定了基础。队伍稍事休整后，又从1938年11月开始，到1939年4月初，短短4个月里，张自忠又率所部接连进行了四次规模不等的战役，歼敌四千余人。

不仅如此，此间张自忠每战必留遗嘱，抱定必死之心，亲临前线，指挥作战。对此手下官兵既为他英勇无畏的英雄气概所鼓舞，也为他的生命安危而担忧。连随军的苏联炮兵顾问也力劝他说：“高级统帅，不宜过分靠前。欧战那样激烈，总司令进至山炮射程以内，尚无所闻。”李宗仁听说此后，也曾不止一次地劝告他，但张自忠依然故我。一直跟随张自忠的手枪营营长杜兰喆再也按捺不住，毅然上书进谏说：“设官分职，各有专责。”但张自忠依然一如既往。张自忠当然不可能连作战常识都不懂，他之所以这样，不能不让人想到，他是故意求死啊！

尽管只一年多的时间，张自忠由代军长而军长，由军长而为军团长，由军团长而为集团军总司令，由集团军总司令而为战区兵团总司令。但这一切似乎并不是他需要的，他需要的唯有一死以洗刷自己“汉奸”的恶名。

对于张自忠只求一死的心理，作为发现和栽培过他的伯乐、老上司，冯玉祥看得最清楚。

1939年8月，冯在重庆南温泉余家祠堂隐居读书，张自忠前去探望，见到老部下，冯玉祥自然格外高兴，设宴为其洗尘。席间张自忠慷慨激昂地对冯玉祥说：“我不管枪不如人，炮不如人，我总要拼命地干一场。做一个榜样给人看，我一定尽我所有的力量，报效国家，不给先生丢脸。活着我要活个样子，死也要死个样子！我觉得我越走越光明，先生你看，我一定要这么办！”冯玉祥听了，既高兴，又感慨，不住地点头。他为有这样一位忠勇的部下而感到骄傲。临别时，张自忠将临沂战役中缴获的日本军刀作为礼物赠给了冯玉祥。离渝前夕，张自忠又特地向冯玉祥辞行，俩人互道珍重，依依惜别，然而张自忠离去后竟又折了回来。他重新回到冯玉祥屋里，“扑通”一声跪倒在地，向冯玉祥磕了个长头。冯玉祥一时惊呆了，忙说：“荩忱，你这是干什么呀？”只见张自忠眼含热泪，神情凝重地说：“我这一生是先生培植了我，我活着要一心一意地为国尽忠，像个人，像个军人，不辜负你培植我这一生；我死了也要像个鬼，像个忠魂，不会辱没先生练兵带兵的英名！”冯玉祥老泪纵横，无语凝咽，因为他心里明白，张自忠行此大礼意味着什么！

今天，在张自忠生前留下的并不太多的言论中，我们看到其中出现最多的话题和字眼莫过于“死”了，他似乎一点也不避讳这一话题。

1938年2月，张自忠回到了59军时，59军官兵见到了日夜思念的老长官，军营中一片欢腾。然而张自忠在与大家见面时，说的第一句话竟是："今日回军，就是要带着大家去找死路，看将来为国家死在什么地方！"此话让在场官兵一片哭声。

1938年2月12日傍晚，五十九军乘专列沿津浦铁路向南开进。在车上，随军采访的《联合画报》记者舒宗侨请张自忠对即将展开的作战发表感想，张自忠语气沉重地说："现在的军人，很简单讲句话，就是怎样找个机会去死。因为中国所以闹到这个地步，可以说是军人的罪恶。十几年来，要是军人认清国家的危机，团结御侮，敌寇决不敢来侵犯。我们军人今天要想洗刷他的罪恶，完成对于国家的义务，也只有一条路——去死，早点死，早点光荣地死！"

冯玉祥将军

13日，59军准时抵达前线，部署于固镇、瓦疃集、徊小楼之线。这一带恰恰是著名的淝水之战的古战场，张自忠决心在这片土地上重演谢玄大败苻坚的那幕历史壮剧。攻击发起前，张自忠召开全军营以上干部会议，交代淮河战况和本军作战计划。最后，他以破釜沉舟的语气说："我现在有过，无论谁都可以打败仗，独我张自忠不能打败仗！我的冤枉，只有一拼与死，拿真实的战绩，才能洗刷干净！我带领大家一起拼命保国！"他在前线写给弟弟自明的一封信中写道："吾一日不死，必尽吾一日杀敌之责；敌一日不去，吾必以忠贞至死而已。"

然而，如果张自忠如此唯求一死地作战仅仅只是为了洗刷他自己，那么这无疑也是一种自私，因为就算你不在乎自己的生命，那也不能不在乎手下那千万士兵的生命啊！更何况一个对自己生命自轻自贱的人，他又怎么能珍惜别人的生命呢？而一个不珍惜别人生命的将军，士兵们又怎么会在他的指挥下去拼命杀敌呢？

可能许多人都知道，张自忠当年在西北军中有一个外号叫"张扒皮"，甚至有人以为这一外号的含义肯定是与"周扒皮"相似，一定是因为张自忠带兵太恶，对下级官兵太苛刻。其实不然，他的这个"张扒皮"的外号恰恰是他治军严格，但以身作则、官兵平等的写照。

1923年秋天,时任学兵营营长的张自忠,随部驻扎在北京南苑。冬季大练兵时,一日大雪,天寒地冻,训练时许多官兵缩手缩脚,训练效果自然是大打折扣。一天早晨,张自忠将全营官兵集合起来,大声问:“下雪天敌人发起攻击怎么办?”官兵们齐声回答:“坚决抵抗!”张自忠接着说:“那现在下了一场雪,你们操练都成这样了,还谈什么打仗?现在,请大家都把身上的那张皮给我扒了,跟我一起跑步!”说完,他自己竟第一个当众脱掉了棉衣。全营官兵都愣住了,然后大家什么话也没说,也纷纷脱下棉衣,跟在张自忠身后在雪地上跑步。从此,“张扒皮”的绰号就不胫而走,传遍了西北军。传得久了远了,难免以讹传讹,于是张自忠常对手下官兵说:“我有个外号叫‘张扒皮’,你们真做了什么对不起国家的事,我真会扒了你们的皮;我要是做了对不起国家的事情,也请你们来扒了我的皮。”

张自忠在军中历来就主张身先士卒、官兵平等,并且身体力行。

早在冯玉祥麾下时,有一次,张自忠率部从徐州急行军至许昌,两地相距五百多公里,全靠步行,而此前官兵已连续作战3个多月。冯玉祥后来在自己的著作中记载了这一次行军,他写道:

> 张自忠将军的队伍,全是步行,官兵的脚上磨了很多的泡,有些兵们就左歪、右歪地走不动。张将军就把队伍集合在一个地方,坐在地上,先对大家说明白军人要耐困苦忍缺乏的这些道理;然后,张将军把鞋袜子脱下来叫大家看他的脚上有多少泡,官兵们看见他满脚都是泡,这时张将军把脚抬起来向地上一顿,扑哧一声,血往四下溅。两只脚顿完了,队伍再走。那些官兵们连一个歪着走的都没有了,都是挺胸凸肚地向前走去。这可以证明一位将军的动作与官兵的关系是多么大呀!

1929年初,国民政府军事委员会在全国范围内举行军风纪考察。当时的陆军第一师师长刘峙任检查团总团长。这次检查以师为单位,刘峙率团巡视南北,逐一考核。张自忠的第25师军容严整,训练有素,令检查团心悦诚服,结果列全国陆军第一。刘峙在最后的讲评中深有感触地说了这么一段话:“25师虽是全国第一,它的各个方面我们都可以学习,但有三方面却是我们学不了的:第一,25师官兵服装全师一致,上至师长,下至伙马夫,服装一律相同,一般的部队,高级将领的服装都不同;第二,25师从师长到战斗兵,面色都一致,这说明官兵吃的是一样的伙食;第三,我来看这个部队,从早上八点开始,一直到十二点,没有看到一个动的和讲话的,这种纪律,生平仅见。”

1937年底,许多人到蒋介石面前为张自忠解释和说情,蒋听说张自忠在每次战斗撤离时,只要危急,他总是率手枪队走在全军之后。对此他将信将疑,亲自向冯玉祥询问,冯玉祥说确实如此,蒋介石为此而大为感动,不久令张自忠回29军任代军长。

其实,不怕牺牲是张自忠由来已久的一贯作风,他早就做好了为国捐躯、杀身成仁的准备。

有一次,他与孙连仲将军说:“人生平均年龄不过五十左右,事业之成就与否亦唯五十左右而定。故吾人应知努力之时机倏忽即逝,倘不急起直追,则必贻害终身,永成憾事。即令终老一生,但最后亦不免一死,与其庸碌而死,当不如轰轰烈烈建立一番事业。既有裨于国家,复获显贵之名誉,则虽死不死矣。”

由此看来,张自忠的世界观早就超越了生死,而他超越的前提是他自觉地将自己的生命完全与国家、民族的命运紧紧相连。至此,我们又不禁要问:这样的一个人,他怎么会成为汉奸呢? 而眼下,面对敌人的侵略、同胞的误会,他又怎么能不以死相拼,以死一证呢?

肆

在没有舟桥的古代,一条大河波浪宽,岸边住着一对夫妻。河的对岸究竟是个什么样的世界呢?丈夫总想渡过河去看一看。有一天,丈夫终于走进河水里,向一辈子都没有到过的对岸泅去,妻子立在岸上千呼万唤,要他不要去,但丈夫头也不回。丈夫此去果然一去便永没回来,妻子从此只会反反复复说四句话,使其最终成为绝唱:

公毋渡河，
公竟渡河。
公竟渡河，
其奈公何？

1940年5月，张自忠将军也渡河而去了，但他不是去看对岸的风景，而是去为战役作知其不可为而为之的努力。

1940年5月初，日军为了控制长江交通、切断通往重庆的运输线，集结30万大军发动“枣宜会战”。当时中国军队的第33集团军只有两个团驻守襄河西岸，因此不得不实施渡河增援。作为集团军总司令，张自忠本应坐镇指挥，率兵增援不必亲为，但是他不顾部下的再三劝阻，坚持亲率部队渡河增援，给副总司令兼77军军长冯治安留下一函，实为诀别：

仰之吾弟如晤：因为战区全面战争之关系，及本身之责任，均须过河与敌一拼，现已决定于今晚往襄河东岸进发，到河东后，如能与38师，179师取得联络，即率两部与马师不顾一切，向北进之敌死拼。若与179师，38师取不上联络，即带马师之三个团，奔着我们最终之目标(死)往北迈进。无论作好作坏，一定求良心得到安慰，以后公私均得请我弟负责。由现在起，以后或暂别，永离，不得而知，专此布达。

张自忠率两千多人东渡襄河后，一路奋勇进攻，将日军第13师拦腰斩断。日军随后以优势兵力对张自忠所部实施包围夹攻。张自忠毫不畏缩，指挥部队向人数比他们多出一倍半的敌人冲杀十多次，使日军伤亡惨重。

5月7日后，先是由于蒋介石被日方的假情报迷惑，错误判断形势，后又由于张自忠的电报密码不幸被日军截获破译，中国军队陷入被动。

5月15日，张自忠所领一千五百余人被近六千名日寇包围在南瓜店以北的沟沿里村。当日上午，日军发动进攻。敌我力量极其悬殊，战斗异常惨烈。至下午三时，张自忠身边士兵已大部阵亡，他本人也被炮弹炸伤右腿。此时，他已撤至杏仁山，与剩下的十几名卫士奋勇抵抗，竟将蜂拥而至的日军阻于山下达两个多小时。激战到16日拂晓，张自忠部被迫退入南瓜店十里长山。日军在飞机大炮的掩护下，继续发起猛攻，一昼夜竟发动9次，但都被张自忠等打退，但伤亡也非常惨重。到下午2时，张自忠手下只剩下百名士兵，他毅然将他们悉数调去前方增援，身边只剩下高级参谋张敬和副官马孝堂等8人。下午3时多，张自忠再次受伤倒地，此时他让身边的人快走，留下最后遗言："我这样死得好，求仁得仁，对国家、对民族、对长官，良心很平安。你们快走！"4时许，大群日军冲上阵地，张自忠提起一支冲锋枪冲向敌群……

将军生命的最后情形无人知道，因为当时留在阵地上的英雄都全部牺牲。后来从日军公开的战史资料中，我们看到了这样一段文字：

> 第四分队的藤冈元一等兵，是冲锋队伍中的一把尖刀，他端着刺刀向敌方最高指挥官模样的大身材军官冲去，此人从血泊中猛然站起，眼睛死死盯住藤冈。当冲到距这个大身材军官只有不到三米的距离时，藤冈元一等兵从他射来的眼光中，感到有一种说不出来的威严，竟不由自主地愣在了原地。这时，背后响起了枪声，第三中队长堂野君射出了一颗子弹，命中了这个军官的头部。他的脸上微微地出现了难受的表情。与此同时，藤冈元一等兵像是被枪声惊醒，也狠起心来，倾全身之力，举起刺刀，向高大的身躯深深扎去。在这一刺之下，这个高大的身躯再也支持不住，像山体倒塌似的轰然倒地。

得到丈夫牺牲的噩耗，张自忠远在一方的妻子李敏慧悲痛欲绝，水米不进七日后，亦溘然长逝，追随将军而去。

呵！公毋渡河，公竟渡河。公竟渡河，其奈公何?!

伍

随着张自忠将军的倒下，南瓜店一带枪声骤停，时间也仿佛凝滞了，凝滞在

1940年5月16日下午4时这一个悲壮的时刻……

那两个名叫藤冈和堂野的日军士兵，作为战胜者开始打扫战场。在他们想来，这个“最高指挥官模样”的将军身上一定会有不少金票银元吧！他们迫不及待地翻动遗体搜身，堂野搜出了“第一号伤员证章”，藤冈则掏出一支派克金笔，再一看，笔杆上面竟刻着“张自忠”三个方方正正的汉字！俩人不禁倒退几步，“啪”地立正，恭恭敬敬地向遗体行了军礼。接着如兔子一样飞奔而去，去向他们的上司二三一联队长横山武彦大佐报告。

横山下令将遗体用担架抬往战场以北二十余里的陈家集日军第39师团司令部，请与张自忠相识的师团参谋长专田盛寿亲自核验。因为就是这个专田盛寿，在“七·七”事变前曾担任中国驻屯军高级参谋，与时任天津市长的张自忠见过面；“七七”事变时又作为日方谈判代表之一，多次与张自忠会晤于谈判桌前。

专田盛寿手举蜡烛，目不转睛地久久注视着张自忠的面庞，说道：“没有错，确实是张君！”语气竟有几分悲切。

在场者发出了一阵胜利的欢呼声，但突然间便是一阵鸦雀无声的肃穆。师团长村上启作命令军医用酒精把遗体仔细擦洗干净，用绷带裹好，并命人从附近的魏华山木匠铺赶制一口棺材，将遗体庄重收殓入棺，葬于陈家祠堂后面的土坡上，坟头立一墓碑，上书：“支那大将张自忠之墓”。

当天深夜，日军设在汉口的广播电台竟中断正常广播，插播了张自忠阵亡的消息，并称：“我皇军第39师团官兵在荒凉的战场上，对壮烈战死的绝代勇将，奉上了最虔诚的崇敬的默祷，并将遗骸庄重收殓入棺，拟用专机运送汉口……”一个誓死抗日并战死沙场的中国将军，却得到了他的敌手——日本军人的尊敬，这足可以说明张自忠人格力量的伟大。

奉命驰援的38师到达南瓜店时已是深夜，黄维纲师长得知张总司令战死，悲恸万分，当即率领数百人的便衣队夜袭陈家集，在混战之中将张总司令遗体抢走。当日军39师团接到军司令部“将张自忠遗体用飞机送往汉口”的命令时，为时已晚。

18日上午，忠骸运抵33集团军驻地快活铺，全军将士痛哭相迎。冯治安将军和两名苏联顾问含泪查看了张将军伤势，发现全身共伤8处：除右肩、右腿的炮弹伤和腹部的刺刀伤外，左臂、左肋骨、右胸、右腹、右额各中一弹，颅骨塌陷变形，面目难以辨认，唯右腮的那颗黑痣仍清晰可见。冯将军命前方医疗队将遗体重新擦洗，作药物处理，给张将军着马裤呢军服，佩上将领章，穿高筒马靴，殓入楠木棺材；然后率众举行了隆重的祭奠仪式。

18日，冯治安、李文田联名致电冯玉祥先生，报告了张自忠殉国经过。冯先生虽知这一天迟早会到，但还是痛哭失声，他说："九个月前，他向我说的坚决杀敌的话语，不料竟成了遗言；九个月前，雄健勇武的身躯，不料而今闭于一棺，不能重睹了！真是如断我臂，痛彻心胸！"

5月21日晨，李致远参军、徐惟烈顾问奉冯治安之命，率领手枪队乘6辆卡车从快活铺启程，护送张自忠灵柩前往重庆。沿途数万群众，挥泪祭奠。车抵宜昌，10万群众自发送殡，全城笼罩在悲壮肃穆的气氛中。此时，敌机在上空盘旋吼叫，却无一人躲避，无一人逃散……

英雄一死中国生！

孙中山先生曾说："我死则国生，我生则国死，以吾人数十年必死之生命树国家亿万年不死之根基！"张自忠可谓用自己的热血和生命为孙中山此言作了最好的注脚！

的确，至此已无需再去统计张自忠打了多少仗，杀了多少敌，缴了多少获，谁还会怀疑张自忠是汉奸？谁还会不承认他是我们民族的英雄！

然而英雄死了，任凭我们再给他以崇高的荣誉，他也不能复生再为国家和民族再建奇功了。痛定思痛，我们有没有想过，他的死只是我们的敌人造成的吗？我们自己有没有参与了杀死我们自己的英雄？我们有没有给我们的英雄以应有的理解、宽容和爱护？

在第二次世界大战中，有一名法国士兵受伤后被俘，后来他成功越狱，逃回了法国。然而就是这名曾经做过纳粹俘虏的法国士兵，几十年后却被法国人选为了总统，并且很有作为，他就是中国大多数人都很熟悉的密特朗。然而这一切对于我们这个国家和民族的人来说似乎近于天方夜谭——一个做过俘虏的人，不说你是汉奸就已经是抬举你了，怎么还能选你做总统？！

的确，要理解这一切，我们的民族也许还需要时间，还需要等待，等待我们民族的成熟。好在我们似乎已从张自忠之死里有所感悟:爱国不一定只能以一种方式,尤其是在一些特殊的时候,如果所有人都只用、或只能用一种方式表达表达自己的爱国,那既是十分危险的,也是十分愚蠢的。

"没有伟大人物出现的民族,是世界上最可怜的生物之群;有了伟大的人物,而不知拥护、爱戴、崇仰的国家,是没有希望的奴隶之邦!"这是文学家郁达夫的一句名言。我们当然不是"最可怜的生物之群",也不是"没有希望的奴隶之邦"!

除了国民党方面,中国共产党方面也对于张自忠将军的牺牲深为震惊和痛惜。

8月6日,延安《新中华报》发表《悼张自忠将军》的社论,高度评价张自忠的抗战功勋。

8月15日下午,延安各界代表千余人,齐聚中央大礼堂,为张自忠等殉国将领举行隆重追悼大会。周恩来不但题写了"尽忠报国,为国捐躯"的挽词,还亲笔为《新华日报》撰写了《追念张荩忱上将》的代社论。文中说:

> 张上将是一方面的统帅,他的殉国,影响之大决非他人可比。张上将的抗战,远起喜峰口,十年回溯,令人深佩他的卓识超群。迨主津政,忍辱待时,张上将殆又为人之所不能为。抗战既起,张上将奋起当先,所向无敌,而临沂一役,更成为台儿庄大捷之序幕,他的英勇坚毅,足为全国军人楷模。而感人最深的,乃是他的殉国一役。每读张上将于渡河前亲致前线将领及冯治安将军的两封遗书,深觉其忠义之志,壮烈之气,直可以为我国抗战军人之魂!

张自忠墓

朱德、彭德怀联名题词:

> 一战捷临沂,再战捷随枣,伟哉将军,精神不死;打到鸭绿江,建设新中国,责在朝野,团结图存。

1956年以来，人民政府几次拨款重修了南瓜店等地的“张公祠”、“衣冠冢”、“殉国处”等纪念遗迹；在重庆北碚梅花山，还建立了张自忠将军陵园和张自忠将军生平事迹陈列馆。

1982年4月16日，中华人民共和国民政部批准追认张自忠为“革命烈士”；随后批准在北京市、天津市、上海市和武汉市恢复设立“张自忠路”。

1991年，为纪念张自忠百年诞辰，湖北省人民政府在宜城市建成“张自忠将军纪念馆”。

2009年，中华人民共和国成立六十周年之际，张自忠被选为“新中国百位英雄模范人物”。

英雄，终将不朽！

烈士，终得安息！

2009年11月30日

胡适：我从山中来

徽商，中国历史上最成功的商帮。

徽商走过的成功之路大体上分为三个阶段：第一阶段，靠做一两门较为精湛的手艺，再加上一些小买卖，在养活自己的同时积累一定的资本。这一阶段涌现出的最杰出的代表人物是胡开文，他研制出的"徽墨"，代表了中国"文房四宝"中墨的最高品质，它对中国文化滋润的程度究竟有多深，实在是很难估量，时至今日，"胡开文"三个字还是中国制墨业的一块金字招牌。第二阶段，凭借较雄厚的资本官商勾结进行大宗贸易和垄断贸易，甚至进行一定的资本运作，聚集巨额财富。这一阶段涌现出的最杰出人物便是被人称作"红顶商人"的胡雪岩，他过人的商业智慧、传奇的人生历程，堪称巨可敌国的财富，几乎都成了一个个精彩故事，至今仍家喻户晓，为人们津津乐道。第三阶段，挣脱商人身份，投身文教事业，参与文化建设，培养科教人才，寻求政治发言。这一阶段涌现出的最杰出人物无疑是胡适，他曾以北京大学教授的身份发起新文学革命，倡导白话文，成为新文化运动的先驱和干将；不仅如此，他还一度成为文人从政的典型，在一个特殊时刻出任驻美大使，并颇有政绩，以致差一点儿就当上了总统，总之，无论是

胡适

为学为政，都颇有建树。

说来令人难以置信，上面所提三位杰出人物，他们不但同姓一个“胡”字，而且竟然都来自于深藏于皖南山区的同一块很狭小的土地——这究竟是一个怎么样的土地，不能不去那里看一看！

只是对于这三个人物，我最感兴趣的是胡适——胡开文不在我的文化研究视野之内，因为在我的心中他更该归于能工巧匠之列；至于胡雪岩，近来有关他的书籍和电视剧已太多，我不想再凑这个热闹。

壹

从南京驱车四个小时，我们来到了绩溪县城。老实说，这座知名度不低的县城让我有点儿失望，在今天这个改革开放的大时代中，它有些儿落伍。街道似乎还是从前的街道，但显然街面已许多年没有过铺修，有的地方竟然结着厚厚的污泥浊水。街两面的房子也有点破落，一些店家竟将许多商品从店堂一直放到了街边路牙之上，把整条整条的街道弄得十分混乱。街上也没什么人气，行人也多为山民模样。总之，走在街上似乎没有一种身在城市的感觉，最多只感觉像是走在一个山间的小镇上。

徽州古道

我们本以为，胡适毕竟是这个县走出去的一位大名人，或许在县城里会有一座胡适纪念馆、文学馆之类可以先看看，但是看到县城这个样子，心想，如果真有那倒反而有点儿奇怪了。

那就直奔上庄吧！问了好几个人，才知道从绩溪到上庄还有四十多里，有一条土石公路与之相通。我们的汽车终于驶上了这条乡间如机耕路一般的公路，在上面颠簸着拐了一弯又一弯、爬了一坡又一坡、过了一村又一村后，一个很大的山村终于进入了我们的视野。村子青山四围，村边庄稼丰茂，村前有一条清澈的山溪由东向西潺潺地流淌着，溪边绿竹滴翠。

这究竟是一座怎样的村落呢，竟然一下子走出了三位对中国经济、文化都有着很大影响的重要人物！

我知道，就像一座城市的性格并非表现在那些大同小异的通衢大街上，而往往深藏在它的小巷里一样，乡村的性格并非表现在那些村巷房舍上。因为在目前的中国，除了一些偏僻的古老的村寨，还能从它们的村巷里看出一些村寨的性格外，多数村子已经大同小异了，尤其是在江南：家家户户上下两层到三层不等的水泥小楼，或前或后带个或大或小的院子；每家前后左右都大体对齐，其间或水泥路，或煤渣路相连……这样的村庄，一座一座地散布在大地上，如同那些走在城市大街上的农民工一样，给人的感觉似乎都一样，区别他们，你不得不听他们收工后扎堆在一起喝酒时说出家乡口音，看他们碗里的吃的是咸淡酸辣，总之看与他们相关的东西比看他们本身更容易领略他们的来路与性格。乡村的性格也一样，更多的要看看与它有关的“风水”，它更多地隐藏在周边的山沟河谷、溪流港汊中，甚至一棵老树，一座小桥，一口古井……都会是透露乡村性格的一个个暗符。

上庄的村口有一座石桥，进入村子必须先过此桥。我们的汽车在桥头停了下来，向村民打听此桥是否杨林桥，因为我知道，胡适在向人介绍他的故乡时，曾引用清人刘汝骤的诗，而此诗中就有杨林桥：“竹蓀峰前，山蓀水聚；杨林桥旁，棋布星罗。”因此，杨林桥可以说是上庄村的一个标志。不远处的田间正长着一些皖南少见的钻天杨，十分抢眼——我想这或许就是杨林桥得名的缘由吧！

走上桥面，此时我又想起了胡适自己写的一首诗，诗中也写到了这座杨林桥。那是1914年7月8日，远在美国留学的胡适，收到了一封家里寄去的信，信中还有一张他未婚妻与他母亲的合影，于是胡适便有了这首“得家中照片题诗”：

> 图左立冬秀，朴素真吾妇。
> 轩车何来迟，遂令此意负。
> 归来会有期，与君老畦亩。

筑室杨林桥，背山开户牖。
辟园可十丈，种菜亦种韭。
我当授君读，君为我具酒。
何须赵女瑟，勿用秦人缶。
此中有真趣，可以寿吾母

胡适笔下，杨林桥边，是一幅怎样的家庭生活图画啊？夫妻种菜种韭，琴瑟和谐，家庭长幼有序，母慈子孝……它无疑体现了作者的一种生活态度和生活理想，而其中的女主人，无疑是他的妻子江冬秀。然而，今天胡适早已长眠孤岛，而不远处山坡上日夜守望着杨林桥的一座孤坟里的那个人并不是江冬秀，而是另一个曾经深爱着胡适也让胡适深爱着的女人。

那是一个曾经多情而美丽的生命。胡适与她的最初相识是在自己1917年8月的婚礼上，她是胡适妻子江冬秀的伴娘，那时她只有十六岁，是胡适三哥妻子同父异母的妹妹，人长得很乖巧，嘴也很甜，第一次见面便叫了胡适一声："糜哥"（胡适小名叫嗣糜）。没想到，就是这么轻轻的一声"糜哥"，却将胡适的灵魂叫出了窍。就在当天的婚礼上，吸引胡适目光的始终不是自己新婚的妻子江冬秀，而是那个叫他糜哥的小伴娘。

新婚后没几天，胡适便去了北京大学继续教他的书，写他的文章，作他的演讲，新婚的妻子江冬秀被他留在了上庄。然而回到北京后的胡适，心头总有一个美丽的倩影挥之不去，但这个影子自然仍不是新婚的妻子江冬秀，而是那个叫他糜哥的女孩。

这是胡适心中的一个秘密，一个天大的秘密，一个万万不得让人知道半点的秘密！胡适只能把它深深地埋在心底。好在那时候，胡适有太多的课要上，有太多的演讲要作，有太多的文章要写，有太多的笔仗要打，时间似乎过得也很快，只一晃，一年便过去了。这时胡适忽然得到了一个来自老家的消息，那个叫他"糜哥"的女孩子结婚了，嫁给了邻村一个叫胡冠英的男孩子。得到这个消息，胡适长长地叹了一口气，但涌上心头的似乎不是失落，而是一阵轻松，同时他做出了决定，要将妻子江冬秀接来北京。

不久后，每当夕阳西下的傍晚，绿树红楼间，西装革履的胡适与小脚妻子江冬秀一起漫步的身影，成了北大校园里一道独特而怪异的风景。对此赞赏者有之——糟糠之妻也不弃啊，高尚！也有人不解——胡适自己不是说“没有爱情的婚姻是不道德的”吗，他的言行怎么如此的不一致呢？但怀疑的人更多——难道胡适真能与这样一个女人过一辈子？让我们拭目以待吧，好戏在后头呢！

好戏果然几年后便上演了。1923年下半年，从诗人徐志摩口中传出一个消息，在杭州养病的胡适已经与人相爱，不日将回京离婚。

对于这个传闻，许多人开始有些不信，因为几年来，胡府一直很安静，似乎并没有人们起初所想象的那些不和谐，至于胡适的西装革履与他夫人的小脚，起初是怎么看怎么觉得不配，但看得多了似乎也就习惯了，更何况人家还生出两个大胖小子了，不是说“婚姻如穿鞋，合不合式只有脚知道”吗？或许人家过得滋润着呢，怎么会突然离婚呢？或许是这一贯浪漫的徐志摩捕风捉影而欲为自己的阵营拉拢新的盟友吧？然而再想想，这样的事情毕竟不是乱说的啊，何况徐志摩又那样的言之凿凿，不像是传播一则捕风捉影的花边新闻的样子，噢，倒更像是要为胡适回京后的离婚鸣锣开道哩！就这样，胡适终于要离婚的消息在京城可谓是不胫而走，一时间是满城风雨。但是人们感到奇怪的是，作为胡适妻子的江冬秀对此似乎一点动静也没有，要知道这个小脚女人可一向表现得性格泼辣，对此校内的许多堂堂教授没少领教。难道真的这种事情“最后一个知道的总是老婆”吗？

胡适终于从南方回来了，这时许多人心想着这台似乎已等待已久的好戏终于可以正式开场了。

徐志摩说的一点也没错，胡适这次杭州之行的确已与一个女子深深相爱，并且已有了爱的结晶，他能不离婚吗？那么，这个神秘的女子究竟是谁呢？不是别人，正是当年婚礼上的那个小伴娘——曹诚英。

此时的曹诚英早已不是那个甜甜的叫着“穈哥”的十五岁女孩了，而早已出落成一个亭亭玉立的大姑娘，三年多的不幸婚姻又让她身上从里到外透出一种淡淡的忧伤，而这种忧伤正是胡适所无法抵抗的。

当正享着大名的胡适到杭州养病的消息在本地传出后，许多在杭州的绩溪老乡都来看他,而此时已离婚两年正在杭州第一女子师范学校读书的曹诚英,自然也来看他的穈哥。当胡适终于看到了五年不见的这位叫他穈哥的女孩时,她身上的那种忧伤竟一下子让病中的胡适病更重了。当胡适与曹诚英在杭州游玩四天离杭去上海时,他送给曹诚英的是这样一首题为《西湖》的白话小诗:

十七年梦想的西湖,
不能医我的病,
反使我病的更厉害了
……
这回来了,
只觉得伊更可爱,
因而舍不得匆匆就离别了。

诗中的这个“伊”明写西湖,但明眼人一看便知道是指曹诚英,全诗的意思也不是说西湖更可爱,而是人更可爱。当然,对这样的双关之意,二十一岁的曹诚英更是明白的。

1923年5月25日,回到上海的胡适,在这一天的日记上粘贴了八张与西湖有关的照片,其中一张就是曹诚英自己的单身像。就这样,在深夜里,在旅馆昏黄的灯光下,孤独的胡适真正体验到了爱情,而曹诚英也正式开始了她与胡适间那短暂却又各自铭记一生的情感苦旅。

几天后,陷入情网的胡适再也坐不住了,他独自从上海坐上了开往杭州的火车,再次来到了烟雨濛濛的西湖边上,只是这一次,他谁也没让知道,知道的只有曹诚英。此时是夏天,学校正放假,胡适在杭州南山的烟霞洞边向清修寺的和尚租了三间小斋房,终于等来了他心中的爱人,并开始一起过起了“烟霞洞中的神仙日子”。每日或寄情烟霞,或两人对弈,或闲坐品茗,或游山礼佛……

今天晴了,天气非常好。下午我同珮声出门看桂花,过翁家山,山中桂树盛开,香气迎人。我们过葛洪井,翻山下去,到龙井寺……

早晨与娟同看《续侠隐记》第二十二回《阿托士夜遇丽人》一段故事，我说这个故事可演一首记事诗……

这是胡适在此期间写在日记中的两段文字，即使时隔近百年后的今天，读起来我们似乎还可以感受到胡适的那份美好和甜蜜。

开学的时间很快就到了，还是学生的曹诚英又请了一个月的假。此时徐志摩来杭州游玩，胡适邀他来烟霞洞，说是有新诗请他过目，然而这位中国现代文学史上著名的诗人，却从胡适的诗中一眼看出了背后他与曹诚英的非同一般的关系。自命为"寡人有疾，寡人好色"的徐志摩自然是竭力鼓励胡适"革命"，并答应先回京后为他鸣锣开道。然而胡适却还是心怀忐忑。秋去冬来，离别的日子快到了，相见时难别亦难啊，天气也渐渐转凉，带着一片凄凉之意，胡适在日记中写道：

睡醒时，残月在天，正照着我头上，时已三点了。这是在烟霞洞看月的末一次了……今当离别，月又来照我，自此一别，不知何日再继续这三个月的烟霞洞山月的"神仙生活"了！枕上看月徐徐移过屋角去，不禁黯然神伤。

胡适回到家后便正式向江冬秀提出了离婚。当江冬秀得知她的情敌就是当年自己婚礼上的那个小伴娘时，觉得既在意料之外也在情理之中。虽然胡适与曹诚英只见过一面，但是这几年来他们的联系可谓没有断过。曹诚英喜欢花草，也喜欢文学，她写来的信，不是托她这个"冬秀嫂"给她在京城里寻一些花籽草种，就是随信寄些诗文来让"糜哥"给"看看"，每次收到这样的信胡适总是很乐意照办并很快回信。这一切都是江冬秀所知道的。然而现在，就是这个称自己"冬秀嫂"的

胡适女友曹诚英

女人，竟然成了他的情敌，要抢走她的丈夫，她多少还是有点吃惊，但更多的则是愤怒！

当她听到“离婚”两个字真真切切地已从胡适口中说出来后，她顺手拿起一把桌上的裁纸刀向胡适掷去——这一刀本该是给那曹诚英的，她不在眼前，算她走运！然后又冲进厨房，拿出一把菜刀，又抱过年仅两岁的二儿子思杜，拖过只有5岁的大儿子祖望，怒不可遏地将菜刀架在祖望的脖子上，声色俱厉对胡适说：“你要离婚可以，既然你不要我们了，我先把两个儿子杀掉，再死在你面前！”

青年胡适

胡适虽然留洋多年，但是哪见过这样的阵势啊！在这样的阵势面前，他除了立即缴械投降外还能做什么呢?

胡适有幸躲过了江冬秀掷过来的飞刀，但躲过之后充其量也只能是离家出走，然后写一首小诗罢了：

山风吹乱了窗纸上的松痕，
吹不散我心头上的人影

——胡适《秘魔崖月夜》

至于与曹诚英的千般情缘和所有山盟海誓，他实在是顾不了了，只能将它们交给北京西山的寒风，让它们在其中渐渐消逝。更令人可笑的是，自我标榜是一名自由主义者的胡适，此时竟由此总结出了他的所谓自由竟是：

情愿不自由，
便是自由了。

只是苦了那个在杭州每日苦苦遥望北方的曹诚英，她最后不得不独自将腹中那个见证着自己与爱人所有爱的甜蜜和真挚的生命狠心地结束，也将自己一生的爱情默默地结束。

然而尽管如此，曹诚英还是怎么也忘不了她的糜哥，1931年她去美国留学，选择的学校便是当年胡适留美时的母校——康奈尔大学农学院，并且终生未嫁。1969年，作为中国第一位农学女教授的曹诚英从沈阳农学院退休，孤身一人回到了老家，此时恰逢杨林桥被洪水冲毁，她捐出了自己一生的积蓄重修了杨林桥，她说这是因为她不能忘记胡适当年在诗中描绘的那一幅杨林桥的美好的图画——有一天他终归会回来的，没有了杨林桥他会找不到回家的路。

1973年，曹诚英因肺癌去世，临终前她又留下遗言，一定要把她安葬在杨林桥边的那条小路旁，因为那是胡适回家的必经之路。

贰

胡适故居

告别杨林桥，我们向村中走去，这时有几个妇女向我们围了过来，问我们要不要住旅馆，我们问她们去胡适故居怎么走，她们竟说不知道。起初我们以为是因为我们不住她们的旅馆，才故意不告诉我们，可后来一连问了几位村民，他们也都说不知道，这就让我们很吃惊，要知道，正是因为胡适，这个村子历史上曾一度改名为“适之村”。然而今天竟然这么多村民不知道给这个曾给这个村子带来无尚荣耀的胡适的故居，其中一定有着某种原委的吧，只是我们不得而知。

终于问到一位表示“知道”的老者，他愿意带我们去。我们跟着他七弯八拐地在村巷里穿行着，那些巷子窄窄的、阴阴的，而且一律很安静，似乎一个偌大的村子是一座空村，走在其中能听到自己的脚步声，这脚步声回荡在巷子中，也像回荡在历史中。老者告诉我们，这一村的人大多姓胡，但是他不姓胡，是外地分配到镇上的中学教书的，现在退休了，便留了下来，算起来在这个村上也住了四十多年了。说话间，我们终于在一座徽式四合院民居前驻足，老者说：“到了!”我们见院子的正门早已封死，只东侧的旁门开着，门边的墙砖上，用不知是墨汁还是黑漆写着“胡适故居”四个七歪八扭的字。要不是陈老师指点，我们真不会在意。

走进并不宽敞的庭院，见院里有几只大竹匾，里面晾晒着豆角，朝南的墙根下靠晒着新割的芝麻。正房大门紧锁着，一对黑色的大门，像老妇咧着嘴笑时露出的两颗松而不缺的大门牙。陈老师为我们寻人来开门，不知何故竟一去不复返了。我们只好望着这两扇大门在那儿叹气。

大门是那种江南乡间常见的老式大门，每扇门完全用厚实的实木拼成，很是扎实。虽然不久前刚油漆过，但是看得出来它很有些年头了，这让我禁不住想，胡适当年回家娶江冬秀为妻时，他自撰自书的那两副著名的对联，有一副也许就是贴在这两扇大门上的吧？那两副对联，一副是：

三十夜大月亮；
廿七岁老新郎。

另一副是：

旧约十三年；
环游七万里。

这是两副用白话文写成的对联，仅看字面上似乎没什么深意，最多只需解释一下的是第一副中的上联，其中那“三十夜”，原是指 1917 年 11 月 30 日，是农历的十月十七，所以夜晚才有一轮“大月亮”。据说当时胡适写出这两副对联时，许多乡亲都在一旁奉承说：“真不亏是提倡白话文的博士，写的对子也是白话，好懂！好懂！”然而善良的乡亲们啊，真的有几个人能读懂了这两副对子背后隐藏着多少的悲哀、无奈和自嘲啊！

二十七岁的胡适才当上新郎，在那个时代里的确算得上是一位“老新郎”了，而妻子江冬秀此时已二十八岁，比他更大，所以这“三十夜”的“大月亮”恐怕不仅仅是指天上的那一轮吧？

这场婚礼似乎是迟了一点，因为胡适一直在试图逃脱它，逃了十三年，逃出去七万里；但这场婚礼终究还是举行了，因为它注定是胡适所逃脱不了的。

有人说这都是胡适的软弱、缺乏斗争精神和革命精神所造成的。然而在我看来并非如此简单。在中国现代文人中，鲁迅的坚强以及斗争性和革命性可谓是不缺乏了吧？然而当他面临着同样的问题时，最终的选择还不是与胡适一样！鲁迅说，他的婚姻是母亲送给他的一个礼物，他怎么能拒绝呢？事实上不也如此吗？鲁迅不但乖乖地与朱安举行了婚礼，而且终生都与之保持着夫妻的名分，即使他后来与许广平成了事实上的夫妻，但一直也没有与朱安正式离婚，也没有与许广平正式结婚。不仅如此，他还一直负担着朱安的生活，直到去世他又让许广平继续负担，一直到朱安离开人世。如此坚强，如此充满斗争性和革命性的鲁迅尚且只能这样，胡适能逃脱得了这场婚礼吗？能拒绝母亲送给他的这份"礼物"吗？更何况胡适的母亲与鲁迅的母亲有着很大的不同，她送给胡适的这份礼物也与那个朱安不同。

胡适的母亲叫冯顺弟。她的父亲是个石匠，家里的日子过得很苦，但是她不仅出落得漂亮，而且还很乖巧。为了让家里的苦日子有个头，她十七岁就为大她三十二岁的胡传"填房"，可是谁知道只四年后，胡传这个县太爷就在台湾抗日中为国捐躯了。二十一岁的她，虽还是青春年华，但不得不守起了活寡。好在此时她已有了一个三岁的小胡适。凄冷的寒夜里，这个呼唤着母爱的小小生命，成了她的唯一和全部，至少是她继续在胡家生活下去的理由，甚至是她继续在这个世界上生活下去的理由。然而她能给小胡适的又有什么呢？只有奉献，只有爱，更何况她从小就在男人制定的三从四德熏陶下长大，于是她便把澎湃在体内的不时的青春骚动化为泪，化为吻，化为奔涌而出的母爱，一股脑儿倾注在可怜的小胡适身上。而小胡适呢？他自然只有被湮没的份儿！

而人在这种被淹的情况下，往往会有两种行为，一是逆反式地努力挣扎，努力逃脱，不是水干鱼死，就是鱼死网破。这样的事情生活中并不鲜见，但这是悲剧，是人所不愿意的，因此更多的是第二种，即顺从地任其湮没，任其浸泡。胡适母子的情况自然是属于后者，即，对于胡适来说，既然你是母亲的唯一，母亲也自然是你的唯一；母亲既然是为了你而活着，那么你也只能是为了母亲而长大。母亲要你吃饭，你只能吃饭；母亲要你读书，你只能读书；母亲要你做个好孩子，你只能做个好孩子；母亲要你出人头地，你也只能出人头地。一切都是别无选择的。

就这样，伟大的母爱在胡适那里实际上成了一条无形的绳索。

> 在母亲眼里，只有念好书才是正道，游戏、看“杂书”、追求艺术是“玩物丧志”，当然不允许……无论在什么地方，总是文绉绉的，家乡的老辈都说我“像个先生的样子”，或叫我“穈先生”。绰号一经传开，便不能不装“先生”样子，更不敢跟“顽童”们野了。

> 我在我母亲的教训下住了九年，受了她的极大极深的影响……如果我学得了一丝一毫的好脾气，如果我学得了一点点待人接物的和气，如果我能宽恕人，体谅人——我都得感谢我的慈母！

这是胡适成年后写下的两段在感情上对于母亲不无矛盾的话。后来，人们在评价胡适的一生时，最常用的一个词便是“矛盾”。胡适的一生的确充满了矛盾，然而仔细想来，他这矛盾的人生底色或许就在这儿涂上的吧！

胡适与母亲在一起生活了十三年后，要去上海读书了。这对于胡适的母亲来说无疑是天大的事情。上海可是十里洋场啊，人家都说那是一个花花世界，自己的儿子这一去不会飞了吧？冯顺弟怎么也不能放心，最终她想出了一个好办法，就是给儿子原本就有许多羁绊的双脚再戴上一副镣铐。

这副镣铐就是江冬秀——一个大字不识的小脚村姑。

冯顺弟之所以选择江冬秀，原因有两个，一是江冬秀的“八字”与胡适很合，二是江冬秀与自己很像，能做事，且遇事果敢、决断。她认定只有这样的女人才能帮助儿子成就他出人头地的人生。江冬秀在许多方面的确与冯顺弟很像，从冯顺弟和江冬秀留下的有限几张照片来看，她们俩甚至连长相也十分相像，这是令我们今天十分吃惊的。而冯顺弟要的就是这个效果，她要让这个叫江冬秀的女人，在有一天自己不在时能代替她帮助自己的儿子。为此我常常想，胡适后来之所以如此“惧内”，惧成为“民国七大怪事”之一，恐怕连他自己也很难说清，他到底“惧”的是老婆还是母亲！

十三岁的胡适在母亲的一手包办下和大他一岁的村姑江冬秀定下了“终身

胡适故居内景

大事”。这是做母亲的分内之事，千百年来，村民们都是这么做的，虽然这时你年纪的确有点小，还不太懂事，但长大了不就懂了吗？反正有一点，做母亲是为了儿子好！有这一点，一切都是天经地义。

就这样，不满十三周岁的小胡适带着这副沉重的镣铐开始了他闯荡世界的人生苦旅。

然而戴着镣铐走路毕竟不舒服啊！而且走的路越多会越不舒服。这时，无论你是个多么孝顺的人，反叛的情绪也会在内心深处不由自主的潜滋暗长，有时候它竟会像一个魔鬼在不停地向你发出召唤，让你不得不有所行动。

胡适的第一个行动便是逃跑。这是他此时所唯一能采取的行动，因为他这一行动不会让母亲太伤心，因为他有一个很好的借口，这就是读书，而母亲是很希望他读书的，在她看来只有读书才能实现她最终使儿子出人头地的目的。

于是胡适真的逃跑了，逃，逃，逃，从十七岁逃到了二十七岁，从上海逃到北京，又从北京逃到美国，一逃竟逃出了“七万里”。

但逃得再远，那副镣铐终究还在脚上啊。由于这副镣铐，胡适在美国竟然一年多连女生宿舍的门也没曾迈进过，或者说他压根儿就不敢迈进去。不仅如此，他还在美国连续发表文章，大说自己脚上的这副镣铐的种种好处。这些文章我们今天从《胡适文存》中还不难找到。如《中国今日当行自由结婚否》、《吾国女子所处地位高于西方女子》、《论贞操问题》等，他这些文章的写作目的，意在让人家羡慕他拥有这样一副镣铐，从而为自己寻得心理的安慰。

然而事实上是，镣铐谁也不会羡慕，而他的这些文章自然也成了为许多人笑话的“奇谈怪论”，这让他更加失落。而就在此时，一个美国女子走进了他的生活，他不由自主地坠入情网——此时的胡适几乎是自己给自己打了一个响亮的耳光。

这个美国姑娘叫韦连司（E.C.Williams），1885年4月17日生于纽约的一个书香门第，算起来长胡适7岁，与胡适同在一所大学，算是同学，只不过她学的是美术。

在胡适眼里韦莲司是个怎样的人呢？胡适在他的日记中说，他所见女子不少，但真能具有思想、识力、魄力、热诚于一身者，韦莲司是唯一的一个！至于他与韦莲司的恋情到了何种程度，我们不妨从后来公开出版的他的日记和书信中摘录几段文字来看一看：

天雨数日，今日始晴明，落叶遮径，落日在山，凉风拂人，秋意深矣！是日共行三小时之久，以且行且谈，故不觉日之晚也。

我亲爱的韦莲司小姐：……上周四的夜晚，我深感怅惘，寒风吹落了窗前所有的柳条，竟使我无法为一个远去的朋友折柳道别……

虽然在过去的四十八小时之内，我已写了两封信和一张明信片给你，但我不还是忍不住要写封信……

这些文字，时隔近百年后我们读它时，仍不难感觉到它们仍散发着火辣辣的热。而且这种热度并非一时的发热，他的思想也发生了很大的改变。他在1915年10月30日的日记中坦言：

吾自识吾友韦女士以来，生平对女子之见解为之大为改变，对于男女交际之关系亦为之大变。女子教育，吾向所深信者也。惟昔所注意，乃在为国人造贤妻良母以为家庭教育之预备，今始知女子教育之最上目的乃在造成一种能自由能独立之女子。国有能自由独立之女子，然后可以增进其国人之道德，可以化民在俗，爱国都不可以不知所以保存发扬之，不可中知所以因势利用之。

有了如此的激情，也有了如此之认识，那就行动吧！一是开始去女生宿舍，并为之激动不已。他在日记中写道："今夜如往访一女子，似来年常为之。"二是给

终生未嫁的胡适美国女友韦莲司

家里写信，提出与江冬秀解除婚约，尽管口气有点怯生生的，有点王顾左右而言他。

的确，这一次，无论是在时空上，还是在思想情感上都是胡适逃离母亲最远的一次。

然而母亲面对儿子的逃离，表现得好生了得，她一面斩钉截铁的告诉儿子这是绝对不可能的，你给我断了这个念头！二是又给远在美国的韦母修书一封，告诉她胡适家中已有妻子，韦母本来就不愿意自己的女儿给一个东亚病夫拐跑，现在看来这人还果然是个骗子！就这样，两个异国老太太结成了一个强大的联盟，在这个强大的联盟面前胡适真是有点自不量力，剩下的只有是这对跨国鸳鸯各自分飞了。可怜的韦莲司从此再也没爱上过别人，以至于也终生未嫁。胡适呢，自然是“逃得了和尚逃不了庙”！任凭逃得时间再长，逃得路程再远，但只要母亲还活着，你终究逃不出如来佛的手心！因为你的脚下有一副无形的镣铐。

有了这一次失败的逃离教训，胡适再也不敢轻易的行动了，因此，当另一个中国女子陈衡哲，在异国他乡再次要走进他的生活时，他选择了退却。

胡适最后退回了家。回到了家的胡适，虽然“老”了许多，翅膀也硬了许多，成了一个名副其实的洋博士了，但这都没用，都不能改变他必须娶一个大字不识的小脚“老”村姑的命运，当他与江冬秀双双在母亲面前喜结连理的时候，胡适发现自己虽然逃离了那么久那么远，但最后终点竟又回到了起点，心中可谓是怎一个苦字了得！还能说什么呢？只能说“却道天凉好个秋”，只能说“三十夜大月亮”！

叁

然而，胡适毕竟是一个活生生的人，且不是一个普通的人，而是一个有才情，有卓识，有理想的洋博士，是一个敢于在新文化运动的战场上冲杀的文化干将！

他的那颗心哪能真的就此而安分了呢?就在婚礼上,当他看见新娘身边的那个比新娘更可爱的伴娘时,终究忍不住要将更多关注的目光投给了她。这样的目光是无奈的,也是尴尬的,更是矛盾的。这一切当然也不会不表现在他的文章中、演讲中,以及他以后所有的言行中。

有时候他会大谈婚姻自由,高歌妇女解放,宣扬个性独立;但有时候却又在真正汹涌而来的婚姻自由浪潮面前叶公好龙,道貌岸然地摆出了一副卫道的架势,发出类似于“情愿不自由,便是自由了”奇谈怪论。

有时候看到友人们纷纷抛弃元配,另觅新欢,如郁达夫、徐志摩、郭沫若、任叔永、陈独秀以及接踵而至的鲁迅等,一个个都奋起“革命”时,他也蠢蠢欲动,也想做一把“陈世美;有时候却又“死要面子,活受罪”地宣称:

我把心收拾起来,
定把门关了,
叫爱情生生地饿死,
也许不再和我为难了。

然而爱情是关得住的吗?夜深人静时,当他在写完一篇文章,抬起有些沉的头来,昏暗的灯光中常常晃动着当年那个小伴娘俊秀的脸庞,只是一想到她已罗敷有夫时,才自已在心中轻轻地说一声:“罢罢罢!”然而当他得知她又离婚时,他似乎又看见了爱情的希望。更何况此时,母亲已去世。当初他之所以接受母亲送给他的这个“礼物”,答应与江冬秀结婚,本来就完全是为了讨母亲欢心。他在婚后给朋友的信中曾这样写道:

吾之就此婚事,全为吾母起见,故从不曾挑剔为难……今既婚矣,吾力求迁就,以博吾母欢心。吾之所以极力表示闺房之爱者,亦正欲令吾母欢喜耳。

既然是这样,那么现在好了,母亲已经去世,若将母亲当年的这个“礼物”扔了，她在另一个世界也不会知道了，自然也不会生气和伤心了。此时不扔，更待何时！

于是他终于与江冬秀明确说出了要离婚的话。

然而，胡适又想错了！

当江冬秀手拿菜刀要将两个儿子当着他的面杀掉并自杀时，他的母亲其实又复活了，复活在眼前的这个叫做江冬秀的名义上是他妻子的女人身上。

在中国的家庭里，婆婆与媳妇被人们形容为是一对"天敌"，原因是什么呢？因为婆婆与媳妇都是女人，这两个女人任何一个都防犯着对方分享属于自己的那个男人的爱，原因很简单，一个是因为那个男人"是我儿子"，另一个则是因为那个男人是"我的丈夫"，双方都各认为那个被她们称作儿子和丈夫的男人是属于自己的。但是在胡家，婆媳关系似乎一直都不错，原因又是什么呢？是因为胡适的逃离。正是这让胡家婆媳二人都觉得胡适爱着自己——对于冯顺弟来说，儿子是不会不爱她的，这自不必说；对于江冬秀来说，既然我已许配给了你，你也不会不爱我，尽管你十三年不回家，那只是因为有太多的书要读，至于你连封信也很少写给自己，那是因为我不识字——事实是不是如此？一切都因胡适的逃离而无法证实，然而这种不证实反而好，反而能在二人间维持一种平衡，她们无需互相防犯，自然也维持着她们的和好。等到江冬秀与胡适完婚了，三个人终于住到一起了——此时这种平衡是很容易被打破从而导致婆媳反目的，但好在冯顺弟死得很"及时"，她自然在江冬秀的眼里成了永远的好婆婆，更何况要不是这个婆婆当初的主持"正义"，她这胡家的媳妇、名教授的夫人是断做不成的，她能不因此而感谢这位故去的婆婆吗？能不继承她的遗志吗？而她的遗志是什么呢？当然只有一个，那就是让已出人头地的胡适更加的出人头地。如果她对江冬秀这个做媳妇的还有什么要求的话，那也只是要让她能帮助胡适更加的出人头地。那么，一个大字不识的小脚女人，能有什么能耐呢？

想当初，胡适的父亲胡传将年仅三岁的胡适丢给冯顺弟时，留下两份遗嘱，一份是写给冯顺弟的，说胡适天资聪颖，要令他读书成才；一份是写给胡适的，要他刻苦读书，力求上进！三岁的胡适自然不懂得如何继承父亲的遗愿，但后来的事实是，胡适不但成才了，而且似乎不难从他身上找到许多胡传的影子，例如：胡适发表的第一篇白话文是《地理学》,且终生穷尽式的研究中国历史上的最著名的地理学著作《水经注》,而胡传一生关注"边疆地理"尤其是东三省地理;胡适一向都有"教育救国"的抱负,一直对政治有一种无端的兴趣,最终出任驻美大使,还差一点当了总统,而胡传从来就主张以学术入世,一生抱有"执笔救国"之志,最终投身官场,还小有成绩;还有,父子二人都对"程朱理学"有终身的景仰,都对写"日记"有着终生的兴趣和坚持……是什么力量将胡传的这些人文品质都传给了胡适呢?要知道他们父子俩事实上只在一起生活了两年呵,而且是胡适婴幼儿期间的两年,要说胡传对胡适的影响那是很有限的。胡适在《四十自述》里说:

> 他留给我的,大概有两个方面:一方面是遗传,因为我是"我父亲的儿子"。一方面是他留下了一点程朱理学的遗风。

看来一切都不能不归功于冯顺弟了。然而年仅二十一岁的村妇凭什么能耐肩负胡传如此大的重托呢?除了爱她一无所有!于是她全心全意地爱,无微不至地爱,且把本该丈夫的那份爱也给了胡适,她希望胡适能成为与她丈夫一样优秀的男人,因为她只见过这么一个优秀的男人,她以为天下优秀的男人就只有她丈夫一个,胡适因此终成了她丈夫的替身。

既然冯顺弟用她的爱使胡适成为第二个胡传,那么让江冬秀成为第二个自己更是容易,更何况当初在选材时她是下了一番工夫才选着的,这个姑娘本来与自己就有几分相像,且她又表现得很勤奋好学!不是吗,还没过门,她就基本上住在胡家了。果然,江冬秀终于学会了她的所有能耐,例如,能做一手好菜,尤其是"一品锅"最拿手,也是胡适最爱吃的;从不让胡适做一点家务,一个人就能将孩子带得不哭不闹,将屋子收拾得井井有条;让胡适一年到头不必为柴米油盐操半点心……对胡适的"爱"可谓全心全意、无微不至,总之,她已经完全接过了冯顺弟给她的"爱"的接力棒。这时冯顺弟终于可以安心的去了,而胡适以为真是可以扔掉母亲给他的这个"礼物"的时机终于到了,但他哪里知道,此时作为妻子的江冬秀便成了他又一个母亲,再加上她还有一个母亲没有的能耐,这就是撒

胡适的父亲胡传

泼。面对着这样的她,胡适竟然还敢说出离婚的话,还想学徐志摩他们那一伙也做陈世美,完全是痴心妄想!她只轻轻一个回合,就让胡适彻底地败下阵来了,最后只能跑到北京郊区的西山,去写一首小诗,发发牢骚。但对于江冬秀来说,这又怎样呢?量你过几天就会乖乖地回家。你以前不是跑得那么久、那么远吗——“十三年”“七万里”啊!那又怎么样?

还不是乖乖回来了吗?

是的,胡适不回来怎么办呢?你真不回来,她真能杀人!或许你会说,“生命诚可贵,爱情价更高,若为自由故,二都皆可抛”。可问题是这生命不是你自己的啊,而是两个无辜的孩子,你有权利也“抛”了他们吗?

江冬秀实在是太凶悍了!而且她凶悍的背后还有着许多的支持的力量。

由于江冬秀胜利地将胡适整成了一个“新三从四德”(三从:太太下命令要服从;太太上街或打麻将要随从;太太发错脾气要盲从。四德:太太买东西要舍得;太太发脾气要忍得;太太的生日要记得;太太出门打扮要等得)的模范,北大的许多教授太太们纷纷向她讨教经验,甚至遇到难处也来向她哭诉。有一次,梁实秋要做陈世美,江冬秀竟然为他老实的梁夫人两肋插刀,替她与梁实秋打起了官司,最后结果是法院判梁实秋败诉,让北大的教授们丢足了面子。由此可见,在当时,江冬秀们的行为,不但合情、合理,而且也是合法的,你是北大教授又怎么样?就可以当陈世美?正是这样,江冬秀她能不凶悍吗!胡适们他又能不软弱吗?

肆

不知什么原因,为我们找开门人的陈老师竟然一去不复返,我们因为这两扇紧锁的大门而想得太多太远了,于是试图将那两扇门推开进去,但是最终也只是推开了一条窄窄的缝。我们忍不住从门缝中朝里窥望,依稀看见昏暗的厅堂中央上方高悬着一块“胡适故居”匾额,为当代书法大师沙孟海手书;匾下挂一幅胡适中年时的画像,一派风流倜傥的样子,只是题款看不清,不知出于何人手笔。画像两旁悬一副汉简风格的隶书对联，是著名书画家钱君匋的笔墨，联曰：“身行万里半天下，眼高四海空人间”。

我们对这副对联之中的“半”字和“空”字一时颇感兴趣，觉得这“半”字用得很恰切：胡适一生，留学、出使美国，云游、讲学欧洲，可谓身行万里，东西半球都曾留下了他的足迹，但他终究没能将天下的道路都走通；他学界政界，都曾涉足，也都颇多建树，但终究还是走回了书斋，那条他自己似乎也曾一度热衷的道路，似乎终没走通。当年他离乡去国后，一线海峡，即将两岸隔裂，不久他从美国回归，栖居孤岛，谁知竟就此长眠，归程呵终究只走了一半，可谓半途而废。

至于那个“空”字，似乎不太恰切。纵观胡适一生，尽管他的确才高八斗，眼高四海，但并不是一个目空一切、眼中无人的人，如果他目中无人，他在做中国公学校长时怎么会将一个只有小学学历的沈从文聘为堂堂的大学教师！如果他目中无人，他在任北京大学校长时，又怎么能将一个只有三十多岁的季羡林聘为教授和系主任呢？……相反，他在中国现代文人中是出了名的“好好先生”，他似乎称谁都是“我的朋友”，以致社会上也有许多与他素不相识的人也开口闭口吹牛说：“我的朋友胡适之……”因此“我的朋友胡适之”成了当年在士林中一句不乏幽默的口头禅。

有一则广为人知的轶事至今为人们津津乐道。那还是胡适在上海做中国公学校长期间，作家沈从文被胡适破格聘为教师，不久他竟然爱上了自己的学生张兆和。当时年仅 18 岁的张兆和在中国公学是名副其实的校花，不但聪明可爱，单纯任性，而且极有才华，曾夺得全校“女子全能”比赛第一名，身后自然少不了有着许多追求者，她顽皮地把他们编成了“青蛙一号”、“青蛙二号”、“青蛙三号”……沈从文当时虽然已是著名的小说家，但天生性格自卑木讷，他不敢当面向张兆和表白爱情，只悄悄地给张兆和写了一封情书，沈从文因此而被张兆和排为“青蛙十三号”。年轻气傲的张兆和自然没给这个第一节课上竟然紧张得半天说不出一句话来的“乡下人”任何回音。但谁知你不回音，老师的情书竟然一封又一封地寄来，倔强的张兆和也仍一如既往地保持着沉默。学校里终于起了风言风语，说沈从文因追求不到张兆和要自杀。张兆和急了，赶紧拿着沈从文的全部情书去找校长胡适说明情况——“沈老师若真的自杀，我可没什么责任！”按照常理,此后作为校长的胡适应首先对作为学生的张兆和多作安慰,并去找作为老师的沈从文谈话,然而胡校长并非如此,他对张兆和说:“他非常顽固地爱你是吗?”没想到张兆和马上回他一句:“但我非常顽固地不爱他啊!”胡适说:“那我来做个媒看看!”

校长都做“和事佬”,张兆和只好听任沈老师继续他马拉松式的情书写作,从而对她进行感情文字的狂轰滥炸,最终成全了一桩现代文学史上的美满姻缘。

其实,胡适的这种“和事佬”和“好好先生”的作风,不仅表现在这些生活小事上,也不仅表现在他对自己婚姻的处理上,而且在他在学术活动甚至政治活动中竟也由来已久地多有表现。

1914年8月,第一次世界大战爆发。此时,尽管胡适对于日本要对中国侵略的野心看得十分清楚,说“此日人不打自招之供状,不须驳也。(《胡适留学日记》下,第493页)”尽管此时美国的华文报刊上和他的同学们一片“对日宣战”声,但是,他却提出“不抵抗主义”和所谓的“道义的拒绝主义”,主张“用集体的力量来维持世界和平”,他在《答友人书》中说:“吾辈远去祖国,爱莫能助,纷扰无益于实际,徒乱求学之心。电函交驰,何裨国难?不如以镇静处之……”年仅二十一岁的胡适“理性”得完全是一副老成的“好好先生”模样。

1919年,各种新思想和新思潮随着新文化运动到处传播,并争论不休,什么自由主义、个人主义、无政府主义,当然也有社会主义、马克思主义等等,大有各种“主义”满天飞之势。此时胡适在《每周评论》第28号发表文章,以一副居高临下的口吻,表面上是和稀泥的手段,提出“多研究些问题,少谈些主义”的主张,企图以全部否定,但又一方也不得罪的手段推行自己的思想。

1937年“一·二八”以后,全国人民的抗战情绪一浪高过一浪,但胡适还是主张“不要放弃争取和平的外交努力”,直至“八·一三”事变已经爆发,他还在做他“好好先生”的美梦,寄希望于英美的帮忙。

1945年8月抗战刚胜利时,远在美国的胡适立即书生气十足地给毛泽东发了一份电报,大意是说:日本既已投降,共产党就再没有正当的理由来继续保持一支庞大的私人军队,共产党现在更应该学英国工党的好榜样。这个工党没有一兵一卒,但在最后一次的选举中,却得到了压倒优势的胜利……一副在国共两党之间不偏不倚的“和事佬”模样。

他出任北大校长期间，北大学生“动不动就上街示威游行”，他当然并不支持学生，但是也决不会为难学生。每一次事发，他都一律是做“和事佬”的角色——坐上当时北平城里还十分罕见的黑色小轿车奔走于各个大衙之间，向当局解释“学生也是好心”之类；每当有游行学生被当局抓捕，他又是千方百计去用好话游说当局，尽量放了学生。

1948 年初，蒋介石找到胡适，说意欲去当行政院长，总统的位置准备让给他，而胡适只“谦让”了一番后竟答应了。他在日记中说，他之所以准备去当这个总统，是因为可以调停国民党内部的纷争，“一新国内外耳目”。尽管后来蒋介石没用得着他这个“和事佬”角色的傀儡总统，但我们还是可以看出，只要这个总统真能“和事”，哪怕实是傀儡，他也照当不误。

……

事实证明，除了在一些生活小事上和自己的婚姻上，胡适的“和事佬”、“好好先生”其实是一次也没有做成，每一次，不是招来人们一片攻击声和批判声，使他的学术声誉和地位随之也大受伤害和大幅受跌，就是被战争的炮火炸得粉碎，被那血淋淋的现实击得粉碎。他的“和事佬”和“好好先生”的态度与主张只能说明他政治上的幼稚和迂腐，只能说明他终究只是一个学者；而作为一个学者，这也说明他真是一直实践着“执笔治天下”的初衷，坚持着“独立之人格，自由之思想”的学术操守……至少说明他并不是真的无原则、无立场和真糊涂。

胡适和他们那一代学者中的许多人一样，“救国”都是他们抱定的一个目标，但与多数人相比，胡适似乎有一点显得特别的与众不同，这就是在这个总的目标下，他更关注这个目标的达成途径的寻求，为此，他在特别注重对中国文化的源头进行反思的同时而又特别的注重学术的“经世济用”。这一点或许也是胡适最终比同时代的许多学者走得更远的重要原因。

胡适初到美国时选择的专业是农学。中国是一个农业国，因此，对于中国人来说没有比学这个专业更实用且实惠的了，果能学成至少可以让国人吃饱肚子，也只有先吃饱了肚子，然后才能“实业救国”、“教育救国”“以笔救国”等等。但他很快发现这并不是一条能从根本上救国的道路，于是一年后，他毅然从康奈尔大学农学院退学了。我们今天的许多人在研究胡适的退学时，总是说这是因为他对农学失去了兴趣，而有意无意地回避一个也许是更重要的问题，这就是他为什么会失去兴趣。要知道，胡适绝不是一个“偏科生”，他曾经是一个在上文学课时，用诗稿掩护着偷偷进行自然科学演算的学生，他对自然科学学科无论是学习的兴趣还是能力，用他自己的话来说，甚至有过“超过作诗”的时候。胡适转入的是哥伦比亚大学哲学系，选择的专业是西方哲学，但研究的课题则是中国先哲诸子的思想。他日记中的这样一段话完全可以作为他改学专业的原因的注脚：

今日吾国之急需，不是新奇之学说，高深之哲理，而在所以求学论事观物经国之术。以吾所见言之，有三术焉，皆起死之神舟也：

一曰归纳的理论，

二曰历史的眼光，

三曰进化的观念。

他最后为自己选定的博士论文题目是《中国古人哲学方法之进化史》，并以此而受到他的老师、著名的哲学大师杜威的高度评价，并获得博士学位。然后便匆匆回国。

胡适是1910年8月去美国留学的，他开始撰写博士论文的时间是1916年8月，1917年4月27日写完，5月3日校定，5月4日上交，5月22日一次答辩并通过，6月9日离开学校，6月21日上船归国，7月10日抵达上海。

我这里之所以要不厌其烦地将胡适在美国留学的最后一段时间理得那么清楚，是要提醒一点，即胡适回国是急切的。有人或许要说，他在美国一待就是七年，怎么一拿到博士学位便回国得如此急切？他硬熬了七年，是否就是为了一纸博士文凭啊？

今天，提起胡适，许多人首先就会想到他曾获得过欧美多座大学授予他的博士头衔有三十五个之多，但是有一个事实是，胡适离开美国时，他的博士学位证书并没有拿，直到十年后他的老师杜威访华时，才为他补发。

胡适如此急切地回国，原因只有一个，这就是他以为他已寻得了那条救国的

"起死神舟",他要让这条大船尽早地开回自己的祖国,至于博士文凭,那是并不重要的。因此,对于胡适的"救国"动机,说实在的,我从来没有怀疑过他的真诚,只是因为他我又常常想:"救国"当然崇高,但是欲要"救国",总先得"自救"啊!从表面上看,胡适的留美首先就是获得了自救,因为他在出国之前,正是"一生中最荒唐的时间":由于他读书的上海公学的分裂,使得他一度精神颓废、行为放荡,几乎是整天沉溺于吃喝嫖赌中很不能自拔,正是因为在师友的帮助下,他考取了留美官费,才使得他彻底摆脱了这种境地,重新安排自己以后的人生之路。从当初的"不良少年",到现在学成回国的"留洋博士",这难道还不算"自救"成功了吗!

然而,胡适回国后在新文化运动中的所有作为,相信今天每一个读过中学的人都已从历史教科书中早已知道,前面也说得太多太多了!实在毋庸我在这里再作赘述。总之,很难说他已实现了从肉体到精神的完全"自救",我以为!

对于胡适的人生我们一般人最为不解的有两点,即他的软弱与矛盾。胡适是软弱,这主要倒不仅仅因为他以一个堂堂名教授终究只能屈服在江冬秀的淫威下,而是在于他在学术上和政治上总是表现出的"好好先生"的态度和"不抵抗"主张。但是我们也别忘了,当历史需要他作出"抵抗"的时候,他不是也义无反顾地投入其中了吗,而且他所投入的不仅是他的笔,而几乎是他的全部努力。

1937 年 7 月,抗战不以胡适的个人意志为转移地爆发了,本在书斋中的胡适,于 1937 年 9 月 26 日作为国民政府的特使赴美游说。1937 年 10 月 1 日,他应旧金山哥伦比亚广播电台邀请,以《中国处在目前危机中对美国的期望》为题,发表演说。在这篇讲话中,他一改以往"好好先生"的腔调说,对侵略战争是不能退让的,要阻止战争只得用战争来消灭它。而且还大胆预言,美国将会被迫卷入这场战争。为了争取美援,蒋介石三次致电在美国的胡适,敦请其出任驻美大使。胡适认为"现在国家是战时,战时政府对我的征调,我不能推辞",并于 1938 年 9 月 17 日正式接任驻美大使一职,可谓是"奉命于危难之际,受任于生死之秋"。美国《纽约时报》对此发表评论说,除胡适以外,没有人更够资格向美国说明中国的情形,同时向中国说明美国的情形。10 月 6 日胡适到馆正式上任,当天他在日记中写道:"二十一年的独立自由的生活,今日起,为国家牺牲了。"27 日胡适向罗斯福总统递呈国书，在国事维艰之时，从事战时的外交工作。最终于1939年2月和1940年3月为中国争取到2500万美元和2000万美元两笔贷款，使美国对华政策朝着制日援华方向迈出了重要的一步。这就是所谓的“桐油贷款”。1939年6月29日，胡适在华盛顿的中国大使馆给在美国曾经的恋人韦莲司写信道：“这真是一段扰攘不安的岁月。我并未失去信心，我确信这场世界大战所带来的新秩序将更好也更持久。毕竟，今天只剩下3个侵略国家，这是值得欣慰的。”信中绝无一点儿女情长。此时的胡适似乎真如换了一个人似的，俨然一颗正在升起的政治新星。

然而他终究只是个学者，随着宋子文以外交部长的身份驻扎华盛顿，胡适这个驻美大使实际上就做到头了。在政治上他哪里是宋子文这个老政客的对手啊？果然，他败下阵来了，从美国退回国内，退回到北京大学校长的位置上，退回到原来的“不抵抗”状态中。从此以后，他一会儿“抵抗”，一会儿又“不抵抗”，甚至后来身上竟还发生过该“抵抗”时不“抵抗”，不该“抵抗”时瞎“抵抗”的事。

那是1949年4月29日，胡适的老朋友、北平辅仁大学校长陈垣教授，写了一封给胡适的公开信，发表在5月11日的《人民日报》上，后来又发表在香港由中国共产党控制的报纸上，6月间便有英文译本传到各地。信中介绍解放后北京各学校和学术界的良好情况，“很诚挚的”劝告胡适“正视现实”，“幡然觉悟”，“回到新青年的行列中来”。这封信实际上应该说反映了中共对胡适及其他在海外知识分子的统战意向。胡适得读以后，发了“考据癖”，他先是认定陈垣“从来不写白话文”，后又从信中有关书信日期有错误等，断言此信百分之一百是别人借用陈垣的名义假造的，说“可怜我的老朋友陈垣先生，现在已没有不说话的自由了”等等。他的这一行为让他留在大陆的儿子胡思杜也感到不解和愤怒，遂于1950年9月，发表文章，批判他父亲，声明与胡适脱离父子关系。他的态度当然还是一如既往，硬说那文章是别人逼迫思杜写的。后来，他内弟江泽函给他写信，他收到信后也疑心是“他受人逼迫，抄了别人拟好的信稿，寄出来向我做宣传的。”宁可在美国贫病交加地一面当着人家大学图书馆的图书管理员，一面遥控着《自由中国》不断说一些让蒋介不舒服的话，一次次冒犯他，甚至还企图阻止他连任“总统”，差一点儿为他所不容，也不愿接受祖国和人民最后伸给他的那一根橄榄枝。

正是因为胡适的种种不“抵抗”，成就了他的软弱；但又由于他有时的“抵抗”，使他的学术与言行显得矛盾；正因为他的矛盾，使他显得复杂；正因为他的复杂，使人一直很难穷尽他和真正懂得他。

1962年2月24日下午6点35分，胡适在为他最得意和欣赏的女学生、著名的物理学家吴健雄女士举行的欢迎酒会上，心脏病突发而去世。蒋介石送给他的挽联是这样写的：

> 新文化中旧道德的楷模；
> 旧伦理中新思想的师表。

1952年2月，毛泽东在接见政协知识分子代表时谈到胡适，说了这样一段话：

> 胡适这个人也真顽固，我们找人带信给他，劝他回来，也不知他到底贪恋什么？批判嘛，总没有什么好话，说实话，新文化运动他是有功劳的，不能一笔抹杀，应该恢复名誉吧。

蒋介石的挽联有点儿盖棺定论式的霸道，也有点儿抽象，还是毛泽东的话说得比较诚恳：“不知道他到底贪恋什么？”大智慧如毛泽东者都“不知道”，我等又能真正知道多少呢？

伍

我们在那紧锁着的门的门槛上坐的时间太长了，太阳已快要下山了。想到回去还有两百多公里的路要走，我们准备离开了。而恰在此时，终于有一位老农模样的人抱着个孩子匆匆赶来，一面喘着气一面问：“是你们要参观的吗？”我们说是的，于是他欲将手上抱着的孩子放下，但孩子就是不愿意自己在地上站着，哭了起来，他只好赶紧又将她一只手抱起，一只手从身上掏出一串钥匙，打开了那两扇漆黑的大门。

他收起钥匙，掏出了门票。我们买过门票，终于走进了门去。

我们好奇地问他："这么有名的胡适故居，你们怎么连个招牌也不挂一个啊？"他连忙说："有的有的！招牌怎么会没有呢？只是没挂，怕被人家偷了！你看这不是吗？"说着又一次放下抱着的孩子，将搁放在大厅一角的一块写着"胡适故居"的竖牌拿了起来，小心翼翼地挂到了大门外一颗现成的钉子上。我们眼看着他做完这一切，内心有一种说不出的酸楚感，一位新文化运动的先驱、戴过三十五顶博士帽子的胡适的故居，居然像一些马路边的小饭店一样，看到食客的车开过来了，才挑出幌子招揽一下。

这时我们又问他，为什么那么多本村的村民竟然不知道村里有这么一座"胡适故居"。他说："其实没有人不知道，是他们怕我们发了财！"我们又问此话怎讲？他告诉我们，这座故居，胡适在里面度过了他的童年、少年时代。它是胡适父亲去世后由胡适二哥胡绍之，依据父亲生前所定"略事雕刻，以原存其朴素"的风格主持建造的，所以并无豪华气息；故居也不大，约两百来个平方，两个三合院组成了前堂后室的格局。然而，毕竟是百年老屋了，又经过史无前例的运动，一度已很破落，几位村民在征得有关部门的支持后，对它进行了必要的修葺，完工后对外开放，当初几个挑头修理者便成了管理者，但他们都是没工资拿的，报酬是从门票收入中提成，村民怕参观的人多了，他们提成多了发了财，所以便不愿更多的人来参观。哦，原来如此！我们对此真有点不知说什么好。

我们终于看清楚了胡适画像左上方的题款了，除了画家的大名和绘制年月外，还有这样十六个字四句话："一代英才，迷途堪哀，风清月朗，魂兮归来。"难道这就代表了故乡人对胡适的最后评价吗？我们向那位为我们开门的老先生询问，他说他识不得几个字，哪有能力讲得清啊！但他又告诉我们，近来好像越来越多的参观者对这几句语有微词，看来他要对有关部门说说，把这画换换算了，因为它都已经挂了十几年了。

离开胡适故居，我们又回到了杨林桥边，因为我们的汽车停在那里。在那里，我再一次眺望不远处山坡上曹诚英那孤零零的坟墓，它在夕阳下显得更加的孤寂。正要登车，又有几个村民围了过来，向我们推销兰花及花籽。我因为并不种花，所以没要，但一阵熟悉的旋律因此而在我的耳边响了起来。车子启动了，我忍不住问同伴知不知道有一首叫《兰花草》的台湾校园歌曲，他们都说岂止知道，而且还会唱哩！我又问他们，知不知道它的作者是谁？一车人都说不知道。当我告诉他们作者就是胡适时，个个都很吃惊，然后很快又都说："像！像！像！这内容和情调还真只有他能写得出。"说着说着，一车人竟不约而同地哼起了这首歌：

晚年胡适与妻子江冬秀合影

我从山中来，
带着兰花草；
种在小园中，
希望花开早；
一日看三回，
看得花期过；
兰花却依然，
苞也无一个……

2008 年 5 月 18 日夜一点整初稿于玄武湖畔紫金山下寓所中

柳亚子：走出赐福堂

壹

我寻访“赐福堂”，是从南京到苏州，再从苏州到吴江，最后又从吴江到黎里的。一般人不知道赐福堂，但是都知道柳亚子——因为毛泽东的《七律·和柳亚子先生》：

饮茶粤海未能忘，索句渝州叶正黄。
三十一年还旧国，落花时节读华章。
牢骚太盛防肠断，风物长宜放眼量。
莫道昆明池水浅，观鱼胜过富春江。

还有《浣溪沙·和柳亚子》：

长夜难明赤县天，百年魔怪舞翩跹，
人民五亿不团圆。一唱雄鸡天下白，
万方乐奏有于阗，诗人兴会更无前。

赐福堂现在是“柳亚子故居”，就在黎里镇上。

黎里镇上的柳亚子纪念馆

柳亚子原名慰高，字安如，1887 出生于一耕读之家，12 岁时随家人迁到黎里，并在那儿长期赁屋居住。柳亚子的父亲中过秀才，思想开放而进步，母亲贤淑；柳亚子幼时从母亲学唐诗，同时受父亲影响，少年时即赞成变法维新，醉心于当时《新民丛报》等宣传变法维新的报刊。

黎里是吴江的一个小镇，而吴江又属于苏州，苏州又属于江苏——现在是这样，当年也是这样——但是当年柳亚子却很少去苏州和南京，青年时代的他似乎总在黎里和上海之间奔走。

柳亚子第一次离开黎里去上海是在 1902 年，那年他 16 岁，在这一年里，他先是考中了秀才，但是他并不想在科举的道路上走下去，所以他又考取了上海的“爱国学社”。黎里离上海不远，坐船大半天时间就可到了。那时没有汽车，所以柳亚子第一次去上海自然是坐船去的。虽然只是大半天的行程，但对于并没真正出过远门的柳亚子来说，还是很让他激动的，因为早在 1900 年，年仅 13 岁的柳亚子便曾私撰《上清光绪皇帝万言书》，主张废黜西太后，支持光绪皇帝变法维新；而当时的上海，不仅是中国最大的经济中心城市，同时那儿聚集了许多进步人士，几乎是各种进步思想的策源地；此行上海，他相信一定会走进一片人生的新天地！

果然，来到上海后不久，他便结识了有着“革命军中马前卒”之称的邹容，并成为好友；后又受教于蔡元培、章太炎等，思想便很快随之完成了由维新到革命的飞跃。1903 年“苏报案”发生后，他不得不退学回到黎里，也是从那时开始，他开始不断在报刊上发表反清诗文，并一发而不可收。当章太炎、邹容下狱时，正值慈禧生日，柳亚子赋诗痛抒一腔愤激之情：

胡姬也学祝华封，
歌舞升平处处同。
第一伤心民族耻，
神州学界尽奴风。

这年他才17岁，其诗不但显示出了过人的诗才，且矛头直指慈禧，更显示出了超凡的勇气和胆量。1906年，柳亚子加入中国同盟会，不久在沪淞口的海轮上秘密谒见了孙中山先生，并就此正式走上民主革命的道路。

1909年11月13日，柳亚子与他早年的老师、也是著名诗人陈去病等发起成立了中国近代史上第一个革命文学团体——南社。南社几乎囊括了当时海内著名的文人学士，如柳亚子、马君武、马叙伦、沈钧儒、黄侃、胡朴安、吴虞、黄兴、苏曼殊、欧阳予倩、李叔同、黄虹宾、杜国庠、杨杏佛、刘大白、陈望道、沈尹默、吴梅等人，他们均为我国近、现代文史方面的名家，一段时间内，南社与同盟会，一文一武，互为犄角，为中国民主主义革命起到了非常重要的宣传与组织作用。而这一时期的柳亚子，以笔为枪，写出了大量宣传民主主义思想、鼓吹国民革命的诗文，被誉为“游侠诗人”。

武昌起义爆发后，柳亚子在上海创办《警报》，专门报道起义后革命形势的发展，除刊登大量新闻照片和诗词、歌曲外，还大量刊登要电、消息、通讯、时评、专稿、译稿，图文并茂，深得读者追读，一时影响很大。孙中山在南京就任临时大总统，柳亚子被任命为“大总统秘书”，但因孙中山有欲让临时大总统位与袁世凯，他仅仅在“大总统秘书”任上三天就病辞回沪了，并坚决反对将孙中山临时大总统的职位让给袁世凯，写下了著名的那篇《孤愤》：

岂有沐猴能作帝？
居然腐鼠亦乘时。
宵来忽作亡秦梦，
北伐声中起誓师。

孙中山退出临时大总统职位后，柳亚子虽然仍不时以诗文为武器进行着战斗，甚至还曾一度在《天铎报》报上写诗作文，先天天大骂南京政府，后更骂袁世凯、张勋之倒行逆施，但同时他却陷入了苦闷与消沉中。这段时间虽然他还是不停地在上海与黎里间奔走，但住在黎里的时间似乎更多。他在黎里还组织了一个“酒社”，整天喝酒吟诗，痛骂袁贼，寄沉痛于逍遥。1922 年，他租下了镇上的赐福堂，将全家搬了进去。赐福堂内此时可谓是日日谈笑有鸿儒，天天酒香溢四邻。

赐福堂原是一个叫周元理的邑人的老宅，其人乾隆时曾任工部尚书。此职有点相当于今天的水利部长兼建设部长和交通部长，曾执掌大清朝水利工程建设和水陆漕运事务等，自然是个肥缺，因此他能造出这么一座大宅子。

宅名“赐福堂”，也有来由。众所周知，乾隆虽然是中国历史上最喜欢制造文字狱、屠杀文人的皇帝之一，但是他竟也是中国历史上最喜欢做诗写字的皇帝，尽管他的诗和字写得都不怎么样。据说，每年十二月初一，乾隆总要在漱芳斋“亲挥宸翰，书福龙”，亲写“福”字赐予有功之臣。那些得到“福”的大臣，虽然当面会以激动的语气山呼“谢主龙恩”，但是心里却并不一定高兴——一年忙到头，竟只给几个字就打发了，既不用银子也不用花翎，对于皇帝来说真是合算，但

今日“赐福堂”（柳亚子故居）内景

是这纸写的“福”毕竟既不能当饭吃，也不能去换银子使，还得保存好——若是或丢失了，或虫蛀了，或鼠咬了，那就是大不敬之罪，便是杀头之罪。那每一个福无疑是一颗定时炸弹呵！

周元理为官一生，小心翼翼，他也因此而得到了13个乾隆所赐之“福”，为了表达对这些“福”的尊重，他选出九个，制成匾额高挂于厅堂，厅堂遂以“赐福堂”名之。大堂之中，一“福”一匾，再加“赐福堂”，便共有十个“福”，所以“赐福堂”又名“十福厅”。十福毕齐，想来周元理定是想福延子孙吧！

然而，柳亚子住进了赐福堂，便注定它就不再属于周元理而属于柳亚子了；或许本身也正是柳亚子的赁它而居，才使得它能站立到今天。

贰

我终于来到了当年的赐福堂、今天的“柳亚子故居”门前。

真不愧是尚书府第，用院大宅深来形容一点不为过！宅子坐北朝南，临水而建，前后四进，中有天井相隔，大门正对着的河埠头也是一个小码头。我站在小码头上眺望，见缓缓地流动的河水，将小镇一分为二，鳞次栉比的阁楼重檐夹岸而建，看上去小河滋润着小镇，小镇也呵护着小河，千百年来一直如此！因为今天小镇“镇”之行政建制已撤而并入相邻的北厍镇，实际上已成了一个名副其实的村了，所以眼前看上去并无多少人气。河边有妇人跪在麻黄石砌成的河埠头上或淘米，或洗衣，浮在河中的几只鸭子，有时会突然游过来衔走浣洗妇人搁石板上的抹布之类，惹得妇人一阵追打，打得鸭子发出呱呱的叫声，这声音在石驳的河岸间回响，更衬托出这里的安静。已是深秋时节，风里已带有湿湿的寒意，河边朝阳的屋檐下，已有人在晒太阳了，在近午的阳光下，女人边打着毛衣边互相聊着那些比河水还长的话题，男人们就着张小方桌，边搓着麻将边说着些比身后老屋还要古老的故事。真想象不出，在当今经济发达的上海与苏州之间，竟还有这么一块似乎是世外桃源的天地；更想象不出的是，正是这样一方天地，当年竟然成了柳亚子的“磨剑”之所。

不错，这儿的确是一派“小桥流水人家”的世界，更是自古以来的鱼米之乡，这里的人们操着吴侬软语、崇尚诗书传家;但也同样是这块土地,往远了说,也曾孕育出因刺杀王僚而引得“彗星袭月”的专诸;往近了说,清人南侵时,也曾崛起过陈子龙、夏完淳等一批铁血诗人,使得中国东南方这隅稻香荷风中的土地异常坚挺,当然浸润它的鲜血也异常浓烈。因此,往深处想,从这儿走出个游侠诗人柳亚子也原本是一点不值奇怪。

我就这样站在河边的小码头上遥想着,遥想着当年的柳亚子,不但就是在眼前的这幢深宅中日日纵酒,而且还尽情挥洒风流的情形。

我去过不远处的周庄,那儿有一座迷楼,便是柳亚子挥洒风流的见证。

柳亚子邀南社社友陈去病、王大觉等访游周庄,在周庄贞丰桥畔那幢两楼两底名叫“德记酒店”的破旧小楼里欢饮,更纵论时事,抨击时弊,鼓吹革命。酒店的主人是个寡妇,她还有个年方十八的女儿唤作阿金。柳亚子一行每至小店,阿金姑娘端茶送菜,有如轻燕;她送上桌的每一盘虾糟螺、蛳头肉、笋剥塘里鱼等,都是那样的鲜美;还有她斟的每一杯绿茶、黄酒,竟也让人觉得特别的醉人,“窈窕佳人劝酒缘”,阿金姑娘遂成了南社诗人们的梦里佳人,而这座小小的酒楼竟也成了他们的“梦里迷楼”。

“酒不醉人人自醉,风光宜人还迷人。”柳亚子的一首《迷楼曲》,叫无数人记住了阿金姑娘,也让历史记住了这个叫做阿金的村姑。

但是柳亚子日日风流的背后,并没忘了夜夜磨剑——他将自己的书房起名“磨剑室”,这便注定了他虽也纵酒吟诗,但决不会成为一个只会吟“今宵酒醒何处,杨柳岸晓风残月”的诗人!他的诗是他手中的剑,他是诗坛游侠,他剑锋所指,风惊鬼泣!

“五四”运动后,柳亚子再次走出“赐福堂”来到上海。此时的南社早已名存实亡、盛况不再。鲁迅先生在《二心集·对于左翼作家联盟的意见》曾分析过南社极盛而又速衰的原因时说:“开初大抵是很革命的,但他们抱着一种幻想,认为只要将满洲人赶出去,便一切都恢复了‘汉官威仪’,人们都穿大袖的衣服,峨冠博带,大步地在街上走。谁知赶走了清朝皇帝以后,民国成立,情形却完全不同,所以他们便失望,以后有些人甚至成为新运动的反动者。”面对如此情形,柳亚子再次仗剑挑头。1923 年 10 月,柳亚子与同乡叶楚伧等人在上海组织“新南社”,出版《新南社社刊》,发表白话诗文,并明确提出该社的宗旨是鼓吹三民主义,提倡民众文学,而终归结到社会主义的实行;同时他还受到十月革命感召和新文化运动的影响,开始醉心于马克思主义学说和布尔什维克主义。是年12月,他加入改组后的中国国民党,从事江苏省党部和吴江县党部的筹备活动,成为国民党中著名的左派领导人,积极促成第一次国共合作。他有一首题名《空言》的诗,就是写于这一时期:

孔佛耶回付一嗤,
空言淑世总非宜。
能持主义融科学,
独拜弥天马克思。

尽管有人曾指责的他直将政治概念和政治人物名字入诗,显得过于直露而少诗味,但是许多年后,当有人曾问他“先生诗数千首,哪些是代表作”时,他毅然说:“倘本诗言志之旨,这首题为《空言》的诗,勉强可算代表作。”由此可见,他最为珍视的并不一定是这首诗本身,而是诗所表现的那种思想;也可见,他对自己这一段思想有着决定性变化的人生的珍视。

正是他的这一转变,将自己完全放置到了与国民党右派越来越对立的地位,以致被国民党开除,成为彻底的民权斗士而回到人民的阵营中,最终成为了新中国的中央人民政府委员、全国人大常委等。

望着眼前“柳亚子故居”的大门,我觉得它或许正是一个时光隧道和伟大心灵的入口,只要我们走进去,就可以走进一段历史,甚至可以走进一个复杂而又简单的心灵。我脚下的河水轻轻拍打着石驳的河岸,发出的啪啪声响,也似历史轻轻地诉说。哦!坐上一条小船,在桨声欸乃中慢慢向前,是那个时代最好的出发方式。我似乎看到在一个个或月色朦胧的黎明,或月黑风高的静夜,柳亚子悄悄地走出赐福堂,登上早已准备好的停在门前河埠头下面的小船,或走向一个个黎明,或逃往一个个黑夜。

1927年,蒋介石发动 “四一二”政变,柳亚子坚决反对,国民党右派对他又

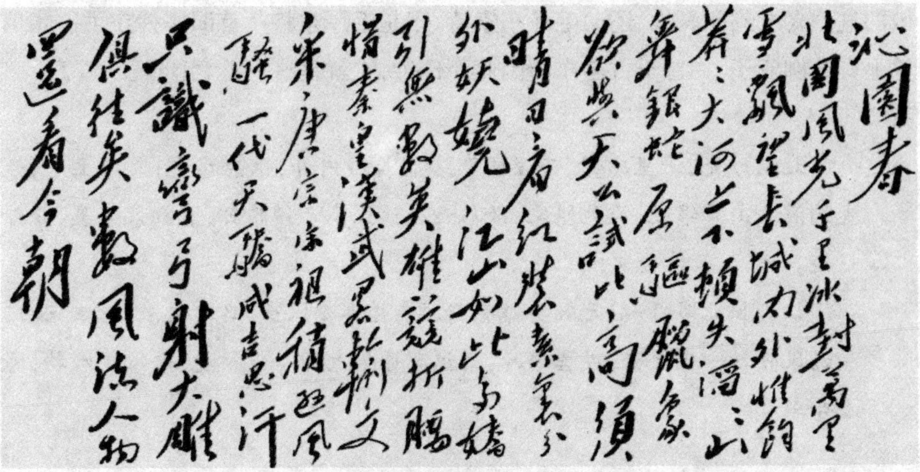

毛泽东《沁园春·雪》手迹

恨又怕，欲除之而后快。一天深夜，趁着月黑风高，陈群派军警摸到这儿来捉拿他，柳亚子躲进宅内的一处复壁才得以脱险。那处复壁想来现在还在宅中吧！

我走进了大门。第一进大厅内，最显眼的除了柳亚子塑像外，要算是左边墙壁上红丝绒地子、金黄色大字的一首毛泽东词《沁园春·雪》。这让许多人为此而不解——柳亚子的故居内，为什么要放置这么一首毛泽东的词呢？要放也应该放那首《七律·和柳亚子先生》或《浣溪沙·和柳亚子》啊！

这样的疑问不无道理，但我想柳亚子故乡人这样的布置也并非毫无道理。

1945 年 8 月，毛泽东到重庆谈判，柳亚子赶到曾家岩 50 号周公馆与其相会长谈，他佩服毛泽东为了民族的利益而表现出的大智大勇，赋诗相赠：

阔别羊城十九秋，
重逢握手喜渝州。
弥天大勇诚能格，
遍地劳民乱尚休。

后毛泽东又亲自到柳家回访，与他一起分析形势，指出：“前途是光明的，道路是曲折的。”这更坚定了诗人的信心。在重庆期间，柳亚子请来名家为自己崇敬的这位老友刻印画像，还向毛泽东索诗。于是毛泽东将一首旧作抄在了一张信笺上交给柳亚子，一首千古名作便因此而传世，它就是这一首《沁园春·雪》：

北国风光，千里冰封，万里雪飘。望长城内外，惟余莽莽；大河上下，顿失滔滔。山舞银蛇，原驰蜡象，欲与天公试比高。须晴日，看红装素裹，分外妖娆。

江山如此多娇，引无数英雄竞折腰。惜秦皇汉武，略输文采；唐宗宋祖，稍逊风骚。一代天骄，成吉思汗，只识弯弓射大雕。俱往矣，数风流人物，还看今朝。

因此，毛泽东的这首《沁园春·雪》既是一段历史的见证，也是柳亚子与毛泽东一段友谊的见证，更是属于柳亚子的一份光荣，的确应该放进他的故居。

然而，尽管如此，我还是更愿意在这儿看到毛泽东的那一首《七律·和柳亚子先生》。我想即使是柳亚子本人在世，让他选择，他也会选这一首的吧！

那么他的故乡人为什么不愿将它放进这儿呢？或许在他们看来，在这首诗中，他们的这位老乡毕竟是受毛泽东批评了，放进这儿有点不合适吧！

的确，毛泽东在这首诗里是批评了柳亚子，那两句批评他的诗还成了脍炙人口的名句："牢骚太盛防肠断，风物长宜放眼量。"毛泽东批评柳亚子"牢骚太盛"。但是这有什么呢？甚至我以为，唯有"牢骚太盛"的柳亚子才是最真实的他，他的牢骚和他所有过激的言论都是他爱和憎、仇和恨、喜和乐等情感的真实表露。他是个政治活动家，也是一个诗人，他从来不隐瞒自己的观点，更不会去玩政客的一套。

1925 年，他赴广州出席国民党二中全会，为了反对蒋介石提出的"整理党务案"，他在会场上放声痛哭，以示抗议，并中途退会。随后他又邀约侯绍裘和朱季恂一起去见蒋介石，怒问道："你到底是总理的叛徒，还是总理的信徒？如果是总理的信徒，就应当坚决地执行三大政策。"直问得蒋介石面红耳赤、哑口无言。

1926 年 3 月，蒋介石发动压制共产党的"中山舰事件"。柳亚子气愤地找到中共广东区委负责人恽代英等人，说："我始终不相信蒋是一个为党的利益而革命的人，他要北伐，只是扩张他自己的势力，满足他自己的欲望而已！日后必然为祸！”并直言不讳，建议共产党“以重金雇枪手将其干掉”。

1937年“八一三”之后，日寇占领了上海，作为国民党元老、著名诗人、社会名流的柳亚子自然有太多的机会离开上海，但他就是不走。他效法明代王船山和清代的嵩亭和尚，自署其居室为“活埋庵”，以明他决不同日寇合作之志；1939年5月，汪伪政权把叛国活动的中心转到了上海，上海的环境更加险恶了，血雨腥风，杀机四伏。沪江大学校长刘湛恩、《大美晚报·夜光》主编朱惺公、江苏省高等法院上海分院刑庭庭长郁华（著名作家郁达夫的哥哥）、中国职业妇女俱乐部主席茅丽英等著名人士连续遭到暗杀。柳亚子自知随时随地有可能遭到不测之祸，于是，他在1939年10月毅然写下了遗嘱：

> 余以病废之身，静观时变，不拟离沪。敌人倘以横逆相加，当誓死抵抗。成仁取义，古训昭垂；束发读书，初衷具在。断不使我江乡先哲吴长兴、孙君昌辈笑人于地下也。中华民国二十八年十月书付儿辈。
>
> 亚子

他将此遗嘱一式两份，一份交长女无非，一份寄给时在昆明西南联大任教的儿子无忌。寥寥不足百字，且无一豪言壮语，但读来令人荡气回肠。

1941年1月，蒋介石制造了“皖南事变”。柳亚子在香港闻讯后极为震怒，立即与宋庆龄、何香凝共同发表宣言，严词痛斥蒋介石杀害新四军、消极抗日的罪行，并声言除非国民党政府对事件表示“悔过”，否则就不出席国民党五届八中全会。蒋介石恐怕柳亚子不参加会议，便派吴铁城来“促驾赴渝”。吴铁城还邀来了杜月笙，威胁利诱一起上，但柳亚子全不吃，他在客厅里拍着桌子道：“我宁可像史量才那样被他（蒋介石）暗杀，决不参加这种挂羊头卖狗肉的会议。”并大骂蒋介石的说客走狗“滚出去！”。蒋介石恼羞成怒，指令国民党中央以柳亚子“诬蔑中央”、“违反国策”为由将他开除党籍，并断绝了他的经济来源。而他却公开宣布：“宁可食草采薇，决不向小朝廷求活也。”而事实上，他当时生活来源无着。

毛泽东和柳亚子在一起

……

发生在他身上的类似这样的故事太多太多。这些故事充分表现了他作为一个政治家目光的敏锐和分明的爱憎，虽然其表达的方式有出于他诗人的激情和义愤而显得有些过激，甚至并不一定合适。如他向恽代英提出的暗杀蒋介石的建议，恽代英虽然深为赞许他的看法，但并不同意他提议的做法；毛泽东也为此与他共同饮茶谈心，这才有多年后他有“阔别羊城十九秋”的诗句赠毛泽东，毛泽东也有“粤海难忘共品茶”的诗句赠他。然而这就是柳亚子，真实的柳亚子，一个有着“游侠诗人”之称的柳亚子！正是凭着这种精神，他敢想敢说，敢说敢做，敢作敢当，不平则鸣，一鸣惊人。

1949年，柳亚子等人应中共中央和毛泽东的邀请，来到北平参加政治协商会议和新中国的开国的一系列工作。柳亚子为此而异常兴奋，他写道：

六十三年万里程，
前途真喜向光明。
乘风破浪平生意，
席卷南溟下北溟。

在烟台登陆后，每到一地，柳亚子都要在欢迎大会上“致答词”，有时候东道主没有安排，他也要“自请讲话”。讲话之后，还要高呼“拥护毛主席，拥护中国共产党，打倒蒋介石，打倒美帝国主义！”但到了北平以后，柳亚子却因为他自我觉得政治上未给他足够的重视和应有的地位，生活上没给他应有待遇，便以诗代言，作《感事呈毛主席一首》送给毛泽东：

开天辟地君真健，说项依刘我大难。
夺席谈经非五鹿，无车弹铗怨冯谖。
头颅早悔平生贱，肝胆宁忘一寸丹。
安得南征驰捷报，分湖便是子陵滩。

诗中，他自比战国孟尝君门下因失意而弹铗出走的食客冯谖，并说要回江南的故乡隐居。

当然，如果说从前他的那些或“骂惊四座”，或“目无余子”的言语与举动，虽更多的是出于他作为一个政治家目光的敏锐和爱憎的分明，那么这一次他的“狂怒故态”和“不自讳其狂”，却更多的是出于一个激情诗人的“易于冲动，喜怒哀乐皆形于色”了。毛泽东当然理解他的这位老友，因此，尽管此时正值百万大军即将下江南之际，可谓日理万机，但收到柳亚子的诗后，仍亲自向有关部门询问情况，嘱其在生活上尽量给予优待，并作了那首著名的《七律·和柳亚子先生》诗，当天就让秘书送去给柳亚子。

在这首《七律·和柳亚子先生》中，毛泽东对柳亚子虽确有批评，但在毛一方并无苛责厉言，而在柳一方也并无丢一丝尊严和面子的地方；再则，柳亚子事实上也欣然接受了批评，他在步毛诗原韵赋又作了一首和诗，明确表示他并无归隐之意：

东道恩深敢淡忘，中原龙战血玄黄。
名园容我添诗料，野火凭人入短章。
汉彘唐猫原有恨，唐尧汉武讵能量。
昆明湖水清如许，未必严光忆富江。

因此，毛泽东的那首《七律·和柳亚子先生》既见证了一段佳话，也见证了一个最为真实的柳亚子——怎么也应该将它刻在“柳亚子故居内”

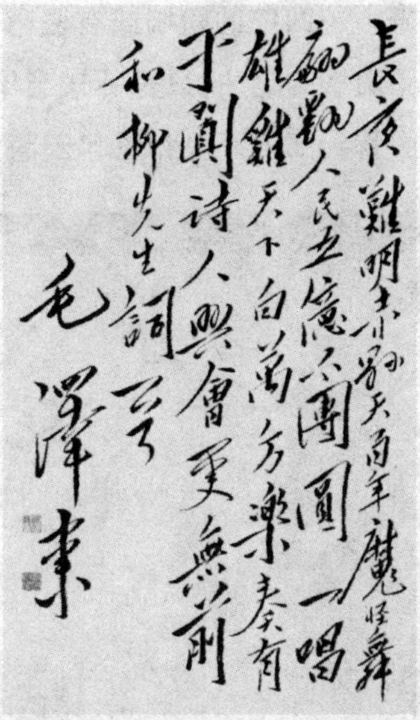

毛泽东《浣溪沙·和柳亚子》词手迹

啊，我以为！

叁

柳亚子故居的中间两进，被布置成了图片和文物陈列室，里面陈列着许多的图片和文物，见证了一位诗人兼革命活动家丰富而多彩的一生，只是我一时只能将它们粗粗看过。

来到了第四进，那“磨剑室”不能不看。看过柳亚子许多诗文的末尾，都有着写于磨剑室的字样，这为它蒙上了一层神秘的色彩——那究竟是一间怎样的屋子，竟让柳亚子在其中成就了那么多喷涌着鲜血与烈火的诗篇？还有，柳亚子心中的那一柄长剑，他到底有没有在此磨成啊？

原来赫赫有名的磨剑室竟是一间十足的斗室，大不过十平米，门锁着，好在门上“磨剑室”三字的匾额尚在。这就够了！我将锁着的门推开一道缝隙朝里张望，见一床、一桌、一椅，桌上还有一灯、一笺、一砚、一笔，笔帽已除下放在一旁，笔则搁在笔架上，似乎主人刚刚离去，随时都会回来，坐在眼前的椅子上，拿起笔来……四壁的粉墙或有驳落，或有漏痕，看上去倒虚虚实实的，倒有点巧合着水墨山水的笔法，只是不知当年是不是就是这样，更不知磨剑其中的主人可曾在上面看到江山万里和风起云涌！一缕阳光透过天窗照在桌上的笺纸上，上面没有字

磨剑室一角

迹。

那复壁在哪儿呢？解说员让我找，我找了半天也没找到，终于还是在她的指点下我才发现了它，原来是两座山墙夹着的一个仅可容身的如缝隙一般的巷道，有一个并不能算着门的短门通入其间。无论是在屋外，还是在屋内都很难发现它——谁能想象到，这架梁的山墙怎么会有并排的两座啊！

1927 年“四·一二”政变，绝密通缉令上柳亚子名列 21 位。5 月 8 日夜半，已熟睡的柳家人忽然被一阵粗暴的敲门声和叫骂声惊醒。柳夫人第一个立即意识到一定是抓她丈夫柳亚子的人来了，也许是早有所料，所以她显得异常机智和镇静，她迅速移开橱柜，让柳亚子通过短门藏身复壁，然后将橱柜依原样放好，丝毫不露痕迹。

军警很快便闯进了内室，到处搜查，他们手拿着柳亚子的照片，对家里的每一个人挨个寻问，但大家异口同声地说主人出门很久了，连当时只有 12 岁的小女柳无垢和年幼的外甥，并无人教他们，但他们竟也像大人一样如此回答，未露半点破绽。

藏在复壁内的柳亚子对于外面的一切当然听得清清楚楚，我很想了解他此时此刻的心情，于是我也走进了复壁，但是里面的黑暗和憋促让我除了有一种喘不过气的窒息感以外，几乎别无感觉。然而柳亚子却在墙上留了《绝命诗》。借着手电的光亮，我看到这样四句：

曾无富贵娱杨恽，偏有文章杀祢衡。
长啸一声归去矣，世间竖子竟成名。

杨恽是司马迁外孙，因文字为汉宣帝腰斩。祢衡是汉末名士，击鼓羞辱奸雄曹操，被曹借刀除掉。柳亚子在这里自比杨恽、祢衡，并将国民党反动派比作是滥杀好人的昏君与奸雄。大难几乎就在瞬间，竟还能吟诗，还能引经据典，我真是难以想象！看来我只是一个俗人。

我当教师教文天祥的《指南录后序》时，常常会有学生问：文天祥的南逃可谓九死一生，而在那样的境况中，他为什么竟然还有吟诗记行的雅兴啊？我常常的问答是,因为他既是一个英雄也是一个真正的诗人。柳亚子亦是!

正当柳亚子在复壁中吟就了绝命诗准备命绝今日时，外面却发生了戏剧化的一幕:一个军警,看到一家人中只有柳亚子的妹夫凌光谦穿着长衫,举起手上拿着的相片看了看,又看了看他,觉得有点像,可也不太像,便大声喝问他是不是柳亚子,凌光谦自然不作回答。这时其中一人说:“就是他！你看这家伙不会说话,这不正是柳哑(亚)子嘛！”于是众人上前,七手八脚,将凌光谦五花大绑押走了,直到三天后才发觉抓错了人,不得不放了。这个几为笑话的故事十分有趣,但到底背后是怎么回事,现已成为公案。倒是这复壁,不知道当初周元理建它是出于什么心理与目的,但只是因为柳亚子在其中一坐,便留下了一首名诗、一个笑话,当然还有一位游侠般的诗人和共和国的一位中央委员、人大常委——如此说来,这周元理也算是有功了。

1958年6月21日,柳亚子在北京逝世,享年71岁,有关方面给他的最终称谓是“中国现代民主革命家、爱国诗人”。

走出赐福堂时,我禁不住想,作为一个“现代民主革命家、爱国诗人”的柳亚子,他如果再活几年,他的命运会如何呢？面对大炼钢铁的万丈炉火和一个接一个的高产卫星,还有后来的无疑是革文化的命的“无产阶级文化大革命”,他或许会再次吟出豪情万丈的诗篇,或许会再次“骂惊四座”大发牢骚,二者皆有可能。尽管历史是不能假设的,但我还是以为,以他的性格取后者态度的可能性极大。若真是如此,那么那时候,别人还能容忍他的“牢骚”吗?想到这儿,我觉得从赐福堂走出的他,死在那时真是恰到好处,或许那真的是上苍赐予他的“福”啊!

2009年10月11日

后记

这本书我几乎是一口气写下来的，主要篇目的写作总共只用了两个多月，且只是业余时间，其间几乎没有停顿。我从前的写作习惯是，每写成一件作品，总会将它选一家报刊投过去先求发表，可这一次我没有这样，而是一篇写成后，便立即进入下一篇的写作。我生怕任何一点点小事都会因此而打断我的这“一口气”。或许有读者以为我这两个多月里一定写得很苦，其实恰恰相反，这两个多月里，我在历史中穿行，与我心中和笔下的人物对话、交流，写作真可谓心手双畅！此种境界对于一个写作者来说是并不多得的，实在是一种享受！

我之所以能如此快速而顺利地完成自己设定的这么一个阶段性的写作任务，是因为我对这一选题事实上已“蓄谋已久”了。

我喜欢历史，追溯至三十多年前考大学时，我报考的就是历史系，但由于种种原因却进了中文系。好在中国历来就有“文史不分家”的传统，所以在中文系中并不妨碍我对历史的爱好，更何况我是“历史科代表”——这是我大学时代唯一做过的一堂“官”。因此我敢说，在学中文出身的同龄人中，我读过的有关历史的杂书是相对较多的。但我之于历史又毕竟只是一名爱好者，终写不出史学科班出身的人笔下的那种考据严谨、论述严密、体式严整的文字；但是以烹文煮字为业的我，又总不能忘怀于自己的历史爱好，特别是总不能忘怀于那一个个永远鲜活在历史上的人物，笔下的文字总不能绕开他们——这样的文字也便注定了只能是所谓的“历史文化散文”。当我“一不小心”地得到一顶“历史文化散文作家”的帽子的同时,也常常遭到一些朋友的嘲笑——他们常嘲笑我有“历史癖”——我当然知道他们的这种嘲笑并无多少恶意,但是却反映了一个事实,这就是多为文学界人士的他们,对于历史是缺乏兴趣与热情的。这既是一个事实,也构成了一种现象;既是现象我便禁不住常常思索其背后的成因。

中国的文化传统历来是主张“文史不分家”的,事实上也的确如此,在中国文化史上,史学家历来多为文学家;反之亦然,文学家历来又常常多为史学家。前者如司马迁、司马光等,后者如班固、欧阳修等。然而,近代以来,历史作为一个学科,被纳入了“科学”的范畴,此后,便以大量引进西方注重实证的研究方法为其最明显的特征,这使得如今的史学与文学似乎完全分道扬镳了。而这其实正是对中国史学传统,乃至文化传统的一种割裂,其造成的最直接后果至少有两方面:一是历史学著作越来越理性化、学术化,其文字也越来越冰冷、生涩;二是读者与历史著作的距离越来越远。

然而,历史毕竟不等于事实、事件的罗列,不等于逻辑的推理、理性的论述,总之不等于就是所谓的史学研究。那些隐藏在历史背后的人物,他们毕竟才是创造历史的主体,因此,他们的情感、心理和性格等等,也应该是历史的构成,甚至有时就是历史本身。大概正是因为古人深谙其中的道理,所以中国的正史从司马迁的《史记》开始,直到《清史稿》,都采用“纪传体”的方式,因此,中国的一部“二十四史”,实际上就是一座巨大的中国历史人物画廊。

当然,历史也不等于文学,但是文学终究是不该放弃历史的。我一直以为,20世纪80—90年代间“历史文化散文”的兴起,绝不仅仅是一个文学事件,而也是一个史学事件,甚至是一个文化事件。虽然那些被称作“历史文化散文”的文字,是以文学为本位的,但是因为它们都将关注的目光投向了历史,且关照更多是从文化的角度所作出的,所以其本身也可以看作是历史文化的一部分,其文化价值我以为要远远大于其文学价值。

在当代文学几乎被小说一统天下的今天,一位历史文化散文作家的一本散文集竟然能创下天文数字的发行量,这无论如何都是个奇迹。这一奇迹的创造,当然离不开该散文家的才华和能力,但是也不能不承认这里面也有一种文化机遇，这种机遇便是他笔下的文本正好切合了人们一种文化阅读的胃口。

那么人们的文化胃口究竟是什么呢？

在历史文化散文出现以前，虚构性文本和抒情性文本人们已读过太多，如小说、诗歌和一些所谓的抒情散文等；虚构性文本和抒情性文本读得多了，人们对事实性文本的阅读产生渴望便成为了一种自然；而历史叙写正是一种事实性的文本，但由于上面我已说过的原因，我们近代以来的历史著作多因失去了《史记》、《汉书》的文学性而多冰冷、生涩，这令一般读者多敬而远之；而从八十年代开始，又出现了一股"戏说"历史的潮流，大量对历史"戏说"的影视剧作品和文学作品，让读者初看虽会觉得新鲜一时，但多了便胃口大倒。恰恰在这一时候，历史文化散文出现了——这种有文有史，有事有议，有理有情的文本，虽然它本位是文学，但许多时候人们是很愿意将之当作历史来读的——事实上这也未尝不可，这如同人们读《史记》、《汉书》许多时候都是当作文学来读一样——这无疑使得人们吊了许多年的胃口得到了一时的满足。这或许就是历史文化散文盛极一时的深层原因所在吧！

说到这儿读者千万不要误会，别以为我将当今一些历史文化散文与《史记》、《汉书》相类比，是觉得前者在思想上和艺术上都达到了与后者相提并论的水平；我将二者并举只是就它们对于读者阅读所得到的味道的相似性而言。其实，人们对于历史文化散文的喜爱，反让我常常想起我老家的一句俗话："没有鱼，虾也是好的；没有豆腐，渣也是好的。"此话的意思是，人在没有鱼和豆腐可吃的情况下，毕竟从虾和豆渣中多少也能吃出一点点鱼和豆腐的味道来，因此对虾和豆渣似乎也表现出了一种喜欢。或许当今的历史文化散文，正是那能让读者读出一点"鱼"和"豆腐"味道的"虾"和"豆渣"罢了。

我这样说，可能又会让许多历史文化散文作家感到愤怒，但是没办法，我真是这么想的。如果我自己写出的这些也被称作"历史文化散文"的文字，真能让读者从中读出一点点"鱼"和"豆腐"的味道，我也就万分满足了。我唯恐自己从历史长河中打捞出的这些"小虾"和制造出的这些"豆渣"坏了读者的胃口，因为我觉得自己写的已不少——这是我的第三部历史文化散文作品集了，第一部《风生白下》是写一座城市（南京），第二部《风景旧曾谙》是写一个文化区域

（江南），这一部是写一群特殊的历史人物——与那些著作等身的学者和作家们相比当然这实在是微不足道，但是作为一个有自知之明的业余作者，或许再写下去就不会有太多让读者感兴趣的东西了，因此写完这本书后，我想我在这一文体上的写作或许应该就此告一段落了；更何况，作为一个写作者，终究还是更应该将自己关注的目光多投给现实生活的，而我自感自己的目光已在历史中停留得有点久了。

2010年2月9日记于南京玄武湖畔